für Nadine

von Oma Ursel
aus dem Schwarzwald -
Lenzkirch September 1998
mitgebracht

Ecke · Das geheimnisvolle Gesicht

Wolfgang Ecke

Das geheimnisvolle Gesicht

Loewe

Die Deutsche Bibliothek – CIP-Einheitsaufnahme

Ecke, Wolfgang:
Das geheimnisvolle Gesicht. / Wolfgang Ecke
– Bindlach : Loewe, 1997
(LeseRiese)
ISBN 3-7855-2978-3

Dieses Buch ist auf chlorfrei gebleichtem Papier gedruckt.

ISBN 3-7855-2978-3

In ähnlicher Ausstattung bereits 1975 im Loewe Verlag erschienen
Umschlagzeichnung: Charlotte Panowsky
Umschlagtypographie: Karin Roder
Satz: DTP im Verlag

Inhalt

Vier Treppen und kein Fahrstuhl

Es herrschte reger Betrieb an jenem Sonnabend im März, an dem diese Geschichte begann. Natürlich hatte sie in Wirklichkeit schon viel früher begonnen, doch das wußten am Sonnabend, dem 18. März 1972, nur einige wenige Beteiligte an dieser Geschichte. Nicht zu ihnen gehörte der alte Mann – er mochte so zwischen 65 und 70 Jahre alt sein –, der bedächtig die Bell Street in Norwood entlangging. Er trug einen wadenlangen Lodenmantel, kräftige Schnürschuhe und auf dem Kopf eine Baskenmütze, unter der buschiges, schneeweißes Haar hervorlugte.

Hin und wieder verharrte er, stützte sich während einer kleinen Verschnaufpause an einer Hauswand ab, einer Mülltonne, einmal auch an einem geparkten Auto. Sein Atem ging schwer, er litt zweifellos an Asthma.

Als er das Ende der Bell Street erreicht hatte, zögerte er einen Augenblick lang, zupfte sich nachdenklich und überlegend am Ohr und bog schließlich rechts ab.

„Nummer 20", las er die Hausnummer murmelnd ab ... „Nummer 18" ... Er atmete auf, er hatte die richtige Seite der Straße gewählt ... Seine Hand tastete zur Brust, so, als wolle oder müsse er dort unter dem Mantel etwas erfühlen. Er nickte und schien zufrieden.

Nummer 14.

Hier war es ... Starplace Nr. 14.

Der alte Mann schüttelte mißbilligend den Kopf, als er an der Fassade des alten grauen fünfstöckigen Steinklotzes hinaufsah. Eine Menge dunkler, schmutzigbrauner Stellen zeigte an, wo der Außenputz schon vor langer Zeit abgebröckelt war.

Fünf Stockwerke ...

Er hatte bereits die Hand auf dem Türdrücker, als die Haustür plötzlich von innen geöffnet wurde. Eine junge Frau, es war Susan Shetty, ließ ihn mit einem freundlichen Lächeln vorbei.

„Hier muß ein Mister Clifton wohnen", schnaufte die heisere Stimme des Alten. Dabei zwinkerte er nervös mit dem rechten Augenlid.

„Im 4. Stock, Sir! Wir haben leider keinen Fahrstuhl." Fast traurig erwiderte der Weißhaarige: „Danke ... Ich habe es geahnt ... ich habe nie Glück, Miß. Nie ..." Er kehrte Susan Shetty den Rücken und begann Stufe um Stufe nach oben zu steigen. Auf jedem Treppenabsatz ruhte er sich einige Minuten aus.

Als er endlich vor der Tür mit dem Schild *Perry Clifton* stand, war es längst 16 Uhr vorbei.

Seine Rechte fuhr unter den Mantel und förderte einen Brief zutage. Dann drückte er auf den Knopf ...

Er wartete genau zwanzig Sekunden, bevor er den schwarzen Knopf ein zweites Mal hineindrückte. Diesmal ließ er den Zeigefinger ein paar Atemzüge länger darauf ...

Ein dritter Versuch ...

Vielleicht schlief dieser Mister Clifton?

Die Vorstellung, er müsse diese verdammten vier Stockwerke ein zweites Mal erklimmen, erweckte in dem alten Mann einen großen Zorn auf alles, was damit zu tun hatte.

Doch da – ein Geräusch! Eine Tür öffnete sich. Aber es war die Tür zu seiner Linken.

„Hallo!" sagte ein junger Bengel zu ihm und lachte ihn dabei an, als sei es etwas Alltägliches, einem alten, asthmakranken Mann gegenüberzustehen. Einem, der sich seine karge Rente mit Botengängen aufbessern mußte. „Wenn Sie zu Mister Clifton wollen, der ist nicht da!"

„Ach, was du nicht sagst!" schnaufte der Alte ergrimmt und schob sich den kleinen Finger der rechten Hand unter die Baskenmütze. „Das hab' ich inzwischen selbst gemerkt! Wann kommt er denn wieder?"

„Zu mir hat er gesagt, daß er bis acht zurück sei!“ Der Alte glaubte sich verhört zu haben. Er streckte den Kopf vor. „Bis wann?“

„Bis acht!“

„Ich hab' eben immer Pech ...“ Dabei schüttelte der Alte den Kopf und gebrauchte dieselben Worte, die er wenig zuvor zu Susan Shetty gesagt hatte: „Ich habe nie Glück.“ Doch plötzlich tippte er sich wütend vor die Brust und fluchte: „Verdammt will ich sein, wenn ich diesen Job noch weiter mache!“

Dicki Miller überlegte, wie er dem alten Mann helfen könnte.

„Wenn Sie wollen, Sir, kann ich ihm ja was ausrichten. Ich bin sein Freund!“ Wieder schüttelte der Alte den Kopf. „Geht nicht ... Leider! Ich habe nämlich nichts zum Ausrichten! Ich muß ihm einen Brief überbringen!“ Und als er Dickis Blick sah, fügte er rasch hinzu: „Persönlich!“

„Sie können ihn doch in Mister Cliftons persönlichen Briefkasten werfen!“

„Verstehst du denn nicht, junger Mann, ich werde dafür bezahlt, daß ich Nachrichten und Briefe persönlich überbringe!“

„Dann müssen Sie eben noch einmal wiederkommen!“ gab Dicki schulterzuckend zurück. Er glaubte sein Soll an Hilfsbereitschaft erfüllt zu haben. Fast unbeabsichtigt entfuhr es ihm: „Oder wissen Sie einen anderen Weg?“

Der alte Mann überhörte das Schnippische in Dickis Stimme. Nachdenklich, fast gequält musterte er das Treppenhaus. Und widerwillig: „Ein weiter Weg ... vier Treppen hoch ... Weißt du, ich habe Asthma. Und ohne Fahrstuhl ist das ... Na ja ...“ Er war wohl der Meinung, daß es wenig Sinn habe, einem Jungen die Beschwerlichkeit eines von Asthma befallenen Körpers zu erklären. Resigniert begann er den Brief wieder einzustecken.

„Mister Vollers behauptet, wissen Sie, das ist der Hausverwalter, der behauptet, ein Fahrstuhl würde sich bei so einem alten Kasten nicht mehr lohnen ... Er meint, daß man eines Tages das Haus abreißen wird.“

Der alte Mann, der schon einen Schritt in Richtung Treppe getan hatte, zögerte und wandte sich dann noch einmal Dicki zu. „Sag mal ... Bist du wirklich ein Freund von diesem Mister Clifton?“

„Ehrenwort! Sein bester sogar. Wir haben keine Geheimnisse voreinander ...“ Die Hand des Alten fuhr wieder unter den Mantel. „Ich könnte dir den Brief ja geben ... vier Treppen ... kein Fahrstuhl ...“ Dicki Miller schien die Gedanken des alten Mannes zu erraten. Er trat auf ihn zu. Und im Verschwörerton flüsterte er: „Es braucht doch niemand zu erfahren, Sir!“

„Das dürfte wirklich niemand erfahren!“ flüsterte der Mann zurück.

„Auf mich können Sie sich verlassen!“ lockte Dicki. „Und Mister Clifton würde auch niemandem ein Wort verraten!“ Das gab den Ausschlag. Entschlossen fischte der Bote den Brief zum zweiten Mal unter seinem Mantel hervor und hielt ihn Dicki hin.

„Hier! Ich verlasse mich auf dich! Wie heißt du eigentlich, junger Mann?“

„Dicki Miller!“

„Also, Dicki Miller, ich verlasse mich auf dich! Und ich danke dir, daß du mir einen so großen Gefallen tun willst!“ Er streckte Dicki seine faltige Hand hin, in die Dicki im Bewußtsein einschlug, soeben etwas Großartiges getan zu haben ...

Unfreundliches …

Man mußte den Weg fast bis zum Ende gehen (oder langsam fahren), um an das Haus zu gelangen, das sich, weit entfernt von den übrigen, als letztes unauffällig und doch unübersehbar an den Hügel schmiegte.

Es war ein eigenartiges Haus; in einem Zug grob und doch pittoresk, skurril, verwinkelt und – lustig. Ja, es machte einen lustigen Eindruck, wie es so dastand: hingebaut, dazugebaut, draufgebaut und angebaut. Alles aus dem gleichen silbergrauen Kalkstein wie die übrigen Häuser des Ortes auch. Ein einstöckiges Haus, das aus vielen kleinen Anbauten bestand. Nur das der Straße, besser: dem Weg zugewandte Mittelstück schien von Beginn an dagewesen zu sein. Ein Vorbau mit einem breiten Fenster darin, der von zwei Säulen gestützt wurde. Die verschieden hohen Dächer waren alle mit rechteckigen Schindeln bedeckt, auf denen sich an manchen Stellen Moos angesetzt hatte. Gegenüber dem winzigen Vorgarten stand ein Auto. Es paßte sowenig in die nähere Umgebung wie zum Beispiel ein Pflasterstein in einen Kühlschrank. Ja, es störte direkt den besinnlichen und friedlichen Eindruck …

Im Inneren des Hauses allerdings ging es weniger friedlich zu.

Zwei junge Männer standen in der sogenannten Wohnstube vor einem alten, grauhaarigen Mann. Dieser, vierschrötig, mit einem von Wind und Wetter gegerbten Gesicht, saß in einem Schaukelstuhl und blickte teils trotzig, teils beunruhigt auf die beiden Besucher. Nicht, daß er Angst vor ihnen gehabt hätte, nein, das nicht. Was die Körperkraft anbetraf, so nahm er es wohl noch heute, trotz seiner 67 Jahre, mit manchem Jungen auf. Es waren ganz andere Dinge, die John Aston beunruhigten.

Besonders der Rothaarige mit der kleinen Himmelfahrtsnase und dem pfiffigen Gesichtsausdruck war es, der ihm Mißbehagen einflößte. Und gerade diesen schien es besonders aufzuregen, daß der Alte seit ihrem Eintritt außer den gemurmelten Worten „Der Teufel soll euch holen!“ noch keinen Ton gesagt hatte.

„Hören Sie endlich auf zu schaukeln!“ fauchte der Rothaarige wütend.

John Aston, dem es nun wohl doch langsam zu bunt wurde, stemmte seinen massigen Körper aus dem schwarzlackierten Schaukelstuhl hoch und trat vor den Rotschopf Jack McButton hin, den er fast um einen Kopf überragte.

„Ich bin fertig mit euch! Fix und fertig! Ich will mit euch nichts mehr zu tun haben. Und das habe ich Mills schon am Telefon gesagt!“ Mit vor Zorn bebender Stimme wandte er sich dem zweiten Besucher zu: „Dir habe ich das zu verdanken. Ich empfehle dir, dich nie wieder hier sehen zu lassen!“ Doch Mike Forster schien anderer Meinung zu sein. Trotzig erwiderte er: „Und warum nicht? Hast du vergessen, daß du mit allem einverstanden warst?“

„Ich habe meinen Teil erfüllt, damit ist es genug, und wir sind quitt! Ich will meine Ruhe!“

„Mills ist da anderer Meinung!“

„Euer Mills schert mich einen Teufelsdreck!“

McButton fauchte wütend: „So einfach ist das nicht, Mister Aston. Ich glaube, da schneiden Sie sich in die eigenen Finger!“

Er deutete auf die herumstehenden Kakteen, und ein verschlagener Zug war plötzlich um seine Lippen, als er wie ein Märchenerzähler begann: „Es war einmal ein verrücktes Haus. Darin lebten glücklich und zufrieden ein alter, verrückter Mann ...“

„Halt’s Maul!“ fiel ihm Mike Forster ins Wort, doch Jack McButton konterte: „Jetzt rede ich ... ein alter, verrückter Mann und einige hundert Kakteen ... oder sind es mehr? In jedem Zimmer Kakteen. Doch eines Tages kam eine Menge böser Männer und zerstörte alles ... sie schnitten die Blüten ab und stießen Löcher in das Fleisch der Kakteen ...“ Sein Finger fuhr symbolisch durch die Luft. „So oder ähnlich, Mister Aston, könnte vielleicht der liebe Mister Mills denken, wenn er erfährt, daß Sie nach wie vor der Meinung sind, Sie seien uns nichts mehr schuldig und könnten ohne weiteres aus dem Geschäft aussteigen.“

Mit dem alten John Aston war eine seltsame Wandlung vorgegangen. Der eben noch hochaufgerichtete Körper war zusammengesunken. Das Blitzen seiner eisgrauen Augen war stumpfer Resignation gewichen. Während seine Blicke die im Zimmer stehenden Pflanzen abtasteten, nickte er. In seiner Stimme schwang dumpfer Grimm: „Okay! Sagt eurem Räuberhauptmann Mills, daß er sich auf mich verlassen kann ... Aber nun raus! Das ganze Zimmer stinkt nach Verschwörern und Erpressern!“

Das Spitzbubengesicht von McButton grinste ungerührt, als er sagte: „Ich werde dem Chef empfehlen, Ihnen eine Sonderzulage für ein paar neue Kakteen zu gewähren, Mister Aston. Sozusagen ein Dankeschön in bar!“

John Aston schritt mit langen, schweren Schritten zur Tür, öffnete sie und sagte leise: „Raus!! Wenn ich schon mit Gaunern verhandeln muß, dann in Zukunft gefälligst nur mit dem Obergauner, verstanden?!“

Jack McButton wollte zu einer (sicher dummen) Erwiderung ansetzen, doch er kam nicht mehr dazu. Schneller, als er es dem alten Mann zugetraut hätte, fuhr ihm dessen mächtige Pranke mit fürchterlichem Klatschen auf die Wange. Der Rotkopf ging nicht, er flog mit schmerzverzerrtem Gesicht durch die Tür, während John Aston seine Hand angewidert an der Hose abwischte.

„Das werden Sie noch büßen, Sie alter Narr!!“ schrie McButton und meinte es ernst. Sein Kumpan, der ihn seit längerer Zeit kannte, beschloß in diesem Augenblick, die Augen und Ohren in Zukunft besonders aufmerksam offenzuhalten ...

Der Brief

Es war schon nach 23 Uhr, als Perry Clifton den Schlüssel in das Schloß seiner Wohnungstür schob.

Perry Clifton, 33 Jahre alt, seit 14 Jahren in London wohnhaft und seit elf Jahren als Warenhausdetektiv bei Johnson & Johnson in der Sutherland Street tätig, schien an jenem späten Abend des 18. März allerbester Laune zu sein.

Er streifte die Schuhe ab, ohne sich danach zu bücken, und schleuderte sie in die winzige Ankleide; das Jackett flog in hohem Bogen auf die Couch. Er stellte das Radio an, das um diese Zeit immer Tanzmusik brachte, und stopfte sich eine Pfeife.

Zuerst glaubte er, daß das Geräusch aus dem Radio käme. Doch je öfter und lauter es wurde, um so mehr befaßten sich seine abwesenden Gedanken damit.

Er sah zur Uhr:

23 Uhr 25. Wer konnte um diese Zeit noch an die Tür klopfen? Es konnte eigentlich nur Dicki Miller sein. Und der tat das nicht mal leise.

Auf Strümpfen schritt Perry zur Tür. Natürlich ...

Dicki Miller, im blau-rot gestreiften Pyjama, putzpudelmunter und mit einer gewaltigen Portion Vorwurf im Blick und nichts an den Füßen, stand vor ihm.

„Sie wollten um acht zu Hause sein, Mister Clifton!"

„Du bist ja barfuß. Hast du deine Hausschuhe verschenkt?"

„Es muß nicht jeder im Haus hören, daß ich nachts noch zu

Ihnen schleiche, nur weil ich es einem alten Mann versprochen habe!" Aus Dickis Augen sprühte die Enttäuschung, so lange warten gemußt zu haben, und dann war ja noch diese ... diese ... na ja, der würde er es schon mal zeigen!! Perry Clifton dagegen dachte an Dickis Eltern, mit denen er eigentlich keinen Ärger haben wollte. „Was soll ich deinem Vater sagen, wenn er jetzt zur Tür herauskommt?"

„Meine Eltern sind mit Onkel Mac und Tante Margret ausgegangen. Und wenn die mit denen ausgehen, kommen sie nie vor zwei Uhr nach Hause."

Perry Clifton tat eine einladende Handbewegung und sagte: „Also, herein!! Ich will nicht schuld daran sein, wenn du dir eine Lungenentzündung holst." Noch bevor Perry Clifton den Satz zu Ende gesprochen hatte, saß Dicki bereits mit unterkreuzten Beinen, gleich einem Orientalen, in der Ecke der Couch. Er musterte die dampfende Pfeife, hörte die leise Musik aus dem Radio und zog seine Schlüsse: „Sie haben gute Laune, was?"

„Habe ich, Dicki!"

„Waren Sie bis jetzt mit dieser ...", das „mit dieser" betonte er, als handle es sich um einen defekten Regenschirm, „... Miß Selly Young unterwegs?" (Er wußte natürlich ganz genau, daß diese Selly nicht Selly, sondern Julie hieß!!) Perry ging darauf ein.

„Ja. Es war ein sehr schöner Abend mit Selly. Sie ist ein ungeheuer lustiges Haus. Zuerst waren wir ganz groß essen in der *Trattoria Terazza*. Da gab's Spaghetti, so lang wie Krawatten ..."

„Sie wollten um acht zu Hause sein!" ignorierte Dicki Perrys Detailschilderungen.

„Ja, und anschließend haben wir noch einen kleinen Diskothekenbummel gemacht ... Also, diese Selly kann tanzen wie ein Kreisel ..." Perry deutete ein paar tänzerische Bewegungen an und beobachtete dabei seinen kleinen Freund genau, der offensichtlich mit seinem Gedächtnis zu kämpfen schien.

„Ich denke, sie heißt Julie?"

„Natürlich heißt sie Julie!" erwiderte Perry Clifton mit dem harmlosesten Gesicht der Welt. „Julie Young. Habe ich etwas anderes behauptet?" Er runzelte bewußt ernst die Stirn. Und scheinheilig erkundigte er sich: „Es hat fast den Anschein, als hättest du was gegen Miß Julie?!"

„Wieso? Ich kenne sie doch gar nicht", kam es ein bißchen zu rasch. Und trotzig fügte Dicki hinzu: „Wenn ich jemanden nicht kenne, kann ich doch auch nichts gegen ihn haben." Und noch trotziger: „Immerhin waren Sie in diesem Monat schon zum zweiten Mal mit ihr aus!" Perry Clifton lächelte.

„Hm ... tatsächlich", er zählte es an den Fingern ab, „ich hab' nachgezählt. Wirklich zweimal. Wird höchste Zeit, daß ich sie öfter ausführe! ... Und jetzt raus mit der Sprache, Dicki! Was war das für eine Geschichte mit dem alten Mann?"

„Er kam als Bote und wollte einen Brief abgeben!"

„In meinem Briefkasten lag nichts!" wunderte sich Perry. Und Dicki erläuterte: „Es handelte sich um einen persönlichen Brief. Der Mann sagte, daß es zu seinen Aufgaben gehöre, Nachrichten und Briefe persönlich zu überbringen!"

„Und weil ich gerade nicht da war, hast du den Mann dazu überredet, den Brief dir zu geben. Sicher hast du gesagt: ‚Ich bin sein bester Freund, Sie können den Brief ruhig mir geben!'"

Dicki schoß die Röte der Verlegenheit ins Gesicht.

„Also?" Perry streckte ihm eine Hand entgegen. Und als Dicki nicht gleich reagierte, sagte er mit fröhlichem Grinsen: „Der Brief ist mindestens zwei Zentimeter größer als deine Pyjamatasche!"

Dickis Hand fuhr an die angegebene Stelle und fischte einen blaßgelben Umschlag hervor.

„Der Mann war alt und hatte Asthma. Und weil wir keinen

Fahrstuhl haben ..." Er verschluckte den Rest und reichte Perry den Brief. ,,Was ist das eigentlich für eine Krankheit, Asthma?"

,,Ich bin kein großer Fachmann in medizinischen Fragen, Dicki. Soviel ich weiß, gibt es mehrere Arten von Asthma. Immer aber ist Luftmangel und Atemnot eine Begleiterscheinung. Ich kann es dem alten Mann durchaus nachfühlen, daß er nicht zweimal hier hinaufkraxeln wollte ... Also, Dicki, vielen Dank für deine Mühe. Aber jetzt dürfte es höchste Zeit sein, daß du ein bißchen am Kopfkissen schnupperst!"

Dicki Miller überhörte diese Aufforderung geflissentlich und deutete auf den Brief in Cliftons Hand. ,,Wollen Sie nicht lesen, was drinsteht?"

,,Die Neugier legst du wohl nicht mal nachts ab, was?" Dicki gab sofort zurück: ,,Sie haben selbst gesagt, ein Detektiv, der nicht neugierig ist, hätte besser Milchhändler werden sollen!"

,,Wenn du dir nur alles so gut merken würdest!" seufzte Perry Clifton und schlitzte den Umschlag mit einem gebrauchten Streichholz auf. Rasch überflog er die wenigen Zeilen, während Dicki gespannt aus dem Mienenspiel seines Freundes Rückschlüsse zu ziehen versuchte.

,,Möchtest du wissen, was in dem Brief steht?"

Dicki überlegte kurz, ob es höflich und anständig sei, an dieser Stelle ,,nein" zu sagen, und entschied sich dann für ein lautes ,,Ja!" Und Perry Clifton las:

,,Lieber Mister Clifton!

Ich habe des öfteren versucht, Sie telefonisch zu erreichen! Leider immer ohne Erfolg. So erlauben Sie mir bitte, daß ich brieflich Kontakt mit Ihnen aufnehme.

*Von Sir Arthur White weiß ich, daß Sie ein ausgezeichneter Detektiv sind und welchen unschätzbaren Dienst Sie ihm erweisen konnten. *Wäre es Ihnen möglich, mich am Montag*

** Siehe ,,Die Insel der blauen Kapuzen".*

persönlich zu einer vertraulichen Unterredung aufzusuchen? Würde es Ihnen um 14 Uhr passen? Ich nehme auch gern einen zeitlichen Gegenvorschlag entgegen.

Mit vorzüglicher Hochachtung!

James Pieter Burton.“

Perry Clifton faltete den Brief wieder zusammen und steckte ihn in den Umschlag zurück.

„Dieser Mister Burton hat bestimmt Schwierigkeiten.“

„Scheint so!“ stimmte Perry zu.

„Warum schickt er seinen Brief aber nicht mit der Post? Das verstehe ich nicht!“

„Das ist ganz einfach: Er wollte damit den vertraulichen Charakter seines Anliegens unterstreichen. Und Schwierigkeiten kriegst auch du gleich, wenn du nicht sofort in dein Bett verschwindest!“

Dicki gähnte: „Nur unter einer Bedingung!“

„Einverstanden! Wenn Mister Burton nichts dagegen hat, werde ich dir erzählen, welcher Kummer ihm zu schaffen macht.“

„Kennen Sie ihn denn?“

„Ich hatte noch nicht das Vergnügen. Ich weiß also nicht, ob er Besitzer einer Bäckerei oder Direktor einer Flugzeugfabrik ist.“

Dicki Miller war schon an der Tür. Die Hand (wie Napoleon auf allen Bildern) zwischen zwei Knöpfe seiner Jacke geschoben, fragte er gequält: „Wollen Sie diese Miß Julie eigentlich heiraten, Mister Clifton?“

„Hättest du denn was dagegen?“

„Ich würde kein Wort mehr mit Ihnen sprechen. Und helfen würde ich Ihnen auch nicht mehr!!“ Während aus seinen müden Augen harte Entschlossenheit sprach, entrüstete sich Perry Clifton. „Habe ich vielleicht *ein* Wort, nur ein einziges Wort gesagt, als du siebenmal hintereinander mit der jüngsten

Glennwood-Tochter ins Kino gegangen bist, um dir diesen Walt-Disney-Film anzusehen? Habe ich da was gesagt?“

Das Geräusch der zuschnappenden Tür war das letzte, was Clifton in dieser Nacht von Dicki Miller hörte. Noch einmal zog er den Brief aus dem Umschlag, um sich anschließend mit dem Telefonbuch zu befassen. Fünf Minuten später wußte er es: James Pieter Burton war Grundstücksmakler. Sein Büro befand sich in der Harrington Street, seine Privatadresse dagegen lautete: Bull Street Nr. 4. Laut Stadtplan, wie Perry nach langem Suchen herausfand, handelte es sich dabei um eine winzige Seitenstraße in unmittelbarer Nähe des Berkeley Square. Beide Adressen lagen also nördlich der Themse. Da es sich um eine private Angelegenheit zu handeln schien, tippte Clifton als erwünschten Treffpunkt Burtons auf die Bull Street. Leider hatte der Briefschreiber vergessen, dieses Detail zu erwähnen.

Das Gespenst von Duncan Hill

Montag, 20. März 1972.

Ein sonniger, blaßblauer Himmel wölbte sich von Ost nach West und von Nord nach Süd über London.

Laut Kalender Frühlingsanfang.

Würde dieser 20. März für Perry Clifton auch den Anfang eines neuen Falles bringen?

Als er seinen Wagen vor dem stuckverzierten Haus in der Bull Street abbremste, schlug es von der nahe gelegenen Kirche 14 Uhr. Von einer Parklücke war weit und breit nichts zu sehen, und so fuhr er kurz entschlossen in die Garagenauffahrt zu Nummer 4 und setzte seinen Morris hinter einen cremefarbenen Mercedes-Sportwagen.

Die Türglocke entpuppte sich als ein sehr melodisches Vierton-Läutewerk.

Wäre nicht die gestreifte Weste gewesen, nie hätte Perry Clifton vermutet, einen Butler vor sich zu haben. Betrachtete man das reservierte, fast steinern wirkende Gesicht, mußte man unwillkürlich an einen aus Holz geschnitzten Indianerkopf denken. Scharfe, markante Züge und tiefeingeschnittene Falten gaben ihm eher das Aussehen eines Indianers denn das eines Butlers. Die dunklen Augen unter den buschigen Brauen betrachteten ihn forschend.

„Mein Name ist Clifton. Ich glaube, Mister Burton erwartet mich!“

Der Butler deutete eine Verbeugung an. Kein Lächeln, weder in den Augen noch um den Mund; nicht die leiseste Geste der Höflichkeit den Gästen des Hauses gegenüber. Oder – war da doch eine Spur von Interesse? „Mister Burton erwartet Sie in seinem Arbeitszimmer, Sir. Bitte erlauben Sie mir voranzugehen!“ Clifton registrierte eine dunkle, ein wenig heisere Stimme, und er sah, während er dem Butler folgte, daß dieser das linke Bein nachzog. Über läuferbelegte Gänge und Teppiche in kleinen Dielen ging es hinauf in den ersten Stock des Hauses.

Heiter-melancholische Mozartmusik – zuerst wie durch einen Dämpfer wahrnehmbar – verstärkte sich, wurde lauter und deutlicher, je näher sie einer breiten, zweiflügeligen Tür aus geschnitzter Eiche kamen.

Der Butler klopfte. Zuerst leise, dann nachdrücklicher. Volltönend drang die Musik durch die geöffnete Tür, als der Butler eintrat.

Mozart verstummte, dagegen ertönte ein heiseres Räuspern aus der Zimmerecke..

„Ein Mister Clifton möchte Sie sprechen, Sir!“

Stille.

Der Butler wandte sich dem Detektiv zu. Und obgleich

dieser nicht den leisesten Ton von der Gegenseite im Zimmer gehört hatte, gab der Butler die Tür mit einer steifen Verbeugung frei. ,,Mister Burton läßt bitten!"

Perry Clifton betrat den Raum. Ein Zimmer von gewaltigen Ausmaßen und ausgesuchter Eleganz, in dem das Schöne das Praktische überwog. Ein Arbeitszimmer, wie es Perry bis zu diesem Augenblick eigentlich nur in historischen Filmen mit französischem Hintergrund gesehen hatte. Selbst der zierliche Schreibtisch, obwohl mit Papieren übersät, schien eher als Requisit in ein Theaterstück zu passen als in die Umgebung eines zeitgenössischen Immobilienhändlers.

Zu den wenigen technischen Einrichtungsgegenständen gehörte eine imposante Stereoanlage, die mit Tonbandgeräten und Lautsprechern ausgerüstet war und die jedem professionellen Studio zur Ehre gereicht hätte.

Abgezirkelt in der Mitte des riesigen Raumes standen drei Sessel. Sie waren so plaziert, daß sie sich an der Stelle befanden, die den allerbesten Stereoempfang gewährleistete.

Perry Clifton war sichtlich beeindruckt. Das sah auch James Pieter Burton, der mit ausgestreckter Hand und ernstem Gesicht auf ihn zukam.

,,Ich freue mich sehr, daß Sie gekommen sind, Mister Clifton. Vielen Dank!"

Sie schüttelten sich die Hände, und Perry Clifton fühlte Sympathie für den hochgewachsenen, schlanken Mann vor ihm, den er auf fünfzig Jahre schätzte und der eher einem Künstler als einem Grundstücksmakler glich.

Burton dirigierte ihn mit sanftem Druck zu einer Sesselgruppe, die sich in einem Erker befand. ,,Whisky, Kognak oder sonst etwas Alkoholisches?" erkundigte er sich.

Clifton schüttelte bedauernd den Kopf. ,,Um diese Zeit trinke ich höchstens Tee – und dann auch nur, wenn ich es unbedingt muß! Und jetzt muß ich nicht." Mit einem ziemlich verschmitzten Lächeln fügte er noch hinzu: ,,Tee paßt weder zur Einrichtung noch zu Mozart ... zumindest für meine Begriffe!"

,,Sie kennen sich also aus ..."

,,Etwas. Und das Musikstück, das Sie vorhin hörten, war zweifellos das Divertimento in D-Dur ..."

,,Stimmt!" nickte Burton gleichermaßen erfreut und anerkennend. Und wie um Entschuldigung bittend, erklärte er: ,,Ich leiste mir fast jeden Tag eine halbe Stunde Mozart. Es erleichtert mich, daß Sie kein fanatischer Wagner-Anhänger sind." Er sagte es mit dem Anflug eines Lächelns. Perry Clifton schränkte jedoch sofort ein: ,,Ich bin ein Mensch, der sehr von Stimmungen abhängig ist, trotz meines Berufes. So kann ich um 16 Uhr aus Freude über ein Ereignis Mozart hören, um 20 Uhr aus einer nachdenklichen Stimmung heraus Wagner und um Mitternacht Joan Baez ... Ich hoffe, daß Sie das nicht stört, Mister Burton!"

,,Es stört mich nicht. Im übrigen habe ich diese umfangreiche Mozartplattensammlung von meinem Bruder übernommen."

Es entstand eine kleine Pause, während der Clifton einen Kupferstich an der Wand fixierte und James Burton seinen Besucher ansah, ohne ihn jedoch wahrzunehmen. Perry Clifton ergriff als erster wieder das Wort: ,,Sie schrieben, daß Sie von Sir Arthur White von mir erfahren hätten. Kennen Sie ihn schon lange?"

Burton nickte. ,,Wir lernten uns vor einigen Monaten auf einer Kunstauktion kennen, wo er mir ein einmaliges Stück vor der Nase wegersteigerte. Unser damaliger ‚Zweikampf' bildete sozusagen den Beginn unserer Bekanntschaft. Ich schätze sehr seinen scharfen Verstand und seine Kunst zu formulieren."

,,Und vergessen Sie nicht sein Geschick, jemanden zu überreden, Dinge zu tun, die er gar nicht vorhatte ...", ergänzte Perry Clifton lächelnd. ,,Ich zum Beispiel hatte vierzehn Tage

Ferien auf dem Shannon eingeplant. Und zwar fest eingeplant, seit langem, weil ich auf das Boot eines Freundes angewiesen war. Tja, und als ich reisen wollte, kam Sir Arthur und überredete mich, den Versuch zu machen, einer Bande von Dieben im Hafen von Plymouth auf die Spur zu kommen!"

„Eine Aufgabe, die Sie meisterhaft gelöst haben sollen."

Perry Clifton winkte ab. „Halb so schlimm. Zu allen Fällen gehört meist auch ein bißchen Glück. Manchmal heißt das Glück Zufall, ein anderes Mal heißt es Angst ..."

„Angst?" warf Burton überrascht ein.

„Ja, Angst der anderen – meist ist es ein einzelner – vor Folgen, die sie oder ihn plötzlich zurückschrecken lassen. Manchmal liegt das Glück auf der Seite des Rechts, ein anderes Mal, Sie sehen es an den ungeklärten Fällen, auch auf seiten der Bösewichte."

„Hatten Sie schon mal *kein* Glück?"

Perry Clifton antwortete mit dem Wortspiel: „Bisher hatte ich das Glück, in keinem meiner Fälle kein Glück gehabt zu haben. Aber das kann sich vom einen zum anderen Mal ändern. Das ist dann Pech!"

Auf dem vorher so ernst wirkenden Gesicht Burtons breiteten sich plötzlich Hoffnung und Erleichterung aus. Und ebenso klang auch seine Stimme: „Ich glaube jetzt wirklich, daß Sir Arthurs Optimismus begründet war, als er meinte: ‚Wenn einer Ihren Fall klären kann, dann ist es Mister Clifton.' Sehen Sie, so kam ich zu Ihnen!"

„Hat Ihnen Sir Arthur auch gesagt, daß ich sehr wählerisch bin, was die Fälle betrifft, die ich übernehme?"

Burton nickte. „Das hat er."

„Ich habe als Chef der Detektivabteilung bei Johnson & Johnson einen interessanten und gutbezahlten Job. Um mir davon Urlaub zu nehmen, bedarf es schon eines besonders interessanten Falles, Mister Burton."

„Ich hoffe sehr, Sie interessieren zu können. Außerdem

muß ich gestehen, daß es nicht allein Ihre kriminalistischen Fähigkeiten sind, die mich hoffen lassen, daß Sie meinen Auftrag annehmen. Sir Arthur erwähnte, daß Sie sehr gut Deutsch sprächen ..."

„Ob gut, das möchte ich nicht selbst beurteilen. Aber ich habe einige Jahre in Berlin verbracht! Sie scheinen sich wirklich sehr umfassend über mich informiert zu haben, Mister Burton."

„Tragen Sie es mir bitte nicht nach! Auf der anderen Seite werden Sie, falls Sie mir helfen wollen, auch eine ganze Menge über mich erfahren."

Perry Clifton lächelte. „Immerhin weiß ich bereits, daß Sie mit Häusern und Grundstücken handeln und daß sich Ihr Büro in der Harrington Street befindet. Nach meinen ersten Eindrücken in diesem Hause hier scheinen Ihre Geschäfte ganz zufriedenstellend zu gehen."

James Pieter Burton fuhr, wie in Gedanken versunken, mit dem Zeigefinger über die Schnitzereien am Kopf der Armlehne seines Stuhles. Zwischen seinen Augen hatte sich eine steile Falte gebildet.

„Gäbe es nicht gewisse Dinge, würde ich ohne Zögern zugeben, daß ich mit meinem augenblicklichen Leben zufrieden bin."

„Beziehen sich diese ‚gewissen Dinge' auf Ihr Privat- oder Ihr Geschäftsleben?"

Burton zuckte mit den Schultern. „Es ist schwierig, in diesem Fall die Dinge auseinanderzuhalten ..." Plötzlich richtete er sich steif in seinem Sessel auf und forschte: „Mister Clifton – wieviel müßte ich Ihnen erzählen, um zu erfahren, ob Sie meinen Auftrag annehmen oder nicht?"

„Versuchen Sie es mit ein paar Stichworten!" empfahl der Detektiv aufmunternd.

„Gut!" Burton tippte sich vor die Brust. „Sehen Sie mich genau an. Mache ich auf Sie etwa den Eindruck eines Mannes, der voller Aberglauben steckt und an Geister und Gespenster glaubt?“

Obgleich es Burton todernst mit seiner Frage zu sein schien, konnte sich Clifton eines Lächelns nicht erwehren.

„Nicht unbedingt, Mister Burton. Andererseits möchte ich einschränkend zu bedenken geben: *Wem* sieht man solches schon an der Nasenspitze an?“

Burton stimmte zu: „Dann also etwas präziser: Was würden *Sie* sagen, wenn jemand, von dem Sie hundertprozentig wissen, daß er tot ist, plötzlich vor Ihnen steht?“

„Ist Ihnen das passiert?“

„Ja ...“

„Und jetzt überlegen Sie, ob es sich um einen Geist oder um eine Halluzination handelt!“

Burton wehrte ab. „Ich schwöre Ihnen, Mister Clifton, daß ich weder an Geister noch Gespenster glaube. Trotzdem beschäftigt mich die Angelegenheit Tag und Nacht. Tagsüber bin ich nervös – nachts finde ich keinen Schlaf!“

„Wie sollte *ich* Ihnen helfen können? Ich bin kein Arzt, Mister Burton.“

„Ich brauche keinen Arzt. Ich brauche einen Detektiv, der mich davon überzeugt oder mir den Beweis dafür liefert, daß es für diese ... ich möchte es Erscheinung nennen, eine natürliche und plausible Erklärung gibt.“

„Wissen Sie was, Mister Burton, jetzt möchte ich doch auf Ihr Angebot von vorhin zurückkommen. Und zwar wäre mir ein Whisky mit etwas Eis am sympathischsten ...“

James Burton erhob sich sofort und wandte sich einem zirka einen Meter hohen und zwei Meter langen Gemälde zu, das er wie einen Fensterflügel aufschwenkte. Eine glitzernde und funkelnde Hausbar wurde sichtbar. Während er mit Gläsern, Flasche und Eiswürfeln hantierte, versuchte sich Perry Clifton einen Vers auf das zu machen, was er bisher gehört hatte. Was könnte hinter den geheimnisvollen Andeutungen stecken? Wie sollte er sich verhalten? Zugegeben, Burton machte wirklich nicht den Eindruck eines gemütskranken Phantasten, der sich vor Verstorbenen fürchtet. Auf der anderen Seite schien er sich in echter Bedrängnis zu fühlen. Was hatte zum Beispiel der Fall mit seinen, Perrys, deutschen Sprachkenntnissen zu tun?

Der Grundstücksmakler kehrte mit zwei Gläsern an den Tisch zurück.

Sie prosteten sich zu.

Dann schlug Perry Clifton vor: ,,Lassen Sie mich Ihnen ein faires Angebot machen: Sie erzählen mir jetzt Ihre Geschichte in allen Einzelheiten und lassen mich danach entscheiden, ob ich für Sie arbeiten will oder nicht. Sollte ich nein sagen, ist damit das Versprechen verbunden, alles Gehörte für mich zu behalten. Sollten Sie dieses Angebot nicht akzeptieren wollen, bin ich Ihnen weder gram, noch werde ich den Gekränkten spielen.“

James Pieter Burton musterte den Detektiv eindringlich, während seine Rechte nervös an dem Whiskyglas drehte. Es schien ihn sichtlich Überwindung zu kosten, Cliftons Aufforderung nach bedingungsloser Information Folge zu leisten.

Endlich nickte er, schob das Glas so heftig von sich, daß es überschwappte, und lehnte sich zurück.

,,Einverstanden. –

Vor zwölf Jahren, es war 1960, beschlossen mein Bruder und ich die Gründung des Maklerbüros Burton & Burton. Ich war damals 38 Jahre alt, mein Bruder Ronald 26. Das Sprichwort ‚Aller Anfang ist schwer!‘ traf selbstverständlich auch auf uns zu. Aber ... der Anfang lag bald hinter uns. Wir arbeiteten an manchen Tagen bis zu achtzehn, mitunter sogar zwanzig Stunden. Wir schliefen in der Kleidung und lebten ausschließlich aus Konservendosen. Ronald reiste durch die Gegend und graste alle Grafschaften nach Objekten ab, die wir landhungrigen Londonern anbieten konnten. Ich dagegen erledigte den Schreibtischkram. Von der Anzeige bis zur Steuer, von den Verhandlungen mit eventuellen Käufern bis hin zu den notwendigen Vorsprachen bei den Banken, wenn es ums Geld ging.

Bereits nach zwei Jahren besaßen wir etwas, wozu andere mitunter ein ganzes Leben brauchen – einen guten Ruf. 1963 waren wir soweit, daß wir die gesamte dritte Etage Harrington Street 40 mieten konnten und die Zahl unserer Mitarbeiter auf siebzehn angewachsen war. Die ausgezeichnete Geschäftslage ließ es sogar zu, daß wir im Frühjahr 1964 dieses Haus hier in der Bull Street kaufen konnten ..."

James Pieter Burton beugte sich vor, ergriff sein Glas, nahm einen Schluck und stellte es, ohne es zu bemerken, in die kleine Whiskypfütze zurück, aus der er es hochgenommen hatte.

Dann fuhr er fort: „Ja ... 1967 heiratete mein Bruder. Wir konnten es uns sogar leisten, daß er und seine Frau eine Hochzeitsreise von vier Monaten Dauer unternahmen."

„Sie selbst sind unverheiratet?" warf Clifton ein.

„So ist es. Das Leben als Junggeselle bringt doch manchen Vorteil mit sich ..." (Und noch mehr Nachteile! fügte Perry Clifton im Geiste hinzu.) „Sie sind ja ebenfalls unverheiratet, wie mir Sir Arthur sagte!"

„Noch!" nickte der Detektiv und dachte dabei gleichzeitig an zwei Menschen zugleich: an Dicki Miller und Julie Young. Burton war mit seinen Gedanken schon weiter. Er hatte das „Noch" gar nicht wahrgenommen. Mit einem Blick, als wolle er Clifton hypnotisieren, stieß er hervor: „Und dann war plötzlich alles aus. Päng!! Weg!! So, als sei nie etwas gewesen. 1969 stürzte Ronald während eines Besichtigungsfluges über Schottland ab ... Wir wollten damals eine größere Fläche erwerben, um darauf Ferienbungalows zu erstellen ..."

Perry Clifton schwieg.

„Es war ein einmotoriges Sportflugzeug. Zu spät stellte sich heraus, daß es der Besitzer nur oberflächlich wartete."

Übergangslos, fast ohne Atempause, fuhr er fort: „Ich nahm

Ronalds Frau Claire als gleichberechtigte Partnerin im Geschäft auf. Ich war der Meinung, daß ihr nichts so gut helfen würde wie Arbeit und eine andere Umgebung."

„Kannte sie sich denn in der Branche aus?"

„Ich mußte sie anlernen. Aber sie war eine gelehrige Schülerin und stürzte sich mit wahrem Feuereifer, vielleicht sollte ich sagen: mit wahrer Verzweiflung in die Arbeit."

„Wie alt war Ihre Schwägerin zu diesem Zeitpunkt?"

„26 Jahre ..."

„Hat sie später wieder geheiratet?"

Burton schüttelte den Kopf. „Nein. Wenn ich sie daraufhin ansprach, lachte sie mich aus und sagte, daß ihr Arbeit und Geschwindigkeit zum Leben genügten."

„Wie ist das zu verstehen: Arbeit und Geschwindigkeit genügten ihr?"

Um Burtons Mund war ein bitterer Zug, als er erklärte: „Das Einmaleins der Grundstücksmakelei erlernte sie in atemberaubender Geschwindigkeit. Und was die Geschwindigkeit als solche anbetraf: Sie hatte eine verhängnisvolle Leidenschaft für schnelle Autos. Oder anders formuliert: Sie liebte die Raserei mittels hochgezüchteter Motoren!"

Perry Clifton konstatierte: „Sie ist also ebenfalls tot!"

„Am 23. September 1971 verunglückte Claire mit ihrem Maserati tödlich. Ein hinterhältiges Schicksal führte dabei Regie. Es geschah nämlich nicht während einer ihrer üblichen Rasereien, sondern im Rückwärtsgang und bei einer Geschwindigkeit von zwei Kilometern pro Stunde."

Mitten hinein in das von Verständnislosigkeit gezeichnete Gesicht Perry Cliftons sagte er: „Sie stürzte bei einem Wendemanöver über die Steilklippen von Duncan Hill!"

„Duncan Hill? Nie gehört. Wo liegt das?"

„Duncan Hill ist ein winziges Nest zwischen Dover und Folkestone, an der A 20 gelegen ... Ich befand mich zum Zeitpunkt des Unfalls in Edinburgh."

„Was wollte Ihre Schwägerin in Duncan Hill? War es ein ganz gewöhnlicher Ausflug?"

„Dieses Geheimnis hat sie mit ins Grab genommen. Ich meine das Geheimnis, was sie in Duncan Hill wollte. Allen bekannt war nur, daß sie zur Fähre nach Dover wollte, um sich übersetzen zu lassen ..."

„Wollte sie aus einem besonderen Anlaß nach Frankreich?"

„Ja. Sie sollte Trauzeugin sein bei der Hochzeit einer ehemaligen Schulfreundin. Sie hatte sogar schon eine Menge nicht gerade billiger Hochzeitsgeschenke eingekauft."

Clifton fragte überrascht: „War Ihre Schwägerin Französin?"

„Ja, gebürtig aus Bordeaux, aufgewachsen in Paris. Ronald lernte sie in einem Pariser Reisebüro kennen, wo sie damals arbeitete. Sechs Wochen später waren sie verheiratet ... Übrigens, einen Teil der Geschenke fand man später in dem völlig zertrümmerten Autowrack."

„Einen Teil nur?"

„Die beiden wertvollsten fehlten. Sie werden wohl ebenso wie Claire aus dem Wagen geschleudert worden sein. Der Wagen selbst wurde gerade geborgen, als ich in Duncan Hill eintraf."

„Und Ihre Schwägerin?"

„Von Claire fand man im Wagen den rechten Schuh und einen Fetzen ihrer Kostümjacke. Von ihr selbst fehlt bis heute jede Spur ... Wie die Experten behaupten, sei das verständlich, da Brandung und Strömung bei Duncan Hill so stark sind, daß mit einem Wiederauftauchen nicht zu rechnen sei. Daß der Wagen geborgen werden konnte, war nur einem Zufall zu verdanken. Er war genau zwischen zwei Riffs eingeklemmt."

„Steht es eigentlich fest, daß der Wagen von ihr selbst gesteuert wurde?"

„Darüber herrscht nicht der geringste Zweifel."

„Augenzeugen dieses Unfalls gab es wohl nicht?"

„Doch", erinnerte sich Burton, „es gab einen Augenzeugen. Ein alter Mann, ein ehemaliger Leuchtturmwärter, beobachtete das Drama aus allernächster Nähe. Er war es auch, der die Polizei benachrichtigte."

Es dauerte eine ganze Weile, bevor Burton weitersprach. Er tat es leise und eindringlich: „Mister Clifton, was ich Ihnen jetzt sage und zeige, habe ich bisher noch niemanden wissen lassen." Er erhob sich und ging mit raschen Schritten zu seinem Schreibtisch.

Perry Clifton fühlte eine eigenartige Spannung. Dieser Burton verstand es wirklich, ihn mit kleinen Brocken zu füttern.

Der Detektiv konnte sehen, wie Burton eine Schublade aufschloß und ihr eine dickere Mappe entnahm. Schon auf dem Weg zurück zum Tisch zog er ein großformatiges Foto aus der Mappe und reichte es dann seinem Gegenüber.

Perry sah vor sich das aparte Gesicht einer dunkelhaarigen Frau mit ebensolchen großen Augen. Es handelte sich um eine ausgesprochen künstlerische Portraitaufnahme. Aber selbst unter Abzug der schmeichelnden Beigaben, die eine solche Aufnahme einem Schnappschuß voraushatte – wie zum Beispiel Ausleuchtung, Pose und eine eventuelle Retusche –, blieb noch so viel übrig, daß man von einem schönen Gesicht sprechen konnte.

„Eine bemerkenswerte Erscheinung!" gab Perry Clifton zu und nahm gleichzeitig ein zweites Foto entgegen.

Es zeigte Claire Burton vor einem funkelnagelneuen Sportwagen des Typs *Maserati*. Zwischen einssiebzig und einsachtzig schätzte Clifton ihre Körpergröße, ihr Gewicht auf 110 Pfund. Es war eine seiner Angewohnheiten, auf solche Dinge ebenso zu achten wie auf besondere optische Merkmale wie Leberflecke, eingefärbte Haarsträhnen, auffällige Ringe oder Ketten und ähnliches.

„Mister Clifton, ich darf doch um äußerste Diskretion bitten ..."

„Das hatte ich Ihnen wohl schon zugesagt!“ gab der Detektiv zurück. In seiner Stimme schwang unüberhörbar Verärgerung. Burton sah erschrocken auf. Anscheinend kam ihm erst jetzt seine unüberlegte Bemerkung zum Bewußtsein, und erschreckt entschuldigte er sich: „Ich bitte um Vergebung, Mister Clifton, aber Sie werden meinen Zustand sofort begreifen ...“ Er tippte auf die Mappe in seiner Hand. „Ich habe hier das *Live Journal* dieses Monats. Es enthält unter anderem eine Reportage über die diesjährige Basler Fasnacht.“ Er holte besagtes Journal hervor. Zwischen den Seiten steckte ein abgerissenes Kalenderblatt. Er schlug die markierten Seiten auf und hielt Clifton das Heft hin.

„Bitte, betrachten Sie sich das rechte untere Bild!“

Perry Clifton tat es. Doch er wurde nicht schlau aus dieser Aufforderung.

„Ein Umzug mit Maskierten ...?“

„Nicht die Maskierten, Mister Clifton!“ Starke Erregung schwang in Burtons Stimme. „Es geht um die Zuschauer am Straßenrand ... Sehen Sie sich die Dame vor dem Schweizer Postbüro an!“

Perry sah sie. Und sein Blick schwenkte hinüber zu den beiden anderen Fotos.

„Na?“ drängte der Makler. „Ein Geist? Ein Gespenst? Oder nur eine zufällige Ähnlichkeit?“

„Wenn überhaupt“, erwiderte Perry Clifton, „dann wohl höchstens letzteres. Ich meine auch, daß das Foto viel zu klein ist, um voreilige Schlüsse zu ziehen.“ James Burton beteuerte: „Sie sagen das, was ich ebenfalls dachte. Zu klein ... Die Personen viel zu klein ... Ich bin zu dem Reporter des *Live Journal* gegangen, habe ihm eine romantische Szene vorgespielt und ihm das Negativ für zehn Pfund abgeluchst. In einem winzigen Fotoladen in Aldershot habe ich mir dann eine Ausschnittvergrößerung anfertigen lassen.“ Burton griff erneut in die Mappe. „Hier ist sie! Was sagen Sie jetzt?“

Zunächst sagte Clifton nichts. Im Gegenteil, er hatte Mühe, seine Verblüffung zu verbergen. Hätte man ihm das Foto Claire Burtons, auf dem sie vor dem Sportwagen steht, zusammen mit jener Ausschnittvergrößerung nur eben so vorgelegt, wären ihm nicht eine Sekunde lang Zweifel daran gekommen, es könnte sich hier um zwei verschiedene Frauen handeln. Doch so ... James Burtons Geschichte ließ eine so einfache Lösung nicht zu. Ja, sie ließ sie sogar unwahrscheinlich werden.

Perry Clifton beschloß, mit seinen Äußerungen zum Sachverhalt vorsichtig zu sein.

„Der Hut ist etwas störend. Finden Sie nicht, Mister Burton?" Dieser nickte.

„Claire trug nie Hüte ... Trotzdem!"

„Ich gebe zu, daß sich beide Damen auf den Bildern ähneln."

„Nur ähneln?" unterbrach Burton heftig. „Wirklich nur ähneln?"

„Nun gut, geben wir weiter zu, daß eine außergewöhnliche Ähnlichkeit besteht. Aber selbst eine außergewöhnliche Ähnlichkeit bleibt nun mal eben nur das ... Sie sollten sich wirklich freimachen von den Gedanken, auf eine übersinnliche Erscheinung gestoßen zu sein."

James Pieter Burton erhob sich und ging eine Weile mit auf dem Rücken verschränkten Händen auf und ab. Dann trat er auf Clifton zu und sagte beschwörend:

„Bitte, Mister Clifton, helfen Sie mir!"

„Aber wie? Sie jagen einem Hirngespinst nach!"

„Ich möchte Sie dafür engagieren, daß Sie die Dame auf dem Zeitungsfoto ausfindig machen. Ich finde erst dann wieder Ruhe, wenn ich weiß, wer sie ist!"

Perry runzelte die Stirn. „Ich kann mich des Gedankens nicht erwehren, daß Sie eine ganz bestimmte Vermutung haben, Mister Burton." Doch Burton schüttelte augenblicklich sehr heftig den Kopf. „Es mag Ihnen sonderbar erscheinen, und ich kann es auch nicht erklären ... ich weiß nur eines: Ich muß wissen, wer die Fremde ist ... Bitte, Mister Clifton. Ich zahle Ihnen das Honorar, das Sie selbst bestimmen!"

Clifton winkte ab. „Es handelt sich hier nicht um das Honorar. Wenn ich zögere, dann nur, weil ich mit einer Zusage Ihre etwas wirren Gedankengänge unterstützen würde. Außerdem ist die Möglichkeit, die Frau auf dem Kontinent zu finden, äußerst gering. Sie klammern sich wahrscheinlich an die Vorstellung, sie müsse in Basel zu finden sein. Sie könnte aber ebensogut eine Touristin aus Deutschland sein oder aus Italien. Vielleicht sogar aus den Staaten. Es wäre, ohne Übertreibung, die Jagd nach einem Schatten. Sie würden Ihr Geld buchstäblich zum Fenster hinauswerfen!"

James Burton blieb unbeeindruckt. „Bitte! Versuchen Sie es!"

In diesem Augenblick stutzte Perry Clifton.

Während ihn der Grundstücksmakler noch beschwörend ansah, lauschte er nach links. Vier Sekunden später war er an der Tür, durch die er den Raum betreten hatte. Als er sie öffnete, stand der Butler vor ihm. Über der gestreiften Weste trug er ein graukariertes Jackett und in der Hand einen Brief. Er sah Clifton mit unbewegter Miene an. In seinen Augen spiegelte sich eine Mischung aus Überraschung und Abneigung. Nach einer knappen Verbeugung entschuldigte er sich höflich: „Ich wollte nicht stören, Sir. Erlauben Sie, daß ich Mister Burton etwas frage?"

Perry Clifton, der keine Sekunde daran zweifelte, daß der Butler an der Tür gelauscht hatte, trat einen Schritt zurück.

„Verzeihung, Sir", wandte sich der Butler jetzt an Burton. „Ich wollte um die Erlaubnis bitten, rasch einen Brief zum Postamt bringen zu dürfen."

Als Burton stumm nickte, verbeugte er sich noch einmal und sagte: „Ich werde mich beeilen, Sir!" Und zu Clifton: „Vielen Dank, Sir!"

Er schloß die Tür leise hinter sich.

Als Clifton an den Tisch zurückgekehrt war, starrte ihn der Makler verständnislos an. „Was sollte das alles, Mister Clifton? Hatte Henry nicht geklopft?"

„Ich bin sicher, daß er gelauscht hat!"

Irgendwo fiel im Haus eine Tür zu. Es mußte die schwere Haustür gewesen sein.

„Gelauscht? Warum sollte er? Was hätte er davon?"

„Diese Frage könnte nur er allein beantworten!"

Burton sah ziemlich hilflos drein. „Sie glauben nicht, daß er einen Brief zur Post bringen will?"

„Ich glaube, daß er diesen Brief nur als Alibi für den Fall dabeihatte, der ja nun eingetreten ist. Wie lange beschäftigen Sie ihn schon?"

„Lassen Sie mich nachrechnen." Burton sah grübelnd zur Decke und sagte dann: „1965 machte Ronald eine Reise nach Kanada und Alaska. Dabei lernte er Henry Overgaty kennen ... 1966 ließ er ihn dann nach London kommen. Seitdem ist er also im Haus. Seit sechs Jahren!" Und nach einer Pause: „Ich hatte noch nie die geringsten Schwierigkeiten mit ihm. Ronald behauptete immer, mit Henrys Leben ließen sich mindestens zehn Bände mit Abenteuergeschichten füllen. Er war Fallensteller, Buschpilot, Landvermesser, Goldsucher und noch in drei Dutzend weiteren Berufen tätig, ja, er hing sehr an meinem Bruder. Und als das Unglück geschah, mußte ich ihn überreden dazubleiben."

„Er wollte fort?"

„Ja. Gleich nach der Beerdigung!"

„Und wohin?"

„Ich kann Ihnen nur das wiedergeben, was er mir damals auf die gleiche Frage antwortete: Er zuckte mit den Achseln."

„Wie kam er mit Ihrer Schwägerin aus?"

„Es gab keinen Anlaß zum Klagen. Vielleicht schon deshalb, weil er ein äußerst schweigsamer Mensch ist. Es gibt

Tage, an denen spricht er kaum mehr als zehn Worte. Nein, nein, Mister Clifton, Sie irren sich bestimmt. Henry würde nie an einer Tür lauschen!" Und irritiert fragte er: „Warum glauben Sie mir nicht?"

„Ich habe noch nie einen schweigsamen Abenteurer kennengelernt ... Nun ja, betrachten wir das Kapitel Henry zunächst als erledigt."

Burton nickte erfreut. „Sie haben recht. Es gibt wichtigere Dinge. Darf ich hoffen, daß Sie meinen Auftrag annehmen?"

„Zwei Fragen, Mister Burton: Hat Ihre verstorbene Schwägerin noch Angehörige? In Frankreich oder hier in England? Und: Besaß sie eine Lebensversicherung?"

„Zur ersten Frage kann ich Ihnen sagen, daß Claire außer einem jüngeren Bruder keine Verwandten mehr hat. Dieser Bruder heißt Albert und dient in der französischen Marine. Was die zweite Frage angeht: Ja, sie besaß eine Lebensversicherung!"

„Zu wessen Gunsten?"

„Zu meinen Gunsten!"

„Oh!" Perry Cliftons Verwunderung war weder zu überhören noch zu übersehen. Um Burtons Lippen spielte ein eigenartiges, fast heiteres Lächeln. „Das, was Ihnen jetzt durch den Kopf geht, Mister Clifton, ging schon durch viele andere Köpfe: Der alte Burton läßt seine Schwägerin hoch versichern, stürzt sie anschließend ins Meer und kassiert die Versicherungssumme." Clifton schwieg wieder. Und automatisch fuhr Burton fort: „Mein Bruder besaß keine Lebensversicherung. Das heißt, wäre ich nicht gewesen, hätte sich Claire ihren Lebensunterhalt unter wesentlich unangenehmeren Bedingungen erarbeiten müssen." Nach einer kleinen Pause: „Nach Ronalds Tod schloß ich eine Lebensversicherung bei der *Partland* zu ihren Gunsten ab. Und zwar über 200 000 Pfund. Im Falle eines Unfalls sollte sie das Doppelte, also 400 000 Pfund, erhalten ... Viele Wochen später, ich weiß nicht mehr, was in mich gefahren war, erwähnte ich dummerweise diese Sache. Claire war außer sich und wollte, daß ich die Versicherung wieder rückgängig machen sollte. Als ich mich weigerte, bestand sie darauf, daß die Lebensversicherung in eine solche auf Gegenseitigkeit umgewandelt werden sollte."

„Wenn ich richtig informiert bin, bedeutet das, daß derjenige Teil die geamte Summe ausbezahlt bekommt, der überlebt."

Burton nickte. Als Clifton sagte: „Da es sich bei Ihrer Schwägerin um einen Unfall handelte, haben Sie von der *Partland* also 400 000 Pfund erhalten!", winkte Burton ab. „Irrtum. Es waren nur 200 000 ... Die Versicherung stellte sich auf den Standpunkt, daß die polizeilichen Ermittlungen keineswegs eindeutig für einen Unfall sprächen."

„Wofür sonst?" wollte Clifton wissen.

„Für Selbstmord! Und für Selbstmord gab es nicht das Doppelte. Genauer gesagt, für Selbstmord hätte es in diesem Fall überhaupt nichts gegeben, weil die für einen solchen Fall notwendige Wartefrist nicht erfüllt war."

„Hm ..." Perry Clifton schien echt verwundert zu sein. „Ich frage Sie, Mister Clifton, bringt sich jemand selbst um, wenn er gerade für über fünfhundert Pfund Hochzeitsgeschenke gekauft hat?"

„Ein einziges Wort aus Ihrer Frage wäre eine Überlegung wert!"

„Welches Wort?"

„Selbst!!"

„Ach, Sie denken an Mord? Welchen Grund sollte ein pensionierter Leuchtturmwärter haben, eine junge Frau samt ihrem Auto über die Felsen stürzen zu lassen?"

„Wie hieß dieser Augenzeuge denn?"

Einige Augenblicke lang dachte Burton angestrengt nach, dann schüttelte er den Kopf: „Tut mir leid, der Name ist mir entfallen."

Perry Clifton trank den Rest seines Whiskys mit den inzwischen zu Wasser gewordenen Eiswürfeln aus und erhob sich. „Sie wollen schon gehen, Mister Clifton?" Burton sah ihn enttäuscht an.

„Geben Sie mir 24 Stunden Bedenkzeit, Mister Burton. Es ist jetzt ...", er sah zur Uhr, „... 5 Uhr. Sollte ich den Auftrag annehmen, werde ich morgen um diese Zeit hier in diesem Zimmer stehen und mit Ihnen die weiteren Einzelheiten besprechen. Sollte ich ablehnen, werde ich Sie, ebenfalls pünktlich um 15 Uhr, anrufen! Einverstanden?"

James Pieter Burton schlug in Perry Cliftons ausgestreckte Hand ein ...

Die Partland-Versicherung

Perry Cliftons Sorge, er könne irgendwo im dichten Straßenverkehr zwischen Marble Arch und Tottenham Court steckenbleiben und zu spät nach Holborn kommen, erwies sich als unbegründet. Als er in die Tiefgarage unter dem Betonklotz des *Partland*-Versicherungsgebäudes einfuhr, zeigte seine Autouhr 15 Uhr 50 an.

Der Fahrstuhl beförderte ihn in den 4. Stock, wo sich die Anmeldung zu den Bezirksdirektionen befand. Und hier kannte Perry einen nicht unwichtigen Mann, den Bezirksdirektor der Sektion Ost, Edward Hamilton.

„Ist Mister Hamilton noch im Hause?" fragte er ein wenig später eine junge Dame in der stinkfeinen, nach hohen Versicherungsprämien duftenden Anmeldung.

„Ja, Sir! Aber ich habe Anweisung, ihn nicht zu stören. Es sei denn ..." Perry Clifton kramte sein überzeugendstes Lächeln hervor und vollendete den Satz der hübschen, pflichtbewußten Blondine: „... es sei denn, daß es sich um etwas Unaufschiebbares handelt." Er senkte die Stimme zu einem geheimnisvollen Tuscheln: „Es handelt sich um etwas Unaufschiebbares, Miß Corners!" (Den Namen hatte er von einem Täfelchen abgelesen.) Er reichte ihr seine Visitenkarte, die sie nur zögernd entgegennahm. Nach einem raschen Blick darauf sagte sie: „Nun gut, Mister Clifton, ich will versuchen, ob Mister Hamilton eine Ausnahme macht!"

Sie ergriff eines der drei Telefone auf ihrem Schreibtisch, klemmte den Hörer zwischen Ohr und Schulter, hielt mit der Linken den (anscheinend nicht rutschfesten) Apparat fest und wählte mit der Rechten drei Ziffern. Fünf, sechs Sekunden lauschte sie in die Muschel, dann meldete sie: „Verzeihung, Sir, hier ist ein Mister Clifton, der Sie in einer unaufschiebbaren Angelegenheit zu sprechen wünscht."

Die Erwiderung am anderen Ende der Leitung schien nur aus einer einzigen Frage zu bestehen, worauf das Mädchen erneut die Visitenkarte in die Hand nahm und anschließend lebhaft nickte: „Ja, Mister Perry Clifton, Sir!" Das „Perry" betonte sie dabei besonders ...

Edward Hamilton kam Perry Clifton mit ausgestreckten Händen und aufrichtiger Freude entgegen. „Freut mich ungemein, Sie wieder einmal zu sehen!"

Der Detektiv schüttelte dicke, kurze Finger an einer dicken, kurzen Hand, die zu dem dicken, kurzen Edward Hamilton gehörte.

Als er dem Versicherungsmann das erste Mal begegnet war, tauchte aus seiner Erinnerung eine Geschichte auf, die er als kleiner Junge in irgendeinem lustigen Schmöker gelesen hatte. Sie handelte von einem kleinen, dicken Mann namens David Kugel, der so klein und so dick war, daß er sich, wenn es bergab ging, nur auf die Straße legte. Alles andere ging von allein: Er rollte, rollte und rollte. Dabei überholte er Autos, Omnibusse, Radfahrer und Motorräder.

Edward Hamilton glich jenem David Kugel wie ein Ei dem anderen.

,,Warum sehen Sie mich so nachdenklich an?" brummte er mit seiner komischen Schnarrstimme. ,,Ich habe nicht zugenommen, Mister Clifton! Nicht ein Gramm! Ich schwöre es!" Und ebenso beschwörend klopfte er sich auf den kugelrunden Bauch.

Perry Clifton lachte. ,,Geglaubt! Außerdem könnte ich mir Sie gar nicht dünner vorstellen!"

,,Es wäre eine Katastrophe!" lachte nun auch Hamilton. ,,Ich müßte ja alles abändern lassen." Und er begann aufzuzählen: ,,Die Jacken, die Hosen ..." Bei jedem neuen Kleidungsstück streckte er zählend einen weiteren dicken, kurzen Finger in die Luft. ,,Die Oberhemden, die Unterhemden, die Unterhosen, die Westen, die Mäntel, den Frack und den Smoking ... Stellen Sie sich das vor: Neun verschiedene Kleidungsstücke müßte ich zum Schneider bringen." Clifton grinste verschmitzt: ,,Dabei haben Sie noch den Hut, die Pulswärmer, die Gamaschen, die Schuhe und die Sonnenbrille vergessen. Sogar sämtliche Ringe müßten Sie enger machen lassen."

Zuerst stutzte Edward Hamilton, dann staunte er, und schließlich boxte er Clifton übermütig in die Seite: ,,Sie haben recht! Verdammt, Sie haben wirklich recht! Und da soll ich abnehmen? Nein, das wäre ja das schlechteste Geschäft, in das ich mich je einlassen würde! Und außerdem" – er zwinkerte –, ,,vor wem hat man mehr Respekt: vor einem kleinen Dicken – oder vor einem kleinen Dünnen?"

Sollte sich Perry Clifton je die Frage gestellt haben, ob Hamilton unter seiner Kleinheit litt, dann war diese Frage beantwortet: Er tat es nicht. Er hatte sich längst damit abgefunden und nahm es mit Humor. Nachdem er Clifton in einen Ledersessel bugsiert und ebenfalls Platz genommen hatte, wurde er unvermittelt ernst. ,,Also, raus mit der Sprache! Sie kommen doch nicht nur zum Guten-Tag-Sagen?"

Clifton nickte zustimmend: „Erraten!"

„Und um was handelt es sich bei Ihrer ‚unaufschiebbaren Angelegenheit'?"

„Ich möchte Ihnen gern ein paar Fragen stellen, die einen Fall betreffen, der runde sechs Monate zurückliegt. *Was* Sie mir sagen sollen, lieber Mister Hamilton, stellt keine Indiskretion dar, da mich der Betroffene selbst gebeten hat, Nachforschungen in seiner Angelegenheit anzustellen. Allerdings ahnt er nicht, daß ich damit hier bei der Partland-Versicherung beginne."

„Okay. Um wen handelt es sich?"

„Am 23. September vergangenen Jahres verunglückte Claire Burton tödlich ..."

Als Hamilton den Namen Burton hörte, verzog sich sein Gesicht zu einer gequälten Grimasse. Clifton fragte sofort: „Ein Fall mit Hindernissen?"

„Ein Fall mit Hindernissen und Zugeständnissen. Und da ist noch etwas – es war nicht mein Fall, Mister Clifton. Ich bearbeite die Sektion Ost."

„Aber Sie kennen sich aus!"

„Was ich weiß, weiß ich von Poolman. Der ist der zuständige Mann für West. Er hat eine Menge Ärger gehabt."

Clifton nickte. „Okay ... Nur, *Sie* kenne ich. Poolman nicht! Wäre es sehr vermessen, Sie zu bitten, sich die Akte Burton einmal kommen zu lassen?"

Statt einer Antwort erhob sich Edward Hamilton und drückte eine Taste der Sprechanlage. Eine junge, helle Männerstimme meldete sich fast augenblicklich.

„Ja, Sir?"

„Gehen Sie bitte zu Mister Wynham, und lassen Sie sich die Akte L Strich West ...", zu Clifton gewandt: „Wie war der Vorname?" – „Claire!" – „... die Akte L Strich West Claire Burton geben. Bringen Sie sie anschließend sofort in mein Büro!"

„In Ordnung, Sir!“

Hamilton ließ sich wieder in seinen Sessel plumpsen und stöhnte theatralisch: „Dieser Burton hat Sie also engagiert, damit Sie nachträglich den Beweis erbringen, daß seine Schwester ...“ – „Schwägerin!!“ verbesserte Clifton. „... seine Schwägerin verunglückt ist. Wenn Ihnen das gelingt“, Hamilton drohte mit dem Finger, „dann kostet uns das eine Menge Geld ... Aber was die Polizei nicht mit letzter Sicherheit feststellen konnte, wird auch Ihnen nicht gelingen!“

Er rieb sich die Hände, lachte verschmitzt, hielt jedoch plötzlich inne und erkundigte sich mißtrauisch: „Oder haben Sie schon eine neue Spur?“

„Nein, Mister Hamilton!“ erwiderte Clifton, und er beschloß in diesem Augenblick, den Versicherungsmann bei dessen Überzeugung zu belassen, es handle sich um die Klärung „Unglücksfall oder Selbstmord“.

Der Sprechapparat gongte.

Hamilton sprang auf und drückte die Taste. Die Stimme von vorhin meldete sich wieder. Diesmal irritiert, unsicher: „Verzeihung, Sir, die Akte Burton steht nicht in der Ablage.“

„Wieso nicht?“

„Ich weiß es nicht, Sir. Es ist kein Entnahmehinweis vorhanden.“

„Was sagt Wynham dazu?“

„Mister Wynham meint, es gäbe nur die Möglichkeit, daß Mister Poolman die Akte bei sich eingeschlossen hat. Aber Mister Poolman ...“

„Ich weiß selbst, daß er verreist ist!“ unterbrach Hamilton die Stimme des offensichtlich noch sehr jungen Mannes. Dann machte er: „Hm ... hmhmhm ...“, fuhr sich ganz in Gedanken mit der Hand über seinen Kopf und zog einen Flunsch, der ihm bestimmt einen Preis beim Grimassenwettschneiden eingebracht hätte. Schließlich bellte er unfreundlich in die Sprechanlage: „Mister Wynham möchte sofort zu mir kommen!“

„Ja, Sir!“

Hamilton erläuterte: „Wynham ist der Sachbearbeiter!“

„Es scheint noch jemand am Fall Burton interessiert zu sein. Vielleicht die Polizei?“

„Unsinn!“ winkte Hamilton ab und fügte ärgerlich hinzu: „Dabei waren wir wirklich großzügig!“

„In welcher Hinsicht?“

„Wir hätten uns ebenso auf die Hinterfüße stellen und auf der These vom Selbstmord beharren können. Dann hätten die Burtons nämlich keinen Penny gesehen!“

Edward Hamilton schien wirklich verärgert. Aber wahrscheinlich lag das in erster Linie daran, daß irgendwas den bürokratischen Ablauf störte. Eine Akte war verschwunden ... Ein ungeheuerlicher Vorgang – selbst dann, wenn sie in Poolmans Schreibtisch lag.

Mister Wynham war ein Mann um die vierzig. Seine Kleidung war ebenso korrekt wie seine Umgangsformen. Es schwang tiefes Bedauern in seiner Stimme, als er Hamilton klarzumachen versuchte, daß es in der Tat nur die Möglichkeit gäbe, daß Mister Poolman die Akte höchstpersönlich entnommen habe.

„Wie lange ist er in Brüssel?“ wollte Hamilton wissen.

„Bis nächsten Sonnabend, Sir!“

„Hm, dann müssen wir es anders machen.“ Er deutete auf den Detektiv zu seiner Rechten. „Das ist Mister Clifton, er hat ein paar Fragen an Sie. Sie haben ja den Fall Burton damals bearbeitet.“

„Ganz recht, Sir!“

Hamilton deutete auf den dritten Sessel: „Bitte!“

„Mister Wynham, ich kann jetzt nur hoffen, daß Sie über ein gutes Gedächtnis verfügen“, begann Perry Clifton mit einem aufmunternden Lächeln.

„Versprechen Sie sich bitte nicht zuviel, Sir. Mein gutes Gedächtnis bezieht sich leider nur auf Zahlen. Sobald es um

Namen geht, reagiert es ausgesprochen allergisch. Aber vielleicht kann ich Ihnen trotzdem helfen. Bitte, fragen Sie nur!"

„Wie lange, zum Beispiel, bestand diese Versicherung auf Gegenseitigkeit schon?"

„Seit Januar 1971!" Und dann erinnerte sich Wynham doch: „Komische Geschichte damals ... Mister Burton war ziemlich wütend darüber."

„Wütend? Warum wütend?"

„Weil er die bestehende Versicherung umschreiben lassen mußte. Seine Schwägerin bestand darauf!"

„Ich nehme an, daß durch die neue Form der Versicherungsart auch höhere Prämien auf ihn zukamen. Vielleicht war er über die Mehrbelastung beunruhigt?"

„Selbstverständlich erhöhte sich der Beitragssatz um ein erkleckliches. Aber darum ging es ihm, wenn ich mich recht erinnere, wohl nicht. Er fand es albern, daß Mrs. Burton ihren Tod vor dem seinen einkalkulierte ... Oder sollte ich vielleicht sagen, diese ‚Möglichkeit' einkalkulierte."

„Erinnern Sie sich auch noch, wann die erste, sozusagen die einfache Lebensversicherung abgeschlossen wurde?"

„Das könnte ich nachsehen, falls Sie dieses Datum genau benötigen."

„Nur ungefähr!" antwortete Perry Clifton.

„Es war etwa eine Woche zuvor."

„Mister Wynham, die *Partland* weigerte sich, die Unfallklausel zu akzeptieren. Was gab es in dem polizeilichen Protokoll Entscheidendes, was dagegen sprach?"

Der Gefragte überlegte einige Zeit, bevor er antwortete. Und er schien sichtlich verlegen, als er nach einem raschen Seitenblick auf Edward Hamilton antwortete:

„Ja ... Eigentlich sprach nichts dagegen. Aber es sprach auch nichts dafür. Der einzige Augenzeuge ..."

„Ein Leuchtturmwärter!"

„Ganz recht ... Ein pensionierter Leuchtturmwärter von

67 Jahren, der nie in seinem Leben ein Kraftfahrzeug gesteuert hat, als Zeuge dafür, daß es sich um einen Unfall handelte, war der *Partland* zu wenig. Und sicher auch jeder anderen Versicherung!" setzte er rasch hinzu.

„Sie meinen also, daß es keinerlei Gründe dafür gab, aus Versehen so zu verunglücken!"

„So ist es!"

„Ich hörte, daß das Fahrzeug im Rückwärtsgang über den Abgrund gefahren ist. Das spräche doch gerade für einen Unfall!"

„Oder gerade dagegen!" mischte sich jetzt Edward Hamilton ein. „Die Lady ist rückwärts gefahren, weil sie sonst vielleicht der Mut verlassen hätte, ihr Vorhaben tatsächlich auszuführen." Und entschieden beteuerte er noch einmal: „Ich bin jedenfalls der Ansicht, daß sich die *Partland* großzügig gezeigt hat."

Wynham nickte zustimmend.

„Eine letzte Frage, Mister Wynham. Wie wurde die Versicherungssumme ausgezahlt?"

„In Form eines Barschecks auf die *Western City Bank*."

„Hier?"

„Nein, in Mister Burtons Büro in der Harrington Street! Mister Cockfield und Mister Sangster haben den Scheck überbracht."

Perry Clifton bedankte sich: „Ja, Mister Wynham, das wäre eigentlich alles, was ich Sie fragen wollte. Ich bin Ihnen sehr zu Dank verpflichtet."

Charles Wynham erhob sich fast augenblicklich. Er schien erleichtert. „Es freut mich, daß ich Ihnen behilflich sein konnte."

Als der Detektiv mit Hamilton wieder allein war, meinte der: „Da haben Sie's! Nichts Neues im Fall Burton! Oder sind Sie nun schlauer, Mister Sherlock Holmes?"

„Das verrät Sherlock Holmes nicht. Eines jedenfalls kann

ich Ihnen zu Ihrer Beruhigung schon jetzt sagen: *Noch* brauchen Sie sich nicht zu beunruhigen, noch muß die *Partland* den Rest nicht zahlen ..."

Edward Hamilton spreizte überrascht seine zehn dicken, kurzen Finger. „Was soll das heißen, Clifton? Raus mit der Sprache!"

„Daß noch nicht feststeht, ob Claire Burton nicht eventuell doch durch einen Unfall ums Leben gekommen ist ..."

Duncan Hill

Am Dienstag morgen – es war der 21. März – erinnerte nichts mehr daran, daß der Vortag laut Kalender den Frühlingsanfang verkündet hatte. Wenn es auch noch nicht regnete, so präsentierte sich der Himmel jedoch in einem schmutzigen Dunkelgrau (mit Neigung zu Schwarz), das mehr nach Wolkenbruch als nach Trockenheit aussah.

Es war genau 7 Uhr, als Perry Clifton seinen Wagen startete. Von Norwood aus fuhr er in Richtung Dartford, wo er auf die A 20 einbog, jene Fernstraße, die über Chatham und Canterbury nach Dover führt.

Sein sorgfältig ausgetüftelter Zeitplan geriet schon kurz hinter Faversham durcheinander. Nach einem Unfall (Milchauto gegen Überlandbus) war ein Stau entstanden, der eine kilometerlange Blechkarawane zur Folge hatte, in der sich auch sein Auto befand. Als er endlich die Stadtgrenze von Dover passierte, war es bereits 10 Uhr vorbei.

Glücklicherweise hielt ihn der Betrieb in der Hafenstadt nicht sonderlich auf, so daß er eine Viertelstunde später die A 20 erreichte, die Straße, die an der Küste entlang von Dover nach Folkestone führt.

Es war die gleiche Straße, die am 23. September 1971 auch Claire Burton gefahren sein mußte.

Perry Clifton war so in Gedanken vertieft, daß er prompt Hinweisschild samt Abzweigung überfuhr. Er hielt sich scharf links, stoppte und ließ einige Wagen, die sich hinter ihm gehalten hatten, vorbei. Dann rollte er vorsichtig im Rückwärtsgang zurück. Grobe Verkehrsgefährdung würde die Verkehrspolizei sein Vorgehen nennen, und Perry Clifton mühte sich darum, das zu empfinden, was man Schuldgefühl nennt.

Endlich konnte er links abbiegen.

Duncan Hill 1 Meile stand auf dem verwitterten Schild.

Schon nach der ersten Biegung entdeckte er in der Ferne den Turm einer offensichtlich äußerst kleinen Kirche sowie mehrere ziegelgedeckte Dächer.

Das mußte Duncan Hill sein ...

Daß es wirklich nur ein kleiner Ort sein konnte, hatte Clifton schon daran festgestellt, daß er auf seiner Autokarte nicht zu finden war.

Er bog in Duncan Hill ein. Eine saubere, schmale Straße, gepflastert mit Steinen aus Granit, führte zur Ortsmitte. Ringsum niedrige Häuser aus silbergrauem Kalkstein. Das nächsthöchste, nach der Kirche, besaß zwei Oberstockwerke.

Auf dem winzigen Platz standen drei Autos, eines davon ein Veteran, für den woanders sicher ein Liebhaberpreis bezahlt worden wäre. Zwei Kinder spielten neben den Autos. Ein junges Mädchen mit einem Korb in der Hand trat aus einem Haus, dessen Längsseite der Name *Greyhound Hotel* zierte. Dabei sah das „Hotel“ eher nach einem umgebauten Pferdestall aus.

Clifton, der im Schrittempo gefahren war, stoppte, stellte den Motor ab und stieg aus. „Hallo, Miß!“

Das Mädchen drehte sich um und sah ihm entgegen. Sie war höchstens siebzehn Jahre alt. Als er noch wenige Meter von ihr entfernt war, sagte sie: „Wenn Sie ein Zimmer wollen,

Mister, gehen Sie nur immer hinein. Mein Vater kommt gleich zurück, er ist nur für einen Augenblick zum Schmied gegangen."

Perry Clifton lächelte sie an. „Ich möchte kein Zimmer, sondern nur eine Auskunft. Es muß in Duncan Hill einen alten ehemaligen Leuchtturmwärter geben. Können Sie mir sagen, wie er heißt und wo ich ihn finde?"

„Gern!" Das Mädchen nickte. Sie zeigte in Richtung Süden, vorbei an den spielenden Kindern: „Sehen Sie, gleich hinter dem Platz kommen Sie auf eine Straße, die zum Wasser führt. Sie müssen an nur noch an fünf Häusern vorbei. Das erste ist McQuire, das zweite Joe Murrey, das dritte Mabel Henderson, das vierte Gene Tyers und das fünfte Violet Silverstone."

Sie hatte alle Namen hintereinander, ohne Atem zu schöpfen, aufgezählt, und Perry Clifton nutzte ihr Luftholen zu der raschen Frage: „Und in welchem wohnt der Leuchtturmwärter?"

Sie sah ihn amüsiert an, ungefähr so, wie ein Dorfkind einen Mann aus der Stadt ansieht, der fragt, wieviel Milch die Kuh denn gebe. Und das, wo die Kuh in Wirklichkeit keine Kuh, sondern ein Ochse ist. „In keinem, Sir!" (Vorhin hatte sie noch Mister gesagt!!) „Sie müssen an allen fünf Häusern vorbeifahren. Nach dem letzten, dem von Violet Silverstone, wird die Straße ein bißchen enger. Fahren Sie trotzdem weiter. Nach ungefähr dreihundert Metern sind Sie da!"

„Sie sollten Fremdenführerin werden, Miß! So gut hat mir noch nie jemand den Weg erklärt!" lobte Perry Clifton, und dann fiel ihm noch eine wichtige Frage ein: „Wie heißt der Mann eigentlich?"

„John Aston, Sir!"

„Vielen Dank!"

„Wenn Sie länger in Duncan Hill bleiben, dann sollten Sie Vaters Küche probieren. Die Leute sagen, daß er gut koche!"

Und verschmitzt: „Und nehmen Sie sich vor John Aston in acht!"

„Wieso – beißt er?"

„Nein, aber er hat eine Menge Stacheln!" Und mit einem fröhlichen hellen Lachen ging sie, ihren Korb schwenkend, davon.

Als Perry Clifton den Wagen anließ, verschwand sie gerade in einem Haus, über dessen Tür eine aufgeklappte Schere hing. Vielleicht ein Scherenschleifer ... Oder eine Schneiderin?

Einige Sekunden später erreichte der Detektiv die angegebene Straße, die als Straße zu bezeichnen pure Hochstapelei war.

Er fuhr an dem ersten Haus vorbei ... war es das von Joe Murrey oder Gene McQuire? Oder hieß McQuire gar nicht Gene? Haus Nummer vier war sicher schon an die tausend Jahre alt. Nichts war an ihm mehr gerade, und man war versucht stehenzubleiben, um auf das Einstürzen zu warten. Doch hinter den schiefen Fenstern hingen duftige, weiße Gardinen, und aus dem schiefen Schornstein kräuselte sich ein dünner, heller Rauchfaden, der vom Wind gepackt und hin und her gebeutelt wurde, bis er sich auflöste zu einem Stück unsichtbarer Luft ...

Am fünften Haus dagegen, einem länglichen, flachen Gebäude, wurde gearbeitet, besser gesagt: gepinselt. Eine Frau mit einem rot-weiß gepunkteten Kopftuch malte mit energischen Pinselstrichen die Haustür mit neuem Braun an. Sicher handelte es sich um Violet Silverstone. Als Perry Clifton an ihr vorbeifuhr, rief er laut: „Guten Morgen, Mrs. Silverstone!" Doch die Malerin nahm keinerlei Notiz von ihm. Weder von seinem Zuruf (den sie der geschlossenen Wagenfenster wegen nicht hören konnte) noch vom Geräusch des vorbeifahrenden Wagens. Neugier schien also nicht zu ihren (Un-)Tugenden zu gehören ...

Noch dreihundert Meter.

Die Straße, die noch nie eine war, wurde nun endgültig zum holprigen Feldweg.

Da sah Perry Clifton auch schon das Haus des ehemaligen Leuchtturmwärters John Aston, der so viele Stacheln haben sollte. „Wahrscheinlich hält er nicht viel vom Rasieren“, dachte Perry, während er den Wagen behutsam durch die gemeindeeigenen Schlaglöcher dirigierte.

Es war ein eigenartiges Haus; in einem Zug grob und doch pittoresk, skurril, verwinkelt und – lustig. Ja, es machte auch auf Perry Clifton einen ausgesprochen lustigen Eindruck, wie es so dastand: hingebaut, dazugebaut, draufgebaut und angebaut. Alles aus dem gleichen silbergrauen Kalkstein wie die übrigen Häuser des Ortes auch ... Ein einstöckiges Haus, das aus vielen kleinen Anbauten bestand. Nur das der Straße, oder besser: dem Weg zugewandte Mittelstück schien von Beginn an dagewesen zu sein.

Perry Clifton hielt direkt neben dem winzigen Vorgarten.

Er schaltete den Motor aus, zog den Zündschlüssel ab und stieg aus – in der Hand eine Schreibmappe und einen Fotoapparat. Der von Süden kommende Wind trug den Salzgeruch des Meeres herüber. Auch gelegentliches Möwengeschrei störte die Stille, die fast etwas Gespenstisches an sich hatte.

Das halbmeterhohe Gartentor war nur angelehnt. Der Detektiv drückte es mit dem Knie auf. Noch hatte er keine zwei Schritte auf das Haus zu gemacht, als sich die Haustür öffnete.

„Er hat wirklich ein Leuchtturmwärtergesicht“, durchfuhr es Perry Clifton, als er John Astons ansichtig wurde. Das wettergegerbte Gesicht, die Augen, die jetzt allerdings nicht in die Weite, sondern ziemlich mißtrauisch auf den ungebetenen Besucher blickten. „Was gibt’s, Mister? Haben Sie eine Panne?“

„Würde zum Weg passen!“ dachte Perry, während er auf die massige Gestalt des Leuchtturmwärters zutrat.

„Ich habe keine Panne. Ich suche Mister John Aston!“

„Bin ich!“ Aston schien es nach keiner Unterhaltung zu gelüsten, das ging aus seiner Kurzangebundenheit unüberhörbar hervor.

„Mein Name ist Clifton, Mister Aston. Ich komme aus London und hätte mich gern einmal mit Ihnen unterhalten.“

„Mit mir? Worüber?“

„Über einen Unfall, Mister Aston!“

Hatte sich Perry Clifton geirrt, oder war der Mann vor ihm wirklich zusammengezuckt?

„Über welchen Unfall?“

„Gibt es hier so viele, daß Sie das fragen?“

Der mächtige Brustkorb des großen Mannes dehnte und spannte sich. Und böse antwortete er: „Es gab hier nur einen! Und über diesen einen habe ich schon so viel erzählt, daß es mir reicht! Wenn Sie also etwas wissen wollen, dann fahren Sie zur Polizei nach Folkestone!“

Er wollte sich schon abwenden, als ihm noch etwas einfiel. Etwas Unangenehmes scheinbar.

„Sie kommen aus London?“

„Ja!“

„Wer schickt Sie? Sie schickt doch einer!!“

„Wer sollte mich schicken, Mister Aston? Ich arbeite für ein großes Londoner Journal und bereite eine Serie über ungewöhnliche Versicherungsfälle vor. Das ist alles!“

„Was ist an diesem Fall so ungewöhnlich? Jemand stürzt ins Meer und ertrinkt – aus! Was ist daran ungewöhnlich?“

„Ein Wagen, der rückwärts ins Meer stürzt, eine Frau, die nicht gefunden wird, und eine Versicherung, die an keinen Unglücksfall glaubt. Dazu die Tatsache, daß die Verunglückte zu einer Hochzeit nach Frankreich wollte. Ist das nicht ungewöhnlich?“

„Was geht's mich an?“

„Sie wollen mir also keine Auskünfte geben?“ forschte Clifton und musterte John Aston wie der Arme den Reichen.

„Kommen Sie rein!!" Man merkte es Aston an, daß ihn diese Aufforderung sichtlich Überwindung kostete. Und Perry Clifton registrierte mit stummer Verwunderung das wütende Spiel der Backenmuskeln und das Öffnen und Schließen der Fäuste des großen alten Mannes. Man mußte ihn wirklich schon oft und viel gefragt haben, daß er so unwirsch auf neuerliche Nachforschungen reagierte.

Als Clifton hinter John Aston die geräumige Wohnstube betrat, ging ihm plötzlich ein Licht auf. Und lächelnd bemerkte er: „Jetzt wird mir klar, warum man mich vor Ihnen gewarnt hat!"

Es riß den alten Mann förmlich herum. Mit erschrockenen Augen starrte er Clifton an. „Gewarnt?" würgte er hervor.

„Ja. Ein Mädchen im Ort warnte mich vor Ihnen. Ich solle mich vor Ihnen in acht nehmen, Sie hätten eine Menge Stacheln."

John Aston entspannte sich. Und dieses plötzliche Entspannen machte ihn fast freundlich. Clifton, dem dieser Vorgang nicht entgangen war, beschloß, ab sofort doppelt genau auf jedes Wort, jede Bemerkung, Vermutung und Geste zu achten, die Aston von sich geben würde.

Der ehemalige Leuchtturmwärter ließ sich in einen schwarzlackierten Schaukelstuhl fallen. „Die Kakteenzucht ist mein einziges Hobby ..."

„Recht ungewöhnlich für einen Leuchtturmwärter!"

„Für einen Leuchtturmwärter außer Dienst, Mister. Wie, bitte, war doch gleich Ihr Name?"

„Perry Clifton! Wie lange haben Sie diesen Beruf denn ausgeübt?"

„Dreiundvierzig Jahre. Als ich meinen letzten Turm verließ – es wird ja heute alles elektronisch gesteuert –, hatte ich schon über dreihundert Kakteen ... Sieben Jahre ist das nun schon wieder her." Er begann zu schaukeln. „Jetzt habe ich über sechshundert ... Angefangen vom Arthrocereus rondoniamus bis zum einfachen Zygocactus. Ich habe Pflanzen, die es sonst nur in tropischen Zonen gibt."

„Und wie schaffen Sie die Voraussetzungen dafür? Ich meine, daß sie hier gedeihen?"

„Indem ich in verschiedenen Zimmern durch Temperatur, Beleuchtung und entsprechende Luftfeuchtigkeit die notwendigen Verhältnisse schaffe." Stolz schwang in seiner Stimme mit, als er fortfuhr: „Ich habe Kreuzungen und Weiterzüchtungen erreicht, wie Sie sie sonst in ganz England nicht zu sehen bekommen!"

„Das muß doch eine Menge Geld kosten?"

„Ich lebe sehr sparsam, Mister Clifton."

„Und allein!"

„Ja. Ursprünglich gehörte das Haus dem Mann meiner Schwester. Sie wurde sehr früh Witwe ... Ihr Mann fuhr zur See und kam eines Tages nicht zurück ... Immer, wenn ich Ferien machte, das heißt, die beiden Monate, die ich nicht auf dem Turm war, habe ich ein Stück Haus angebaut."

„Für neue Kakteen!"

„Meine Schwester hat sie versorgt. Sie war eine gute Kraft ... Ein Jahr nach meiner Pensionierung starb sie. So ist das Leben. Ein ständiges Kommen und Gehen ... Kennen Sie sich mit

Kakteen aus?"

Perry Clifton bedauerte: „Leider nein. Aber ich kann mir gut vorstellen, daß eine solche Freizeitbeschäftigung viel Spaß macht."

„Ich sitze manchmal stundenlang vor einem Kaktus und warte darauf, daß sich die Blüte öffnet. Es gibt für mich kein größeres Abenteuer als das Aufbrechen einer Kaktusblüte." Und so, als sei sein Besucher eigens zur Besichtigung seiner Kakteen gekommen, fragte er: „Soll ich Ihnen mal die Karibik zeigen?"

„Karibik?"

„Meine Zimmer haben verschiedene Namen. Afrika ... Südafrika ... Südostasien und so weiter ... Das letzte, das ich eingerichtet habe, heißt Karibik ...“

„Vielleicht ein anderes Mal, Mister Aston ...“

„Stimmt“, die Miene des alten Mannes verdunkelte sich wieder, „Sie sind ja wegen anderer Fragen gekommen. Also, was wollen Sie wissen?“

Clifton schlug seine Schreibmappe auf. Dabei sagte er: „Bei der Versicherung erzählte man mir, daß Sie der einzige Augenzeuge des Unfalls gewesen seien.“

Aston fuhr sich über die Stirn. Es sah aus, als wolle er mit dieser Handbewegung böse Erinnerungen verwischen. „Ja. Ich stand nur wenige Meter davon entfernt.“

„War Nebel?“

„Nicht die Spur. Hier oben ist selten Nebel. Und zu dieser Jahreszeit schon gar nicht.“

„Man sagte mir auch, daß es bis heute ein Rätsel geblieben sei, was Mrs. Burton in dieser doch immerhin ziemlich abgelegenen Gegend zu suchen hatte. Angeblich habe sie ja zum Fährschiff nach Dover gewollt.“ John Aston hatte längst zu schaukeln aufgehört.

„Es dämmerte ... Ich war auf dem Weg zu den Felsen ... Jeden Abend gehe ich dorthin ... Oder fast jeden Abend. Ich brauche das. Wenn man über zwei Drittel seines Lebens aufs Wasser geguckt hat, dann kann man nicht plötzlich von einem Tag auf den anderen damit aufhören. Es ist wie bei Sportlern ... Ja, plötzlich hörte ich hinter mir ein Auto auf diesem Weg ... Stellen Sie sich das vor. Ich dachte, das muß ein Verrückter sein ... Aber es war kein Verrückter – es war *eine* Verrückte! Sie sagte, daß sie mit der letzten Fähre nach Frankreich wolle ... zu einer Hochzeit. Aber sie hätte noch Zeit, um von hier aus einen Blick über den Kanal zu werfen. Und sie fragte, ob das der richtige Weg sei.“

„Welchen Wagentyp fuhr sie, Mister Aston?“

„Wenn Sie wissen, daß sie verunglückt ist und daß ich Leuchtturmwärter war, werden Sie wohl auch wissen, welches Auto sie fuhr, oder?" Aston machte keinen Hehl aus seinem Ärger über diese ziemlich überflüssige Frage. Und Perry Clifton tat, als sei dieser Ärger durchaus berechtigt.

„Entschuldigung, Mister Aston. Sie haben recht. Das war natürlich eine dumme Frage. Bitte, fahren Sie fort!"

„Ich sagte ihr, daß der Weg zum Felsengürtel für Autos nicht besonders geeignet sei, und bot ihr an, sie hinzuführen. Es gibt Abkürzungen, die man jedoch nur zu Fuß benutzen kann. Ich sagte ihr auch, daß das Licht keine gute Weitsicht mehr erlaube. Aber sie beharrte auf ihrem Vorhaben."

„Und sie wollte wohl auch nicht zu Fuß gehen?"

„Nein! Auch das lehnte sie ab. Es würde sie zuviel Zeit kosten. Ein Unsinn das, da sie ohnehin ganz langsam fahren mußte. Ich marschierte los, und sie fuhr hinterher."

„Warum sind Sie denn nicht zugestiegen?" wunderte sich Perry Clifton.

„In diesen engen Kasten? Darin wäre ich ja erstickt!"

„Und dann?"

„Wir kamen zum Aussichtsplatz, und sie stieg aus ... Es herrschte an diesem Tag ziemlich heftiger Wind, und das Meer gischtete laut und brüllend gegen die Felsen und Riffe. Das hat sie ziemlich erschreckt. Jedenfalls kroch sie sofort wieder in ihren Wagen zurück."

„Und was weiter?"

John Aston erhob sich aus seinem Schaukelstuhl, ergriff eine der zahllosen herumstehenden kleinen Gießkannen und begann die eine und andere Pflanze zu gießen. Dabei berichtete er mit monotoner Stimme weiter: „Sie winkte mir kurz, rief ‚Danke' und knallte die Autotür zu ... Und dann wendete sie. Sie tat es so heftig, daß sie mit den Hinterrädern über den Abgrund geriet."

„Wendete sie heftig oder – schnell?"

„Wie soll ich das verstehen?"

„Ich meine, ob sie schnell oder langsam dabei fuhr!"

„Ist das wichtig?"

Perry erklärte: „Bei langsamem Wenden hätte die Chance bestanden, daß nur die Räder über den Abgrund geraten wären. Schnelles könnte bedeuten, daß sie wie ein Geschoß darüber hinausgeflogen wäre. Habe ich mich klar genug ausgedrückt?"

Aston begoß einen Kaktus mit zwei gelben Blüten besonders vorsichtig.

„Sie fuhr nicht langsam, und sie schoß nicht ... Sie war nur plötzlich verschwunden. Ich war starr und steif wie ein Stück Treibholz. Das Auto klemmte ganz unten mit der Schnauze zwischen zwei Riffen."

„Waren die Fenster des Wagens geöffnet, als sie losfuhr?"

Aston schüttelte den Kopf, stellte das Kännchen zur Seite und wischte sich die Hände an den Hosenbeinen ab. „Ich weiß es nicht mehr, Mister Clifton. Ich weiß nur noch, daß ich wie ein Verrückter zum *Greyhound* gelaufen bin."

„Sie meinen zum *Hotel Greyhound*?"

„Ja!"

„Wozu?"

„Wozu, wozu ... zum Telefonieren natürlich. Ich selbst habe ja keinen Anschluß. Der nächste ist im *Greyhound*. Ich mußte doch die Polizei verständigen ... Das Auto haben sie erst am nächsten Mittag hochholen können."

Perry Clifton hatte sich während des gesamten Gesprächs immer wieder Notizen gemacht. Teils zum Schein, teils aber auch deshalb, weil es wirklich das eine und andere zum Festhalten gab. Jetzt steckte er den Kugelschreiber in die Tasche und klappte die Schreibmappe zu.

„Vielen Dank, Mister Aston. Sollte ich einmal einen Artikel über Kakteen schreiben müssen, dann darf ich hoffentlich auf Ihre freundliche Unterstützung hoffen. Oder werden Sie mir einen Korb geben?"

John Aston sah an Clifton vorbei. So, als müsse er sich erst mit einem Unsichtbaren besprechen. Dann nickte er. ,,Von mir können Sie alles erfahren, was Sie wissen müssen. Zum Beispiel über die möglichen Hybriden, das sind die Kreuzungen zwischen den verschiedenen Arten. Über Axillen und Mutationen ..."

Während Aston sprach, hatte Perry Clifton unauffällig eine 10-Pfund-Note aus der Tasche gefischt.

,,Mister Aston, darf ich Ihnen zum Abschluß noch ein kleines Geschäft vorschlagen?"

Der ehemalige Leuchtturmwärter sah seinen Besucher aus zusammengekniffenen Augen an. Wie ein Kurzsichtiger, der versuchte, ohne die gewohnte Brille etwas zu erkennen. Sicher nur eine dumme Angewohnheit von ihm.

,,Was für ein Geschäft?"

Clifton streckte ihm den Geldschein entgegen. ,,Zehn Pfund dafür, daß Sie mich an die Stelle führen, an der Mrs. Burton abgestürzt ist."

Fünf, zehn Sekunden lang fixierte John Aston den Geldschein. Nicht gierig, nicht einmal sonderlich interessiert. Eher nachdenklich ... Schließlich zuckte er gleichmütig mit den Schultern, nahm Clifton den Schein aus der Hand und klemmte ihn unter einen leeren Blumentopf. ,,Warum nicht", murmelte er dabei. ,,Wollen Sie gehen oder fahren?"

,,Ich möchte fahren, Mister Aston. Und zwar den gleichen Weg, den auch Claire Burton gefahren ist."

Als sich Perry Clifton endgültig von John Aston vor dessen Haus verabschiedete, war es 12 Uhr mittags.

Als sich Perry Clifton mit seinem Wagen in den Verkehr der A 20 zwischen Folkestone und Dover einfädelte, zeigten die Zeiger seiner Autouhr 12 Uhr 6 ...

Und 12 Uhr 6 war es auch, als sich John Aston auf den Weg zum *Hotel Greyhound* machte, dorthin, wo es den nächsten Telefonanschluß gab ...

Reiseziele

Die Rückfahrt war schleppend, zähfließend und nervenaufreibend. Eine Menge ausländischer Fahrzeuge war in der Kolonne. Und es kam Perry Clifton vor, als würden die Lenker dieser Wagen besonders vorsichtig, ja, unsicher fahren.

Das führte er darauf zurück, daß sich viele der ausländischen Fahrer wohl erst an den ungewohnten Linksverkehr gewöhnen mußten und wollten.

Die Möglichkeiten zum Überholen blieben schon wegen des starken Gegenverkehrs sehr gering und waren mit ständiger Gefährdung verbunden. Immer wieder mußte er sich zurückhalten, um nicht zu einem leichtsinnigen Überholmanöver anzusetzen. Dabei kam ihm der Spruch sehr zustatten, den der vor ihm fahrende Wagen (mit einer schottischen Nummer! Man sagt den Schotten nach, sie hingen besonders am Leben.) an seiner Heckscheibe aufgeklebt hatte. Dort stand zu lesen: „Lieber langsam ans Ziel als schnell in die Hölle!“

„Ein bißchen makaber, aber ärgerdämpfend“, dachte Perry. Und dann fiel ihm Claire Burton ein, die Frau, die es immer so eilig gehabt haben und jetzt tot sein sollte.

Als er Chatham durchquerte, war es bereits 14 Uhr vorbei, und er wußte, daß ihn nur ein Wunder bis 15 Uhr, wie mit Burton vereinbart, in die Harrington Street bringen würde. Und da Perry zwar an Glück und Zufälle, jedoch nicht an Wunder glaubte, scherte er aus der endlosen Schlange aus und suchte nach einer Telefonzelle.

Die, die er fand, wurde von einem jungen Pärchen blockiert. Beide hielten die Köpfe eng nebeneinander, damit sie gemeinsam hören konnten, was aus der Muschel kam. Und es schienen äußerst lustige Dinge aus der schwarzen Muschel zu kommen, denn immer wieder kicherte das Mädchen. Der junge Mann an ihrer Seite nahm dieses Kichern jedesmal zum

Anlaß, ihr einen Schubs zu versetzen. Die Folge davon war, daß sich ihre Heiterkeit noch vergrößerte. Dann lauschten sie wieder gemeinsam.

Da sie mit dem Rücken zur Tür postiert waren, beschloß er, sich optisch bemerkbar zu machen. Er kannte sich zuwenig in Chatham aus, um mit der Suche nach einer anderen Telefonzelle noch mehr Zeit zu verlieren.

Er nickte ihnen zu, tippte sich zuerst auf den Bauch, dann auf das Glas seiner Armbanduhr und machte die Gebärde des Telefonierens.

Das Mädchen, etwa 15 Jahre alt, reagierte sofort, indem sie den Jungen, der vielleicht ein paar Wochen älter war, in die Seite stieß und dann auf Clifton zeigte. Der jedoch sah ihn an, als sei er der Bestandteil eines Museums, auf dem der Staub von Jahrhunderten lag – und redete weiter ins Telefon. Doch nun schubste das Mädchen. Er fuhr sie an. (Die Mundstellung ließ auf das Wort „Kuh!" schließen.) Da drückte sie kurz entschlossen die Gabel herunter und brach die Verbindung ab.

„Entschuldigung, Sir!" sagte sie dann. „Wir hatten Sie zuerst gar nicht gesehen!" Ihr Partner war wesentlich aggressiver und respektloser: „Jetzt können Sie telefonieren, Opa! Aber vorher verraten Sie mir noch, was Ihre Zeichensprache zu bedeuten hatte."

„Aber gern, mein Söhnchen ..." Perry Clifton beschloß, die im Geist schon erhobene Hand unten zu lassen. „Ich muß meinen Butler anrufen, damit er mir mein Süppchen warm stellt!"

Er war sicher, daß ihn die beiden jetzt für total übergeschnappt hielten, und als er dazu noch mit den Zähnen fletschte, hatten sie es plötzlich sehr eilig. Das Rufzeichen ertönte.

Eine weibliche Stimme meldete sich.

„Hallo?"

„Ich hätte gern Mister Burton gesprochen!"

„Mister Burton hat vor einer halben Stunde das Haus zu

einer Besprechung verlassen. Darf ich Sie mit seiner Sekretärin verbinden?"

„Nein, danke. Auf Wiederhören, Miß!"

Perry legte auf. Entweder war Burton auf dem Weg zu seiner Wohnung, oder er hatte sie bereits erreicht.

Er wählte die zweite Nummer – und wollte schon wieder auflegen, als sich Burton selbst meldete.

„Hier spricht Perry Clifton." Noch bevor der Makler falsche Rückschlüsse aus seinem Anruf ziehen konnte, sprach er weiter: „Ich werde es nicht rechtzeitig schaffen, Mister Burton. Bitte, warten Sie auf mich. Und legen Sie bitte noch ein paar weitere Fotos Ihrer Schwägerin bereit. Am allerbesten wären Schnappschüsse, die sie so zeigen, wie sie wirklich war!"

„In Ordnung, Mister Clifton!" Der Detektiv hörte die Erleichterung in Burtons Stimme. „Ich werde alles vorbereiten. Sie klingen so weit weg?"

„Ich rufe aus Chatham an. Es ist ziemlich viel Verkehr von Dover hoch. Also, bis nachher."

Er legte auf.

Das „Indianergesicht" Henry Overgaty öffnete.

Es war 15 Uhr 30.

„Guten Tag, Henry! Ich hoffe, es geht Ihnen gut."

Sollte der Butler je von Cliftons Jovialität überrascht gewesen sein, so verstand er es meisterhaft, diese Überraschung zu verbergen. Er nickte nur höflich und erwiderte ausdruckslos:

„Danke der Nachfrage, Sir, es geht mir den Umständen entsprechend."

„Was ebenso gut wie schlecht bedeuten kann!"

„So ist es, Sir. Sir James erwartet Sie bereits!"

James Pieter Burton erwartete ihn wirklich.

Voller Ungeduld und diesmal ohne Untermalung von Mozart. Seine Miene war umwölkt, obgleich er sich bemühte, seinem Besucher zu zeigen, wie froh er über dessen Entschluß war, den Auftrag zu übernehmen.

„Bitte, nehmen Sie Platz, ich habe schon alles wie gewünscht vorbereitet."

Auf dem Tisch lag tatsächlich ein Stapel Fotos. In allen Größen, schwarzweiß und farbig. „Ronald war ein eifriger Fotograf!"

„Ach, die Bilder stammen alle von Ihrem Bruder?"

„Ja! Ich bin in dieser Hinsicht völlig talentlos."

Perry betrachtete das eine und andere Foto. Und er mußte immer wieder feststellen, daß Claire Burton eine sehr attraktive Frau gewesen war. Besonders die Aufnahmen, die sie vor dem *Maserati* zeigten, mit dem sie abgestürzt war, beeindruckten ihn.

Unvermittelt fragte er dann: „Raten Sie mal, Mister Burton, wo ich heute war."

James Burton sah ihn an. „Sie riefen aus Chatham an!"

„Ja, aus einer Telefonzelle in Chatham."

„Und Sie sagten, daß auf der Straße nach Dover starker Verkehr sei. Ist es so richtig?"

„Nicht ganz. Ich sagte, daß ziemlich viel Verkehr von Dover hoch sei ... Ich war in Duncan Hill!"

Der Grundstücksmakler starrte ihn an. Verständnislos. Und er schüttelte den Kopf.

„Sie waren in Duncan Hill?" wiederholte er ungläubig. „Aber wozu, um alles in der Welt?"

„Um mir ein Bild zu machen, Mister Burton. Ein Bild von der Örtlichkeit, an der das Unglück geschah. Und ein Bild von dem einzigen Augenzeugen."

„Aber das hätten Sie doch viel einfacher haben können, Mister Clifotn. In meinem Büro liegt ein riesiger Stapel Fotos von Duncan Hill."

Perry Clifton wehrte ab. „Fotos sprechen, obgleich sie Dokumente sind, nicht immer die ganze Wahrheit aus."

,,Bild ist Bild!" warf Burton ein. Und interessiert erkundigte er sich: ,,Haben Sie diesen Leuchtturmwärter angetroffen?"

,,Ja. Er ist ein Mann, der Kakteen züchtet. Es freute ihn in keiner Weise, daß ich ihm Fragen stellen wollte. Am liebsten hätte er mir die Tür vor der Nase zugeschlagen. Aber schließlich brachte ich ihn sogar dazu, daß er mich zu jener Stelle führte."

,,Hoffentlich haben Sie ihm nicht gesagt, daß Sie in meinem Auftrag kommen!" forschte Burton besorgt.

,,Ich habe mich als Schreiber einer Artikelserie über Versicherungsfälle vorgestellt, die etwas ungewöhnlicher Art waren ... Ihr Name ist nicht ein einziges Mal erwähnt worden!"

Burton lachte kurz auf. ,,Wahrscheinlich hätte er in diesem Fall nicht einmal mehr ,nein' gesagt, ich meine zu Ihrer Bitte, ihm was zu erzählen. Ich hatte seinerzeit eine ziemliche Auseinandersetzung mit ihm."

,,Worüber denn?"

,,Ich machte ihm Vorwürfe, daß er Claire nicht von ihrem Vorhaben abgehalten hatte, mit dem Wagen dorthin zu fahren. Sie müssen doch zugeben, daß das keine Straße für einen Sportwagen ist."

,,Es ist überhaupt keine Straße. Ich möchte es als Teststrecke für Stodämpfer bezeichnen."

Burton erhob sich und ging zu der verborgenen Hausbar hinter dem Bild.

,,Dasselbe wie gestern?"

,,Ja, bitte. Übrigens, der Leuchtturmwärter heißt John Aston und hat 43 Jahre lang Dienst auf Leuchttürmen getan; jetzt kümmert er sich um sechshundert Kakteen."

Burton wandte sich um. Als habe er sich verhört, fragte er: ,,Um wie viele?"

,,Um sechshundert Kakteen. Er scheint ein bißchen ein Sonderling zu sein."

,,Das war leider auch die Meinung der Versicherung. Deshalb entnahm sie seinen Aussagen nur das, was gegen einen Unglücksfall sprach." Er balancierte die beiden Gläser heran und stellte sie auf den Tisch. Alles war wie am Vortag, nur daß Perry Clifton in der Zwischenzeit eine Menge erfahren und Burton die Gewißheit hatte, daß sich der Detektiv seiner Sache annehmen würde ... Wahrscheinlich dachten beide Männer zum gleichen Zeitpunkt an dasselbe ...

„Gesetzt den Fall, Mister Burton, ich finde die Frau vom Zeitungsbild. Was dann?" Burton schien diese Möglichkeit atemlos zu machen.

„Dann rufen Sie mich sofort an, ich nehme die nächste Maschine und ..." Er stockte, schluckte und vollendete leise: „... komme!"

„Um sich zu bestätigen, daß Sie einem Zufall und keinem Gespenst aufgesessen sind."

„Wenn Sie es unbedingt so ausdrücken wollen."

„Welchen anderen Grund sollten Sie sonst haben?"

„Eben! Und damit geben Sie mir ein Stichwort: Was hat Sie letztlich dazu bewogen, meinen Auftrag anzunehmen?" Perry Clifton war auf diese Frage nicht sonderlich vorbereitet, obgleich er insgeheim gefürchtet hatte, Burton könnte sie stellen.

Wie sollte er sich verhalten?

Die Wahrheit sagen?

Ihn anlügen?

Nach einer Ausrede suchen, die der Wahrheit nahekam, ohne sie jedoch zu offenbaren?

Verflixte Situation ...

Er trank einen kleinen Schluck und sah anschließend dem trägen Tanz der schwimmenden Eiswürfel zu. Vielleicht würde ihm der Grundstücksmakler, ohne es selbst zu merken, eine Brücke bauen ...

„Wollen Sie es wirklich wissen, Mister Burton?"

„Ja! Es interessiert mich ernstlich, es war keine Floskel."

Da beschloß Perry Clifton, die Wahrheit zu sagen: „Selbst

auf die Gefahr hin, daß Sie etwas mißdeuten oder mißverstehen könnten, will ich Ihnen verraten, was mich an diesem Fall interessiert."

„Ich bin gespannt!" Er schien es wirklich zu sein.

„Es ist die Vielzahl der Möglichkeiten." Burton blickte ihn wie eine Erscheinung an.

„Ich verstehe kein Wort, Mister Clifton ... Welche Möglichkeiten?"

Clifton lehnte sich zurück und musterte James Pieter Burton, der den Blick ebenso offen, wenn auch ein bißchen erstaunt, zurückgab.

„Lassen wir zunächst einmal das geheimnisvolle Gesicht von Basel aus dem Spiel ..."

„Aber nur um dieses geht es doch!" warf Burton erregt ein. „Um nichts anderes!"

„Sie fragten mich nach meinen Motiven!" gab Clifton zurück. „Jetzt sollten Sie sich anhören, was ich zu sagen habe, auch wenn Sie meine Einleitung stört und auch die Feststellung, daß das Gesicht von Basel im Augenblick für mich von untergeordneter Bedeutung ist." Der Makler nickte. „Verzeihung, ich werde Sie nicht mehr unterbrechen!"

„Lassen wir also, ich wiederhole mich, das geheimnisvolle Gesicht von Basel erst einmal aus dem Spiel. Befassen wir uns mit der Person Ihrer Schwägerin, mit Claire Burton!

Möglichkeit Nr. 1: Claire ist wirklich aus Versehen abgestürzt. Offen bleibt dann die Frage, warum und zu welchem Zweck fuhr sie nach Duncan Hill? Ihre Erklärung dem Leuchtturmwärter John Aston gegenüber, sie wolle einen Blick auf den Kanal oder das Meer werfen, halte ich für konstruiert.

Mit anderen Worten, diese Möglichkeit hat nicht vieles für sich, außer einer Menge Ungereimtheiten.

Möglichkeit Nr. 2: Claire hat wirklich Selbstmord begangen. Dagegen sprechen wiederum die Tatsachen, daß sie vorher Geschenke für eine Hochzeit eingekauft hat und daß sie zu einem Selbstmord nicht unbedingt nach Duncan Hill fahren mußte – ein Ort, von dem sie vorher bestimmt noch nichts gehört hatte. Also auch keine Möglichkeit zum Jubeln.

Möglichkeit Nr. 3: Claire *wurde* abgestürzt, sprich umgebracht. Diese Version würde einschließen, daß der Leuchtturmwärter gekauft war, um das Gegenteil, also den zufälligen, unglücklichen Absturz zu bezeugen. Gleichzeitig stellt sich dann die Frage, warum Ihre Schwägerin umgebracht werden sollte. Als Antwort eine neue Frage: Wer hätte etwas von ihrem Tod – wem nützt er?"

James Burtons Augen hingen wie hypnotisiert an Cliftons Lippen. Er war geisterbleich und hatte seine Hände wie zum Gebet ineinander verschränkt.

„Und damit kommen wir zu Möglichkeit Nr. 4", fuhr Perry Clifton fort. „Danach könnte Claire in Ihrem Auftrag umgebracht worden sein. Ich sage extra ‚in Ihrem Auftrag', da Sie selbst ein einwandfreies Alibi haben. Sie waren zum Zeitpunkt des Geschehens in Edinburgh ... oder in Glasgow?"

„In Edinburgh!" Burtons Stimme klang belegt, seine Hand zitterte, als er nach dem Whiskyglas griff und den Inhalt in einem Zug hinuntergoß.

„Nachdem Claire also samt ihrem teuren Gefährt über die Klippen gestürzt war, gehen Sie hin und kassieren die Versicherungssumme. Die Mitwisser werden ausgezahlt! Ein Schönheitsfehler bei dieser Möglichkeit ist, daß die Versicherung etwas gegen den Begriff ‚Unglücksfall' hat. Das bedeutet, daß Sie nur zweihunderttausend statt vierhunderttausend erhalten.

Kommen wir zur vorläufig letzten Möglichkeit. Ich sage deshalb vorläufig, weil sich bei längerem Nachdenken sicher noch einige mehr anbieten würden. Also Möglichkeit Nr. 5: Sie ist allerdings nur eine Variante von Möglichkeit Nr. 4 und sieht so aus:

Claire ist eingeweiht und steigt rechtzeitig aus dem abstürzenden Wagen aus. Der Leuchtturmwärter Aston ist ebenfalls eingeweiht, spielt den Zeugen, der die Polizei alarmiert und später behauptet, daß es sich um einen wirklichen Unglücksfall handelt. Er wird abgefunden." Clifton wiegte abschätzend den Kopf hin und her. „Ich glaube, tausend Pfund wären ein angemessener Preis für eine falsche Aussage. Sie und Claire teilen die restlichen 199 000. Claire verschwindet mit ihrem Anteil ... Fünf Möglichkeiten, Mister Burton, und sicher gibt es noch, ich erwähnte es bereits, einige mehr. Ja, und aus diesem Grund bin ich nun ebenfalls neugierig auf das geheimnisvolle Gesicht von Basel."

Burtons Augen glänzten wie im Fieber. Mit dem ausgestreckten Zeigefinger zeigte er auf den Detektiv. „*Sie* möchte ich nicht zum Gegner haben ... Ich komme mir schon wie verurteilt vor. Und die Schlagzeile sehe ich auch schon vor mir: Bekannter Londoner Immobilienmakler bringt Frau seines Bruders um!"

Und dann sprang er auf, lief hin und her, mal hierhin, mal dorthin ... In seinem Kopf mußte ein wildes Durcheinander herrschen. Er gestikulierte, als würde er vor einem Stück saurer Wiese stehen, die er einem Käufer als besten Weizenboden verkaufen wollte. Als er sich wieder seinem Besucher zuwandte, hatte er sich etwas beruhigt. Und er stimmte zu: „Sie haben recht mit Ihren Möglichkeiten ... Doch keine ließe sich ohne Geständnis nachweisen ... Wenn ich es mir recht überlege, sollte ich mich also nicht unnötig aufregen ... Verdammt, Clifton, Sie können einem ganz schön zusetzen ... Und nur, weil ..." Er hielt inne, sah zur Tür. Auch Perry Clifton hatte das Schaben gehört. Burton war mit zwei Sätzen an der Tür, riß sie auf und sah hinaus.

„Nichts!" hörte ihn Clifton sagen. Und er schrak zusammen, als Burton die schwere Tür mit fürchterlichem Krach zuschlug.

Das Zimmer bebte, Geschirr vibrierte hörbar.

„Jetzt sehe ich nicht nur Gespenster, jetzt höre ich sogar schon welche!" stöhnte Burton. „Irgendwann werde ich Ihren Rat befolgen und einen Arzt konsultieren." Und energisch, mit erhöhter Stimme verkündete er: „Aber erst suchen wir diese Frau!!"

Clifton verschwieg, daß auch ihm jenes kratzende, schabende Geräusch an der Tür nicht entgangen war.

„Zu Ihrer Beruhigung, Mister Burton. Ich habe nicht eine Sekunde daran geglaubt, daß Sie Ihre Schwägerin umgebracht haben. Auch nicht daran, daß Sie sie haben umbringen lassen."

„Das tröstet mich aber nun doch!" versicherte Burton, und es klang, als sei er erleichtert über diese Feststellung.

„Sicher wird sich die Sache mit der Frau in Basel als das erweisen, was ich von Anfang an vermutete: eine Ähnlichkeit, wie sie die Natur immer wieder einmal zustande bringt."

Perry Clifton versuchte, die beiden letzten Sätze mit größter Überzeugungskraft an den Mann zu bringen – auch wenn er selbst an das Gegenteil glaubte ...

James Pieter Burton nickte hoffnungsvoll und schlug vor:

„Lassen Sie uns jetzt das Finanzielle besprechen. Auch wenn Sie Ihrem Honorar nicht die allergrößte Bedeutung beimessen. Das ist übrigens ein großer Fehler!" versicherte der Makler. „Geld zu verachten können sich nur die leisten, die es herstellen, und solche, die genügend davon ihr Eigentum nennen. Stellen Sie welches her, oder haben Sie genug?"

„Weder noch. Aber verraten Sie einmal, warum es die Hersteller verachten sollten!"

„Weil es in Massen durch ihre Hände fließt, ohne daß sie das kleinste bißchen davon festhalten können ..."

„Vielleicht werde ich dem Geld dann mehr Bedeutung beimessen, wenn ich mich mal selbständig mache."

„Oh!" staunte Burton, „das haben Sie vor?"

„Ich habe diese Möglichkeit immerhin ins Auge gefaßt!"

„Möglichkeit Nr. 6!" zwinkerte ihm der Makler bedeutungsvoll zu. Er schien sich von dem Schock, der ihm durch Cliftons „Möglichkeiten“ versetzt worden war, weitgehendst erholt zu haben. „Wenn es soweit ist, dann können Sie mich fest in Ihrer Kundenkartei vermerken!“

Perry Clifton deutete im Sitzen eine dankbare Verbeugung an. Dann fiel ihm plötzlich etwas ein.

„Dürfte ich, bevor wir uns ums Geld streiten, einmal telefonieren?“

„Aber selbstverständlich! Dort steht der Apparat. Drücken Sie auf den weißen Knopf, und Sie haben eine Amtsleitung.“ Burton erhob sich und verließ mit raschen Schritten den Raum.

„Scotland Yard, welche Abteilung wünschen Sie?“

„Würden Sie mich bitte mit Mister Skiffer verbinden?“

„Inspektor Skiffer, Sir?“

„Selbstverständlich, welchen sonst?“ Es meldete sich ein Mann namens Borlowsky. Clifton kannte Peter Borlowsky sehr gut. Ein fähiger Beamter, der einen einzigen – riechbaren, nicht kriminalistischen – Fehler hatte: er priemte.

Borlowsky stammte aus Polen und hatte diese schreckliche Angewohnheit von seinem Vater Jan Borlowsky übernommen, dieser wiederum von Adam Borlowsky, dem Großvater, und so weiter, und so weiter. Wenn man Peter Borlowsky Glauben schenken konnte, sollte oder wollte, dann gingen die Priemkauer im Borlowskyschen Stammbaum bis zu Kasimir dem Großen zurück. Das war natürlich ein ausgemachter Schwindel, da der Tabak, aus dem Priem hergestellt wird, erst um 1560 nach Europa kam, Kasimir der Große dagegen im 14. Jahrhundert auf Erden wandelte.

„Hallo, alter Priemonkel, hier spricht Perry Clifton!“

„Hallo, hallo ...“ Der alte Borlowsky freute sich, die Stimme der Konkurrenz zu hören.

„Ich möchte es kurz machen, Peter. Sagen Sie, ist Scott zufällig in Reichweite?“

„Nein, der ist zum Chef befohlen worden. Aber er muß jeden Augenblick zurückkommen, da ich dringend nach Maidenhead muß und wir für den späten Nachmittag noch Besuch erwarten."

„Okay, dann sagen Sie ihm bitte, daß ich noch vorbeikomme und ihn unbedingt sprechen möchte."

„Ich werde es ausrichten!"

„Vielen Dank! Bis zum nächsten Mal. Ich werde mich bei Ihnen mit einer Packung Priem mit Pfefferminzgeschmack revanchieren!"

Mit gespielter Abscheu erwiderte Borlowsky: „Sie sind ein Ferkel, Perry! Pfui! Ich werde dafür sorgen, daß man Ihnen in Polen die Einreise verweigert!"

Es knackte.

Auch Clifton legte den Telefonhörer auf. Sicher biß sich Peter Borlowsky jetzt ein besonders großes Stück von seiner Priemrolle ab.

Perry hatte längst wieder seinen Platz eingenommen, als Burton seinen Kopf durch die Tür steckte. „Schon fertig?!" Er trat ein. In der Hand – so sah es von weitem aus – mehrere Bücher und Broschüren. In einem Fall handelte es sich wirklich um ein Buch.

„Hier, Mister Clifton, das habe ich dem Reporter vom *Live Journal* abgehandelt. Es ist deutsch geschrieben." „*Fasnacht in Basel*"*, las Perry Clifton. Das Bild auf dem Schutzumschlag zeigte einen Maskenträger, bei dem die Nase länger war als der Kopf groß.

„Vielleicht können Sie damit was anfangen", meinte James Burton. „Dann haben Sie hier einen Stadtplan von Basel und einen Hotelführer. Und hier", er hielt dem Detektiv einen Briefumschlag entgegen, „sind 200 Pfund und 1000 Schweizer Franken als Spesenvorschuß."

* *„Fasnacht in Basel", von Robert B. Christ und Eugen A. Maier, erschienen im Pharos-Verlag, Basel*

„Sie haben scheinbar an alles gedacht!" sagte der Detektiv. „Jetzt darf nur eines nicht passieren ..." Er machte eine Pause, die der Makler zu einem mißtrauischen und raschen „Und was wäre das?" nutzte. „... daß unsere Schöne sich inzwischen auf dem Weg zu einem Maskenfest in Tokio befindet. In einem Flugzeug und zwölftausend Meter über der Erde."

Als Perry Clifton die Bull Street verließ, war es wenige Minuten nach 17 Uhr. Alle offenen Fragen schienen geklärt. Unvorhergesehene Zwischenfälle sollten per Telefon besprochen und entschieden werden. So war es abgemacht.

In der Buston Street fiel ihm der hellblaue Ford mit der Lampengalerie zum ersten Mal auf. Er hatte so viele zusätzliche Scheinwerfer am Kühlergrill montiert, als wolle er damit das Wembley-Stadion ausleuchten. Nach drei weiteren Kreuzungen nahm die Vermutung, er werde verfolgt, greifbare Formen an.

Ob er langsam fuhr oder die Geschwindigkeitsmarkierungen übersah: der hellblaue Ford blieb hinter ihm.

Zur Sicherheit, und da er ein Gegner voreiliger Schlüsse war (siehe seine Theorie vom Zufall), fuhr er eine große Schleife und kehrte über drei Querstraßen in die Conduit Street zurück. Der Ford hing wie ein siamesischer Zwilling nach wie vor hinter ihm.

„Na warte!" dachte Perry Clifton.

Es war nicht das erste Mal, daß er einen Verfolger abhängen mußte. Wenn seine Methoden auch in die Kategorie „Verkehrsübertretungen" einzustufen waren, so blieben sie doch äußerst wirksam.

Leider war das Licht zu diffus, um Einzelheiten bei den Verfolgern erkennen zu lassen. So konnte Perry nur registrieren, daß es sich um zwei Männer handelte, die sich zudem noch durch übergroße Sonnenbrillen (dabei schien nicht einmal der Mond) unkenntlich gemacht hatten.

Als Ort der Tat sah Perry Clifton die nächste Kreuzung der

Lexington Street vor. Sie war ampelgeregelt und eignete sich hervorragend für sein Vorhaben.

Sein erstes Vergehen bestand darin, daß er ganz plötzlich nach rechts ausscherte, den vor ihm fahrenden roten Mini-Cooper überholte und sich vor diesen drängte und zwängte. Das war nicht nur eine Unverschämtheit, das war auch gröblichste Unhöflichkeit, die man sonst eigentlich nur von den ausländischen Fahrern gewohnt war. Und so war es kaum ein Wunder, daß der Überholte – ein junger Mann Mitte Zwanzig – zuerst bemüht war, Perrys Nummernschild zu entziffern. Als er endlich festgestellt hatte, daß es ein Londoner Wagen war, hielt er sich nicht mehr zurück. Er schimpfte, fluchte und schlug sich ein ums andere Mal heftig vor die Stirn. Für Clifton das reinste Rückspiegeltheaterstück. „Warte nur ab, gleich kommt es noch schlimmer!" dachte er und empfand schon jetzt Mitleid mit dem jungen Mann hinter ihm. Aber er konnte es nicht ändern ...

Noch zweihundert Meter bis zur Kreuzung, deren Ampel zur Zeit auf Grün stand.

Perry sah hin und wieder etwas Hellblaues hinter dem roten Cooper auftauchen. Es sah so aus, als prüfe der Fahrer des Fords die Möglichkeit, Clifton zu folgen. Doch der junge Mann im Cooper, durch den jetzt vor ihm fahrenden „Blödmann" aufmerksam gemacht, ließ keinen so großen Zwischenraum, der jemanden reizen könnte, fünf laufende Meter Blech in einen Meter Lücke zu quetschen.

Noch hundert Meter ...

Noch achtzig Meter ...

Noch fünfzig Meter ...

Noch dreißig Meter ...

Noch zwanzig Meter ...

Noch fünfzehn Meter

Da schaltete die Ampel um.

Drei Wagen standen vor Cliftons Morris.

Die Sekunden tropften wie Minuten dahin. Sechzig Sekunden dauerte eine Wartephase um diese Tageszeit.

Gelb ...

Grün!!

Der erste Wagen fuhr an, der zweite, der dritte, und auch Perry Clifton gab Gas. Genau vier Meter weit rollte er, dann trat er voll auf die Bremse. Der Cooper-Mann hinter ihm mußte das gleiche tun. Und dem schreckverzerrten Gesicht nach zu schließen konnten es höchstens Zentimeter sein, die seine Stoßstange von der des vor ihm Fahrenden oder besser: Stehenden trennten. Auch der Hellblaue schien Tuchfühlung mit dem Cooper zu haben, denn Perry, der so tat, als kämpfe er gegen die Technik seines Autos, sah mit einem Auge im Rückspiegel den jungen Mann wild nach hinten gestikulieren. Er tat es mit der Rechten, während die Linke abwechselnd auf die Stirn klopfte und dann wieder in Cliftons Richtung zeigte.

Gelb ...

Kurz vor Rot schoß Perry Clifton mit quietschenden Reifen auf die Kreuzung und darüber hinweg. Begleitet von einem heftigen Hupkonzert. Der Cooper stand immer noch vor der Ampel, der hellblaue Ford schräg neben ihm. Es sah fast nach einem abgebrochenen Versuch aus.

Perry Clifton grinste voller Vergnügen in sich hinein.

Für die knapp zwei Meilen zum Victoria Embankment, an dem sich das Gebäude, besser: das „Hauptdienstgebäude" der Londoner Polizei befindet, also auch Scotland Yard, benötigte er knappe zwanzig Minuten. Auf dem Rücken eines spanischen Esels wäre er vielleicht noch drei Minuten schneller gewesen.

Um 17 Uhr 35 saß er seinem Freund Scott Skiffer, seines Zeichens Detektivinspektor bei Scotland Yard, gegenüber.

„Peter hat mich schon vorgewarnt!" bemerkte dieser gerade. „Er meinte, du hättest so was Aufdringliches in der Stimme gehabt. Wie er überhaupt glaubte, du kämst nur her, weil du was von mir oder ihm oder von uns beiden willst. Sozusagen aus eigennützigen Gründen."

„Ich habe den guten Borlowsky schon immer für einen klugen und scharfsinnigen Mann gehalten. Hätte ich ein eigenes Land, ich würde ihn sofort zum Polizeipräsidenten ernennen, obwohl er mehr nach Priem stinkt als eine Ziege nach Ziege!"

„Du gibst also zu, Perry, daß du egoistische Wünsche hast!" folgerte Scott Skiffer.

„Ich gebe es zu!"

Der Yardbeamte seufzte. „Mit anderen Worten, du bist wieder einem Gauner auf der Spur!"

„Nein, du irrst!"

„Das kommt eigentlich selten vor!"

„Und eitel und eingebildet warst du auch schon immer!" frotzelte Perry, doch Skiffer blieb ihm nichts schuldig. „Wenn du dich weiter so benimmst, lasse ich dich von zwei Beamten an die frische Luft setzen."

Perry Clifton produzierte ein fröhliches Grinsen. „Erstens brauchtest du dazu mindestens vier Beamte, und zweitens müßtest du mich sehr weit weg absetzen lassen, um wirklich frische Luft zu finden. Laut Statistik soll es in London nur an Sonn- und Feiertagen frische Luft geben. Und zwar auch dann nur im Hydepark ... Dort, wo ich heute war, da gab es allerdings frische Luft. Und zwar in jeder Größenordnung. Dazu noch gesalzen ..."

„Du warst verreist?"

„Ich war in Duncan Hill, Scotty!"

„Noch nie gehört!"

„Ich vorher auch nicht!"

„Also doch ein neuer Fall?!"

Perry Clifton nickte bekümmert und sagte: „Ende des heiteren Teils! Ich habe wirklich einen Fall angenommen. Ich gehe sozusagen auf Gespensterjagd!"

Skiffer kannte seinen Freund zu gut, um hinter dieser Bemerkung einen Scherz zu vermuten.

„Gibt es die in Duncan Hill?“

„Ich glaube es nicht. Obgleich irgendwas Unsauberes dort seinen Anfang genommen hat. Es ist ein Ort zwischen Dover und Folkestone.“

„Hauptstraße A 20. Die bin ich sogar schon gefahren!“ erinnerte sich Skiffer. „Von einem Dorf namens Duncan Hill ist mir allerdings nichts bekannt!“

„Man muß links abbiegen!“

„Und wer ist dein Auftraggeber?“

„Ich habe zwar versprochen, den Fall äußerst diskret zu behandeln, aber Scotland Yard steht wohl außerhalb des Verdachts privater Neugier. Mister Burton möge es mir also verzeihen, wenn ich mit einem Fachmann über die Fakten rede ...“

„Er heißt also Burton!“

„Das ist sozusagen Fakt Nr. 1. Sagt dir der Name etwas?“

„Ich kenne eine Menge Burtons – dem Namen nach!“

„Meiner heißt James Pieter Burton, ist zirka fünfzig Jahre alt, sehr vornehm mit einem Hang zum leichten Erschrecken und Inhaber eines Immobilienbüros in der Harrington-Street. Sein Bruder stürzte 1969 mit einem Flugzeug über Schottland ab, und seine Schwägerin, die Frau besagten Bruders, verunglückte mit ihrem Auto. Sie stürzte bei Duncan Hill ins Meer!“

Scott Skiffer dachte eine Zeitlang nach, schüttelte dann jedoch den Kopf. „Es rührt sich nichts in meiner Registratur. Frage: Wenn man links von der A 20 abbiegt, kommt man zur Steilküste. Wie kann man an der Steilküste ins Meer fahren?“

„Ich sagte: stürzte!“

„Ein Unfall?“

„Sagten Burton und der Augenzeuge. Die Polizei schloß sich diesen Auslegungen nach kurzer Prüfung und reichlicher Überlegung an.“

„Und die Versicherung?“

„Behauptet das Gegenteil!“

„Also kein Unglücksfall!“

„Nein!“

„Was denn dann? Mord?“ In Skiffers Stimme schwang Überraschung, Bestürzung und auch ein kleines bißchen Spannung mit.

„Selbstmord!“

„Und du sollst jetzt für diesen Burton was beweisen? Den *Unglücksfall* oder den *Mord*?“

„Weder – noch ...“ Perry Clifton begann zu berichten. Von seinem Besuch bei der Versicherung und dem in Duncan Hill, und er erzählte von dem Kakteen züchtenden ehemaligen Leuchtturmwärter. Zum Schluß erwähnte er die fünf „Möglichkeiten“, die er Burton ebenfalls offeriert hatte. Da er jedoch bis zu diesem Augenblick noch kein Wort von der Sache in Basel erwähnt hatte, schien Scott Skiffer ein wenig ratlos. Deshalb fragte er auch:

„Entschuldige, aber entweder kann ich deinem gedanklichen Höhenflug nicht folgen, oder du hast was Entscheidendes vergessen ... Hast du? Du erzählst von einem Unglücksfall, bei dem eine Frau ertrunken ist; von einer Versicherung, die sich an den Selbstmordparagraphen klammert, und von einem reichen Grundstücksmakler, der dich engagiert hat, um für sich zu arbeiten. Was zu arbeiten, zum Teufel noch mal?“

„Ich habe dir den Fall deshalb von dieser Seite her erzählt, damit du entsprechend präpariert bist, wenn ich dir verrate, zu *welchem* Zweck er mich engagiert hat.“

„Also doch ein Höhenflug!“ stöhnte Skiffer.

„Er hat mich engagiert, um eine Frau zu finden!“

„Was ... was denn?“ stotterte der andere. Und breit, wie mit Gummi zwischen den Zähnen: „Uuum eiiine Fraaau ...“

Perry winkte energisch ab. „Es geht nicht um eine Frau zum Heiraten, falls du das denkst, sondern um eine Frau, deren Bild er in einer Zeitung entdeckt hat. Eine Frau, die das Gesicht Claire Burtons hat!"

„Nein!" rief Scott Skiffer. „Das gibt's doch nicht! Hast du das Bild gesehen?"

Perry nickte.

„Auch eine Fotografie der Verunglückten?" Wieder nickte Perry.

„Na und?" fuhr Skiffer auf. „Laß dir gefälligst nicht jedes Wort einzeln aus der Nase ziehen. Sahen sie sich wirklich ähnlich?"

„Wie ein Ei dem anderen!"

„Das ist eine abgedroschene Redensart!" mokierte sich Skiffer unwillig.

„Na gut, dann anders: Beide Fotos weisen eine frappante Ähnlichkeit auf. Ich verbessere mich: nicht die Fotos, sondern die Personen darauf."

„Könnte aber trotzdem Zufall sein?"

„Könnte es, Scotty!"

„Dein Auftraggeber ist sich aber nicht sicher?"

„Er glaubt sich von dem Geist seiner Schwägerin verfolgt!"

„Sagt er das?"

„Nicht mit den gleichen Worten. Für ihn ist das geheimnisvolle Gesicht zunächst nur unheimlich ..."

„Weil ein Toter, in diesem Fall eine Tote, nicht auf der Straße stehen kann. Das wäre dann also Möglichkeit Nr. 6", formulierte Scott Skiffer mit kühler, geschäftsmäßiger Stimme. „Burton läßt seine Schwägerin umbringen, zahlt Täter und Zeugen aus und kassiert die Versicherungssumme. Aber Claire Burton überlebt den Sturz in die Tiefe, rettet sich und ..."

„Und taucht in Basel wieder auf!" vollendet Perry Clifton. „Ein direkt abenteuerlicher Schluß!"

„Hast recht. Scheißmöglichkeit!" gab Skiffer zu. Und verwundert: „Wieso Basel?"

„Das Zeitungsbild, von dem die Rede ist, ist die Aufnahme

von einem Fasnachtsumzug in Basel. Außerdem wäre die so wunderbar ‚Gerettete' in diesem Fall wohl flugs zur Polizei marschiert – oder wie siehst du das?"

„Wahrscheinlich! Dann bliebe also nur noch der bereits erwähnte Zufall. Vielleicht hat diese Claire eine Schwester. Eine Zwillingsschwester wäre herrlich!?"

„Fehlanzeige. Laut Aussage des ehrenwerten Mister Burton besitzt oder besaß, ganz wie du willst, seine Schwägerin nur noch einen jüngeren Bruder. Und der tut Dienst in der französischen Marine."

„Warum, in drei Teufels Namen, ist dieser Burton dann so erpicht darauf, diese Unbekannte aufzustöbern?"

„Wie er sagt, zu seiner Beruhigung!"

„Aber du glaubst nicht daran. Ich sehe es deinem Gesicht an. Du vermutest mehr dahinter – oder?"

Schulterzuckend gab Perry Clifton zu: „Gerade da liegt der Hase ja im Pfeffer, Scotty. Ich weiß nicht, was ich vermuten soll. Ich bin ratlos wie jemand, der einen Fluß überqueren will, Nichtschwimmer ist und Angst vor Brücken hat ... Würde dieser James Burton etwas zu befürchten haben, wäre er wohl kaum auf den Gedanken gekommen, ausgerechnet mich zu engagieren!"

„Mit dem ‚ausgerechnet' stellst du dich in die Reihe der besonders Schlauen. Und mir wirfst du Eitelkeit und Einbildung vor ..."

„Das ist mir auch nur so rausgerutscht. Das kommt davon, weil er sich sozusagen mit einer Empfehlung von Sir Henry White bei mir eingeführt hat." Eine Unterlassungssünde fiel ihm ein: „Stimmt, den wollte ich auch anrufen ..."

„Eine Frage, Perry. Gibt es denn für dich, wenn wir das geheimnisvolle Gesicht, das ja der Zufall beschert haben kann, außer acht lassen, irgend etwas, das dir das Gefühl vermittelt: Halt, an dieser Sache ist was faul! Ein Hinweis ... eine Aussage oder sonst ein umwerfendes, durch nichts erklärbares Indiz?"

Clifton überlegte nicht lange. Die Erinnerung an das Erlebte war noch frisch: ,,Zwei Hinweise. Der erste war optisch sichtbar und massiv. Ich wurde vorhin, als ich Mister Burton verließ, verfolgt! Und zwar von einem hellblauen Ford!"

,,Die Nummer?" Skiffer hatte schon einen Stift in der Hand, was Perry Clifton ein anerkennendes Lächeln abnötigte.

,,Das Schild war so verdreckt, sicher absichtlich, daß nichts zu erkennen war. Ich hängte ihn mit Trick sieben an der Kreuzung Beak-Lexington Street ab. Der zweite Hinweis könnte, ich betone: könnte Zufall sein oder sich noch als Seifenblase erweisen: Bei der *Partland*-Versicherung war die Akte Claire Burton nicht auffindbar ..."

,,Hm, das ist schon merkwürdig ...", stimmte Skiffer zu, jetzt sehr nachdenklich geworden. Clifton kam eine Idee.

,,Eine Frage, Scotty. Könnten wir von diesem Apparat hier eine Nummer anrufen, ohne daß sich die Zentrale mit ,Scotland Yard' meldet?"

,,Selbstverständlich!" Der Inspektor ergriff den Hörer des Apparates, der auf einem kleinen Holzpodest mit schwenkbarer Schere stand.

,,Hier Skiffer, geben Sie mir bitte ein Amt auf die 723. Danke!" Er schob Clifton den Apparat zu.

Perry Clifton, mit einem Zettel in der Hand, deutete auf die Mithörmuschel. Dann wählte er.

,,Hier Chelsea 4781!" schnarrte eine dunkle, heisere Stimme durch den Draht.

,,Hallo, Henry, hier spricht Perry Clifton. Würden Sie mich bitte mit Mister Burton verbinden!"

,,Ich werde ihn holen, Sir!"

,,Wer ist das?" flüsterte Skiffer. Clifton hielt die Sprechmuschel zu und flüsterte zurück: ,,Es ist Henry Overgaty, der Butler!"

Es dauerte über zwei Minuten, bevor sich Burton meldete. Ein wenig atemlos.

„Hallo, Mister Clifton, ich bitte vielmals um Entschuldigung, daß Sie so lange warten mußten. Ich habe gerade meinen Wagen in die Garage gefahren. Henry kann leider nicht Auto fahren."

„Mister Burton, ich habe eine sehr ernste Frage und möchte Sie bitten, genau zu überlegen, bevor Sie antworten."

„Bitte, fragen Sie!" Unruhe und Betroffenheit in Burtons Stimme waren unüberhörbar.

„Mit wem haben Sie darüber gesprochen, daß Sie mich engagieren wollten ... Ausgenommen Sir Henry White."

Clifton und Skiffer hörten Burton heftig atmen. Seine Antwort kam hektisch, erschrocken, fast ängstlich. „Mit niemandem, Mister Clifton. Wenn ich *Sie* um Diskretion bitte, werde ich doch nicht selbst hergehen und meinen Fall vor anderen ausbreiten. Soll ich mich auslachen lassen?"

„Hm, das wäre logisch, trotzdem ..."

„Warum stellen Sie überhaupt diese Frage? Haben Sie dafür einen besonderen Anlaß?"

„Ich wurde heute, nachdem ich Ihr Haus verlassen hatte, von einem Wagen verfolgt."

„Nicht möglich!!" Das kam so heftig, daß die beiden Detektive erschrocken zurückzuckten. „Das müssen Sie sich eingebildet haben, Mister Clifton."

„Würde ich zu den Detektiven gehören, die sich so was einbilden, hätten Sie mich wohl kaum engagiert!"

„Arbeiten Sie vielleicht noch an einem anderen Fall?"

„Warenhausdiebe pflegen mich in der Regel nicht zu verfolgen. Schon gar nicht die Ertappten!"

Ratlosigkeit in Burtons Stimme: „Ich ... ich weiß nicht, was ich dazu sagen soll."

„Sie sind sich jedenfalls sicher, mit niemandem über mich gesprochen zu haben!"

„Völlig sicher!" kam es entschieden, wenn auch nicht weniger beunruhigt zurück.

,,Mehr wollte ich nicht wissen, Mister Burton. Ich melde mich jetzt erst aus Basel wieder. Auf Wiederhören!" Clifton hängte ein, noch bevor Burton etwas erwidern konnte.

,,Du fährst nach Basel?" staunte Skiffer.

,,Ich fliege!" verbesserte Perry Clifton. ,,Und damit komme ich auch schon zum Grund meines Besuches. Du hattest doch mal was in Basel zu tun."

Der Yardmann nickte. ,,Vor zwei Jahren ... Das war die Briefmarkenfälscher-Geschichte. Über zwei Wochen war ich damals auf dem Kontinent."

,,Wüßtest du dort einen Beamten, an den ich mich in einer diskreten Angelegenheit wenden könnte? Natürlich nicht offiziell."

Scott Skiffer starrte ein großes Loch in die Luft, bevor er antwortete: ,,Sosehr ich meinen edelsten Körperteil auch strapaziere, mir fällt nur einer ein: Kommissar Gaitner."

,,Wie gut hast du ihn kennengelernt?"

,,So gut, daß mir die Namen seiner sicher nicht weniger tüchtigen Kollegen restlos entfallen sind. Er hat mich zwei-, dreimal in eine kleine Weinschenke eingeladen, in der es so eng war, daß man sich gegenseitig die Schuppen auf dem Kopf zählen konnte."

Das war natürlich maßlos übertrieben, doch Skiffers Schilderungen zur Person des Kommissars Gaitner waren so amüsant und lustig, daß Perry Clifton das unstillbare Verlangen verspürte, diesen Mann kennenzulernen.

,,Das Dumme bei der Sache ist nur", erklärte Skiffer, ,,daß Gaitner inzwischen in Pension gegangen ist. Er machte damals gerade sein letztes Dienstjahr. Wenn du willst, gebe ich dir ein paar Zeilen für ihn mit. Seine Privatadresse mußt du allerdings allein herausfinden."

,,Die Zeilen nehme ich mit größtem Vergnügen an, und was die Adresse anbetrifft, so zitiere ich Dicki Miller: Ich bin ja nicht doof! Er ist übrigens maßlos eifersüchtig!"

„Auf Julie Young!“ lachte Skiffer. „Kann ich mir denken! Wenn er erfährt, daß du sie heiraten willst, wird er sich entrüstet von der Kriminalistik abwenden!“

„Pssst! Noch ist es nicht soweit! Hm ...“ Perry Clifton schnitt plötzlich eine Grimasse und hielt inne.

„Was ist los? Ist dir Essig in die Augen gekommen?“

„Mir ist was eingefallen, Scotty!“ erwiderte Clifton und schien sichtlich verärgert darüber, daß das erst jetzt geschah.

„Wegen Dicki?“

„Wegen Henry, Burtons Butler. Burton sagte doch vorhin, daß er seinen Wagen in die Garage gebracht habe, und er bedauerte gleichzeitig, daß Henry nicht Auto fahren könne. So war es doch?“

„Ja, so war es. Gibt's daran was auszusetzen?“

„Hältst du es für möglich, daß ein Mann, der mal Buschpilot war, nicht Auto fahren kann?“

„War dieser Henry Buschpilot?“

„Ich höre noch ganz deutlich, wie Burton zu mir sagte, daß man mit Henrys Lebenserinnerungen Bände, ich glaube zehn, also zehn Bände mit Abenteuergeschichten füllen könnte. Er sei Fallensteller, Buschpilot, Landvermesser, Goldsucher und ...“, Perry versuchte Burton wörtlich zu zitieren, „in drei Dutzend weiteren Berufen tätig gewesen ... Buschpilot und Landvermesser und kann nicht Auto fahren?“

„Vielleicht will er nur nicht. Vielleicht hält er es für unter seiner Würde, als Butler auch noch Chauffeur zu spielen. Bist du denn der Meinung, daß er nicht verheimlichen dürfe, daß er ein Auto fahren kann?“

„Hm ... vielleicht hast du wirklich recht ... aber nur vielleicht.“ Perry erhob sich. Da fiel ihm Skiffers Angebot ein, und er fragte: „Wie steht's mit dem Brief, Scotty? Ich fliege morgen!“

„Schreiben soll ich auch noch“, brummte der und rieb sich mit dem Handrücken über das nicht mehr ganz glatte Kinn.

,,Wir kriegen nachher Besuch von einem Kunsthändler. Es geht da um spurlos verschwundene Expertisen ...“

,,Peter sagte etwas davon!“

,,Paß auf, ich fahre heute noch nach Croydon zum Flugplatz. Auf dem Rückweg bringe ich dir den Brief an Gaitner vorbei. Einverstanden?“

,,Einverstanden!“

,,Aber es kann sehr spät werden!“

,,Ich werde bestimmt auf dich warten.“

,,So, dann entspann dich mal schnell, ich hol' uns noch einen Becher Tee! Wir haben nämlich einen neuen Teeautomaten!“

Kurz nach 19 Uhr verließ Perry Clifton seinen Freund Skiffer. Als er den Ausgang passierte, war es 19 Uhr 3. Zur gleichen Zeit, fast auf die Minute genau, hielt vor einem teuren Appartementhaus in Kensingtons Collingham Road ein Wagen. Er war hellblau. Das auffälligste an ihm waren acht zusätzliche Halogenscheinwerfer, die allesamt vor dem Kühlergrill montiert waren.

Zwei Männer stiegen aus und gingen auf Eingang B 12 zu. Jedes Appartement hatte einen eigenen Eingang zur Straße.

P. M. Mills stand auf dem verzierten Messingschild. Ausgeschrieben bedeutete das, daß der Bewohner dieses Appartements Patrick Martin Mills hieß.

Der eine der beiden Männer hatte schon die Hand auf dem Klingelknopf, als sein Begleiter vorschlug:

,,Warte, wir klopfen lieber. Das Klingeln könnte ihn nur unnötig reizen!“

,,Wird ohnehin Gift und Galle spucken, dieser arrogante Pinsel!“

,,Er zahlt gut, und das ist die Hauptsache.“ Nach dieser Feststellung klopfte Jack McButton. Er klopfte noch ein zweites Mal. Dann drückte er auf die Klingel. Es klang, als schlage jemand im Inneren mit einem weichen, filzbezogenen Paukenschlegel sanft auf einen großen chinesischen Gong.

Schritte!

Die Tür wurde geöffnet. Das eben noch freundliche Gesicht verfinsterte sich. „Idioten!!“ zischte seine Stimme. „Ich habe Ihnen doch gesagt, Sie sollten telefonieren!“

„Es ist was dazwischengekommen, Mister Mills. Und außerdem ...“ Mills winkte hastig ab und flüsterte: „Los, rein ... dorthin, in das Zimmer. Es wird noch eine Weile dauern, ich habe gerade Besuch!“

Mike Forster und Jack McButton huschten rasch in den angegebenen Raum. Mills kam ihnen nach, zog die Vorhänge zu und schaltete das Licht ein. Ohne ein weiteres Wort zu verlieren, verließ er das Zimmer wieder.

„Laffe!“ fluchte Forster in sich hinein und sah sich dann, gleich McButton, um. Ihn fröstelte beim Anblick all der furchterregenden, fratzenhaften Masken, die das Zimmer füllten. Dazu Speere, Schilder, Bogen, Steinäxte und dergleichen. Unter einem Glassturz, der mit einem Totenkopf verziert war, lagen mehrere winzige kleine Pfeile mit dicken Federbüschen am hinteren Ende.

„Ob der mal Forscher war?“ Forster fragte es leise.

„Glaub' ich nicht. Das ist einer, der so was sammelt!“ McButton setzte sich in einen der mit Zebrafell bespannten Safaristühle und orakelte: „Eines Tages wird Jack McButton, Sohn eines ehrlichen Schneidermeisters aus Soho und einer fröhlichen Stiefmutter aus Wales, ebenfalls eine Weltreise machen. So mit allem Drum und Dran.“ Er ließ langsam seine Blicke durch das Zimmer schweifen und fügte hoffend hinzu: „Vielleicht schon nach dieser Sache.“

Mike Forster schwieg. Auf seinem jungenhaften Gesicht zeigten sich deutliche Spuren von Skepsis, Zweifel und Unzufriedenheit. Ob Unzufriedenheit mit sich oder der Situation, in der er sich befand, war nicht auszumachen.

Endlich hörten sie Stimmen.

Sie näherten sich aus einem weiter entfernten Zimmer. McButton sprang auf, flitzte auf Zehenspitzen zur Tür und brachte ein Ohr in Lauscherstellung.

„Also, nochmals vielen Dank, Sir!“

„Keine Ursache, Mister Wynham!“

Die Haustür fiel zu, McButton spurtete zu seinem Klappstuhl zurück.

War Mills' Miene schon vorher finster gewesen, so war sie jetzt ausgesprochen kalt und feindlich. Wie seine Stimme: „Ich hatte Sie ausdrücklich darum gebeten, mich hier nicht zu besuchen!“

„Wir haben es ziemlich oft mit dem Telefon probiert, Mister Mills!“ versuchte Forster zu beschwichtigen. „Es war ständig besetzt!“

„Mindestens zwanzigmal!!“ übertrieb McButton, der plötzlich die dumpfe Ahnung verspürte, daß es nicht allein ihre Anwesenheit war, die Mills so wütend sein ließ. Wobei er ja noch nicht einmal etwas von ihrem Malheur wußte. Als er sie jetzt gar noch mit den Worten aufforderte: „Zuerst Sie!“, fand er seinen Verdacht bestätigt.

„Ja, das ist so ...“, begann McButton herumzudrucksen.

„Er hat uns abgehängt, Mister Mills!“ erklärte Forster kurz und bündig und ohne große Umschweife den Sachverhalt.

„Mit einem raffinierten Trick!“ ergänzte McButton.

Jetzt war Mills' Blick eisig und höhnisch zugleich.

„Und dazu engagiere ich Profis! Sie waren also nicht in der Lage, diesen Clifton zu beschatten?!“

„Wir sind ihm vom Haus in der Bull Street gefolgt bis zur Kreuzung Beak-Lexington Street. Dort ist er bei Knallrot (was nicht ganz den Tatsachen entsprach) über die Kreuzung!“

„Mit anderen Worten: Er hat gemerkt, daß er verfolgt wurde!“ konstatierte Mills, doch McButton schüttelte den Kopf. „Glaube ich nicht. Er ist nur ein verrückter Fahrer!“

Forster enthielt sich der Stimme, während Mills bereits Schlüsse aus dieser Schlappe zog: „Er wird also in Zukunft auf einen hellblauen Ford achten. Außerdem besteht die Gefahr, daß er sich die Nummer des Wagens notiert hat."

„Konnte er nicht!" sagte Mike Forster triumphierend. „Die habe ich mit Dreck unkenntlich gemacht. Außerdem war das Licht nicht mehr gut!"

„Sie glauben also nicht, daß er Sie beide wiedererkennen würde?"

„Auf keinen Fall!"

Mills nickte. „Das ist gut. Sie fahren nachher von hier aus direkt in die Midland-Garage in der Cookson Street. Dort steht ein alter, grauer Morris. Den Schlüssel dazu gebe ich Ihnen gleich. Ich möchte, daß Sie Clifton morgen nicht aus den Augen lassen!" Mills griff in die Tasche, zog ein Bündel Geldscheine hervor und zählte fünf davon ab. Er reichte sie McButton hin. „Das sind fünfzig Pfund, die sollten reichen!"

„Wozu?" wollte Jack wissen.

„Sobald Clifton morgen seine Wohnung verläßt, folgen Sie ihm. Passen Sie die erste Möglichkeit ab, und folgen Sie ihm dann doppelt. Der eine von ihnen fährt den Morris, der andere läßt ein Taxi hinter Cliftons Wagen herfahren. Der Morris wiederum bleibt hinter dem Taxi!"

McButton staunte. „Man könnte direkt meinen, Sie seien aus der Branche, Mister Mills."

Mills erwiderte nichts darauf. Seine Miene blieb kalt und unpersönlich.

„Cliftons mögliche Ziele morgen könnten ein Reisebüro oder das Büro einer Fluggesellschaft sein. Vielleicht auch beides ... Ich würde Ihnen empfehlen, sich ab 8 Uhr aufzustellen!" Er holte tief Luft, bevor er sich direkt an Forster wandte: „Und nun zu Ihnen, Mister Forster! Denn von Ihnen stammt nicht nur die Information, daß der alte Aston dringend Geld für seine Kakteenzucht benötige und dafür sicher einiges täte, von Ihnen stammen auch Versicherung und Versprechen, daß er zuverlässig sei!“

Mike Forster spürte plötzlich einen dicken Kloß im Hals. „Aber das ist doch geklärt, Mister Mills. Er hat doch vorgestern gesagt, daß wir weiterhin mit ihm rechnen können!“

Diesmal enthielt sich McButton der Stimme. Wenn er an den Alten in Duncan Hill dachte, fühlte er maßlose Wut in sich aufsteigen. Und diese Wut war im Augenblick noch größer als die Neugier, was hinter Mills’ Worten stecken könnte. Dann erschrak er aber doch, als er hörte: „Dieser Schnüffler war heute in Duncan Hill!“

„Der, den wir verfolgt haben?“ McButton glaubte sich verhört zu haben.

„Genau der! Er war heute vormittag an der Küste!“

„Und das ließ sich nicht vermeiden?“

„Ich selbst habe es erst heute am späten Nachmittag von meinem Gewährsmann erfahren.“

„Nicht aus Duncan Hill?“ fragte Mike fassungslos.

„Nein, Mister Forster!“ fauchte Patrick Mills. „Nicht aus Duncan Hill. Das ist es ja, was mich so aufregt. Konnte dieser alte Trottel nicht anrufen und sagen, daß einer bei ihm war, um ihn auszuquetschen?“

„Er hat bestimmt nichts verraten!“ beschwor Forster. „Dazu hat er viel zuviel Angst um seine Kakteen.“

„Dieser Mann wird langsam eine Gefahr für uns, Mister Forster ... Für uns alle. Ein falsches Wort von ihm, und wir sitzen alle tief drin. Ohne Ausnahme! Leider war von meinem Informanten nicht zu erfahren, was Aston gesagt hat.“

„Ich werde ...“, begann Mike Forster hastig, doch Mills schnitt ihm mit einer herrischen Handbewegung das Wort ab.

„Nichts werden Sie! Ich brauche Sie hier! Und was den alten Narren betrifft, so werden wir schon herausfinden, was er gesagt hat. Ich bin sicher, daß mir was Passendes einfällt!“ Er verriet nicht, daß ihm schon etwas eingefallen war.

„Noch was. Wer von Ihnen war es, der etwas Deutsch gelernt hat?“

„Ich!“ sagte McButton. „Ich war zwei Jahre bei der Rheinarmee in Deutschland stationiert. Warum fragen Sie?“

„Es könnte sein, daß Sie beide ganz schnell verreisen müßten; und zwar in ein Land, in dem man auch Deutsch spricht.“

„Hallo!“ rief McButton freudig und sah den Himmel schon wieder im schönsten Bonbonrosa. „Das ist ja eine Überraschung!“

„Aber *ich* kann kein Deutsch!“

„Das macht nichts. Ein Dolmetscher reicht da aus ... Ja, Gentlemen, das wär's für heute. Sie sollten sich jetzt empfehlen. Ihr Dienst beginnt morgen früh ziemlich zeitig, und ich habe auch noch eine Reise vor mir!“

„Wie ist das mit morgen, Mister Mills? Ich meine, sind Sie telefonisch zu erreichen?“

„Ständig! Meine Reise ist nur eine Nachtreise ...“

Nachdem Mills ihnen den Schlüssel für den grauen Morris ausgehändigt hatte, verabschiedeten sich die beiden. Jack McButton beschwingt und bester Laune, Mike Forster bedrückt und von bösen Ahnungen geplagt.

Der Koffer stand aufgeklappt auf der Couch und war bereits bis zum Rand gefüllt.

Ein Anzug, drei Hemden, Unterwäsche zum Wechseln, zwei Paar Socken, ein Elektrowecker, zwei Schreibblocks, eine Schachtel mit postkartengroßen weißen, leeren Kartons, zwei Filzstifte mit den Farben Rot und Grün und eine Kamera waren bereits verstaut. Daneben lag, sozusagen für die oberste Schicht, ein dicker brauner Umschlag. Er enthielt ein Buch mit dem Titel *Fasnacht in Basel*, einen Stadtplan von der gleichen Stadt, eine Märzausgabe des *Live Journal* sowie eine Anzahl Fotografien.

Perry Clifton hantierte, angetan mit einer blauen, rotgepunkteten Halbschürze (die Dicki äußerst „zickig“ fand), vor dem Herd und beobachtete, wie vier Scheiben Speck und drei Eier langsam zu einer Einheit zusammenwuchsen. Der Dampf der Speckscheiben füllte die kleine Junggesellenwohnung bis in den letzten Winkel. Aus dem geöffneten Fenster der kombinierten Wohnküche stiegen die Rauchschwaden in den nachtschwarzen Himmel über London.

Die Uhrzeiger standen auf 21 Uhr 20.

Im Fernsehen lief ein amerikanischer Western ohne Ton. Perry hatte ihn abgedreht, als er zur Tür ging, um Dicki hereinzulassen. Und Dickis Interesse wiederum wurde mehr von dem Koffer auf der Couch als von dem Film in Anspruch genommen.

„So!“ sagte Perry in diesem Moment. Das galt den Eiern, die, mit einem braunen, knusprigen Rand umgeben, von der Pfanne auf einen Teller wanderten.

„Daß Sie bei einem solchen Gestank essen können“, mokierte sich Dicki bissig und ließ sich dicht neben dem offenstehenden Koffer auf die Couch fallen.

„Daß du mir bei einem solchen Gestank zugucken willst ...“

Dicki, der seit seinem Eintritt den gepackten Koffer und die damit verbundene Tatsache einer offensichtlich bevorstehenden Reise unerwähnt gelassen hatte, behielt diese Taktik auch weiterhin bei.

„Das ist eben Freundschaft, Mister Clifton!“

Perry, inzwischen mit Weißbrot, Messer und Gabel ausgerüstet, erkundigte sich zwischen zwei Bissen:

„Was meinst du damit?“

„Freundschaft ist, wenn man trotzdem bleibt!“

„Trotz was?“

„Trotz Gestank!“

„Du bleibst nicht“ – hopsa! da war das Ei wieder von der Gabel gerutscht–, „du bleibst nicht aus Freundschaft, Dicki, du bleibst, weil die Neugier an dir nagt wie die Maus am Käse!“

Dicki schwieg und tat, als feßle ihn urplötzlich das Geschehen auf dem Bildschirm.

„Basel!“ sagte Perry Clifton und nahm einen Schluck aus der dampfenden Teetasse. Er hatte es leise gesagt, eigentlich mehr nur dahingeworfen. Trotzdem fuhr Dickis Kopf wie auf Kommando herum.

„Sie fahren für diesen Mister Burton nach Basel?“

„Ich fahre nicht, ich fliege! Mach den Apparat aus, Dicki!“

Eins, zwei, drei – und da saß er schon wieder.

„Ein schwieriger Fall?“

Perry zuckte mit den Schultern und deutete auf seinen kauenden Mund.

„Daß Sie auch immer essen müssen, wenn Sie nach Hause kommen!“ grollte Dicki, beschloß dann jedoch, seinen Freund zu Ende essen zu lassen. Schließlich wollte er nicht, daß Perry Clifton ein Magengeschwür bekam. Und nach Bekundungen seines Großvaters bekam das derjenige, der während des Essens redete oder in einen ovalen Spiegel sah und Grimassen zog. Inwieweit das stimmte, wagte Dicki nicht zu beurteilen. Bei den Sprüchen seines Großvaters wußte er ohnehin nie, was ernst gemeint war und was nicht.

„Ob es ein schwieriger Fall wird, Dicki, kann ich dir heute noch nicht sagen!“

„In jedem Fall sind Sie hinter jemandem her, stimmt’s?“ Perry räumte das Geschirr in die Spüle, ließ Wasser drauf laufen, band sich die (zickige) Schürze ab und schloß das Fenster. Dann nahm er seine Teetasse und setzte sich Dicki gegenüber.

„Es stimmt, daß ich hinter jemand her bin!“

„In Basel!“

„Ja, meine Aufgabe besteht darin, nach einer Frau zu forschen!“

„Und was hat diese Frau getan?"

„Ich weiß es nicht! Es klingt komisch, Dicki, aber zum ersten Mal kann ich dir keine Einzelheiten erzählen. Und das nicht nur, weil ich dazu angehalten wurde, sondern auch, weil es eine recht verworrene Geschichte ist."

„Sie sind heute früh aber ziemlich zeitig weggefahren, stimmt's?"

„Stimmt! Es war genau 7 Uhr. Hast du mich wegfahren sehen?"

„Ja, und ich weiß auch, daß Sie ziemlich weit weg waren." Dicki sagte das in einem Tonfall, als handle es sich bei diesem Wissen um eine ganz alltägliche Sache. „Mindestens zweihundert Meilen!" behauptete er.

Perry Clifton war ernsthaft überrascht. Er hatte doch keinen Ton erzählt – oder? Nein, unmöglich, er hatte Dicki gestern ja gar nicht mehr zu Gesicht bekommen. „Gut getroffen, Dicki!" gab er zu. „Und woher weißt du das?"

„Als Sie heute morgen wegfuhren, war Ihr Wagen pieksauber und glänzte. Ich war vorhin, bevor ich zu Ihnen kam, für Dad am Zigarettenautomaten, da habe ich Ihren Wagen stehen sehen und unter die Lupe genommen. Ziemlich viel Schmutz untenherum. Und in den Felgen hängen teilweise Erdklumpen. Das heißt also, daß Sie nicht nur weit weg waren, sondern auch auf ziemlich miesen Feldwegen gefahren sein müssen. Daraus schließe ich, daß dieser Mister Burton was mit der Landwirtschaft zu tun haben könnte!"

Es hatte Perry Clifton im wahrsten Sinne des Wortes die Sprache verschlagen ... Deswegen dauerte es einige Zeit, bis er sich darüber im klaren war, daß hier *sein* „Schüler" gesprochen hatte. Das und die Art, wie Dicki hinter seinen Ausflug nach Duncan Hill gekommen war, verdienten eine echte Belohnung. (Trotz des kleinen Schönheitsfehlers mit der Landwirtschaft.) Der Detektiv ging zu seiner Bücherwand und fischte Dickis Lieblingsbuch – das alles andere als ein Kriminalroman war – heraus. Von Geoffrey Chester geschrieben, lautete der Titel: „Vom Kirschkern zum gespaltenen Haar – Was man über die kriminalistische Kleinarbeit wissen muß." Darin schildert Chester, ein ehemaliger Spezialist für Spurensicherung und Auswertung, die vielen Möglichkeiten, aus geringsten Details entscheidende Schlüsse zu ziehen.

„Das gehört ab sofort dir, Dicki! Wer so gut beobachten kann, der gehört belohnt!"

Dicki musterte seinen großen Freund voller Mißtrauen. Wie lautete doch der dazu passende Spruch seines Großvaters: „Wenn dir einer die Hand hinstreckt, dann zähle genau, ob auch alle Finger dran sind." Das sollte soviel heißen wie: Prüfe, ob der andere es ehrlich meint.

Und Dicki prüfte – und strahlte. Kein Zweifel, Perry Clifton meinte es ernst und ehrlich. Vorsichtig, wie einen zerbrechlichen Schatz, nahm er das Buch in seine Hände.

„Danke, Mister Clifton!" Mehr brachte Dicki im Augenblick nicht heraus, so glücklich war er. Sogar Julie Young schien in diesem Augenblick, in diesem „großen Augenblick", vergessen. Die Bedenken, die ihn plötzlich befielen, zerstreute er mit dem Angebot: „Wenn Sie mal was nachsehen wollen, leihe ich es Ihnen gern aus!"

„Das ist ein Wort, Dicki!"

In diesem Augenblick klingelte es. Gleichzeitig klopfte es. Ein Zeichen, daß der Besucher entweder aus dem Haus war oder aber die Klippen der bereits verschlossenen Haustür überwunden hatte. (Nur ganz selten kam es vor, daß unten einer klingelte und zur gleichen Zeit oben einer klopfte.)

„Wird deine Mutter sein, Dicki!"

Dicki warf einen Blick auf seine Armbanduhr. „Der Film läuft noch ..." Trotzdem marschierte er zur Tür und öffnete.

„Hallo, Mister Skiffer!" rief er überrascht. Er konnte den Inspektor gut leiden, was übrigens auf Gegenseitigkeit beruhte.

,,Hallo, Dicki, ist dein großer Bruder zu Hause?"

,,Ja, Mister Skiffer!"

Von weitem rief Clifton: ,,Komm rein, Scotty." Und Sekunden später: ,,Vor Mitternacht hatte ich dich nicht erwartet."

,,Ja", erklärte der Inspektor, ,,Croydon ist für heute ins Wasser gefallen. Verschoben auf morgen abend."

,,Whisky oder Tee?"

,,Weder noch", wehrte Skiffer ab, ,,wenn du zufällig Selters auf Lager hast oder ein vornehmes Sodawasser, würdest du mir mehr helfen. Ich werde nämlich seit Stunden von Sodbrennen geplagt! Ich glaube sogar, daß das von der jämmerlichen Brühe herrührt, die der neue Teeautomat bei uns ausspuckt. Hast du noch nichts bemerkt?"

,,Eigentlich nicht. Ich habe dieses Wundergetränk allerdings schon mit drei Spiegeleiern zugedeckt."

,,Man riecht's. Paß nur auf, daß du bei der Zollkontrolle in Basel keine Schwierigkeiten kriegst. Ich habe gehört, daß die die Leute, die nach Speck riechen, nicht ins Land lassen ..."

,,Und wie geht der Witz weiter?" fragte Perry, während er im Kühlschrank herumwühlte.

,,Die Schweizer haben Angst um ihre Mäuse.*"

Während die beiden Männer herzhaft lachten, überlegte Dicki verzweifelt, worüber sie lachten. Er kam nicht drauf. Dafür fiel ihm jedoch Großvaters Gegenmittel für Sodbrennen ein.

,,Ich weiß, was gegen Sodbrennen hilft, Mister Skiffer!"

,,Und was wäre das?"

,,Ein halbes Papiertaschentuch essen. Das saugt die Säure auf!"

Scott Skiffer sah Dicki prüfend an. ,,Woher stammt dieses widerliche Rezept?"

,,Von meinem Großvater!"

* *Mäuse: Auch Ausdruck für Geld.*"

„Das hätte ich mir denken können“, grinste Perry Clifton, während sich Scott Skiffer erkundigte: „Hat er es je selbst ausprobiert?“

Dicki schüttelte den Kopf. „Ich glaube, nein. Er sagte, er hätte es nicht nötig, da er nie Sodbrennen hätte.“

Clifton hielt ihm fröhlich grinsend ein Glas hin. Dazu sagte er: „Dickis Großvater ist das fidelste Haus, das ich je kennengelernt habe. Wenn man ihm Glauben schenken darf, ist die Polizei die Erfindung von Leo Greenwood, einem englischen Holzgroßhändler, der sein Holz nicht losbekam und es der Krone mit dem Vorschlag schenkte, daraus Polizisten fertigen zu lassen.“

„Will er damit vielleicht ausdrücken“, entrüstete sich Scott Skiffer, „daß die englische Polizei nur aus Holzköpfen besteht?“

„Das hat er nie behauptet!“ versicherte Dicki und schien es an dieser Stelle für angebracht zu halten, sich in die elterliche Wohnung zurückzuziehen ... Doch da fiel ihm noch etwas ein. „Kann ich Sie zum Flugplatz bringen, Mister Clifton? Ich habe morgen nämlich erst nachmittags Schule.“

„Pech gehabt, Dicki“, sagte der Detektiv. „Ich werde mit Sicherheit erst am Nachmittag fliegen. Ich hab' ja noch nicht einmal einen Flug gebucht, und ein Hotelzimmer ist auch noch nicht bestellt.“

„Du kannst ihn ja abholen, wenn er zurückkommt“, schlug Scott Skiffer vor.

„Woher soll ich denn wissen, wann er kommt? Wir haben ja nicht mal mehr Telefon!“

„Ich schicke dir ein Telegramm, Dicki, ganz einfach!“ versprach Clifton. Und Dicki, überwältigt von dieser Vorstellung, fragte: „Ein Telegramm? Richtig an meine Adresse?“

„Ja, an Mister Dicki Miller, Starplace Nr. 14, London, England. Und darin teile ich dir genau mit, wann und wo ich lande!“

„Das ... das nehme ich mit in die Schule ... Das gibt einen Knall ... den Ronnie Hastings zerreißt es ..."

Es klopfte.

„Hallo Dicki, es ist Zeit!" Das war unverkennbar Dickis Mutter, Mrs. Miller.

„Ich komme!" brüllte Dicki, der Sieger, zurück. Das war er doch, ein Sieger – oder? Ein Buch und ein Telegramm, und das am 21. März 1972, einem Tag ohne Weihnachten, ohne Ostern, ohne Geburtstag und ohne eine Eins im Zeugnis. War das ein Sieg? „Gute Nacht, Mister Clifton, und guten Flug! Gute Nacht, Mister Skiffer!"

Er knallte die Tür komischerweise nicht zu, wie er es sonst tat, wenn er übersprudelnder Stimmung und mit sich und der (Um-)Welt zufrieden war. Nein, er zog sie ganz leise ins Schloß, so wie er es tat, wenn er sich gekränkt, beleidigt, unverstanden oder mißachtet von dannen schlich.

Da sollte sich noch einer auskennen.

Scott Skiffer zog einen Briefumschlag aus der Innentasche seiner Jacke und legte ihn zuoberst auf den gepackten Koffer, dazu einen Zettel. „Ich habe hier aufgeschrieben, wo ich in den nächsten Tagen von wann bis wann zu erreichen bin. Es könnte ja sein, daß du irgendwas wissen willst oder Informationen hast, die für uns wichtig sind. Sollte ich mal nicht an Ort und Stelle sein, dann hinterlaß deine Rufnummer, ich rufe dich zurück."

„Vielen Dank, Scotty. Ich werde dir zum Dank aus der Schweiz ein paar Käselöcher mitbringen!"

„Aber bitte nur antiquarische!"

„Einverstanden! Hast du mich in deinem Empfehlungsschreiben wenigstens entsprechend sympathisch geschildert?"

„Da der gute Gaitner immer das Gegenteil von dem glaubt, was man ihm sagt, eine alte Polizeiangewohnheit, habe ich ihm geschrieben, daß du ein ziemlich hilfloser Privatdetektiv bist, im Schlaf schnarchst und singst und beim Essen schmatzt."

„Sehr liebenswürdig!“

Skiffer erhob sich. Mit etwas vergrämter Miene, sich auf den Magen deutend, sagte er: „Ich muß mein Sodbrennen jetzt zu Bett bringen. Ich hab’ nämlich Frühdienst ...“

2 Uhr 30.

Zwei Stunden und dreißig Minuten nach Mitternacht, oder: Seit zwei Stunden und dreißig Minuten war es nicht mehr Dienstag, sondern bereits Mittwoch.

Mittwoch, der 22. März.

2 Uhr 30 ...

Zu diesem Zeitpunkt raste ein blauer Bentley die Straße A 20 zwischen Dover und Folkestone entlang,

zu diesem Zeitpunkt wälzte sich James Pieter Burton unruhig auf seinem Bett, zu diesem Zeitpunkt träumte Dicki von einem Telegrammboten, der ihm per Hubschrauber eine Nachricht überbrachte,

zu diesem Zeitpunkt schlief Perry Clifton tief und traumlos, während Scott Skiffer

zu diesem Zeitpunkt bereits zum zweiten Mal in dieser Nacht nach der Selterswasserflasche griff,

zu diesem Zeitpunkt sauste in der Upper Street ein Betrunkener gegen einen Laternenpfahl, bei dem er sich anschließend wort- und gestenreich für die Belästigung entschuldigte,

zu diesem Zeitpunkt zertrümmerte ein Mann in der Batterly Street mit wuchtigen Hieben seinen Telefonapparat, nachdem es 19mal geklingelt und sich 19mal niemand gemeldet hatte,

zu diesem Zeitpunkt warf ein Unbekannter von der Waterloo-Brücke ein Paket in die Themse, und ebenfalls

zu diesem Zeitpunkt wurde im Regents Park ein Streife gehender Polizist überfallen, seiner Uniform beraubt, geknebelt und an einen Baum gebunden.

All dies geschah also in der Nacht vom Dienstag zum Mittwoch ...

Acht Minuten später, um 2 Uhr 38, richtete sich John Aston in Duncan Hill in seinem Bett auf. Irgendein ungewohntes Geräusch hatte ihn wach werden lassen. Ein Geräusch, das sich von den zahlreichen anderen Geräuschen in seinem verwinkelten Haus unterschied. Es war das Geräusch eines Motors, das nicht in das übliche nächtliche Klangbild paßte ... eines Automotors. Kein Zweifel, ein Wagen näherte sich seinem Haus ... Er mußte jetzt auf der Höhe von Violet Silverstones Hütte (er sagte immer Hütte zu ihrem Haus) sein. Und er hielt dort nicht. Das hieß also ... das hieß, daß der Fahrer zu ihm wollte – oder? Wer sonst fuhr zu so einer Zeit ... wie spät war es überhaupt? Er grapschte nach seiner abgelegten Armbanduhr mit den Leuchtziffern ... Wer sonst fuhr um 2 Uhr 39 diesen Weg ...?

Das Brummen des Motors war jetzt so nahe, daß der Wagen nur noch wenige Meter von Astons Haus entfernt sein konnte.

Da – Stille. Der Fahrer hatte den Motor abgestellt ...

In dieser Sekunde fielen John Aston die letzten Worte ein, die der widerliche Jack McButton ausgestoßen hatte. „Das werden Sie noch büßen!" So hatte er doch gesagt: „Das werden Sie noch büßen!"

Oh, so leicht ließ sich John Aston nicht ins Bockshorn jagen ... Er hatte vorgesorgt!

Eine Autotür klappte leise!

John Aston schob sich aus dem Bett, fuhr in seine dicken Kamelhaarschlappen, tastete sich im Dunkeln zur Tür, an der sein altmodischer Hausmantel hing, und schlich die Treppe zum Erdgeschoß hinunter. Sein Ziel war der Kleiderschrank in der winzigen Diele. Er hatte ihn fast erreicht, als er das leise Kreischen des Gartentores hörte.

Heftig riß er den Kleiderschrank auf und griff in die hinterste linke Ecke, hinter die Regenmäntel ... Da war sie, die doppelläufige Schrotflinte, die er dem alten O'Mulligan seinerzeit abgekauft hatte. Damals, als ihm seine Schwester wegen der Karnickel in den Ohren lag, die sich im hinteren Gemüsegarten schon wie zu Hause fühlten. Sie waren inzwischen schon mehr zahm als wild. Und John Aston hatte es einfach nicht fertiggebracht, auf sie zu schießen ... Er hustete so lange herum, bis der letzte Mümmelmann das Weite gesucht hatte – dann erst ballerte er ein Loch in die Luft.

Aber das würde er jetzt nicht tun, dieser McButton sollte sein blaues Wunder erleben.

Da klingelte es!

John Aston schrak zusammen, obgleich er wußte, daß jemand vor der Haustür stand ... Aber würde dieser mistige, unverschämte, vorlaute Rotkopf klingeln?

„Wer ist draußen?“ rief der Leuchtturmwärter.

„Hier ist Mills!“ drang es durch die Tür.

Einer der Obergauner! durchfuhr es Aston, und er spürte so was wie Enttäuschung. Dann wiederum glaubte er an einen Trick, und aus der Enttäuschung wurde Wut. Sicher war dieser feine Mister Mills nicht allein. Sicher hatte er sich ein Rudel Ganoven mitgebracht. Man behauptete ja, daß man in Soho nur mit dem Fuß aufstampfen mußte, um einige Dutzend Halunken aus ihren Schlupfwinkeln zu locken. Nun, er, John Aston, würde kein leichtes Opfer werden. Und bevor sie an seine Kakteen kamen ...

„He, Mister Aston, hat es Ihnen die Sprache verschlagen?“

„Was wollen Sie?“

„Mit Ihnen sprechen, Mister Aston!“

„Jetzt, mitten in der Nacht? Daß ich nicht lache!“ Und er machte zweimal „haha“, der ehemalige Leuchtturmwärter, der in seinen besten Zeiten Fünfzentnersteine weggetragen hatte.

„Es war mir leider nicht eher möglich!“

„Was wollen Sie denn mit mir besprechen? Ihre Boten haben mir doch schon alles gesagt.“

Aus Mills' Stimme war das Verbindliche gewichen. Im Befehlston rief er: „Hören Sie, Aston, es wird mir gleich zu dumm, hier draußen herumzustehen und durch eine Tür zu reden. Machen Sie gefälligst auf, aber ein bißchen flugs, sonst ..."

„Wieviel von Ihren Gorillas haben Sie denn mitgebracht?"

„Ich bin allein. Was fällt Ihnen ein, in einem solchen Ton mit mir zu reden? Ich verbitte mir diesen Ton."

John Aston überlegte ein wenig, nicht lange, und dann dachte er: „Schauen wir uns die Sache mal an, die Nacht ist ohnehin verdorben." Er schaltete die Innen- und Außenbeleuchtung an, hörte dabei Mills „na also" sagen und schob dann mit dem vorderen Ende des Gewehrlaufs den Riegel zurück. Die Tür öffnete sich, und Patrick Mills erstarrte mitten in der Bewegung.

„Was soll das, Mister Aston? Empfängt man so Partner?"

„Partner? Schöne Partner, die drohen!"

„Wer hat Ihnen gedroht?" Mills schien in der Tat überrascht.

„Ihr Schurke dieser McButton, dieser verrostete Zwerg!" schimpfte Aston und hätte dem feinen Mister Mills am liebsten eine Tracht Prügel verabreicht.

„Machen Sie die Tür zu, schieben Sie den Riegel vor – und dann ab ins Zimmer!" kommandierte Aston, und Patrick Mills blieb im Augenblick nichts weiter übrig, als sich der augenblicklichen Überlegenheit des scheinbar verrückt gewordenen Alten zu beugen. Also tat er, wie ihm befohlen: Er schloß die Tür, schob den Riegel vor und betrat Astons Wohnstube. Als er Anstalten machte, sich in dem schwarzlackierten Schaukelstuhl niederzulassen, fauchte ihm Astons Stimme in den Rücken: „Das ist mein Platz!!"

Mills wich auf einen knisternden Korbstuhl aus, während es sich John Aston samt Flinte im Schaukelstuhl bequem machte.

„Also – reden Sie!"

Mills' Stimme war weder zornig noch ängstlich, nicht drohend und nicht beleidigt, sie war – ausdruckslos. Und selbst Aston spürte, daß diese Ausdruckslosigkeit gefährlich war.

„Sie halten mich wohl für eine Art Straßenräuber, was, Mister Aston?"

Aston gähnte, ohne jedoch dabei den Finger vom Abzug seiner Flinte zu nehmen. Und dann sagte er im breitesten Leuchtturmwärter-Englisch: „Sie haben mir ein unsauberes Geschäft vorgeschlagen, Mister Mills, und ich bin darauf eingegangen. Ich habe meinen unsauberen Teil erledigt, und Sie haben mich dafür bezahlt. Und jetzt frage ich Sie: Soll ich Sie nun für einen Gentleman halten?"

Mills zwang sich zur Ruhe. Und er mußte, wenn auch widerstrebend, zugeben, daß ihm der alte Mann irgendwie imponierte.

„Es haben sich Dinge ereignet, die es zweckmäßig erscheinen lassen, unsere Zusammenarbeit fortzusetzen. In unserem und in Ihrem Interesse, Mister Aston. Außerdem hat niemand von Ihnen verlangt, daß Sie umsonst für mich arbeiten sollen ... Über eines allerdings sollten Sie sich klar sein: Nur mit völliger Offenheit können wir uns gegenseitig schützen!"

„Schützen – vor wem?"

„Vor der Polizei und gewissen anderen Neugierigen. Einer davon war bereits bei Ihnen, Mister Aston!" Und jetzt wurde Mills' Stimme hart und schneidend: „Und Sie haben es nicht für nötig gehalten, mich darüber zu informieren!"

John Aston glotzte Mills an, als habe dieser soeben behauptet, auf seinem Schornstein säße ein Affe und fresse Bananen.

„Bei mir war kein Neugieriger." Und noch während er das beteuerte, fiel es ihm siedend heiß ein.

„Dann muß dieser Mister Clifton aus London eine Fata Morgana, ein Trugbild, gewesen sein!"

„Sie meinen den von heute morgen?"

„Von gestern morgen!" korrigierte Mills.

„Aber das war doch nur ein Zeitungsschmierer!"

,,Was haben Sie ihm erzählt?"

,,Nicht mehr und nicht weniger wie den anderen auch! Was ist daran so schlimm?" John Aston erhob sich, lehnte das Gewehr gegen den Tisch und ging zum Schrank. Mit einer Flasche und zwei Gläsern kehrte er zurück. ,,Sie auch? Es ist prima Gin!"

Mills wehrte ab. ,,Sie haben ihm also nur das erzählt, was in der Zeitung stand?"

,,So ist es!" nickte Aston zustimmend und schenkte sich noch einen zweiten Gin ein. Doch dann verschluckte er sich um ein Haar.

,,Dieser Zeitungsschmierer, wie Sie ihn nennen, ist in Wirklichkeit ein Detektiv von der schärfsten Sorte!"

John Aston stellte das Glas zurück, Flauheit im Magen.

,,Ein Detektiv?" brachte er endlich hervor. ,,Was wollte der?"

,,Er war bei Ihnen, Mister Aston, nicht bei mir. Ihnen hat er Fragen gestellt, nicht mir. Was hat er gefragt?"

,,Ich hab' es schon gesagt. Er hat mir die gleichen Fragen gestellt, die auch die anderen gestellt haben. Wie es passiert ist, warum sie hierherkam, ob ich sie nicht rechtzeitig hätte warnen können, und was ich getan habe, nachdem sie abgestürzt war. Na ja, und ob ich den Eindruck gehabt hätte, daß es Selbstmord gewesen sei."

Er setzte sich wieder in seinen Schaukelstuhl und starrte Mills an.

,,Und warum haben Sie mich nicht sofort angerufen?"

,,Ich wollte ja ... Ich war sogar schon im *Greyhound*, aber dann dachte ich mir, daß Sie das nicht interessieren würde ... Ein Zeitungsschreiber, dachte ich, was ist da schon dran." Und trotzig fügte er hinzu: ,,Und außerdem war ich wütend auf diesen McButton! Wenn Sie in Zukunft unbedingt jemand schicken müssen, dann gefälligst einen anderen." Er schüttelte beide Fäuste. ,,Wenn ich den sehe, sehe ich rot!"

Patrick Mills erhob sich. Um seine Lippen spielte der Anflug eines Lächelns. ,,Das ist verständlich. Also, Mister Aston, wenn irgendwas ist, rufen Sie mich an. Egal, ob es Ihnen wichtig erscheint oder nicht! Übrigens, ich komme in den nächsten Tagen noch einmal zu Ihnen heraus – in Begleitung! Unterlassen Sie dann gefälligst das Spielchen mit Ihrer Flinte! Solche altmodischen Modelle sollen hin und wieder von allein losgehen.“

Er griff in die Tasche und legte eine Hundertpfundnote auf den Tisch ...

,,Falls Sie Auslagen haben sollten. Bis zum nächsten Mal, Mister Aston!“

Aufbruch

Mittwoch, 22. März.

Es war 9 Uhr 10, als Perry Clifton das *Swiss Centre* in der New Coventry Street erreichte. Hier war auch das Stadtbüro der *Swissair* untergebracht.

Nach einem Rundblick entschied sich Perry für Miß ,,Linksaußen“, eine junge, zierliche Dame mit blondem Lockenkopf (Perücke??) und zwei lGrübchen in den Wangen.

Als er auf sie zusteuerte, verwandelte sich der eben noch nachdenkliche, ein wenig abwesende Blick blitzschnell in jenes dienstlich-freundliche Lächeln, wie es nur Spitzenverkäuferinnen, Stewardessen, Angestellte teurer Reisebüros und Mannequins lächeln können.

,,Ich wette“, scherzte Perry Clifton, ,,Sie haben eben an Sonne und heißen Sand gedacht!“

,,Wette verloren!“ antwortete sie, und die Grübchen vertieften sich. ,,Ich dachte an Sonne und Schnee!“

„Skifahrerin!“ Perry verzog gequält das Gesicht. „Eine der wenigen Sportarten, die ich nicht beherrsche – und das perfekt! Wette weiter – keine Engländerin!“

„Wette gewonnen, wenn jemand mitgewettet hätte!“

Sie schien wenigstens Humor zu haben. Und sie erkundigte sich: „Ist mein Englisch so schlecht, daß man das gleich merkt?“

„Um der Wahrheit die Ehre zu geben, Miß ...“, Perry beugte sich vor, um den Namen auf dem kleinen Schildchen zu entziffern, das sie wie einen Orden trug, „Miß Lienhardt, Sie sprechen ein besseres Englisch als mancher Engländer! Ich schwöre es!“

„Sind Sie Lehrer?“

„Aber nein, ich habe keinen so anständigen Beruf ... Um auf den Sport zurückzukommen, ich habe auch eine Leidenschaft – ich fliege gerne!“

„Ah, Segelflieger?“

„Nein, nur so als Fluggast.“

Sie drohte ihm mit dem Finger. „Für den Vormittag habe ich mein Soll an Privatunterhaltung und Scherzen jetzt erfüllt. Sie möchten also fliegen – wohin?“

„Nach Basel, wenn es sich machen läßt!“

„Oh!“ sagte sie, „nach Basel?!“

„Hört sich an, als ob Sie Basel kennen würden.“

Jetzt wurden die Grübchen noch tiefer. „Ich bin eine waschechte Baslerin!“

„Na fein, dann können Sie mich ja beraten! Zunächst mal, wann kann ich fliegen?“

„Heute?“

„Heute!!“

„Es gibt leider nur einen Direktflug London–Basel. Oder wollen Sie umsteigen?“

„Wann wäre dieser Direktflug?“

„Das wäre mit der BEA 17 Uhr 35 ab Heathrow, an Basel-Mühlhausen 19 Uhr 5!“

„Ausgezeichnet, den nehme ich ... das heißt, sagten Sie eben BEA?“

„Ja, im Augenblick fliegt nur die BEA Basel direkt an.“

Perry Clifton zuckte bedauernd die Schultern. „Dabei wäre ich so gern mit der *Swissair* geflogen.“

„Nun ja, begnügen Sie sich ausnahmsweise damit, daß die *Swissair* Ihren BEA-Flug bucht. Einverstanden?“

„Keinerlei Einspruch!“

Der Lockenkopf beugte sich zur Seite und gab einiges in den Computer ein. Anschließend führte Miß Lienhardt noch ein Telefongespräch. Alles zusammen dauerte nicht länger als vier Minuten. In das Telefon sagte sie „Danke“ und zu Perry Clifton: „Okay, Sir. Alles klar. Jetzt bitte Ihren Namen!“

„Perry Clifton!“

Sie wollte schon beginnen zu schreiben, als sie noch einmal aufsah. Zu jemandem, der offensichtlich hinter Clifton stand, sagte sie: „Bitte, Sir, wenden Sie sich an meine Kollegin, sie ist frei!“

Unwillkürlich blickte Perry zur Seite und sah einen jungen, dunkelhaarigen Mann, der es plötzlich sehr eilig hatte, zu besagter Kollegin zu kommen. Er selbst meinte: „Ihm ging es wie mir. Zuerst hat er geguckt, und dann hat er sich nach links gewandt!“

„Es tut mir wirklich außerordentlich leid, Mister Clifton, daß ich all Ihre netten Komplimente nicht mit einem Rabatt honorieren kann.“

„Macht nichts, ich verfliege nicht *mein* Geld. Aber Sie können mir vielleicht doch einen kleinen Dienst erweisen. Ich habe noch kein Hotel in Basel. Könnten Sie mir was empfehlen?“

„Wir haben hier im Haus eine große Touristikabteilung“, wehrte Miß Lienhardt aus Basel ab.

„Ich will ja keine offizielle Beratung, ich hätte gern einen privaten Tip!"

„Wollen Sie preiswert und bescheiden, in einem kleinen, einem größeren oder in einem Hotel mit jeglichem Komfort wohnen?"

„Da ich auch kein eigenes Geld verwohne, würde ich ganz gern mal ein Hotel mit jeglichem Komfort ausprobieren!" erwiderte Perry Clifton und meinte es damit durchaus ernst. Warum sollte der sehr begüterte James Pieter Burton dem weniger begüterten Perry Clifton nicht ein Hotel mit jeglichem Komfort gestatten? Wennschon – dennschon!

„Dann nehmen Sie das *International*, es hat jeglichen Komfort!"

„Und was heißt in Ihren Augen ‚jeglicher Komfort'?"

„Nun, bei mir zum Beispiel beginnt der Komfort mit einer anheimelnden Atmosphäre. Die haben Sie dort! Außerdem können Sie saunabaden, sich massieren lassen, höhensonnen oder im hauseigenen Schwimmbad schwimmen. Das ist alles im Preis inbegriffen."

„Ich bin beeindruckt!"

„Die Küche ist first class, egal, in welches Hotelrestaurant Sie auch essen gehen. Sie können Zimmer haben mit Bad, Radio, Direktwahltelefon und Fernsehen. Würde das Ihren Ansprüchen genügen?"

Sie lächelte schalkhaft.

Perry lächelte zurück, kreuzte die Arme über der Brust und flüsterte: „Allah möge Ihnen tausend Jahre geben!"

Er bezahlte sein Flugticket, bedankte sich noch einmal und verließ das *Swiss Centre*.

11 Uhr 15.

Patrick M. Mills sah unwirsch auf das klingelnde Telefon. Zu wenige angenehme Neuigkeiten hatte es in letzter Zeit übermittelt.

Als er die Hand danach ausstreckte, tat er es mit deutlichem Widerwillen. Dazu kam, daß er die anstrengende Nachtfahrt nach Duncan Hill noch spürte.

„Kensington 9223!“ meldete er sich.

„Hier spricht Mike Forster!“

Mills’ Schlaffheit war mit einem Schlag wie weggeblasen.

„Okay, reden Sie!“

„Er ist von Norwood direkt in die New Coventry Street gefahren.“

„Zum *Swiss Centre*?“

Überraschung auf der anderen Seite. „Ja, Mister Mills. Er ist in das *Swissair*-Büro und hat einen Flug nach Basel gebucht. Für heute!“

„Wann?“

„Er fliegt mit der BEA um 17 Uhr 35 ab Heathrow!“

„War er auch in der Abteilung für Hotelreservierungen?“

„Nein, Sir. Er ist von dort aus direkt hierhergefahren!“

„Ich bin kein Hellseher, Mister Forster. *Wo* ist ‚hierher‘?“

„Wir stehen in der Kings Road ... Jack beobachtet vom Taxi aus das Geschäft.“

„Was ist das für ein Geschäft?“

„Antiquitäten! Drei Schaufenster. Bestimmt kein billiger Laden.“

„Name?“

„Hollburn & Son. Sollen wir ihn weiter beobachten?“

„Ist nicht nötig. Kommen Sie zusammen heute abend, so um die Zeit wie gestern, zu mir!“

„Nach Kensington?“

„Ja!“

„Aber ich dachte ...“

„Das Denken sollten Sie den Leuten überlassen, die Sie bezahlen, Mister Forster! Bis heute abend!“

Es knackte, höhnisch, wie es Forster schien.

Er hielt den Hörer noch eine Weile in der Hand, dann knallte er ihn auf die Gabel, daß man das Geräusch bis nach draußen hörte, wo eine ältere Dame geduldig auf das Freiwerden der Zelle wartete. Mißbilligend schüttelte sie den Kopf, als Mike Forster an ihr vorbeistürmte ...

Es gibt wohl nur wenige Geschäfte auf der Welt, in denen sich alt und neu oder Vergangenheit und Gegenwart so nah gegenüberstehen wie in Antiquitätengeschäften.

So auch bei Hollburn & Son.

Allen Möbeln, Teppichen, Bildern, Skulpturen, Gläsern und Porzellan haftete der Odem längst vergangener Zeiten an, und alle wurden bestrahlt von kleinen Scheinwerfern und beschützt von modernsten Alarmanlagen. Und mittendrin standen ein junger Mann und eine junge Dame: Perry Clifton und Julie Young.

Während sich Clifton an einen Schrank von 1720 lehnte, kühlte Julie ihre Hände am Porzellankopf eines Fohlens.

„Und Sie glauben wirklich nicht, daß es gefährlich wird?" fragte sie leise und besorgt.

„Aber nein, Julie. Ich suche nur nach einer verschwundenen Frau ... weiter ist nichts." Julie blieb skeptisch:

„Ich bin kein großer Leser von Kriminalromanen und -geschichten, aber in den wenigen, die ich gelesen habe, fing alles immer ganz harmlos an."

„In Romanen ist das nun mal so!" lächelte Perry Clifton, doch Julie konterte:

„Denken Sie an Tom Harder. Nur weil ihn einer unfreundlich behandelt hat, brachte er einen so großen Stein ins Rollen*. Wegen nichts, im Grunde genommen!" ereiferte sie sich.

„Vergessen Sie dabei nicht die bunten Geigen!" erinnerte Perry Clifton.

Julie sah ihn mit ihren großen braunen Augen ernst an. (Tom

* *Siehe „Das unheimliche Haus von Hackston".*

Harder nannte es gemeinerweise den „Zu-Herzen-gehenden-Hundeblick".) „Aber Sie versprechen mir, Perry, daß Sie trotzdem auf sich aufpassen, ja? Auch, wenn's nicht gefährlich aussieht."

„Ich verspreche es, Julie! Und ich rufe Sie an, sobald es sich einrichten läßt. Bromptom viermal die Vier."

Sie kicherte. „Schon eine ulkige Nummer, was?"

„Wirklich schade, daß Sie nicht mit zum Flugplatz kommen können!"

Sie wurde plötzlich ernst und schüttelte den Kopf.

„Es geht wirklich nicht. Ich hab' Mister Hollburn versprochen, daß ich zu der Auktion fahre. Da fällt mir ein, Tom Harder und Jennifer werden bestimmt auch da sein. Soll ich was ausrichten?"

„Grüßen Sie die beiden von mir. Und richten Sie Tom aus, daß ich noch nicht viel weiter bin ..."

„Weiter womit?"

Sie schlug sich, kaum daß es raus war, heftig auf den Mund, während sich ihre Wangen rot färbten. „Entschuldigung, ich wollte nicht neugierig sein, Perry."

Doch der lächelte nur leise. „Tom wird wissen, was ich meine. Vielleicht verrät er es Ihnen."

Wie aus einer anderen Welt klang eine brüchige Stimme zu ihnen: „Sagen Sie, gibt's zu dem Bild neben der Rüstung eine Expertise?"

„Hallo, Julie, machen Sie's gut!" sagte Perry ganz leise, und laut fügte er hinzu: „Sicher, Mylady, dazu gibt's bestimmt eine Expertise! Wenden Sie sich nur an Miß Young. Sie wird Sie beraten!"

„Danke, Mister Hollburn", gab die Lady (sie war zum ersten Mal da) zurück. „Bitte, Miß Young, dürfte ich die Expertise mal sehen?"

„Guten Flug, Perry!" flüsterte Julie ebenso leise zurück, und laut sagte sie: „Sofort, Mylady!"

Der Londoner Verkehr hatte wieder einmal verrückt gespielt. Vielleicht wäre es Perry Clifton zu einem anderen Zeitpunkt gar nicht aufgefallen, doch heute mußte er rechtzeitig in Heathrow sein.

Man weiß ja, daß Flugzeuge nur in den seltensten Fällen warten.

Aber dann hatte er sogar noch Zeit übrig. So viel, daß er noch einmal bei Hollburn & Son in der Kings Road anrufen konnte. Doch es meldete sich nur Penelope Ladbrok, die Geschäftsführerin. Perry entschuldigte sich schnell und hängte noch schneller wieder ein. Denn von Julie wußte er, daß Penelope nur im äußersten Notfall zum Telefon griff. So ein Notfall war zum Beispiel, wenn sich außer ihr kein Personal im Geschäft befand.

Geduldig wartete er, bis sein Flug aufgerufen wurde. Als es soweit war, erhob er sich, gleich den anderen Passagieren in der großen Wartehalle, die nach Basel wollten.

Er ahnte nicht, daß ihn ein Augenpaar beobachtete, seitdem er seinen Fuß in das Abfluggebäude gesetzt hatte.

Dieses Augenpaar gehörte einem älteren Mann, der in einem dunklen Wettermantel steckte und der seine flache Mütze weit ins Gesicht gezogen hatte. In ein Gesicht, dessen scharfe, markante Züge an einen aus Holz geschnitzten Indianerkopf erinnerten.

Als Perry Clifton über die Gangway zur Luke der Maschine hinaufstieg, ging der Mann mit schleppenden Schritten und tief eingezogenen Schultern auf den Taxenstand zu. Nur wer genau beobachtete, konnte sehen, daß er das linke Bein ein wenig nachzog ...

Zwischen London und Basel, oder: Ein Abenteuer beginnt

Mit knapp fünf Minuten Verspätung rollte der Düsenriese zur Startbahn, wo er nochmals warten mußte.

Perry Clifton, auf einem Fensterplatz im Heck der Maschine, beobachtete amüsiert, wie die Stewardeß durch den Mittelgang schritt und mit strenger Miene prüfte, ob sich jeder Passagier, entsprechend der Vorschrift, angeschnallt hatte. Und er wunderte sich, daß sie ausgerechnet vor der Sitzreihe haltmachte, in der auch er saß. Doch nicht ihm galt ihr Interesse, sondern seinem Nachbarn, einem unglaublich dicken Mann, der schnaufend in einer Zeitung blätterte.

„Sir, würden Sie bitte den Gurt schließen!"

Der Dicke sah sie an, sah Perry Clifton an und tippte sich dann auf die imponierende Rundung seines Bauches. Er hatte zwar die beiden Enden des Sicherheitsgurtes in gegenseitige Nähe gebracht, doch klafften zwischen ihnen noch mindestens zehn Zentimeter.

„Ich würde ja, wenn es ginge!" beteuerte er. „Aber hier muß vorher ein Fakir gesessen haben!" Obwohl sein Englisch stümperhaft war, hatte ihn die Stewardeß verstanden.

„Sie brauchen den Gurt nur zu verstellen, Sir!"

Perry Clifton ging seinem Nachbarn zur Hand, was ihm ein freundliches Nicken der Stewardeß und von links das Angebot einer dicken Zigarre einbrachte.

„Vielen Dank, Sir, aber wenn ich rauche, rauche ich höchstens mal Pfeife."

Der Dicke packte seine Zigarre ein und widmete sich wieder seiner Zeitung.

Endlich heulten die Motoren auf, ein letztes Mal wurden die Landeklappen probegefahren, dann setzte sich der riesige Vogel in Bewegung, nahm Fahrt auf, noch etwas holprig, dann immer schneller und schneller, und das Heulen wurde zum Dröhnen.

Das Rumpeln auf der Betonpiste hörte schlagartig auf, und die Fliehkraft preßte sie gegen die Rückenlehnen. Die Maschine hatte abgehoben und schoß in beängstigender Schräglage den dunklen Wolken über London entgegen.

Die Welt unter ihnen begann zu schrumpfen, wurde kleiner und kleiner, bis sie nur noch einer Spielzeuglandschaft glich. Dann war auch das verschwunden. Sekundenlang jagten dunkle Wolkenfetzen an den Fenstern vorbei, bis es plötzlich wieder gleißend hell wurde.

Über ihnen und um sie herum, so weit man sehen konnte, präsentierte sich ein lupenreiner Himmel. Unter ihnen lag eine geschlossene graue Wolkendecke.

Das gleichmäßige Dröhnen der Motoren nistete sich in den Ohren ein und ließ die Geräusche im Inneren der Maschine leiser erscheinen.

Der Dicke neben Perry Clifton schlief bereits tief, obwohl seine brühwurstähnlichen Finger noch immer die Zeitung hielten.

„Aus dem könnte man fast zwei Hamiltons machen", durchfuhr es Perry Clifton, der seinen Nachbarn auf mindestens drei Zentner schätzte.

Die Maschine hatte inzwischen Reisehöhe erreicht und lag waagerecht in der Luft. Die Stewardessen begannen mit atemberaubender Geschwindigkeit (so kam es Clifton vor) die Fütterung der Passagiere. Es gab den üblichen kleinen Imbiß mit Kaffee oder Tee. (Manche nahmen auch Tomatensaft.) Sein Nachbar, dessen Kopf leicht zur Seite gesunken war und der leise Schnarchtöne von sich gab, hielt mitten im Schnarchen inne. Seine Nasenlöcher blähten sich, und er begann zu schnuppern. „Kaffee!" murmelten seine Lippen, und er öffnete die Augen. Gerade rechtzeitig, um das kleine Tablett entgegenzunehmen.

Er zwinkerte Perry Clifton zu und radebrechte: „Man muß nehmen, was man kriegt. Ist ohnehin im Preis inbegriffen.“

Bestimmt ist er irgendwo als „Essenresteverwerter“ beschäftigt, überlegte Clifton und sagte: „Guten Appetit!“

Dann wanderten seine Gedanken zurück. Hinunter zur Erde, genauer gesagt, nach Windsor, wo in diesem Augenblick eine Auktion in vollem Gange war. Eine jener Versteigerungen, bei denen es ausschließlich um alte Bilder, Möbel und Gobelins ging.

Julie würde jetzt sicher, vor Aufregung fiebernd, auf ihrem Stuhl herumrutschen und mit den anderen um die Wette steigern. Vielleicht sogar gegen ihren früheren Kollegen Tom Harder, Perrys alten Schulfreund, der jetzt zusammen mit seiner Frau Jenny in Harrow einen eigenen Antiquitätenladen betrieb. Acht Jahre lang hatte Tom bei Hollburn & Son gearbeitet, bevor er sich selbständig machte. Und als er die Party für Perry zum Abschluß des Hackston-Falles gab (Tom nannte es Siegesfeier), da lernte Perry Clifton, neben einigen anderen netten Leuten, auch Julie Young kennen.

Julie war 25 Jahre alt, mittelgroß, mit runden, braunen Kulleraugen, geboren in Newport auf der Insel Wright und die Tochter des dortigen Archivars. Sicher stammte ihre Neigung für alte Sachen von ihm. Da ihr Vater außerdem ein alter Freund von Lincoln Hollburn war, startete Julie ihre berufliche Karriere natürlich in dessen Geschäft. Trotz ihrer Beziehung zu antiken Dingen konnte man Julie als ausgesprochen modernes Mädchen bezeichnen. Sie tanzte leidenschaftlich gern, hörte gern Beat, hatte was gegen das Fernsehen, ging aber oft und gern ins Kino und unterhielt – bis vor kurzem – ein äußerst gespanntes Verhältnis zur Polizei. Das lag daran, daß sie innerhalb von sechs Monaten siebenmal verwarnt worden war. Meist wegen zu schnellen Fahrens.

Julie bewohnte ein 2-Zimmer-Appartement in Bromptom. Es lag in unmittelbarer Nähe des Lennox Garden.

Julies Fröhlichkeit war nie gekünstelt, aber immer ansteckend. Als Perry Clifton ihr Scott Skiffer vorstellte und sie zusammen zum Essen in eine Pizzeria nach Soho fuhren, erkundigte sich Scott nach zwanzig Minuten – und meinte es ernst:

„Eine Frage, Miß Julie. Hat Perry mir einen Bären aufgebunden, als er behauptete, Sie handelten mit Antiquitäten?"

„Nein, das stimmt! Stört Sie das?" hatte Julie zurückgefragt.

Natürlich hatte es Scotty nicht gestört. Es lag einfach daran, daß er bisher der Meinung war, alte Sachen könnten nur von alten Leuten verkauft werden.

„Meine Uhr ist stehengeblieben!" stellte der Dicke neben Perry fest.

„Es ist genau 18 Uhr!" gab ihm Perry die Zeit.

„Genau?"

„Genau!!"

Ohne Übergang und Vorbereitung schlief der Koloß neben ihm weiter. Perry zwängte, mit einiger Anstrengung, seinen kleinen Koffer unter den Beinen hervor und packte ihn sich auf die Knie. Als er die Schlösser aufschnappen ließ, gab sein Nachbar einen urigen Brummton von sich. Perry entnahm dem großen braunen Umschlag das Buch über die Basler Fasnacht. Bis zur Landung in Basel hatte er noch über sechzig Minuten Zeit, Zeit, um sich nicht nur ein wenig mit dem Brauch, sondern auch mit der deutschen Sprache zu befassen. Dabei war er darüber erstaunt gewesen, wie leicht ihm das Telefongespräch mit der Rezeption des Hotels *International* gefallen war. Ein Gespräch, das vom ersten bis zum letzten Wort in deutscher Sprache geführt worden war.

„Basels Uhren gehen zwar heute nicht mehr anders als alle übrigen in Mitteleuropa; die Jahrhunderte der besonderen ‚Basler Zeit', die derjenigen der umliegenden Länder um eine Stunde vorausging, sind längst vorüber!"

So begann die Einleitung des Buches, und Perry Clifton beschloß nach diesem Satz, seine Aufmerksamkeit zunächst einmal dem Bildteil des Buches zu widmen. (Eine Untugend, die den meisten Lesern eigen ist.)

So entdeckte er bereits auf Seite 34 ein Bild, das ihn schmunzeln ließ. Unwillkürlich schielte er hinüber zu seinem leise schnarchenden Nebensitzer, denn das Foto zeigte Narren mit Masken, deren auffälligste Merkmale die riesigen Nasenlöcher in den nicht weniger riesigen Nasen waren. „D' Suffnaase" stand als Bilderläuterung dabei. Hin und wieder gab es auch sympathische Masken, doch sie blieben in der Minderheit.

Als über den Bordlautsprecher der Anflug auf Basel bekanntgegeben und die Passagiere gebeten wurden, sich anzuschnallen und angeschnallt zu bleiben, bis die Maschine zum Stillstand gekommen sei, wußte Perry Clifton schon eine ganze Menge über Fasnachts-Actien, Trommelkunst und Preistrommeln, über Schnitzelbank-Cliquen, Stecken- und Kopflaternen, Fackeln, Weckeruhren und den berühmten Morgenstreich, der zu nachtschlafender Zeit, nämlich früh um vier Uhr, beginnt und zu dem die Basler in Scharen und zuhauf hinströmen. Zum größten Trommelfest, das es weit und breit gibt.

„Basel?" fragte sein Nachbar und gähnte so ungeniert, daß Perry Clifton in aller Ruhe besichtigen konnte, womit der Dicke seine (zweifellos umfangreiche) Nahrung zerkleinerte.

„Ja, wir sind da! Wir werden gleich landen!"

„Ich muß nach Bern! Und Sie?"

Das war kein Englisch mehr, das war jener schweizerischdeutsche Dialekt, bei dem sich das „Innere der zuhörenden Ohren mit Gänsehaut überzieht"! So jedenfalls hatte es ihm ein Einkäufer von Johnson & Johnson geschildert. Doch der Detektiv hatte verstanden.

„Nein, ich bleibe in Basel!"

„Warum?“

Clifton lachte: „Weil ich hier zu tun habe.“

„Forschungen ... Sie sehen wie ein Forscher aus. Textilbranche, würde ich tippen.“

„Ihr Auge möchte ich haben. Um ein Haar getroffen!“ Perry verschwieg, daß bei den „Forschungen“ nur das kleine Wörtchen „Nach“ gefehlt hatte.

„Und dann?“

„Dann fliege ich nach London zurück!“

„Ah, Sie gehen nicht nach Bern?“

„Leider nein ...“

„Das ist schade ... Bern ist viel schöner als Basel!“ Als er Perrys skeptischen Blick sah, erklärte er den Grund: „Es liegt an der Luft. Ich sag' Ihnen, mir bekommt die Basler Luft nicht. Ich hatte mal drei Wochen in Basel zu tun, da hab' ich glatt zwei Pfund abgenommen. Mir hat es einfach nicht geschmeckt.“

Er sagte das so ernst, daß Clifton nicht daran zweifeln konnte, daß er es auch so meinte. Und deshalb erwiderte er ebenso ernst (in Deutsch): „Dann würde ich an Ihrer Stelle doch mal für ein Jahr nach Basel ziehen!“

Der Wohlbeleibte schüttelte den Kopf, daß das Unterkinn hin und her schwappte. „Sie meinen, ich sei zu dick? Falsch!! Mein Idealgewicht sind 320 Pfund. Sobald ich weniger habe, fühle ich mich nicht wohl.“

Es tat einen harten Schlag, einen zweiten, dann hatten die Räder Bodenhaftung, die Bremsen traten in Funktion, und einen Augenblick lang spürten die Passagiere den Druck der Sicherheitsgurte.

Als Perry Clifton den Zoll passierte, mußte er unwillkürlich an Scott Skiffers Witz vom Vorabend denken: Speckgeruch und Mäuse. Vielleicht lag es an seinem verinnerlichten Grinsen, daß ihn der Zöllner nur fragte, ob er was zu verzollen habe, auf eine Durchsuchung seines Koffers jedoch verzichtete.

Noch zwanzig Meter trennten Clifton vom Haltestand der Taxen, als er jemand seitlich von sich in miserablem Englisch rufen hörte: „He, Nachbar!" Der Dicke stand fröhlich lachend neben einem riesigen amerikanischen Straßenkreuzer mit Berner Nummer. Ein Chauffeur hielt ihm höflich die hintere linke Tür auf. Er winkte: „Schade, daß Sie nicht nach Bern müssen!" Er winkte noch einmal und zwängte dann seine 320 idealen Pfunde in den Fond.

Die Fahrt von Mühlhausen bis in die Steinentorstraße vor das Hotel *International* dauerte auf die Minute genau 24 Minuten. Perry Clifton war gespannt darauf, ob das Lokkenköpfchen von der *Swissair* zuviel versprochen hatte.

Fast gleichzeitig mit seinem Wagen hielten zwei weitere Mietwagen vor dem großen Hotelportal. Sie waren beide mit Damen besetzt, so daß es Perry Clifton durchaus in der Ordnung fand, daß sich die dienstbaren Geister zuerst auf sie konzentrierten.

Er bezahlte seinen Chauffeur, der am heutigen Tag (oder an allen Mittwochen?) ein Gelübde zu erfüllen schien. Außer einem einzigen Satz hatte er zwischen dem Flugplatz und dem Hotel kein Wort gesprochen. Und bei jenem Satz, für Clifton unverständlich, mußte es sich, seinem Gesichtsausdruck nach zu schließen, um einen bösen Fluch gehandelt haben.

Schon beim Eintritt in das Foyer des Hotels war Perry Clifton bereit zuzugeben, daß „Miß Swissair" die Wahrheit gesagt hatte. Keine international gefärbte Hektik, weder in der Ausstattung noch im Ablauf. Raffinierte Lichtarrangements und Gruppen von gemütlichen Sitzmöbeln.

„Mein Name ist Clifton. Ich hatte heute mittag von London aus ein Einzelzimmer mit Bad bestellt."

Der Angestellte, der sich Perrys angenommen hatte, ließ seinen Finger über ein aufgeschlagenes Buch gleiten. Plötzlich stoppte der Finger.

„Hier ist es. Nummer 36, mit Bad und TV ... Die Formalitäten können Sie später erledigen, Mister Clifton. Ich wünsche Ihnen einen angenehmen Aufenthalt in Basel!"

„Danke!"

Ein junger Mann in Livree stand, wie aus dem Boden gewachsen, neben dem Detektiv. Während seine Rechte nach dessen Koffer griff, nahm die Linke den Zimmerschlüssel entgegen. Perfekt geübte und gekonnte, fast artistische Bewegungen.

„Wenn Sie mir bitte folgen würden!"

Perry Clifton folgte. Doch kurz vor dem Fahrstuhl fiel ihm eine Unterlassungssünde ein. „Einen Augenblick, bitte!" sagte er zu seinem Begleitschutz und eilte zur Rezeption zurück. Der elegante Grauhaarige sah ihm entgegen. „Haben Sie etwas vergessen, Mister Clifton?"

Perry fischte seine Brieftasche heraus, entnahm ihr einen Zettel und schob diesen über den Tresen. „Würden Sie mir bitte ein Gespräch nach London auf mein Zimmer geben lassen? Hier ist die Nummer!"

„Chelsea 4781 ... Ich werde es an die Zentrale weitergeben!"

19 Uhr 40.

Das Zimmer war fast elegant eingerichtet, und Perrys erster Gedanke war: „Hier könnte ich es ein paar Wochen aushalten." Radio, Fernsehen, ein ungeheuer federndes Bett, einiges Pipapo und ein Traum von Bad.

„Hallo!" grüßte er den Traum aus Glas, Keramik und Chrom, bei dem selbst die Toilette zum Verweilen einlud. „Wir werden uns bald näher kennenlernen!" Er verbeugte sich vor der Badewanne. „Und zwar ausführlich!"

Seine Londoner „Badewanne" bestand nur aus einem Waschbecken mit garantiert kaltem Wasser.

Er warf einen Blick zum Fenster hinaus. Doch statt des erwarteten Straßenbetriebs erspähte er einen gartenähnlichen

Innenhof. Jetzt wußte er auch, was der Boy vorhin mit „garantierter Ruhe bei Tag und Nacht" gemeint hatte.

Doch in diesem Augenblick war es vorbei mit der Ruhe. Das Telefon schnurrte. Leise, gedämpft, wie ein zufriedener Kater von 20 Pfund.

„Ja, bitte?"

„Ihre Anmeldung London. Bitte melden Sie sich!"

„Hallo?" rief Perry Clifton.

„Hallo?" kam es zurück. „Hier ist Chelsea 4-7-8-1!"

„Genau diese Nummer habe ich gewollt. Guten Abend, Henry. Ist Mister Burton zu Hause?"

Zwei, drei Atemzüge lang hörte Perry nur atmosphärisches Rauschen in der Leitung. Dann sagte die heisere Stimme des Butlers: „Nein, Sir. Aber er muß jeden Augenblick kommen. Darf ich ihm etwas ausrichten?"

„Ja, sagen Sie ihm bitte, daß ich mich morgen wieder melden werde."

„Wie Sie wünschen, Sir!"

„Guten Abend, Henry!"

„Guten Abend, Sir."

Perry Clifton sah ihn vor sich, den Indianerkopf. Doch dann gewahrte er noch etwas anderes: das Haustelefonverzeichnis. Er wählte die Nummer der Rezeption.

„Bitte sehr?"

„Hier spricht Clifton von Zimmer 36. Könnten Sie mir bitte ein Telefonbuch von Basel heraufschicken?"

„Ich werde es veranlassen!"

„Vielen Dank!"

Es war 20 Uhr, als Perry Clifton dieses kurze Gespräch mit den beiden Worten „Vielen Dank" beendete.

Genau eine Stunde zuvor hatte knappe tausend Kilometer nordwestlich von Basel ein anderes Gespräch begonnen.

Es fand im Londoner Stadtteil Kensington statt, und die

Teilnehmer an dieser Gesprächsrunde waren dieselben wie 24 Stunden zuvor. Der einzige Unterschied bestand darin, daß sie sich diesmal nicht in dem Zimmer mit den Safaritrophäen gegenübersaßen und -standen, sondern in Mills' Arbeits- und Wohnsalon.

Mit den Worten „Schicke Bude!" hatte Jack McButton bei seinem Eintritt tief beeindruckt die Einrichtung kommentiert. Eine Bemerkung, die Patrick Mills ebenso überhörte, wie er bemüht war, Forsters aufsässige und mürrische Miene zu übersehen.

Und dann begann das Gespräch, von dem eben die Rede war: „Nehmen Sie Platz!" forderte Mills die Eintretenden auf.

Während sich McButton in einen weichen, bequemen Ledersessel lümmelte, nahm Mike Forster auf einer cordsamtbezogenen Bank Platz, die zwischen zwei modernen Kugellampen stand.

Patrick Mills setzte sich hinter einen Schreibtisch aus Palisander, der trotz seiner einseitigen Abrundung so groß war, daß man darauf hätte Tischtennis spielen können.

Seine Besucher sahen ihn fragend an.

„Sind Ihre Pässe in Ordnung?"

Forster nickte. McButton tastete ein wenig überrascht die Brusttasche ab, in der seine Brieftasche steckte. „Ich glaube, ja!" sagte er dann.

„Mit dem Glauben allein können Sie in kein anderes Land einreisen, Mister McButton!" erwiderte Mills scharf. Und im gleichen Ton forderte er den Rotschopf auf: „Sehen Sie gefälligst nach!"

Jack McButton fischte seine Brieftasche heraus und tat, wie ihm geheißen. Mills' Tonfall berührte ihn überhaupt nicht. Für ihn galt im Moment die Devise: Wer mich bezahlt, darf mich auch anblasen.

„Ist in Ordnung!"

„Sie reisen morgen früh!" sagte Mills ohne lange Einleitung. Noch bevor er fortfahren konnte, fiel McButton ein: „In die Schweiz? Nach Basel?“

„Ja. War wohl nicht schwer zu erraten, nachdem Forster Cliftons Reiseziel ausgemacht hatte – oder?“

„Ich hab' es mir jedenfalls gleich gedacht.“

„Und Sie, Mister Forster?“

„Sie deuteten die Möglichkeit einer Reise ja bereits an, Mister Mills!“ Mike Forster gab sich keine Mühe, seine Antipathie zu verbergen.

In Mills' Stimme schwang wieder jener eigenartige eisige Unterton mit, als er fragte: „Was paßt Ihnen nicht, Mister Forster? Ihr Auftrag? Ihr Auftraggeber? Oder sind Sie nicht mit dem zufrieden, was ich Ihnen bezahle?“

„Mir paßt der Ton nicht, in dem Sie reden. Ich bin zwar ein Gauner, Mister Mills, aber ich bin nicht Ihr Sklave!“

Mike Forster achtete nicht auf das Zwinkern und Kopfschütteln, mit dem ihn der fassungslose McButton von weiteren unbedachten Äußerungen zurückzuhalten versuchte.

„Es tut mir leid, daß ich Sie nicht davonjagen kann, Mister Forster. Oder freundlicher ausgedrückt; daß ich auf Ihre Mitarbeit nicht verzichten kann. Sie wissen zuviel. Sie sind zu gut informiert über unseren Fall ...“

Doch dann geschah das Wunder, das McButton einen momentanen Schluckauf bescherte: Mills erhob sich, ging auf Forster zu (McButton rechnete mit einem Schlagabtausch), streckte diesem die Hand entgegen und sagte mit völlig veränderter Stimme, mit der eines Maklers, der einen Bettler zum Kauf eines Schlosses überreden wollte: „Ich verspreche, mich zu bessern, und Sie versuchen, weniger mimosenhaft zu sein. Einverstanden?“ Mike Forster, von der Situation regelrecht überrumpelt, schlug zögernd ein.

Mills ging zu seinem Schreibtisch zurück, zog eine Schublade auf und entnahm ihr einige Unterlagen. Sein Tonfall war wieder geschäftsmäßig, als er aufzählte: „Sie fliegen morgen früh nach Zürich, steigen dort um in die Maschine nach Basel und sind ..."

„Warum nehmen wir nicht ebenfalls die durchgehende Maschine der BEA?" warf Forster ein.

„Sie wären erst nach 19 Uhr in Basel. Wenn Sie jedoch die Morgenmaschine nach Zürich nehmen und dort umsteigen, sind Sie um 10 Uhr in Basel. Ihre Plätze sind bereits gebucht!"

Mills wedelte mit zwei Flugkarten und fuhr dann fort: „Sie beziehen Quartier im Hotel Loderer, einem kleinen unauffälligen Haus im Zentrum der Stadt. Dort treffen Sie mit einem gewissen Roger Püttely zusammen. Er wird der dritte Mann sein. Wenn alles planmäßig läuft, müßte er jetzt um diese Zeit, von Genf kommend, in Basel eintreffen."

„Der Boß?" Diese Vorstellung schien McButton absolut nicht zu behagen.

„Wenn Sie so wollen, ja, Mister McButton. Püttely stammt aus Genf, ist mit den örtlichen Verhältnissen vertraut wie kein anderer und spricht fließend Deutsch, Englisch und Französisch. Er wird ebenfalls im Loderer wohnen. Zu dritt werden Sie diesen Clifton nicht eine Sekunde aus den Augen lassen. Er darf keinen Schritt unbeobachtet gehen. Und zwar rund um die Uhr. Das bedeutet für jeden acht Stunden Dienst pro Tag ... aber das ist nur theoretisch. In Wirklichkeit sollten Sie sich so oft als möglich ablösen. In dem Augenblick, wo Clifton Verdacht schöpft, wird es schwierig, da er dann gewisse Schlüsse ziehen könnte. Achten Sie darauf, daß Sie ständig genügend Schweizer Geld in der Tasche haben! Auch Münzen, für den Fall, daß Sie telefonieren müssen!"

Patrick Mills musterte seine beiden Besucher nacheinander, und etwas Beschwörendes war in seinem Blick. „Clifton sucht nach einer Frau ... *Wir* suchen dieselbe. Das ist etwas, das Sie bereits wissen. Was Sie jedoch noch nicht wissen, ist, daß wir bereit sind, die ausgemachte Prämie um fünfhundert Pfund zu erhöhen! Pro Kopf, versteht sich!"

„Fünf... fünf..., fünfhundert Pfund?“ stammelte McButton überwältigt. Und mit glitzernden Augen wandte er sich Jack Forster zu. „Na, was habe ich dir gesagt? Meine Weltreise – vielleicht schon nach dieser Sache ...“

„Noch haben wir die Frau nicht, Jack!“ dämpfte Forster McButtons Optimismus.

Doch der war überzeugt, daß alles klappen mußte. „Wenn dieser Clifton so ein guter Detektiv ist, wie Mister Mills behauptet, dann *muß* er diese Frau einfach finden.“

„Vergiß nicht, daß er sie nicht für sich sucht ... Was geschieht, wenn wir die Frau haben, Mister Mills?“

„Über die weiteren Einzelheiten ist Roger Püttely informiert!“

Jack McButton schien schon ungeduldig zu werden. Die Aussicht, innerhalb kürzester Zeit zu so viel Geld zu kommen, machte ihn sichtlich nervös. „Was ist, Mike, hast du alles mitgekriegt?“

Patrick Mills winkte ab.

„Ich habe Ihnen für alle Fälle die wichtigsten Hinweise aufgeschrieben.“ Er tippte auf einen Umschlag. „Sie stecken hier drin, zusammen mit Ihrem Reisegeld!“

„Dann können wir ja gehen!“ meinte McButton. „Ich muß noch packen!“ Er wollte sich erheben.

„Bleib sitzen, Jack. Das Wichtigste wissen wir noch nicht!“

„Das Wichtigste wissen wir noch nicht?“ wiederholte Jack wie ein Papagei. „Was ist das?“

„Wo Clifton in Basel wohnt. In welchem Hotel!“

McButton dachte drei Sekunden nach, dann schlug er sich vor die Stirn. „Natürlich, du hast recht. Wir können ja schließlich nicht die ganze Stadt nach ihm absuchen. Oder in jedes Hotel gehen und nach ihm fragen. Also, Mister Mills, wo steckt dieser Clifton?“

Der deutete auf den Telefonapparat. „Ich hoffe, daß mein Informant bald anruft und uns dieses Geheimnis verrät. Auch

Püttely erwartet Antwort auf diese Frage. Er muß ja die Beschattung Cliftons bis zu Ihrem Eintreffen übernehmen. Und was das Packen anbetrifft, Mister McButton", setzte er ironisch hinzu, ,,dazu haben Sie noch eine ganze Nacht lang Zeit. Die Maschine nach Zürich fliegt erst kurz nach sieben ... Dort im Regal liegen einige Zeitschriften – bitte, bedienen Sie sich. Oder möchten Sie etwas trinken?"

McButton wollte. Forster dagegen angelte sich eines der dicken Fotojournale.

Die Zeit verrann.

McButtons Zunge ging etwas schwer, als er sagte, daß er jetzt den letzten Schluck trinken wollte.

Wieder war nur das Umblättern von Forsters Zeitung zu hören.

Das Telefon!!

Sie sahen wie auf Kommando hoch.

20 Uhr 32.

Patrick Martin Mills nahm den Hörer ab. ,,Kensington 9-2-2-3!"

Ein kurzes Nicken in Richtung seines unsichtbaren Telefonpartners, und er legte wieder auf.

,,Clifton wohnt im Hotel *International*."

Erneut griff Mills zum Hörer. Mit dem Ende eines Kugelschreibers wählte er insgesamt dreizehn Ziffern. McButton und Forster konnten den Ton der Rufzeichen bis zu ihren Plätzen hören.

Dann eine Stimme, tief und laut.

Mills sprach englisch und verlangte nach einem ,,Mister Püttely". Wieder vergingen ein oder zwei Dutzend Sekunden.

,,Ja, hier Püttely!"

,,Mister Clifton wohnt im *International*. Die beiden Gehilfen treffen um zehn Uhr auf dem Flugplatz ein ... Die Tante läßt auch grüßen!"

,,Merci, vielmals ..."

Mills legte den Hörer zurück.

,,Kennt dieser Püttely unseren Clifton?" wollte Forster wissen.

,,Bis jetzt noch nicht. Ich hoffe jedoch, daß ihm was einfallen wird."

Nachdem Perry Clifton im Telefonbuch Nummer und Adresse des Kommissars im Ruhestand Johannes Gaitner gefunden hatte, überlegte er lange, ob er sich noch an diesem Abend telefonisch bei Gaitner melden sollte. Doch dann beschloß er, das ,,Unternehmen Gaitner" auf den nächsten Morgen zu verschieben.

Er schaltete das Radio ein, räumte die wenigen Dinge aus dem Koffer in den Schrank und drehte das Badewasser auf.

Eine geschlagene Stunde lang planschte und räkelte er sich voller Wohlbefinden im heißen Wasser.

Anschließend speiste er (für viel Geld) im hoteleigenen Feinschmeckerrestaurant *Steinen-Pick*, machte danach einen Verdauungsspaziergang bis zum Theater und kehrte nach ausgiebiger Besichtigung der Standfotos zum Hotel zurück. Mit drei Zeitungen ausgerüstet, verschwand er in seinem Zimmer.

Perry Clifton ahnte nichts von dem Taxifahrer, der wenige Minuten nach 23 Uhr auf den Nachtportier zutrat, sich an die Mütze tippte und ,,Guten Abend!" sagte.

,,Guten Abend!" sagte auch der Nachtportier. ,,Sind Sie bestellt worden?"

,,Nein! Am Bahnhof hat mir ein Herr diesen Brief gegeben. Ich soll ihn ins *International* bringen und abgeben. Für einen Herrn Clifton! Er soll aber erst morgen früh ausgehändigt werden!"

Er reichte dem Nachtportier den Brief. ,,Kein Name drauf!" stellte der brummig fest.

,,Ich sagte doch, er heißt Herr Clifton! Sie müssen doch wissen, ob bei Ihnen ein Herr Clifton logiert!"

„Ich bin Nachtportier!“ sagte der Nachtportier, und um auch die letzten Zweifel zu beseitigen, griff er unter den Tresen und setzte seine Nachtportiersmütze auf. Dann ließ er seinen Finger wandern.

„Clifton ... Clifton ...“, murmelten seine Lippen, während die dicke Fingerkuppe über die Zeilen des Buches von oben nach unten rutschte ...

„Hier!“ rief er, nahm die Mütze wieder vom Kopf und legte sie an den alten Platz zurück. „Clifton aus London. Heute angereist!“

„Ist mir egal, wann er angereist ist. Ist’s nun erledigt?“

„Hat Zimmer 36. Ich leg’s ihm ins Fach!“

„Ist gut, gute Nacht!“ sagte der Taxifahrer.

„Gute Nacht!“ sagte auch der Nachtportier, dem in diesem Augenblick der Gedanke kam, daß er eigentlich besser dran war als der Taxifahrer.

Mittwoch, 23. März, 8 Uhr morgens.

Clifton erwachte erfrischt, ausgeruht und mit spürbarem Frühstückshunger.

Dreißig Minuten später strebte er dem Speisesaal zu. Er hatte sich gerade hingesetzt und schon die Frühstückskarte in der Hand, als ein Boy neben ihm auftauchte.

„Dieser Brief ist gestern abend für Sie abgegeben worden, Herr Clifton“, sagte der uniformierte Knirps mit dem Spitzbubengesicht. Und flüsternd, als habe er Angst, sich geirrt zu haben: „Sie sind doch Herr Clifton?“

Perry nickte bejahend, nahm den Brief und ließ eine Münze auf das Tablett gleiten. „Vielen Dank, Herr Clifton!“ sagte der Boy und verbeugte sich.

Es gibt eigentlich nur eine einzige Möglichkeit, überlegte der Detektiv. Skiffer hat Gaitner angerufen, und zwar gestern noch, und dieser hatte ihm nun eine Nachricht zugesandt ...

Nein!

Nein, das war nicht möglich. Scotty wußte zwar von Basel, aber nichts vom Hotel International.

Auf dem Umschlag stand keine Adresse, dafür, mit Bleistift notiert, eine Zeitangabe: 23 Uhr 10.

Er schlitzte den Briefumschlag mit dem Stiel des Kaffeelöffels auf. Ein einfaches, weißes Blatt Papier. Handgeschriebenes in deutscher Sprache. Perry las:

Lieber Max! Leider konnten wir nicht rechtzeitig kommen. Wir hatten einen Unfall und mußten mit dem Taxi weiterfahren. Der Wagen ist total kaputt. Nun reisen wir mit dem Zug nach Hause. Käthe (sie hat einen leichten Schock erlitten) ist untröstlich, daß es mit dem Treffen nicht klappt. Aber sie meint, du solltest doch auf dem Rückweg bei uns haltmachen. Grüß Margitta und die Kinder.
Dein Hellmuth

Clifton erhob sich und ging zur Rezeption. Der vornehme Grauhaarige vom Vortag begrüßte ihn wie einen lange nicht gesehenen Freund und fragte, wie der Schlaf gewesen sei.

„Danke, ich habe prächtig geschlafen! Aber etwas anderes. Sie haben mir diesen Brief hier zukommen lassen. Ich habe ihn peinlicherweise geöffnet und – gelesen."

„Wieso ... Stimmt etwas nicht mit dem Brief?"

„Er war nicht für mich bestimmt, sondern für einen Gast mit Vornamen Max. Der Familienname fehlt natürlich."

Der Rezeptionschef schüttelte irritiert den Kopf.

„Das verstehe ich nicht. Der Brief war vom Nachtportier in Ihr Fach gelegt worden."

„Auch ein Nachtportier kann sich irren!" lächelte Clifton. „Bei so vielen Fächern ..."

„Sie haben recht!" stimmte der Grauhaarige dankbar zu und entfernte (eine typische Rezeptionschefangewohnheit) ein unsichtbares Stäubchen vom Aufschlag seiner Jacke. „Versuchen wir also herauszufinden, welcher unserer Gäste den Namen Max trägt."

Zehn Minuten später hatte Perry Clifton Brief und Vorgang vergessen. Während er sich mit Elan und Appetit dem reichhaltigen Frühstück widmete, erhob sich in der Empfangshalle ein Mann. Seine Miene ließ keinerlei Zweifel darüber aufkommen, daß er mit sich und der Entwicklung der von ihm eingeleiteten Ereignisse zufrieden war.

Er faltete die Zeitung, in der zu lesen er bis eben vorgegeben hatte, zusammen und legte sie anschließend achtlos neben sich auf die Sitzbank. Von niemandem beachtet, verließ er gemessenen Schrittes die Hotelhalle.

Um ihn zu beschreiben, müßte man festhalten, daß er einen beigefarbenen Trenchcoat trug, zirka 35 Jahre alt, dunkelhaarig und etwa 1 Meter 80 groß war ... Doch das hatte niemand festgehalten.

Er überquerte die Steinentorstraße und steuerte auf einen dunkelblauen VW zu, der schräg gegenüber dem Hotelportal geparkt war. Die polizeilichen Kennzeichen des Wagens begannen mit den Stadtkennzeichen GE ... Die Nummer war 55514.

Er stieg ein, setzte eine Sonnenbrille auf und tat das, was er schon mit Ausdauer in der Hotelhalle getan hatte: warten!

Perry Clifton sah auf den elektrischen Reisewecker: 9 Uhr 10. Zeit für Johannes Gaitner.

Ohne die Zentrale einzuschalten, konnte er direkt wählen. Eine Frauenstimme meldete sich. Sie sprach Dialekt, und Perry überlegte, ob das eben Gehörte „Hier bei Gaitner" geheißen haben könnte.

Noch bevor er mit dieser Überlegung zu Ende war, bellte es wütend in sein Ohr: „Hallo, ist da wer?"

„Guten Tag, Frau Gaitner, hier spricht Perry Clifton ..."

Weiter kam er nicht. Hochdeutsch hagelte es ihm entgegen:

,,Hier ist die Theres, mein lieber Herr! Sie sind wohl von vorgestern, was?"

,,Nein, aus London!"

Stille! Scheinbares Nachdenken! Mißtrauen. Dann: ,,Aus London?" Es klang nach: ,,Vom Mond?"

,,Ja, aus London. Ich hätte gern ..."

,,Und Perryclifton heißen Sie??" Sie sprach es in einem Wort. Der Detektiv verbesserte: ,,Perry" – Pause – ,,Clifton."

,,Also doch Herr Perryclifton, hab' ich's doch richtig verstanden. Böse Buben rufen manchmal an, da muß man höllisch aufpassen, ob man nicht auf die Schippe genommen wird. Was wollen Sie von mir, Herr Perry Clifton?"

,,Ich hätte gern Herrn Kriminalkommisar Gaitner gesprochen!"

,,Der ist tot, mausetot!" erwiderte sie fröhlich.

Perry Clifton wußte nicht, was ihn im Augenblick mehr erschütterte: die Art, in der diese Theres vom Ableben des Kommissars sprach, oder die Tatsache, daß er verstorben war.

,,Das wußte ich nicht", sagte er und merkte, wie seine Stimme belegt klang. ,,In London hatte man mir gesagt, daß Herr Gaitner pensioniert sei."

,,Na, das ist er schon ..." Plötzlich war ein ausgelassenes Kichern in der Leitung, und jene Theres quietschte vor Vergnügen. Perry Clifton fühlte sich ratlos wie selten zuvor in seinem Leben.

,,Hören Sie, Herr Perryclifton, Ihnen ist das in den falschen Hals gekommen. Nur der Kriminalkommissar ist tot. Was der Herr Gaitner ist, der lebt, hihihi, so was ..."

Clifton fühlte eine unaussprechliche Erleichterung, zugleich jedoch nagten Zweifel an ihm. War diese Theres vielleicht ein bißchen ... na ja ... eben so ...

,,Könnte ich den lebenden Herrn Gaitner mal sprechen, bitte?" fragte er höflich.

,,Geht nicht!" blaffte es durch die Leitung. ,,Der ist im

Gewächshaus und ärgert seine Rosen. Ist es sehr dringend? Wenn es sehr dringend ist, dann holė ich ihn!"

„Ich bin gestern aus London angekommen, und ein nicht unwichtiger Besuchsgrund in Basel wäre ein Gespräch mit Herrn Gaitner. Könnten Sie mir vielleicht einen Termin geben? Ich wohne im Hotel *International*."

„Wozu Termin? Setzen Sie sich ins nächste Taxi, und kommen Sie her, Herr Perryclifton! Sie wissen doch, wo wir wohnen?"

„Im Höhenweg ... Meinen Sie denn, daß das geht? Daß ich so ohne weiteres bei Ihnen auftauchen kann?"

„Ich werde ihn vorbereiten, daß er Besuch aus London bekommt. Was werden Sie trinken? Kaffee oder Tee?"

„Wenn Sie schon so direkt fragen: Tee wäre mir sehr lieb!"

Die Theres am anderen Ende seufzte. „Und ich habe immer geglaubt, es sei ein Schwindel, daß die Engländer nur Tee trinken. Sagen Sie, stehen Sie auch nachts auf, um Tee zu trinken?"

Jetzt mußte Perry Clifton doch lachen.

„Nein, nie!"

„Na ja, dann werd' ich inzwischen Wasser aufsetzen. Bis gleich, Herr Perryclifton ..."

Clifton, der Scott Skiffers Schilderung von Gaitner noch in guter Erinnerung hatte, wußte im Augenblick nicht, auf wen er mehr gespannt sein sollte: auf den pensionierten Kommissar oder auf jene Frau mit Namen Theres.

Er griff noch einmal zum Hörer und bat die Rezeption, ihm ein Auto zu bestellen. Dann klemmte er sich den großen braunen Umschlag – ohne Buch – unter den Arm und verließ das Zimmer.

Als er die Hotelhalle betrat, wurde ihm bereits zugewinkt. In Basel schienen die Taxifahrer besonders schnell zu sein. Wie sich jedoch herausstellte, hatte ein Fahrer gerade neue Gäste gebracht.

Es handelte sich um eine italienische Familie, bestehend aus Mutter, Vater und drei Töchtern, die alle gleichzeitig redeten.

Hatte Perry Clifton bislang geglaubt, daß es so was nur in italienischen Filmen gäbe, so sah er sich jetzt eines Besseren belehrt. Er wurde Ohren- und Augenzeuge eines hinreißenden Palavers, bei dem mit Mund, Kopf, Augen, Händen, Füßen, Knien und dem Rest des Körpers geredet wurde.

„Fame, mamma!" rief das ganz kleine Mädchen.

„Ho sete!" rief das mittelgroße Mädchen.

„Fame, mamma!" rief das ganz kleine Mädchen.

„Ho, freddo!" sagte das große Mädchen.

„Fame, mamma!" rief das ganz kleine Mädchen.

„C'è un caldo terribile!" stöhnte die Mutter.

„Fame, mamma!" rief das ganz kleine Mädchen.

„Ho, freddo!" sagte das große Mädchen trotzig.

„Vada a chiamare il medico, per favore!" jammerte der Vater.

„Fame, mamma!" rief das ganz kleine Mädchen und spuckte sich auf den linken Schuh!

Aus der Rezeption eilte eine Dame mit einem Glas Wasser herbei. „Non faccia complimenti per me. La prego!" sagte die Mutter. Und sie stürzte das Glas in einem Zug hinunter.

„Fame, mamma!" rief die ganz Kleine, beugte sich vor und spuckte jetzt auch der großen Schwester auf den Schuh ...

Perry Clifton konnte leider nicht auf deren Reaktion warten, da der Taxifahrer inzwischen seinen Lohn empfangen hatte und nach draußen marschierte.

„Sagen Sie", erkundigte sich der Detektiv, noch ganz unter dem Eindruck der Vorstellung stehend, „worüber haben die Leute denn gestritten? Sie kommen mir vor, als hätten Sie verstanden, was sie sagten."

„Habe ich auch!" nickte der Chauffeur. „Ich komme aus Como ... Wieso Streit?"

„War das kein Streit?"

„Aber nicht doch ... Die ganz Kleine hatte Hunger, die andere Durst, der dritten war warm, der Mutter heiß, und der Vater hat nur nach einem Arzt gerufen. Das war alles!"

„Aha, das war alles ..." Eines wußte Perry Clifton in diesem Augenblick genau: Italienisch würde er nie *mehr* lernen, als für den Besuch einer Pizzeria nötig war.

Er war so in seine Gedanken vertieft, daß er dem blauen VW mit Genfer Kennzeichen nicht die geringste Aufmerksamkeit schenkte. Auch dem Taxifahrer fiel der stets in seinem Windschatten fahrende Pkw nicht auf.

Als er vor der angegebenen Hausnummer stoppte, war von dem Verfolger nichts mehr zu sehen.

Ein Zeichen, daß dieser sein Geschäft zu verstehen schien.

Ein Mann namens Gaitner

Wenig später stand Perry Clifton Johannes Gaitner gegenüber. Und er mußte feststellen, daß er sich ein völlig falsches Bild von dem ehemaligen Kommissar gemacht hatte. Es begann damit, daß Gaitner viel jünger aussah, als er in Wirklichkeit war. Daran änderte auch der schneeweiße Haarschopf nichts, um dessen Dichte und Fülle ihn wohl mancher beneidete, der dreißig oder vierzig Jahre weniger zählte. Sein Körper wirkte durchtrainiert, und seiner Gesichtsfarbe sah man an, daß er sich oft im Freien aufhielt. Den stärksten Eindruck machten auf Clifton Gaitners Augen. Helle, graue, scharfblickende Augen, die ihn jetzt durchdringend musterten. Ohne Neugier, ohne Argwohn und Voreingenommenheit. Eher sachlich und abschätzend. Und als Gaitner dann lächelte, mit vielen kleinen und kleinsten Fältchen um die Augen, kam es Perry vor, als habe er soeben eine Art Prüfung bestanden.

,,Bitte, Herr Perryclifton, treten Sie ein!" sagte er und machte eine einladende Handbewegung.

,,Herzlichen Dank", erwiderte Perry und fügte hinzu: ,,Bevor aus einem offensichtlichen Hörfehler eine ständige Gewohnheit wird, darf ich etwas korrigieren. Mein Vater hieß Clifton und taufte mich auf den Vornamen Perry!"

Gaitner lachte so herzlich, daß es von den Wänden schallte. ,,Jaja, meine Theres!"

Er führte Perry in ein großes, urgemütliches Wohnzimmer, in dem eigentlich alles groß war: die Blumen auf den Sesseln, die Sessel, der Kachelofen, das Fenster, der runde Tisch, die Pflanzen, Vasen und die Standuhr, in deren Uhrenkasten sicher nicht nur jenes eine kleine Geißlein, sondern auch die übrigen sechs samt Wolf Platz gefunden hätten.

,,Bitte, machen Sie es sich bequem. Sie kommen also aus London, wie mir meine Theres versicherte!"

Perry Clifton nickte und holte Skiffers Brief aus dem Umschlag: ,,Bitte, Herr Gaitner, dies für Sie mit den besten Grüßen von Inspektor Skiffer."

,,Skiffer ... Skiffer ...", sinnierte Gaitner und hielt sich den Umschlag vor die Augen. ,,Richtig! Inspektor Scott Skiffer von Scotland Yard! Er war vor ungefähr zwei Jahren hier in Basel, und zwar – Briefmarken ... Eine Sache, bei der es um gefälschte Briefmarken ging!"

,,Scott hat mir davon erzählt!"

,,Ein Prachtbursche, dieser Skiffer. Nur Wein hat er kaum vertragen ..."

,,Davon hat er mir kein Wort gesagt, dieser Halunke!" dachte Clifton, während Gaitner den Umschlag öffnete und Scott Skiffers Zeilen las. Er tat es sicher zweimal, denn so lange las kein Mensch an einer Seite Geschriebenem. Johannes Gaitner steckte den Brief in den Umschlag zurück und sah Perry Clifton nachdenklich an. Dann sagte er, und es klang so viel Zuversicht in seiner Stimme, daß Clifton sich fragte, was

Skiffer wohl geschrieben hatte: „Ich bin Ihr Mann. Wir werden den Fall schon lösen!“

„Aber Sie kennen ihn doch noch gar nicht. Vielleicht verläßt Sie Ihr Optimismus, wenn Sie erst hören, um was es geht!“ gab Perry zu bedenken.

„Skiffer schreibt, daß Sie ein äußerst erfolgreicher Privatdetektiv sind, der bereits eine Anzahl spektakulärer Fälle im Alleingang aufgeklärt hat ... Also, das sagt doch alles! Sie sind tüchtig, ich kenne mich hier aus, das zusammen ist schon die halbe Lösung!“

„Wenn ich Sie so höre“, lächelte Perry Clifton, „dann frage ich mich, wie man Sie bei so viel Temperament und Energie in Pension schicken konnte ...“

„Es ist so wie bei allen Beamten: Wenn sie klug, erfahren und weise genug für diese Welt sind, dann schickt man sie in Pension. Und die kommt so sicher wie der Sonntag nach dem Samstag!“

„Es sei denn, man läßt sie schon etwas eher sterben!“

Johannes Gaitner stimmte wieder sein fröhliches und zugleich dröhnendes Lachen an. Natürlich hatte ihm „seine Theres“ von dem Mißverständnis berichtet. Wer ihn so sitzen und lachen sah, würde kaum glauben, daß er einer der tüchtigsten und erfolgreichsten Kriminalisten gewesen war.

Da ging die Tür auf.

Geschirr klapperte, und herein trat Theres. Clifton erhob sich und sah erstaunt – nach oben! Die „kleine, rundliche“ Theres, die er (er wußte selbst nicht, warum) erwartet hatte, entpuppte sich als ein „einmetervierundachtziggroßer Stock mit einem feixenden Gesicht obendrauf“. (Dieser Ausspruch stammte von Gaitner.) Aber sie war wirklich spindeldürr, und man mußte sich fragen, wo sie ihre Stimme herholte. Sie zwinkerte Clifton zu: „Behalten Sie nur Platz, Herr Perryclifton! Ich hoffe, Sie sind mit dem Tee zufrieden!“

„Vielleicht ist er nicht verwöhnt, Theres ...“

„Hören Sie, Herr Perryclifton, er will damit ausdrücken, daß mein Tee nichts taugt!“ Sie stellte das Tablett auf einen Servierwagen und rollte diesen an den Tisch.

„Theres, es reicht vollkommen aus, wenn du unseren Gast nur mit ‚Herr Clifton‘ anredest!“

Die Theres winkte energisch ab: „Ich hab’ was gegen Abkürzungen. Das wissen Sie doch, Herr Gaitner!“

„Schon, schon, aber unser Gast heißt nur Clifton. Perry ist sein Vorname ...“

Die Theres legte sich die Hand auf den ergrauten Bubikopf und blubberte: „Du liebe Güte, das ist mir aber wirklich peinlich ... So viele Irrtümer ...“ Und dann fauchte sie den Kommissar an: „Sie haben die Tür vom Gewächshaus nicht richtig zugemacht. Eben kam die Katze raus!“

„Mit oder ohne Rosen?“ neckte Gaitner.

„Ach, mit Ihnen ist ja heute nichts anzufangen!“ Und zu Clifton sagte sie: „Ich lasse Sie jetzt allein. Bleiben Sie zum Mittagessen?“

„Wohl kaum, Frau Theres!“

„Theres ist genug! Es gibt Geschnetzeltes! Vielleicht überlegen Sie es sich noch mal. Gibt’s in England auch Geschnetzeltes?“

„Wir haben gute schweizerische Restaurants in London.“

„Waas?“ sagte die Theres, und Perry Clifton wußte nicht, ob sie es ernst meinte oder ulkte. „Haben Sie’s gehört, Kommissar, in London haben sie schweizerische Restaurants.“

„Warum nicht. Schließlich gibt’s bei uns auch chinesische Restaurants.“

„Pfui!!“ sagte die Theres und verschwand.

Perry Clifton sah ihr lächelnd nach.

„Sie ist seit dem Tod meiner Frau bei mir und macht den Haushalt. Und das sind schon 25 Jahre. Sie ist die beste Haushälterin, die man sich wünschen kann. Ich wüßte nicht, was ich ohne sie anfangen sollte. Sie hat selbst dort noch

Humor, wo alle anderen empfindlich sind: bei der eigenen Person."

„Das ist viel wert!" gab Perry zu, dem auf Anhieb einige Leute einfielen, von denen man das nicht behaupten konnte.

„Kommen wir zu Ihnen, Herr Clifton. Skiffer schreibt, ich möchte Ihnen doch mit Rat und möglichst auch mit Tat bei der Suche nach einer Frau zur Seite stehen."

Perry nickte. „Im großen und ganzen ist dies, den Sachverhalt betreffend, richtig formuliert. Aber eben nur im großen und ganzen ... Besieht man sich die Details, dann wird es schon schwieriger."

Johannes Gaitner lehnte sich zurück und forderte seinen Gast auf: „Sie erzählen mir jetzt das, was Sie für notwendig halten. Ich werde Sie nicht unterbrechen. Und anschließend beraten wir. Einverstanden?"

„Gern!"

„Dann schießen Sie los!"

„Mein Auftraggeber hat mich tatsächlich dazu engagiert, um nach einer Frau zu forschen, die seiner Schwägerin zum Verwechseln ähnlich sieht. Das wäre, grob gesprochen, der Tatbestand. Die Schwägerin, um die es geht, ist jedoch im September '71 mit ihrem Wagen ins Meer gestürzt, also tot. Das Bild der Frau, die ihr ähnlich sieht und die ich finden soll, entdeckte mein Auftraggeber in einer Zeitschrift, die über die Basler Fasnacht berichtete. Es handelt sich dabei um ein englisches Fotojournal. Mein Auftraggeber fühlt sich durch dieses Gesicht – er nennt es ‚geheimnisvolles Gesicht' – belastet, um nicht zu sagen verfolgt. Er bestreitet zwar, an Gespenster und Erscheinungen zu glauben, betont jedoch im gleichen Augenblick, daß er erst dann wieder Ruhe fände, wenn er wüßte, wer sich hinter dem Gesicht verbirgt. Meine einzigen Anhaltspunkte in diesem Fall sind ausschließlich Fotos ... Das ist bereits alles, was zum Auftrag der Suche zu sagen wäre."

Johannes Gaitner, der aufmerksam zugehört hatte, fragte jetzt: „Ich vermute, Herr Clifton, daß es nicht der Auftrag allein war, eine fremde Frau zu finden, der Sie bewog, diesen etwas ungewöhnlichen Fall anzunehmen!“

„Sie vermuten richtig!“

„Es gibt also Fakten in diesem, nennen wir ihn ‚Suchfall‘, die Sie nachdenklich gemacht haben.“

„Einige!“

„Darf ich ein paar gezielte Fragen stellen?“

„Bitte, Herr Gaitner!“

Röte hatte Gaitners Wangen überzogen, und ein seltsamer Ausdruck in den grauen Augen verriet Perry Clifton, daß der alte Kommissar Feuer gefangen hatte.

„Die Frau kam also durch einen Verkehrsunfall ums Leben?“

„Sie stürzte bei Duncan Hill mit ihrem Wagen ins Meer. Es handelt sich um ein Stück Steilküste. Claire, so heißt die Dame, befand sich auf dem Weg nach Frankreich, um als Trauzeugin an einer Hochzeit teilzunehmen. Im Wagen lagen Hochzeitsgeschenke von nicht unerheblichem Wert. Der Wagen stürzte laut Aussage des Augenzeugen rückwärts über den Abgrund.“

„Nur *ein* Augenzeuge?“

„Nur einer. Ein ehemaliger Leuchtturmwärter ...“ Perry konnte sich ein Lächeln nicht verkneifen.

„Sie lächeln?“ fragte Gaitner.

„Sie züchten Rosen, er züchtet Kakteen.“

„Oh“, sagte Gaitner. „Mit Erfolg?“

„Mit großem Erfolg. Er besitzt einige hundert aus den verschiedensten Ecken und Enden dieser Welt.“

„Ein teurer Spaß ...“

„Er lebe sparsam, versicherte er mir.“

„Die Frau stürzt ab, es gibt einen Augenzeugen ... Wie wurde die Tote geborgen? In welchem Zustand?“

„In keinem. Sie wurde nämlich nicht geborgen, bis heute nicht. Aber dafür gibt es wissenschaftlich begründete Erklärungen, die sich mit den dortigen Strömungsverhältnissen befassen. Deshalb hat man auch dem Antrag, die Verunglückte für tot zu erklären, stattgegeben."

„Die jedoch nur dann ...", er betonte das besonders nachhaltig, „für den Fall richtig und wichtig wären, wenn die Frau auch wirklich abgestürzt ist. Todeserklärung hin, Todeserklärung her! Sind wir da einer Meinung, Herr Clifton?"

„Wir verstehen uns prächtig, Herr Gaitner."

„Ein Versicherungsschwindel also?"

„Zu vieles spricht dagegen. Es stimmt zwar, daß die verunglückte Frau hoch versichert war, aber wer sollte sie umgebracht haben? Der einzige Nutznießer in diesem Fall war mein Auftraggeber. Warum sollte er mich auf die Spur einer Frau setzen, die er in Wirklichkeit auf dem Gewissen hat?"

„Eine schwerwiegende Frage."

„Sehen Sie, deshalb wird das Gesicht auch für mich so lange ein geheimnisvolles Gesicht bleiben, bis ich mehr oder alles weiß ..."

Perry Clifton holte die ersten drei Fotos aus dem Umschlag und breitete sie vor Gaitner aus, der eines nach dem anderen hochnahm und aufmerksam betrachtete.

„Eine schöne Frau und eine sportliche Frau!" sagte er. „Ist das ihr Wagen?"

„Ja. Es ist der Unglückswagen!"

„Ein *Maserati*, Baujahr 1970. Ein äußerst schnittiges Modell."

„Sie kennen sich in Autos aus?" staunte Perry.

„Ich habe lange Jahre, sehr zum Leidwesen meiner Theres, Porsche gefahren ... Der einzige Luxus, den ich mir neben meinen Rosen geleistet habe. Jetzt begnüge ich mich mit einem VW ... Wer hat diese Fotos gemacht?"

„Die Schnappschüsse stammen von ihrem Mann, der bei

einem Flugzeugabsturz ums Leben gekommen ist. Das Portrait wurde in einem Londoner Fotostudio angefertigt." Jetzt holte Perry den stark vergrößerten Ausschnitt des Zeitungsfotos hervor.

„Die anderen sind besser!" kommentierte Gaitner und schob es zur Seite.

„Sie meinen nicht, daß unsere Lady auf dieser Vergrößerung viel anders aussieht?"

„Nein." Er nahm es noch einmal zur Hand, schüttelte dann jedoch entschieden den Kopf und wiederholte: „Nein!"

„Es ist die Fremde aus Basel, Herr Gaitner!"

„Was??"

„Es ist unser geheimnisvolles Gesicht! Eine Ausschnittvergrößerung."

Der Kommissar legte das Foto neben die übrigen drei. „Unglaublich", murmelte er. „Unglaublich. Ein Zwilling ... Wenn es nicht die gleiche Person ist, dann muß es ein Zwilling sein!"

Clifton holte nun auch noch das Journal aus dem Umschlag und schlug die Seiten über die Basler Fasnacht auf.

„Bitte!"

Johannes Gaitner machte keinen Hehl aus seiner Verblüffung. Dann stand er auf und ging ins Nebenzimmer. Als er wenige Sekunden später zurückkehrte, hielt er ein überdimensionales Vergrößerungsglas in der Hand. Nacheinander unterzog er alle Fotos einer langen und ausgedehnten Prüfung. Endlich sagte er: „Unter normalen Umständen hätte ich eine Jahrespension darauf verwettet, daß es sich um ein und dieselbe Person handelt."

„Und jetzt?"

„Ich würde immer noch wetten ... allerdings nur um eine Monatspension! Sie werden sicher längst wissen, ob die Dame Geschwister hatte?!"

„Keine Schwestern, Herr Gaitner. Es existiert nach Aussage

meines Auftraggebers nur noch ein jüngerer Bruder. Er dient in der Marine."

,,War er zur Totenfeier in London?"

Clifton sah Gaitner überrascht an. ,,Eine verdammt gute Frage, Kommissar. Ich muß gestehen, daß ich sie vergessen habe zu stellen ... Aber das ist ja nachzuholen."

,,Eine andere Frage: Wie viele Leute sind über Ihren Auftrag informiert?"

,,Nur Scott Skiffer und Sie – offiziell!"

,,Warum diese Einschränkung?"

,,Als ich meinen Auftraggeber nach dem zweiten Besuch verließ, wurde ich von zwei Männern verfolgt."

,,Kein Zufall?"

,,Kein Zufall! Sie hatten das Nummernschild unkenntlich gemacht und ließen sich erst durch einen verkehrsgefährdenden Trick meinerseits abhängen."

,,Dann hat Ihr Auftraggeber also an der falschen Stelle geplaudert."

,,Ist nicht anzunehmen. Es bieten sich mehrere Möglichkeiten an: Mein Auftraggeber hat einen offensichtlich sehr neugierigen Butler. Dann war ich in der betreffenden Versicherung, um einige Fragen zum Fall zu stellen, und letztlich besuchte ich auch den Augenzeugen."

,,Den Leuchtturmwärter!"

,,Und Kakteenzüchter! Sie sehen, Herr Gaitner, es gäbe in dieser Hinsicht einige Anhaltspunkte. Doch ganz gleich, von wem die Information stammt – aufschlußreich ist, daß man mich beobachtete."

,,Wer weiß von Ihrer Reise nach Basel?"

,,Außer meinem Auftraggeber eigentlich nur noch Skiffer, ein kleiner Freund, der jedoch kein Unsicherheitsfaktor ist, und eine junge Dame, auf die das gleiche zutrifft."

,,Das würde also bedeuten, daß Sie Ihre Nachforschungen hier unbeobachtet anstellen können. Das ist wichtig!"

„Ich möchte sagen: Es ist angenehmer!“

„Und wichtig!“ beharrte Johannes Gaitner.

„Sie meinen, wenn die andere Seite an meinen Schritten interessiert ist, dann nur, weil sie weiß, wonach ich suche!“

Gaitner nickte Zustimmung. „Es könnte immerhin sein, daß sie nach demselben sucht: nach *ihrem* unheimlichen Gesicht!“

„Diese Überlegung habe ich auch schon angestellt.“

„Wo wollen Sie mit Ihren Nachforschungen beginnen?“

„Sehen Sie hier auf das Zeitungsfoto, Herr Gaitner.“

„Das ist der diesjährige Fasnachtsumzug, darüber gibt's keinen Zweifel. Das sieht man schon am Wetter.“

„Der Reporter hat bei der Bildunterschrift zu erwähnen vergessen, um welche Straße es sich handelt.“

„Das ist der Riehenring!“ kam es ohne Zögern.

„Na, das ist doch schon was“, freute sich Perry Clifton. „Ich bin ja froh, daß das Foto nicht beim Morgenstreich gemacht wurde!“

„Nun sagen Sie bloß“, staunte Johannes Gaitner, „Sie kennen sich in der Basler Fasnacht aus?“

„Was wollen Sie wissen?“ gab Perry großspurig an. „Ich kläre Sie gern auf ... Zum Beispiel darüber, daß er früh um 4 Uhr beginnt, und das seit 1834!“

„Wenn Sie mir jetzt auch noch sagen, von wem er um 4 Uhr eingeführt wurde, dann schenke ich Ihnen einen Schweizer Franken.“

„Ich hoffe, Sie haben Ihre Geldbörse zur Hand. Der Mann hieß Samuel Bells!“

Johannes Gaitner schlug mit der Faust auf den Tisch, daß die Tassen tanzten. „Ich bin um einen Franken ärmer und um eine Erfahrung reicher. Eine Erfahrung“, er schmunzelte, „die ich sonst immer meinen Gaunern mit auf den Weg gegeben habe: unterschätze nie einen Kriminalisten!“

Die Tür öffnete sich, und Theres schaute durch den Spalt. „Ist was umgefallen, oder sind Sie wütend über den Tee?“

„Komm rein, Theres! Kommst gerade recht!"

Sie kam. Neugierig und gespannt: „Hat dem Herrn Perryclifton mein Tee nicht geschmeckt?"

„Er ist ausgezeichnet!"

„Da hören Sie's, Kommissar, das sind Manieren! Dieser Engländer ist wenigstens ein Gentleman!"

„Der muß dich auch nicht schon seit 25 Jahren ertragen."

„*Ich* ertrage *ihn*!" protestierte Theres. „Verhungert wäre er ohne mich. Er kann nicht mal Wasser kochen!"

„Du übertreibst!"

„Geben Sie's doch zu! Erst seitdem ich einen Pfeifkessel gekauft habe, wissen Sie, wann das Wasser kocht." Sie reckte ihre Ofenrohrfigur in die Höhe: „Was die Wahrheit ist, bestimme ich!"

An Gaitners Miene konnte Perry Clifton erkennen, daß der irgendein Attentat auf seine Haushälterin plante, bei dem *er* wohl eine Rolle spielen sollte. Und da kam es auch schon.

„Hast du einen Franken in der Tasche, Theres?"

„Natürlich!" rief sie von weit oben nach unten.

„Dann gib ihn Herrn Clifton, ich hab' eine Wette verloren!"

„Wette?" Ihre Augen glänzten. „Worüber haben Sie denn gewettet?" (Theres war wettbesessen!)

„Es ging um die Basler Fasnacht. Herr Clifton wußte was, was ich nicht wußte ..." Theres fischte, vor Neugier fast platzend, einen Franken aus der Geldbörse, die sie in ihrer Schürzentasche trug. Perry sagte „Danke" und steckte die Münze ungerührt ein.

„Du kennst dich doch angeblich so gut in der Basler Fasnacht aus. Warum wettest du nicht auch mit Herrn Clifton um einen Franken? Es geht um den Morgenstreich!"

„Um den Morgenstreich?" rief die Theres, und das Vergnügen sprühte aus ihren Augen. „Die Wette gilt, beim Morgenstreich kenn' ich mich aus!"

„Haben Sie's gehört, Herr Kollege, die Wette gilt."

Perry Clifton nickte und kam sich ein bißchen unfein in diesem Spiel vor.

„Na los, sag schon, was du über den Morgenstreich weißt!" forderte der pensionierte Kommissar seine Haushälterin auf.

Theres holte tief Luft, und da sie lange tief Luft holte, schien sie auch eine Menge über den Morgenstreich zu wissen.

„Also", begann sie, „zum Morgenstreich. Er beginnt um vier in der Früh. Da kommen alle Trommler und Pfeifer aus der ganzen ..."

„Das ist uns bekannt!" unterbrach Johannes Gaitner.

„Wir wollten wissen, wer wann den ersten Morgenstreich um 4 Uhr in der Früh organisiert hat." fiel Clifton ein.

„Ja, sooo ... Sie meinen, in welchem Jahr und wie der Mann hieß?"

Perry nickte, und der Kommissar nickte.

Die Theres zog eine Grimasse und schien nachzudenken. Der alte Gaitner wollte gerade in ein schadenfrohes Gelächter ausbrechen, als die Theres ihr Gesicht wieder in Normalstellung brachte und mit unglaublichem Schalk in den Augen verkündete: „Der brave Bells war es ... Und das Jahr ..." Wieder das angeblich angestrengte Nachdenken, dann: „Und das Jahr ... Jetzt fällt's mir ein: Es war Anno 1834 ... Meinen Franken, bitte, Herr Perryclifton!"

Die beiden Männer hörten sie noch lange draußen in der Küche kichern.

„Übrigens", nahm Perry Clifton den Faden wieder auf, „ich hatte es durchaus ernst gemeint, wegen der Fotografiererei! Ich bezweifle nämlich, ob mir ein solches Blitzlichtfoto aus der Entfernung so geholfen hätte."

„Was meinen Sie mit geholfen?" wollte Gaitner wissen und zog die Zeitung wieder zu sich.

„Bitte nehmen Sie Ihr Vergrößerungsglas zur Hand, und schauen Sie unserem ‚geheimnisvollen Gesicht' neben die Beine!"

Der Exkommissar tat es. ,,Ein Koffer!“ stellte er fest.

,,Stimmt! Ein Koffer, der links neben ihr steht. In der rechten Hand hält sie einen Schirm und eine Handtasche.“

,,Stimmt!“ sagte diesmal Gaitner.

,,Es ist also kaum anzunehmen“, fuhr Clifton fort, ,,daß der Koffer der Dame gehört, die rechts neben der Lady steht. Also bliebe noch der Mann zur Linken. Dieser hält in der rechten Hand eine ...“

,,Leine!“ vollendete Gaitner. ,,Eine Hundeleine!“

,,An dessen anderem Ende ein ausgewachsener Boxer hängt! In der linken Hand hält der Mann eine prallgefüllte Einkaufstasche.“

,,Richtig! Daraus geht eindeutig hervor, daß weder die Frau zur Rechten noch der Mann mit dem Hund zur Linken zu dem Koffer gehören!“

,,Einverstanden!“ rief Clifton. ,,Kombinieren wir weiter: Eine elegante Dame mit einem sicher nicht ganz leichten Koffer steht am Riehenring und sieht einem Fasnachtsumzug zu. Da diese Umzüge am Nachmittag stattfinden, wissen wir, daß es also nachmittags gewesen sein muß!“

,,Entweder am Montag nachmittag oder am Mittwoch nachmittag!“ fiel Gaitner ein, und Clifton fuhr fort:

,,Ich schließe daraus, daß sie zu einem dort in der Nähe befindlichen Hotel unterwegs war oder daß sie von einem dort in der Nähe befindlichen Hotel kam! Herr Gaitner, welche Hotels gibt es in der Umgebung, ich würde es sogar einschränken: in der näheren Umgebung des Riehenrings?“

Der Kommissar mußte nicht lange überlegen. ,,Wenn wir davon ausgehen, daß besagte Dame in keiner kleinen Pension abgestiegen ist, fielen mir auf Anhieb drei Häuser ein. Da wäre einmal das Hotel *Alexander* ... dann das *Kommerz* ... und der *Münchner Hof* ...“

Perry Clifton, der sich die Namen dieser drei Hotels notierte, sagte jetzt: ,,Ich werde mit diesen dreien beginnen. Sollte da nichts sein, suche ich weiter. Befindet sich der Riehenring in der Nähe meines Hotels?“

„Sie wohnen im *International*, wenn ich die Theres richtig verstanden habe. Da sind Sie ein ganzes Stück ab vom Schuß. Der Riehenring und die Hotels liegen durchweg auf der anderen Rheinseite. Aber bevor Sie sich ins Kampfgetümmel stürzen, werden Sie sich erst meine Rosen ansehen und Theres' Geschnetzeltes probieren!“

Die Schatten und wie man sie beseitigt

Das Hotel Loderer, im Herzen der Stadt gelegen, war eines jener kleinen, bescheidenen Hotels, die besonders gern von durchreisenden Vertretern aufgesucht werden. Von Leuten, die keine allzu großen Ansprüche stellen und die höchstens ein bis zwei Nächte bleiben. Länger buchende Gäste gab es in der Regel nicht.

Das Loderer war zwar pieksauber, aber auch recht rückständig. Fast die Hälfte der Zimmer besaß nur ein Fenster, das zu einem muffigen Hinterhof hinausging, aus dem ständig eine Mischung von Waschküchen- und Essensgeruch heraufzog. Auch gab es nur in einem Drittel aller Räume Zimmertelefone, deren Leitungen zu einer sehr reparaturanfälligen Stöpselvermittlung führten.

Jack McButton und Mike Forster waren entsprechend enttäuscht, als sie von ihren Zimmern Besitz ergriffen. Hauptsächlich Forster machte aus seinem Ärger keinen Hehl: „Das *International* ist es ja nicht gerade. Aber immerhin kann man sich mit so was das Reisen abgewöhnen.“

Der anspruchslosere McButton hatte auf Anhieb wieder einen seiner Leib- und Magensprüche zur Hand: „Heute wohnt Jack McButton, Sohn eines ehrlichen Schneidermeisters aus Soho und einer fröhlichen Stiefmutter aus Wales, im Loderer und morgen im Hilton von New York!“

Sie befanden sich zur Zeit in Jacks Zimmer (einem mit Telefon), und Mike ließ sich aufs Bett fallen, das unter diesem Aufprall schmerzerfüllt quietschte. Er wippte ein wenig – es quietschte – er hob den Arm – es quietschte – bewegte den Kopf, das Bein und machte die Zehen krumm – es quietschte. Sogar beim tiefen Luftholen. Da sagte er: „Wenn du dir heute nacht in der Nase bohrst, werde ich es hören! Dein Bett hat die Matratzenkrankheit!“ Er klopfte gegen die Wand: „Meines steht direkt hinter dieser Wand!“

Jack McButton, der gerade die Funktionsfähigkeit der Nachttischlampe ausprobierte, stieß seinen Kumpan freundschaftlich gegen das Knie und machte in Gaunerphilosophie: „Wenn du weiter so an jedem und allem rummeckerst, wirst du nie ein großer Boß werden. Du wirst immer nur der kleine Fisch bleiben, der für die großen Pinkel die Dreckarbeit macht!“

Er klopfte sich vor die magere Brust. „Passiert mir nicht! Sobald ich eine volle Brieftasche habe, gründe ich meine eigene Bande, und dann werden nur noch große Dinger gedreht!“

Forster sah den Rotschopf nachsichtig und mitleidig an. „Armer Teufel ... Ich glaube wirklich, daß man dich als Säugling zu lange über der Leine zum Trocknen aufgehängt hat. Gestern wolltest du noch eine Weltreise machen, vorhin warst du schon in New York, und jetzt gründest du eine eigene Bande. Ich muß schon sagen: Dein Aufstieg ist kometenhaft!“

Jack McButton schnippte mit Daumen und Mittelfinger. „Ist doch völlig egal, womit man anfängt!“

„Und die Polizei schickst du vor deinen großen Dingern in Urlaub, was?“

„Ich arbeite eben mit Köpfchen!“ Er grinste, doch das Grinsen verschwand so fix wieder von seinem Gesicht, als hätte es jemand abgeschaltet. Und zwar, als Forster sagte: „Dazu fehlt dir das Allerwichtigste, Jack – das Köpfchen!"

Die Entscheidung, ob McButton nun den Beleidigten spielen oder Mike einen Kinnhaken versetzen sollte, fiel zugunsten der ersten Überlegung. (Er dachte daran, daß Mike Forster schon zweimal den Kanal durchschwommen hatte!) So beschränkte er sich auf den inhaltsreichen Hinweis „Du bist noch zu grün im Geschäft, deshalb will ich dir noch mal verzeihen. Außerdem verprügelt man seinen Freund nicht!"

„Ich bin nicht dein Freund, Jack, ich bin dein augenblicklicher Partner! Mehr nicht!" Mike Forster sagte es leise, aber ein Unterton in seiner Stimme ließ es McButton geraten scheinen, dieses Thema zu beenden. Das Geräusch schwerer Schritte, die sich näherten und vor seiner Tür endeten, enthob ihn für den Augenblick aller weiteren Kopfarbeit.

Die Tür öffnete sich! (Ohne Klopfen vorher.)

„Hallo!" rief der Mann im Trenchcoat. Er war zirka 35 Jahre alt, dunkelhaarig und etwa 1 Meter 80 groß. Zwei Reihen blitzender weißer Zähne lächelten den beiden Insulanern entgegen.

„Ich bin Roger Püttely!" sagte er in fließendem Englisch. Jack McButton und Mike Forster, der sich von seiner stöhnenden und ächzenden Unterlage hochgestemmt hatte, schüttelten dem Neuankömmling die Hand.

„Ich konnte euch leider nicht vom Flugplatz abholen. Ich war diesem Clifton auf den Fersen!"

„Und wo steckt der jetzt?" wollte McButton wissen.

„In einem Privathaus im Höhenweg ... Ich konnte leider nicht näher heran, da sich zwei Männer direkt gegenüber dem Haus unterhielten. Ich glaube auch nicht, daß Clifton, kaum daß er in der Stadt ist, unser Goldvögelchen fängt. Bei fast einer Viertelmillion Einwohnern!"

„Vielleicht ist das Vögelchen schon längst wieder fortgeflogen!" meinte Forster, der seinem neuen Boß auf Anhieb ebensowenig Sympathie entgegenbrachte wie beispielsweise Patrick Mills.

Doch Püttely ließ sich nichts anmerken. Er lachte Forster an und erwiderte: „Vielleicht ist es das ... Dann hätten wir umsonst gesucht und müßten es auf die Seite schreiben, auf der man Verluste abbucht!“

Weniger freundlich wandte er sich McButton zu: „Du fährst jetzt mit einem Taxi in die Rittergasse!“ Er reichte dem völlig verdutzten Jack einen Zettel und einen Hundertfrankenschein hin. „Ich habe dir die Hausnummer aufgeschrieben. Im vierten Stock wohnt ein Mann namens Marcel Müller. Er war früher Theaterfriseur ... Dort leihst du dir eine Perücke aus.“

„Eine Perücke?“ Jack McButton fielen fast die Augen aus dem Kopf.

„Wozu brauche ich eine Perücke, Mister?“

„Weil du einen Mann beobachten sollst, Mister! So, wie du aussiehst, kannst du ihm auch gleich auf die Schultern klopfen und sagen: ‚He, Mister, reg dich nicht auf, wenn ich hinter dir herschleiche, aber ich muß dich beschatten!‘“

McButton schluckte. „Verdammt, war das ein Tag!“ dachte er. „Erst der Ärger mit Forster, und jetzt meckert mich dieser nachgemachte Schönling wegen meiner Haare an.“ Laut aber sagte er: „Ich hab’ eine Mütze, die verdeckt die Haare!“

„Willst du sie dir so weit über die Ohren ziehen, bis du aussiehst wie einer, der von der Fasnacht übriggeblieben ist?“

„Das stinkt mir, Mister!“

„Laß es stinken, Mister! Es steht zu viel Geld auf dem Spiel, als daß wir uns den kleinsten Fehler leisten können!“

„Und wann soll ich dorthin fahren?“ fragte McButton zähneknirschend.

„Jetzt, Mister!“

„Und welche Haarfarbe soll ich nehmen, Mister?“

„Ich wäre für dunkelblond, Mister. Das ist am wenigsten auffällig!“

„Laß das ‚Mister‘!“ fauchte McButton. „Ich heiße Jack!“

„Du hast damit angefangen! Ich heiße Roger“, gab Püttely seelenruhig zurück und zeigte sein Reklamelächeln.

Der Rotschopf ging und knallte die Tür so heftig hinter sich zu, daß ein faustgroßer Gipsbrocken aus dem Putz über der Tür herunterfiel. Püttely sah ihn an, schüttelte mißbilligend den Kopf und schob ihn mit der Schuhspitze unter Jacks Bett. Dann sah er auf seine Uhr. „11 Uhr 15 ... Du machst dich jetzt wohl am besten auf den Weg zum *International*. Ruf gegen 15 Uhr hier an, damit dich Jack ablösen kann. Ich habe übrigens Zimmer Nummer 22.“

Er warf Forster ein kleines Ledertäschchen zu. „Der Autoschlüssel! Es ist der blaue VW mit Genfer Nummer!“

„Ist die Nummer echt?“

„Sie paßt auf jeden Fall zu den Papieren, die sich im Handschuhfach befinden. Morgen tauschen wir Papiere und Schilder aus.“

„Wie finde ich zum *International*?“

„Stimmt, ihr seid ja neu hier ... Komm mit in mein Zimmer, ich zeige dir den Weg auf dem Stadtplan! Übrigens wäre es gut, wenn du dir einen eigenen Stadtplan zulegtest!“

Roger Püttely drehte sich um und verließ das Zimmer. Widerwillig folgte ihm Mike Forster.

Perry Clifton lernte an diesem Vormittag nicht nur eine Menge über Rosen, Orchideen und Liliengewächse, er lernte auch Theres' Kochkunst kennen und schätzen. Ihr Geschnetzeltes war ein solcher Gaumenschmaus, daß er sich ungeniert zweimal nachgeben ließ.

Als bescheidenen Dank schrieb er ihr das Rezept von Dickis Lieblingsgetränk Kakoffee* auf, jener Mischung aus Kaffee, Kakao, Eiswürfeln und Schlagsahne.

* *Siehe „Das unheimliche Haus von Hackston“, Seite 6.*

Theres versprach, es noch am gleichen Abend auszuprobieren.

Es war bereits 15 Uhr, als Johannes Gaitner für Perry ein Taxi bestellte, das ihn zum *International* bringen sollte.

Doch schon nach wenigen hundert Metern Fahrt beschloß Perry Clifton, seinen ursprünglichen Plan zu ändern.

,,Fahren Sie mich bitte nicht zum *International*, sondern zum Hotel *Kommerz*."

,,Bitte sehr! Soll ich den Weg über die Wettersteinbrücke oder über die Rheinbrücke nehmen?"

,,Das überlasse ich gern Ihnen!"

,,Danke für das Vertrauen!" grinste der Taxifahrer. Er mußte in seinen jüngeren Jahren Rennfahrer oder Flugzeugführer gewesen sein. Oder er eiferte einem solchen Vorbild nach. Für ihn schien es weder eine Geschwindigkeitsbegrenzung zu geben, noch hatte er ein besonderes inniges Verhältnis zur Fliehkraft. Manchmal kam es Clifton vor, als würde das Auto jeden Augenblick vom Boden abheben. In den Kurven dagegen sah es aus, als lenke der Chauffeur nicht den Wagen, sondern halte sich nur am Steuer fest. Dazu produzierte er ständig allerlei Geräusche mit dem Mund. Merkwürdige Geräusche, die in keiner Weise mit dem Straßenverkehr zusammenhingen. ,,Tschi-tschi-tschi ... tik-tik-tik-schummm-schumm-schumm! Oiiiii, pek-pek-pek ... iistssssst!!"

Als sie auf zwei Rädern in die Wanderstraße einbogen, meinte Perry Clifton: ,,Ich bin bestimmt kein besonders ängstlicher Mensch. Aber ich würde das *Kommerz* gern lebend erreichen, lieber Mann!"

,,Keine Sorge!" erwiderte der ,,liebe Mann" am Volant. ,,In meinem Wagen sind Sie sicher wie in Ihrem Bett."

Wenig später, in einer 90-Grad-Rechtskurve, klebte Perry Clifton an der Schulter seines Nachbarn und hielt den Atem an.

,,Das war eine Kurve, was? Die hat es in sich!" strahlte der

Fahrer. „Warum schnallen Sie sich eigentlich nicht an? Sie machen mich mit Ihrer Rumrutscherei ganz nervös."

Perry Clifton holte das Versäumnis auf der Stelle nach.

„Rrrrrrt ... uuuuuuuch-piep-piep-piep – – – – fsssst-zack-zack ... oooiiiuuuu-peng!!"

Der erste Taxifahrer auf schweizerischem Boden war ein Schweiger gewesen, der zweite sang während der ganzen Fahrt (zwischen Hotel und Höhenweg), und der dritte stieß Urlaute aus. Perry Clifton beschloß, Kommissar Gaitner zu fragen, welche Voraussetzungen in der Schweiz erforderlich waren, um die Genehmigung zum Fahren eines Taxis zu erhalten.

„Prrrr-zisch – – – boinggg-zzzzschluckpumppeng-chrrrr!"

Es war, als hätte der Chauffeur, der soeben einen Radfahrer vor Schreck vom Sattel auf den Gepäckträger rutschen ließ, Perry Cliftons Gedanken erraten: „Sie überlegen sicher schon die ganze Zeit, was die albernen Geräusche bedeuten, was? Sie sind Ausländer, stimmt's? Und bestimmt meinen Sie jetzt, daß bei mir ein paar Schräubchen fehlen, habe ich recht?"

Eigentlich hätte Perry nun dreimal nicken müssen, doch er entschloß sich für eine akustische Erwiderung: „Ich habe mir wirklich ernsthaft Gedanken über Ihren Gesundheitszustand gemacht!" Der Fahrer stieß ein meckerndes Lachen aus.

„Da haben Sie's ... Vorhin fuhr ich eine feine Dame vom Sportplatz aus genau hundert Meter weit ... Eigentlich wollte sie zum zoologischen Garten ... doch es wurden nur hundert Meter!"

„Und warum?"

„Sie wird sich ebenfalls Gedanken über meinen Gesundheitszustand gemacht haben ... Ich hatte nämlich Brrrrrscht – zack-zack-zack-iiiiiii! gerufen!"

„Aha." Mehr fiel Perry Clifton im Augenblick nicht ein.

„Ich mache für meinen Enkel zur Zeit einen Trickfilm, wissen Sie! Ich bin Kameramann, Regisseur und Tonmeister in einem ... oh, das war knapp.“ Der Mann mit dem Gemüsekorb hatte sich nur durch einen geistesgegenwärtigen Sprung retten können. „Und übermorgen wird Fridolin fünf. Bis dahin muß ich den Film fix und fertig haben! Ist ein ganz toller Trickfilm!“

„Eine Frage. Haben Sie eigentlich schon mal einen erwischt? So mit der Kühlerhaube oder vielleicht mit dem Heck?“

Der Chauffeur sah Clifton vorwurfsvoll an (während des Fahrens!!!). „Ich fahre seit dreißig Jahren unfallfrei, wenn Sie das meinen. Ich könnte keiner Fliege ein Haar krümmen!“

„Ein Bein meinen Sie sicher ... Oder züchten Sie Fliegen mit Haaren?“

„Hahahaha!“ machte der Fahrer. „War nur symbolisch gesprochen. Einmal bin ich in den Rhein gefahren. Aber ich war unschuldig. Ein Omnibus kam mir auf meiner Straßenseite entgegen ... Da blieb mir weiter nichts übrig als der Rhein!“

„Sie hatten hoffentlich keine Fahrgäste im Wagen?!“

„Doch, vier Chinesen ... Aber die konnten alle schwimmen. Die haben mich auch gerettet!“

„Gerettet?“

„Ja. Weil *ich* nicht schwimmen kann!“

Ohne Sicherheitsgurt wäre Perry Clifton jetzt durch die Scheibe geschossen.

„Das *Kommerz*!“

„Oh, schon da. Sie sollten es wirklich mal mit der Fliegerei probieren!“ Perry gab zwei Franken Trinkgeld. Er hatte den linken Fuß noch in der Luft, als der Wagen mit quietschenden Reifen davonschoß!

Das Hotel *Kommerz*! Da stand es vor ihm. Das erste Hotel auf der Suche nach dem geheimnisvollen Gesicht einer Unbekannten. Daß es Perry Clifton in diesem Augenblick jedoch mehr nach einem geistigen Getränk gelüstete, lag einfach an dem Verlangen, sein „Überleben“ feiern zu müssen.

15 Uhr 40.

Mike Forster betrat die Telefonzelle, nahm den Hörer von der Gabel und wählte die Nummer des Hotels Loderer.

Besetzt!

Er versuchte es ein zweites Mal.

Immer noch besetzt.

Er verließ die Zelle. Ein junger Mann löste ihn ab, wählte und begann in einem rasenden Stakkato zu sprechen. Mike Forster hörte zwar jedes Wort, verstand den Sinn jedoch nicht. Die wenigen deutschen Worte, deren er mächtig war, konnte er an den Fingern seiner beiden Hände abzählen. „Bitte Herrn Püttely", sollte er sagen, hatte ihm Püttely eingeschärft.

Der junge Mann sprach immer noch. Ein bißchen weniger laut. Plötzlich warf er den Hörer auf die Gabel und verließ wütend die Zelle.

Diesmal war die Nummer des Loderer frei. Es summte!

Einmal ...

Zweimal ...

Dreimal ...

Viermal ...

Fünfmal ...

Sechsmal ...

und dann plötzlich ein Besetztzeichen. Das Geld fiel zurück, Mike Forster wählte neu. Das gleiche Summen.

Einmal ...

Zweimal ...

Dreimal ...

Viermal ...

Eine weibliche Stimme: „Hallo, Ziesli, bist du's, Peter?"

Mike Forster, der kein Wort verstanden hatte, sagte seinen auswendig gelernten Vers auf: „Bitte Herrn Püttely!"

Es knackte und begann zu tuten. Diesmal fiel kein Geld zurück. Mike Forster ermahnte sich selbst zur Ruhe und Besonnenheit. Inzwischen hatten sich zwei Frauen neben dem

Telefonhäuschen postiert und fixierten ihn. Die eine geduldig-gelangweilt, die andere unruhig, nervös.

Mike Forster lauschte dem Scheppern des Geldes nach, wählte diesmal ganz langsam.

Einmal ...

Zweimal ...

„Hotel Loderer!“ Zweifellos war das der Mann mit den Pulswärmern und den komischen Stulpen über den Unterarmen.

„Bitte Herrn Püttely!“

„Moment, bitte!“ Pfeifen, Knacken, ein kurzes Rauschen, wieder Knacken, dann endlich: „Püttely!“

„Hier ist Mike. Seit einer halben Stunde versuche ich dieses verdammte Hotel zu erreichen!“

„War die Nummer besetzt?“

„Auch das! Du kannst jetzt Jack schicken!“

„Kann ich nicht!“

„Es war so ausgemacht!“

„Jack ist noch nicht zurück!“

„Dann mußt *du* mich eben ablösen!“

„Geht nicht, ich habe zwei Gespräche nach London angemeldet. Was ist mit Clifton? Von wo aus rufst du an?“

Mike Forster lachte kurz auf. „Von wo schon ... Ich stehe noch immer schräg gegenüber dem Hotel. Und unser Mann ist weder raus noch rein! Dafür kann ich dir aber was sagen, was du sicher noch nicht weißt!“

„Was ist das?“

„Das Hotel hat zur Straßenseite hin insgesamt 80 aufklappbare Fenster!“

„Höchst interessant!“ Püttelys Stimme war kühl, ohne jedoch deutliche Verärgerung zu zeigen. „Ich hoffe nur, daß dir beim Zählen der Fenster Clifton nicht entgangen ist. Ich schicke McButton, sobald er hier eintrifft!“

Perry Clifton hatte sich im Restaurant des Hotels einen doppelten Kognak einverleibt und dabei im Geist noch einmal die Fahrt von Gaitner bis hierher nacherlebt. Jetzt, etwas ruhiger, strebte er der Rezeption zu.

Im Foyer saßen einige Leute herum, die alle auf irgendwas zu warten schienen.

Die Dame am Empfang musterte ihn ein wenig eigentümlich. Vielleicht lag es an dem braunen Umschlag, der Perrys einziges „Gepäck" darstellte.

„Bitte?" fragte sie, es klang reserviert. Oder kam es Clifton nur so vor? Er zog seinen Paß aus der Tasche, schlug ihn auf und sagte: „Mein Name ist Clifton, ich komme aus London und forsche im Auftrag einer Versicherung nach einer verschollenen Lady!"

Die Reserviertheit der Empfangsdame war echtem Interesse gewichen. Sie reichte den Paß zurück.

„Und wie soll ich Ihnen helfen?"

Perry Clifton zog zuerst die Vergrößerung aus dem Umschlag. „Die Frau könnte in Ihrem Hotel gewohnt haben. Es ist vier Wochen her. Dieses Foto wurde während des Fasnachtsumzuges gemacht."

„Am Montag oder am Mittwoch?"

„Das können wir leider nicht sagen. Es steht nur fest, daß sie beim Zuschauen diese Kleidung und diesen Hut trug."

Die Frau wendete das Foto unschlüssig in ihren Händen hin und her. „Ich hatte an beiden Tagen Dienst", sagte sie endlich, und man sah ihr an, wie sie nachdachte.

Der Detektiv holte das Portraitfoto und die Aufnahme von dem *Maserati* aus dem Umschlag.

„Bitte sehen Sie sich auch diese beiden Fotos an!" Sie tat es, dann hatte sie plötzlich einen Einfall.

„Wir brauchen doch nur im Buch nachsehen. Sagen Sie mir den Namen der Dame, und wir schauen uns die Tage vom 21. bis 23. an." Sie schlug bereits die Seiten zurück. Perry

Clifton war unschlüssig. Wie sollte er ihr erklären, daß sie (er und Burton) den Namen der Frau nicht kannten ... Das würde sie stutzig machen, vielleicht sogar mißtrauisch.

„Sie müßte unter dem Namen Claire Burton eingetragen sein!“ Und pessimistisch fuhr er fort: „Wenn Sie an beiden Tagen Dienst taten, sich aber nicht an ihr Gesicht erinnern können, besteht wohl kaum Hoffnung, daß sie in dieser Zeit hier logiert hat.“

Die Dame hinter dem Tresen sagte nichts. Sie hatte beim Montag mit der Suche begonnen. Jetzt glitt ihr rotlackierter, spitzer Fingernagel bereits über die Spalten des Mittwochs. „Sie haben recht“, sie nahm die Fotos noch einmal zur Hand, „an *sie* hätte ich mich bestimmt erinnert. Und eine Frau Claire Burton ist nicht eingetragen.“

Perry Clifton schob die Fotos in den Umschlag zurück. Bei dieser Tätigkeit faßte er den Entschluß, in das nächste Ledergeschäft oder Kaufhaus zu gehen und sich eine schmale Kollegmappe zu kaufen. Der Papierumschlag schien hier doch auf zu große Verwunderung zu stoßen.

Er bedankte und verabschiedete sich.

17 Uhr 30.

Mike Forster saß noch immer in dem VW mit Genfer Nummer und starrte hinüber zum Eingang des *International.*

Wo blieb nur Jack McButton?

Da ... der sah nach Perry Clifton aus ... nein, ein Kind rannte hinter ihm her. Er nahm es an der Hand. Und dann tauchte auch noch eine Frau auf ... Er sah schon Gespenster ...

Die Tür des VW öffnete sich, Jack McButton schob sich auf den Nebensitz. „Wenn du auch nur einen einzigen Ton sagst“, fauchte er, „breche ich dir die Nase!“

Forster musterte seinen Genossen stumm, feindlich. Dann sagte er zu ihm: „Wenn ihr glaubt, ich spiele hier euren Idioten, dann irrt ihr euch gewaltig! Es war schließlich ausgemacht, daß wir uns nicht alle halbe Tage, sondern alle drei Stunden ablösen!"

,,Das liegt doch nicht an mir. Der Perückenmann hatte nichts Passendes auf Lager, und ich mußte mit ihm zu einem anderen fahren. Die ich jetzt auf dem Kopf habe, ist auch zu groß!" Er strich sich eine Strähne seiner dunkelblonden Ersatzhaare aus der Stirn und fluchte: ,,Jetzt seh' ich aus wie unser Gasmann!"

,,Da Clifton deinen Gasmann nicht kennt, droht dir von dieser Seite keine Gefahr! Wie bist du hergekommen? Zu Fuß?"

,,Bist du verrückt? Ich mußte eine Ewigkeit auf ein Taxi warten!"

,,Solltest du hinter Clifton herfahren müssen, dann vorsichtig. Denk an den Rechtsverkehr!"

,,Auf was muß ich aufpassen?"

,,Blöde Frage! Auf das Hotelportal natürlich!"

,,Wieso natürlich? Gehören das *Steinen-Pick* und das *Kaffi Mühli* nicht zum Hotel?"

Mike Forster erschrak. Über diese Frage hatte er noch keine Sekunde lang nachgedacht. ,,Ich habe keine Ahnung, Jack, ob die beiden Geschäfte zum Hotel gehören. Und ich habe auch keine Blicke in diese Richtung verschwendet!"

,,Das sind keine Geschäfte", ereiferte sich McButton, ,,das sind Restaurants!"

,,Restaurants?"

,,Wir müssen unbedingt herausfinden, ob sie zum Hotel gehören!"

Jack McButton strich sich über seine falsche Haarpracht und stieg aus. Er überquerte die Straße, dann verschwand er im Hotel.

Fünf Minuten später tauchte er wieder auf. Sein Gesicht sprach Bände, und seine Stimme grollte: ,,Da haben wir den Salat. Beide Restaurants gehören zum Hotel und können von dort aus betreten werden. Mit anderen Worten: Unser Mann kann ebensogut das Hotel durch eines der beiden Restaurants erreichen und verlassen!“

„Tut mir leid!“ Forster zuckte mit den Schultern. „Das konnte ich nicht wissen. Mußt es Püttely ja nicht aufs Brot schmieren!“

Jack McButton boxte Mike Forster aufmunternd in die Seite: „Nimm's nicht tragisch. Wenn *du* nichts sagst, von mir erfährt er nichts, dieser Mister Zahncreme!“

In diesem Augenblick fuhr vor dem Hoteleingang ein Taxi vor. Zwei Männer stiegen aus.

„Also bis später dann, Jack!“ rief Forster und spurtete über die Straße. „Hotel Loderer!“ sagte er wenig später zu dem Fahrer.

Nach dem *Kommerz* hatte sich Perry Clifton noch den *Münchner Hof* vorgenommen: mit dem gleichen negativen Ergebnis. Niemand kannte die Frau auf den Fotos. Im Hotel *Alexander* geschah zunächst das gleiche: Geschichte erzählen, Bilder vorzeigen, Kopfschütteln und Bedauern. Doch dann fiel dem Empfangschef ein, daß an jenen beiden Tagen der gegenwärtig Nachtschicht habende Portier Tagdienst gemacht hatte, und er empfahl Perry Clifton, gegen 22 Uhr noch einmal vorbeizukommen.

So kehrte der Detektiv gegen 17 Uhr 15 zum *International* zurück und beschloß, im *Steinen-Pick* eine kleine Zwischenmahlzeit einzunehmen.

Er hielt sich bis kurz vor 19 Uhr im Restaurant auf und ging dann hinauf in sein Zimmer. Er duschte, wechselte die Hemden und meldete zwischendurch zwei Ferngespräche nach London an.

Bromptom viermal die Vier kam zuerst!

Noch bevor Perry Clifton zur Begrüßung ansetzen konnte, tönte Julie Youngs Stimme durch den Draht. „Ich schwöre“, rief sie, „daß es das erste Mal in meinem Leben ist, daß man mich aus Basel anruft!"

Und Perry erzählte ihr, was er bisher alles erlebt und daß sich bis auf eine Taxifahrt noch nichts Gefährliches ereignet habe. Er berichtete von der langen Theres und ihren Kochkünsten und natürlich von der schicken Einrichtung seines Hotelzimmers ... Er vergaß nicht den „Traum von Bad" und nicht den Fernsehapparat. Und dann fiel ihm noch eine Frage ein, die Julie zwar schon beantwortet zu haben schien, doch Perry Clifton wollte sichergehen, daß es sich nicht nur um einen Zufall handelte.

„Julie, als eben das Telefon klingelte, nahmen Sie ab und meldeten sich. Was geschah dann?" Julie Young grübelte nicht lange, sie ließ sich nicht einmal ihre Verwunderung über Perrys Frage anmerken.

„Eine sehr sympathische Stimme sagte sehr freundlich und in bestem Englisch: Hier ist das Hotel *International*, Basel, bitte bleiben Sie am Apparat, ich verbinde weiter! Zufrieden mit der Auskunft?"

„Zufrieden, Julie! Wie geht's dem Altertum?"

Sie unterhielten sich noch gute zwanzig Minuten, in denen vor allen Dingen Julie sprach. Temperamentvoll und äußerst bildhaft schilderte sie die Auktion in Windsor, bei der es ihr gelungen war, zwei Rokokokommoden zu ersteigern. Und sie richtete herzliche Grüße aus von Tom und Jenny Harder. Am Schluß vergaß sie nicht, noch einmal zu erwähnen, daß er, Perry, gut auf sich aufpassen solle, da ja die Welt voller Strolche, Banditen, Gauner und Betrüger sei. Dazu lachte sie fröhlich ...

Als das zweite Gespräch, Chelsea 4781, auf seinem Apparat ankam, war es zehn Minuten vor 20 Uhr.

„Hallo, Mister Clifton, sind Sie es?"

„Ja, Mister Burton!"

„Es tut mir leid, daß wir uns gestern verfehlt haben. Ich bin ziemlich spät aus dem Büro nach Hause gekommen. Haben Sie Neuigkeiten?"

„Sie scheinen mich mit einem Zauberkünstler zu verwechseln, lieber Mister Burton. Im Augenblick bin ich dabei, mir einen Plan zurechtzulegen. Heute habe ich gewisse Örtlichkeiten besichtigt und Erkundungen über Daten eingeholt. So weiß ich inzwischen, daß der Tag, an dem das Zeitungsfoto geschossen wurde, entweder Montag, der 21. oder Mittwoch, der 23. Februar war. Das ging ja bekanntlich aus der Bildunterschrift nicht hervor."

„Finden Sie sie!" stieß Burton auf der anderen Seite so heftig hervor, daß es mehr einem Befehl gleichkam als einer Bitte oder einem Wunsch. Er entschuldigte sich auch sofort: „Tut mir leid, Mister Clifton, wenn ich für einen Augenblick die Beherrschung verloren habe. Aber dieses Gesicht verfolgt mich auf Schritt und Tritt – mehr denn je!"

„Ich habe eine Frage, Mister Burton ..."

„Bitte, fragen Sie!"

„War Claires Bruder ..." , er stockte , „... wie hieß er gleich?"

„Albert Lamatin!"

„War dieser Albert Lamatin zur Totenfeier seiner Schwester in London?"

„Nein, warum fragen Sie das?"

„Ich habe keinen besonderen Grund. Das war eine Frage, die ich schon stellen wollte, als wir uns das erste Mal unterhielten."

„Albert kam erst drei Monate später. Er war in Ostasien gewesen. Seine Schwester und er hatten nicht viele Gemeinsamkeiten. Infolgedessen war sein Verhältnis zu meinem Bruder und zu mir auch nicht sonderlich herzlich, wie Sie sich denken können ... Und wenn Sie mich fragen, wo er sich jetzt im Augenblick aufhält, dann müßte ich sagen: Ich habe nicht die leiseste Ahnung!"

„Hatte er keine Forderungen an Sie?“

„Forderungen welcher Art?“ Burton schien sichtlich irritiert, ja geradezu erschrocken.

„Ich meine als Erbe oder Miterbe seiner Schwester ...“

„Nein! Ich habe nie mit ihm über Geld gesprochen. Er hat mich auch nie um Geld gebeten. Außerdem hatte seine Schwester kaum etwas zu vererben ... Weil Sie gerade von Geld sprechen, Mister Clifton. Wenn Sie Mittel benötigen, sagen Sie es mir. Ich lasse Ihnen dann unverzüglich eine telegrafische Anweisung zukommen.“

„Okay, Mister Burton. Im Augenblick bin ich noch gut bei Kasse. Ich rufe Sie wieder an, sobald ich etwas weiß!“

Sie tauschten noch einige Höflichkeiten aus und beendeten das Gespräch.

Den dritten Anruf in dieser Stunde konnte Perry Clifton wieder ohne zentrale Vermittlung führen.

Johannes Gaitner meldete sich schon nach dem ersten Rufzeichen.

„Hier spricht Clifton!“

„Das hat mir mein sechster Sinn signalisiert. Deshalb war ich so schnell an der Strippe. Haben Sie Ihre ersten Konsultationen hinter sich?“

„Ja. Ich war im Hotel *Kommerz*, im Münchner Hof und im Hotel *Alexander*.“

„Ihrem begeisternden Tonfall nach zu schließen, war das Ergebnis gleich Null!“ meinte der Kommissar.

„Sie haben recht, soweit es das *Kommerz* und den *Münchner Hof* betrifft.“

„Wollen Sie damit kundtun, daß im Alexander ...“ Clifton unterbrach ihn: „Halt, halt, Kommissar, nur keine voreiligen Schlüsse. Den letzten Bescheid erhalte ich um 22 Uhr. Dann nämlich, wenn ich den Portier antreffe, der an den beiden in Frage kommenden Tagen Dienst hatte ...“

„Aha, der spielt zur Zeit wahrscheinlich den Nachtportier!“

,,So ist es!"

,,Haben Sie was zum Schreiben zur Hand?" wollte Gaitner wissen.

Clifton fischte nach seinem Kugelschreiber. ,,Jetzt!" sagte er.

,,Dann notieren Sie sich bitte die Namen der Hotels, die ich Ihnen jetzt durchgebe. Es sind drei. Die sollten Sie sich für den morgigen Vormittag vornehmen!"

,,Ich höre, Kommissar!" Und dann schrieb der Detektiv die Namen der drei Hotels auf den Rand einer Zeitung. Danach sagte er: ,,Übrigens habe ich vorhin mit meinem Auftraggeber gesprochen. Der Bruder der Verunglückten war zur Totenfeier nicht in London. Er kam erst drei Monate später ... Angeblich war sein Verhältnis zur Schwester sowie zu den beiden Brüdern nicht das allerbeste."

,,Trotzdem wäre es natürlich sehr aufschlußreich zu erfahren, wie der Bruder zum Tod seiner Schwester steht", brummte der Kommissar. ,,Und vor allen Dingen, was er zu dem Zeitungsfoto sagen würde!"

,,Mein Auftraggeber hat keine Ahnung, wo er sich aufhält!"

,,Sagt *er*!"

,,Ja ... Sonst ... ja, sonst gibt es eigentlich kaum Neuigkeiten."

Exkommissar Gaitner schien mehrere sechste Sinne zu haben. ,,Wie Sie *das* sagen, klingt es genau nach dem Gegenteil."

In Perry Clifton sträubte sich etwas, das zu sagen, was er aber gern loswerden wollte. Trotzdem erwiderte er: ,,Na gut. Selbst auf die Gefahr hin, daß Sie mich für einen Spinner halten ..."

,,Tue ich nicht!" versicherte Johannes Gaitner.

,,Als ich von meiner Hotelexpedition zurückkam, ging ich gleich ins *Steinen-Pick*. Ich aß eine Gulaschsuppe und trank ein Bier ... Ich hatte einen Fensterplatz, es war noch nicht sehr viel los ... Plötzlich kam ein junger Mann über die Straße gerannt und fuhr mit einem Taxi, das zwei Gäste gebracht hatte, davon."

„Sie wollen damit andeuten, daß Sie diesem jungen Mann schon einmal begegnet sein könnten, aber Sie wissen nicht, wo."

„Klarer hätte ich es nicht ausdrücken können!"

„Sie folgern weiter, daß dieser junge Mann auf Ihrer Spur sitzt!"

Obwohl es Gaitner nicht sehen konnte, winkte Perry Clifton ab. „Ich weiß, ich weiß, was Sie sagen wollen, Kommissar. Natürlich kann ich mir auch nur einbilden, das Gesicht schon gesehen zu haben. Vielleicht ist es nur einer jener miesen Zufälle, wie sie sich alle Schaltjahre ereignen."

Gaitners Stimme kam ruhig und gelassen zurück: „Von alldem wollte ich gar nichts sagen!"

Perry fühlte Verlegenheit. „Ich bitte um Entschuldigung, Herr Gaitner. Ich glaube, daß es wohl in erster Linie meine eigenen Überlegungen waren."

„Ich wollte sagen, daß Sie so lange die Augen offenhalten sollten, bis Ihnen erstens einfällt, *wo* Sie den Mann schon gesehen haben, und wenn Sie das wissen, zweitens: War es *vor* oder *nach* Ihrem jetzigen Auftrag? War es davor, können Sie ihn vergessen. War es danach, hätten Sie einen Grund, vorsichtig zu sein!"

Perry Clifton nickte, und in seiner Stimme schwang eine große Portion Hochachtung mit: „Sie haben recht, Herr Gaitner ... Und auch Scott Skiffer hatte recht, als er behauptete, daß man von Ihnen noch eine Menge lernen könne."

„Dank für die Lorbeeren!" erwiderte Gaitner trocken. „Sie glauben ja nicht, wie gut mir Ihr Besuch getan hat. Seitdem Sie weg sind, arbeiten meine kriminalistischen Zellen auf Hochtouren. Halten Sie mich bitte auf dem laufenden! Und wenn es nachts um drei Uhr ist!"

Gaitner rief etwas in den Hintergrund. Und dann hörte Clifton entfernt die Stimme von Theres. „Die Theres läßt Ihnen ausrichten, daß sie Ihr Kakoffee-Rezept erst morgen ausprobieren kann. Sie hat vergessen, Vanillezucker zu besorgen!"

„Das erhöht die Spannung! Also, Kommissar, dann bis morgen!"

„Ich wünsche Ihnen viel Glück im Hotel *Alexander*!"

Als Perry Clifton auf die Straße trat, war es 21 Uhr 30. Er hatte sich an der Rezeption den Weg zum Bahnhof erklären lassen und marschierte nun drauflos. Auf der Inneren Margarethenstraße sah er sich wie ein interessierter Fußgänger die Auslagen einiger Geschäfte an, bevor er auf dem Bahnhofsvorplatz in ein Taxi stieg.

Punkt 22 Uhr hielt der Wagen vor dem Hotel *Alexander*. Er bat den Taxifahrer zu warten.

„Mein Name ist Clifton!" sagte er zu dem Portier. „Ich war heute nachmittag schon einmal da."

„Ich bin informiert. Lassen Sie mal Ihre Fotos sehen!" bat der Hotelangestellte, und Perry Clifton zog sie der Reihe nach aus der neuen Tasche. Zuerst die Vergrößerung des Zeitungsbildes, dann das Portrait und die Fotos mit dem Auto. Bei jedem Bild sanken die Mundwinkel des Portiers weiter nach unten. Endlich schüttelte er den Kopf. „Tut mir leid. Aber diese Frau habe ich noch nie gesehen."

Perry Clifton packte alles ein, bedankte und verabschiedete sich.

Als er vor dem *International* das Taxi verließ, glaubte er sicher zu sein, daß man ihn nicht verfolgt hatte. Er fuhr in sein Zimmer hinauf, drehte das Radio an und den Hahn der Badewanne auf und erklärte den Arbeitstag für beendet. Das gleiche dachte auch Roger Püttely, als er jetzt Gas gab und den Weg zum weniger exklusiven Hotel Loderer einschlug ...

Der Freitagmorgen begann wie ein Bilderbuch-Frühlingstag: mit azurblauem, wolkenlosem Himmel und einer flimmernden Sonnenscheibe.

Nach der ausgiebigen Morgenwäsche mit Musik – es war 9 Uhr – fuhr Perry Clifton bestens gelaunt hinunter zum Frühstück. Die gute Laune, vom Vorabend mit in den neuen Tag hinübergerettet, glaubte er in erster Linie dem Wissen zu verdanken, daß er nicht verfolgt worden war.

Im Vorbeigehen nahm er von der Rezeption drei Ansichtskarten mit in den Speisesaal, oder besser: in den Frühstücksraum. Er würde alle drei an Dicki Miller schreiben.

Heute war auch der elegante Grauhaarige wieder da. Im maßgeschneiderten Einreiher machte er den Eindruck, als sei er soeben einem Modejournal entstiegen.

Perry Clifton verlangte „drei Eier auf Speck gesetzt", eine Pampelmuse, Toast, Butter und eine Kanne Tee. Als das später alles Platz in dem dafür geschaffenen Magen gefunden hatte, griff er nach Karten und Stift.

Die erste Ansichtskarte zeigte eine Luftaufnahme von Basel, auf der man die ganze Rheinschleife übersehen konnte.

Auf der zweiten war das Hotel abgelichtet, und die dritte zeigte die Totalansicht des Internationalen Flughafens Basel-Mühlhausen. Perry schrieb auf jede Karte einen Teiltext, so daß die Karten mehr einem Kartenbrief als drei verschiedenen Kartengrüßen gleichkamen. Das hieß: Erst alle drei Karten zusammen ergaben einen Sinn.

Er wollte sich gerade erheben, als es ihn siedend heiß durchfuhr.

Langsam wendete er die letzte Karte um und starrte auf das Bild:

das Flugfeld,
die Gebäude und Hangars,
die Start- und Landebahnen,
das große Rollfeld,

die Maschinen,
Maschinen der *Swissair* mit dem weißen Balkenkreuz,
auf rotem Grund ...
Swissair ...
London, New Coventry Street ...
das *Swissair Centre ...*
und darin das Büro der *Swissair*.

Das Lockenköpfchen aus Basel ... Wie hatte sie gleich gesagt: „Bitte, Sir, wenden Sie sich doch an meine Kollegin, sie ist frei!" Und der junge, dunkelhaarige Mann hatte sich an jene Kollegin gewandt ...

Woher war er gekommen? Was tat er hier in Basel?

Gut, er war wie er im Büro derselben Luftfahrtgesellschaft ... Natürlich, warum sollte er nicht wie er in die Schweiz fliegen ... Perry Clifton konzentrierte sich, begann die Zufälle wie die Teile eines Puzzles zusammenzuschieben:

Ein Mann bucht in London
am selben Tag
zur selben Stunde
im selben Büro
bei derselben Luftfahrtgesellschaft!
Derselbe Mann taucht am nächsten Tag
in derselben Stadt
desselben Landes
in derselben Straße
vor demselben Hotel auf!

Zehn Zufälle! Waren zehn Zufälle wirklich nur noch Zufälle? Nein!!

Es konnte keine Zweifel daran geben, daß man seine Spur wieder aufgenommen hatte. Oder korrekter ausgedrückt: Man hatte sie nie verloren!

Vom elften Zufall ahnte Perry Clifton in diesem Augenblick noch nichts!

Was ihm jedoch jetzt klar wurde, war, daß die Sache mit

dem Brief in seinem Fach kein Versehen des Nachtportiers gewesen war! Er ging in sein Zimmer zurück und nahm das Telefon ab.

Diesmal meldete sich Theres. „Ich bin's, Clifton! Guten Morgen, Theres!"

„Guten Morgen, Herr Clifton!" sagte sie und dann noch: „Moment! Er ist schon unterwegs!" Clifton hörte zuerst etwas Getuscheltes, dann Sekunden später Gaitners Stimme:

„Guten Morgen, Herr Kollege! Theres sagt, daß etwas geschehen sei?"

Einen Moment lang verschlug es Clifton die Sprache. „Ich hatte ihr nur guten Morgen gewünscht, Kommissar!"

„Meine Theres ist nicht nur eine gute Köchin, sie kann auch eine gute Psychologin sein. Es waren wohl Ihre Zwischentöne, die sie stutzig gemacht haben. Was ist passiert?"

Perry Clifton antwortete zunächst mit einer Gegenfrage: „Glauben Sie, daß es zehn Zufälle auf einen Schlag gibt?"

„Kaum!"

„Heute morgen, sozusagen als Nachfrühstücks-Überraschung, ist mir eingefallen, wo ich den jungen Mann von gestern schon gesehen habe. Es war im Büro der *Swissair* in der Londoner Coventry Street. Er stand dicht hinter mir, obgleich es freie Schalter gab!"

„Das ist eindeutig!" stimmte Gaitner zu.

„Noch gestern abend, als ich vom *Alexander* zurückkam, hätte ich jeden Betrag gewettet, daß man mich nicht beschattet hat ... Es muß mindestens noch einen zweiten Mann geben, Kommissar. Und zwar einen Mann, der mich bisher noch nicht persönlich kannte. Da ist gestern morgen etwas geschehen, dem ich zunächst keine Bedeutung beimaß, weil ich es für ein Versehen hielt. Ein Boy brachte mir einen Brief an den Frühstückstisch, auf Veranlassung des Rezeptionschefs; den hatte der Nachtportier am späten Abend zuvor in mein Fach gelegt. Ich öffnete den Brief und las ... Aber er war an einen gewissen

Max gerichtet. Ich ging also zur Rezeption und brachte den Brief zurück!"

Da fiel Gaitner ein: „Das war der Augenblick, auf den Ihr Schatten gewartet hatte. Er saß irgendwo im Foyer, wahrscheinlich mit einem Stadtplan oder einer Zeitung beschäftigt, und konnte Sie so in aller Ruhe besichtigen. Ein raffinierter Trick. Ich nehme an, daß sich die beiden ablösen."

„Auf alle Fälle brauchen sie einen Wagen."

„Sie haben gestern nicht zufällig auf die Nummer des Taxis geachtet, in das Ihr Schatten aus London vor dem Hotel eingestiegen ist?"

„Leider nein!"

„Schade! Es wäre eine Kleinigkeit gewesen, den Weg zu ihrem hiesigen Hauptquartier zurückzuverfolgen."

„Ich werde die Augen offenhalten, Kommissar. Wie heißt es doch so schön: Eine erkannte Gefahr ist nur noch halb so gefährlich!"

„Ich sitze auf Abruf bereit! Sobald Sie einen Verfolger ausmachen, rufen Sie an. Wenn *denen* Tricks einfallen, dann fallen *mir* noch bessere ein!" (Er sollte recht behalten!!)

„Danke, Herr Gaitner. Vielleicht haben wir Glück!"

Perry Clifton wußte natürlich nicht, daß er den „sogenannten elften Zufall" einer Fehleinschätzung der Situation durch Roger Püttely verdankte.

Jack McButton war um halb acht mit dem VW – diesmal mit Zürcher Nummer und Papieren – zum *International* gefahren. Er sollte die erste Schicht machen.

Um 8 Uhr 45 betrat Püttely Mike Forsters Zimmer. Der junge Mann saß vor dem wackligen Minitisch und frankierte gerade einen Brief.

„Ich habe es mir anders überlegt, Mike. Zieh dich an, und fahr zu Cliftons Hotel. Das Taxi habe ich schon bestellt!"

„Aber warum denn?" protestierte Forster. „Jack ist doch dort!"

„Ich glaube, daß es besser ist, wenn ihr zu zweit seid! Ich habe mir da so meine Gedanken gemacht ..." Man sah es seiner nachdenklichen Miene an. „Clifton war gestern abend im Hotel *Alexander*. Er redete dort mit dem Nachtportier. Wenn er weitere Hotels abklappert, könnte es sein, daß er plötzlich vor einer Einbahnstraße aus dem Taxi steigt und zu Fuß weitergeht! Verdammt, Mike, wir müssen wissen, welche Hotels er besucht. Dieser Kerl ist viel klüger, als ich gedacht hatte."

„Und wenn McButton nicht da ist, was mache ich dann?"

„Du wartest! Irgendwann wird er schon wiederauftauchen!"

Es klopfte.

„Ja!" rief Püttely.

„Das Taxi ist da!"

Mike Forster zog seinen Regenmantel vom Bügel, nahm den Brief und ging ohne weitere Worte aus dem Zimmer. Bevor er die winzige Vorhalle verließ, drückte er dem blassen Mann mit den Pulswärmern und den Stulpen seinen Brief in die Hand und machte die Geste des In-den-Kasten-Werfens.

Ernst Tschudi nickte!

Als Mike Forster verschwunden war, warf er ihn in den Kasten. Doch nicht in den der Schweizerischen Bundespost, sondern in den Hausbriefkasten, dessen Inhalt Frau Bösle, die Kaltmamsell und Gelegenheitstelefonistin, jeden Abend mitnahm und am Bahnhof in den Kasten warf.

Eine Einrichtung, die sich seit Jahren bewährt hatte. Aus welchem Grund sollte er, Ernst Tschudi, für nichts und wieder nichts bis zur nächsten Straßenkreuzung laufen?

Perry Clifton hatte sich mit einem Taxi zum Claraplatz fahren lassen. Von hier aus wollte er den beiden ersten der drei Hotels, die ihm Gaitner durchgegeben hatte, einen Besuch abstatten. Größere Chancen, seinen Verfolgern zu entkommen – ohne sie mißtrauisch zu machen –, rechnete er sich aus, wenn er gewisse Teilstrecken zu Fuß zurücklegte. Dabei mußte er sich eingestehen, daß er sich in der Rolle des Verfolgten wesentlich unwohler fühlte als in der Rolle des Verfolgers.

So erreichte er 9 Uhr 15 das Hotel, in dem sich, wenn auch keine Entscheidung, so doch eine erste Hoffnung offenbarte.

Der Schimmer einer Hoffnung ...

Er hatte seinen Vers von der Versicherung in London aufgesagt und die Fotos vor dem kleinen, gedrungenen Empfangschef ausgebreitet.

Das Licht des Lüsters brach sich in dessen dicken Augengläsern, als er sich die Bilder betrachtete und sie dazu hochhielt ...

Das erste .... das zweite ... das dritte ...

Noch einmal das zweite ... das dritte ... das erste ... Dann legte er das dritte neben das erste, die Ausschnittvergrößerung neben die beiden Fotos mit dem Sportwagen. Er faßte mit der Linken das Portrait, mit der Rechten die Vergrößerung, und sein Kopf ging hin und her wie das Perpendikel einer Wanduhr: links – rechts – links – rechts ...

Perry fühlte, wie die übliche Erregung von ihm Besitz ergriff, wenn sich etwas anzubahnen schien.

Aber bahnte sich wirklich etwas an?

In der Miene des Betrachters arbeitete es. Er schien die Umgebung der kleinen Hotelhalle vergessen zu haben. Auf seiner Stirn bildeten sich immer wieder Falten, sein Mund verzog und bewegte sich wie zu einer geheimnisvollen Zwiesprache ...

Perry Clifton wagte kaum zu atmen: nur nicht stören. Er kam sich fast wie in einem Museum vor.

Da nickte der Mann, langsam und bedächtig.

Cliftons Stimme klang belegt: „Sie kennen die Frau wirklich?"

„Kennen? Nein, aber ich muß sie gesehen haben!" Seine

Augen sahen durch Perry Clifton hindurch, als er mit dem gleichen langsamen Nicken wiederholte: „Ja, ich muß sie gesehen haben ..."

„Hier?"

„Hier??"

„Ja, vielleicht hat sie hier gewohnt! Vielleicht unter einem anderen Namen?"

Breit, aber sicher kam es zurück: „Sie hat nicht hier gewohnt ..." Er nahm seine Brille herunter und begann die Gläser mit einem Lederläppchen zu putzen. „Sie hat nicht hier gewohnt, aber ich habe sie hier gesehen! Dessen bin ich sicher, mein Herr! Jawohl, eine der beiden Damen ..."

Perry Clifton glaubte zu träumen. Was hatte der Mann eben gesagt? Er wiederholte seine Frage laut: „Was haben Sie eben gesagt?"

„Ich bin sicher, daß ich ...", er hauchte das rechte Glas an, „... eine der beiden Damen hier im Hause gesehen habe!"

Perry schluckte. „Welche, bitte?"

Der Finger des Mannes tippte vorsichtig auf die Vergrößerung des Zeitungsbildes. „Diese hier!"

„Diese? Warum gerade diese?"

„Ich erkenne sie an ihrem Schlapphut!"

„Sie glauben nicht, daß es sich auf allen Fotos um die gleiche Dame handelt?"

„Ich wage diese Frage nicht eindeutig zu beantworten, mein Herr. Das Risiko eines Irrtums erscheint mir zu groß! Ich stand zu weit weg. Aber ich möchte Ihnen einen Vorschlag machen ..." Seine bis dahin ausdruckslose Stimme füllte sich mit Leben, wurde lauter, sicherer: „Mir fällt ein, daß sich Herr Sutter mit der Dame unterhalten hat ... Ja, das hat er! Sie standen sich so nah gegenüber wie wir zwei jetzt!"

„Und wer ist Herr Sutter?"

„Einer unserer Portiers!"

„Ist er da?"

„Nein, leider nicht!“

„Er hat also Nachtdienst ... Wann kommt er in der Regel?“

„In der Regel bei Nachtdienst gegen halb zehn ... Ich meine 21 Uhr 30 ... Nur heute kommt er nicht. Herr Sutter hat Urlaub!“

Cliftons enttäuschter Gesichtsausdruck entfachte in dem Empfangschef maßvollen Eifer. Über seine Lippen zog sich in ganzer Breite ein Lächeln des Trostes, und aus seiner Stimme klang Überzeugung, als er versicherte: „Herr Sutter kann Ihnen bestimmt helfen!“ Er senkte seine Stimme zu einem geheimnisvollen Flüstern: „Er ist unser Computer! Der Gute vergißt nie was ... Der hat ein unglaubliches Gedächtnis ...“

„Leider befindet sich der Mann mit dem unglaublichen Gedächtnis im Urlaub!“

Der Empfangschef schüttelte den Kopf. „Er ist ja nicht verreist. Er macht nur ein paar Tage Ferien zu Hause. Seine Frau ist zur Tochter gefahren, und da muß er sich eben um die Viecher kümmern!“

„Sie meinen, ich könnte ihm einen Besuch abstatten?“

„Das können Sie unbesorgt, mein Herr!“

Obgleich Perry Clifton dieser Begegnung entgegenfieberte, hatte er Bedenken. „Vielleicht wäre es besser, wenn Sie ihn freundlicherweise vorher telefonisch informieren würden ...“

Der Empfangschef lächelte. „Adolf Sutter hat das Telefon aus seiner Wohnung entfernen lassen ... Es erinnere ihn ständig an seinen Beruf!“

Wenig später hielt Clifton einen Zettel in der Hand. „Adolf Sutter, Rheingasse 77, 4. Etage!“ stand wie gedruckt von der Hand des Empfangschefs hingeschrieben. Und: „Grüßen Sie ihn von uns!“ sagte er.

Clifton versprach es und bedankte sich überschwenglich.

Er schob die Fotos in die Tasche zurück,

klemmte sie sich unter den Arm,

strebte der Ausgangstür zu

und – erlebte Zufall Nummer elf: Nur dem Zufall verdankte er es, daß in diesem Augenblick ein Hund über die Straße rannte, ein Auto mit kreischenden Bremsen stoppte und der Hund nach links wegsauste ... Genau an dieser Stelle parkte ein blauer VW mit Zürcher Kennzeichen, dahinter aber, die Arme auf das Dach gestützt, stand sein Schatten aus London. Ganz offensichtlich sah er dem vierbeinigen Verkehrshindernis nach. Im Wagen selbst entdeckte Perry Clifton einen zweiten Mann.

Ein großer Bahnhof für ihn!

Noch einen Schritt weiter, und er hätte den Vorteil des elften Zufalls verspielt.

Er hielt mitten in der Bewegung inne, die Hand, schon am Griff der Tür, sank herab. Jemand, der nach draußen wollte, stieß ihn mit einem Gepäckstück an, eine Stimme sagte: „Scusi, Signore!“ Perry trat zur Seite, ohne den blauen VW aus den Augen zu lassen.

Was tun ... Sollte er gehen ... So, als habe er sie nicht gesehen?

Zu Adolf Sutter? Nein ... Das konnte er nicht riskieren! Er würde telefonieren ... Wie hatte Johannes Gaitner gesagt? Seine Tricks seien die besseren! Jetzt hatte er Gelegenheit dazu, das Perry Clifton zu beweisen.

Der Empfangschef, inzwischen mit einem weiblichen Hotelgast beschäftigt, sah ihn überrascht an.

„Bitte, entschuldigen Sie vielmals ... Gibt es eine Möglichkeit, bei Ihnen zu telefonieren?“

Der Gefragte deutete mit der Hand einen rechten Winkel an: „Einmal um die Ecke, dort befindet sich eine Telefonzelle! Ich gebe Ihnen ein Amt!“

„Hoffentlich ist er da!“ dachte Perry, während er Gaitners Nummer wählte.

Er war da!

„Es wäre soweit, Herr Gaitner. Ich könnte jetzt Ihre Hilfe

gebrauchen! Ich habe einen heißen Tip bekommen und würde ihm gern ohne Begleitung nachgehen!"

Gaitners Stimme klang kurz, fast militärisch: „Wo stecken Sie im Augenblick?"

Perry nannte das Hotel und fügte hinzu: „Auf der anderen Seite stehen sie und warten. In einem blauen VW mit einem Kennzeichen, das mit den Buchstaben ZH beginnt!"

„Zürich!"

„Die Zahl war leider nicht zu erkennen!"

„Unwichtig! Beschreiben Sie mir die Männer!"

„Der, den ich aus London kenne, trägt einen braunen Regenmantel. Er ist dunkelhaarig. Helle Hosen! Von dem am Steuer kann ich nur den oberen Teil beschreiben. Dichte, dunkelblonde Haare, kein Bart, keine Brille. Karierte Jacke und ein hellgrüner Rollkragenpullover!"

„Wir wollen die Zeit vergleichen: Ich habe es 9 Uhr 31!"

Perry Clifton sah auf seine Uhr, klemmte sich den Hörer zwischen Ohr und Schulter und rief: „Moment, ich bin zwei Minuten hinterher ..." Er stellte die Zeiger ebenfalls auf 9 Uhr 31. „Jetzt!!"

„Nehmen Sie sich einen Zettel und einen Stift zur Hand, und notieren Sie, was ich Ihnen sage ..."

Während sich Perry Clifton Gaitners Anweisungen auf der Rückseite eines Kassenzettels notierte, wurde Jack McButton ungeduldig. Er klopfte von innen gegen das Dach des Wagens, woraufhin Mike Forster seinen Kopf zum Fenster hereinsteckte. „Was ist los?"

McButton schnitt eine Grimasse. „Nichts regt mich mehr auf, als wenn nichts passiert!"

„Es ist doch was passiert!" höhnte Forster.

„Und was?"

„Um ein Haar hätte man einen Hund überfahren!"

„Mich interessiert nicht der Hund, mich interessiert Clifton. Wie lange steckt der noch in diesem verdammten Hotel?"

Forster öffnete die Tür und setzte sich neben McButton. „Wenn du demnächst eine eigene Bande hast, wird das anders. Dann brauchst du dich nicht mehr mit solch langweiligem Kram abzugeben!"

McButton winkte ab. Seine Gedanken konzentrierten sich voll und ganz auf Clifton. „Entweder besucht er jemand, oder ..." Die zweite Möglichkeit schien ihn regelrecht in Panik zu versetzen. „Vielleicht ist er längst durch einen Hinterausgang weg? Was sagen wir dann Püttely?"

„Hast du Angst vor ihm?"

„Angst? Ich kann ihn nur nicht ausstehen. Möchte wissen, wie Mills an den gekommen ist ..."

„Ja, diese Frage habe ich mir auch schon gestellt."

„Da ist er!!" stieß McButton aufgeregt hervor; seiner Stimme war die Erleichterung anzumerken. „Sieht aus, als ob er nicht wüßte, wohin er jetzt gehen soll."

„Er kommt in unsere Richtung ..."

Perry Clifton überquerte die Straße und wandte sich nach rechts.

„Los, schön langsam hinterher!" sagte Forster und stieß seinen Nachbarn an.

„Ich?"

„Ja! Die nächste Strecke nehme dann wieder ich!"

„Meinetwegen!" murrte Jack und wollte aussteigen, als ihn Forster am Arm zurückhielt. „Bleib da!" rief er.

„Was ist?"

„Du kannst es nicht sehen, aber er ist in einem Café verschwunden."

„Café?" McButton schüttelte den Kopf. „Der muß ja viel Zeit haben."

9 Uhr 50.

Mike Forster hatte den VW in eine Parklücke gesetzt, die nur knapp zehn Meter von jenem Café entfernt war, in dem Perry Clifton saß und in aller Gemütsruhe Tee schlürfte und in einer Zeitung blätterte. Dazwischen sah er immer wieder auf seine Uhr.

9 Uhr 58.

„Scheißberuf, das!" fluchte McButton laut und schlug sich mit der geballten Faust auf das rechte Knie. „Die Herumbeobachterei hängt mir zum Hals raus!"

„Man kann dir's ansehen, Jack. Wenn du weiter so guckst, werden sie dich noch in den zoologischen Garten schaffen. Hättest du was Ordentliches gelernt, brauchtest du jetzt nicht rumzusitzen und für Geld andere Leute von hinten anzusehen!"

McButton schob die verrutschte Perücke zurecht und giftete: „Du hast es grad' nötig, mir gute Ratschläge zu geben ... Warum hast *du* denn keinen ordentlichen Beruf gelernt, he?"

„Ich habe ja!!"

„Schlosser ... was ist das schon, Schlosser ..."

„Kunstschlosser!" verbesserte Forster.

10 Uhr 20.

Irgendwo im Rückraum des nur schwach besuchten Kaffeehauses klingelte ein Telefon. Wenig später ging einer der Kellner durch die Tischreihen der beiden Gasträume. Fragte leise an verschiedenen Tischen. Er kam auch zu Perry Clifton: „Verzeihung, da ist ein Telefon für einen gewissen Herrn Obermann. Sind Sie zufällig dieser Herr Obermann?"

Perry Clifton verneinte bedauernd: „Tut mir leid ... Aber vielleicht kann ich bei dieser Gelegenheit gleich zahlen."

10 Uhr 32.

„Ich gehe jetzt in das Café, setze mich an seinen Tisch und schmeiß' ihm ein Streichholz in den Tee!" phantasierte McButton.

„Vielleicht trinkt er Kaffee ..."

In diesem Augenblick verließ Perry Clifton das Café und setzte seinen Weg in der bereits vorher eingeschlagenen Richtung fort.

Nicht zu schnell und nicht zu langsam. Genau unauffällig dosiert, so, wie es ihm der Kommissar geraten hatte.

Im Abstand von etwa fünfzig Metern folgte Jack McButton. Er hielt den Kopf leicht eingezogen. Grund: Er hatte das Gefühl, als rutsche ihm die Perücke hin und her. Er schimpfte stumm in sich hinein, und zwar auf alles!

Auf Perry Clifton, hinter dem er hergehen mußte, auf die Fußgänger, die ihm die Sicht versperrten und die ihn zwangen, näher zu Clifton aufzuschließen, er schimpfte auf die Autos,

das Wetter,

seinen Job,

auf Forster, den Kunstschlosser, auf seinen rechten Schuh, der zu drücken begann; am meisten jedoch schimpfte er auf Roger Püttely, der jetzt sicher auf seinem quietschenden Hotelbett lag und Comics las. (McButton las für sein Leben gern Comics.) Wahrscheinlich trank er dazu irgendwas Gutes, während er ... Na ja, eines Tages würde sich das ändern!

Was ihn am meisten an Püttely störte, war (wenn er es sich auch nicht eingestand), daß dieser so groß und er nur knappe einsvierundsechzig klein war ...

Verdammt, da träumte er herum, wo war Perry Clifton geblieben?

Er hüpfte hoch, um über die vor ihm Gehenden hinwegsehen zu können. Aber da war plötzlich was Langes, Dünnes neben ihm. Es hielt ihn am Arm gepackt und schüttelte ihn. Als er hochsah, entdeckte er einen Gift und Galle speienden Vogelkopf, der ihn von oben herab musterte wie der Kater die hinkende Maus.

McButton verstand kein Wort, denn die auf ihn einschreiende, spindeldürre Lady in einem viel zu langen und weiten Lodenmantel tat es im Dialekt. Jack McButton sah sich nach Hilfe um. Schon hatten sich sechs, acht Personen um die beiden geschart und musterten McButton (wie es ihm vorkam) ausgesprochen feindselig. Und da machte der kleine Engländer, Sohn eines ehrlichen Schneidermeisters aus Soho und einer fröhlichen Stiefmutter aus Wales, einen entscheidenden Fehler: Er geriet in Panik. So versuchte er den ihn umkrallenden Spinnenfingern zu entkommen, was ihm auch gelang. Doch weit kam er nicht.

„Dieb!! Haltet den Dieb!" schrie die Frau, und dreihundert Menschen (so McButton später) stürzten sich auf ihn und hielten ihn fest. Und wie auf Bestellung stoppte mit kreischenden Bremsen ein Polizeistreifenwagen neben dem Volksauflauf. Der „spindeldürre Schreihals" gab den beiden Beamten in einem minutenlangen Vortrag eine genaue Schilderung des ungeheuren Vorgangs, und ehe sich Jack McButton versah, saß er neben der Frau im Fond des Polizeifahrzeuges.

10 Uhr 52.

Zorn, Angst, Ärger, Verständnislosigkeit, Sorge und kochende Wut auf alles, was zwei Beine hatte, erfüllten McButton vom großen Zeh bis zu den störrischen roten Borsten seines Haarschopfes, der sich so energisch gegen die dunkelblonde „Fremdherrschaft" sträubte.

Das Baseler Polizeirevier unterschied sich nicht allzusehr von denen in London. Sogar der Duft war der gleiche. Es war der typische Geruch nach kaltem Rauch, Uniformen, Schreibmaschinen, Leder, Formularen und sonstigem bedrucktem Papier, das in Form von Steckbriefen überall herumhing.

Er knallte seinen Paß auf das Holz und murmelte was von „englischem Konsul".

Der Beamte nahm den Paß und blätterte ihn sorgsam von der ersten bis zur letzten Seite durch. „Sie sind also Engländer!" stellte er endlich fest. „In welchem Hotel wohnen Sie hier in Basel?"

„Im Hotel Loderer! ... Was soll ich denn getan haben?"

„Moment!" sagte der Polizist, gleichbleibend freundlich, nahm den Paß und verschwand für eine halbe Minute im Nebenzimmer. Als er zurückkam, erklärte er: „Die Dame behauptet, Sie hätten ihr die Geldbörse gestohlen! Sie gibt es gerade nebenan zu Protokoll!"

Jack McButton schluckte und dachte daran, daß seine „Geldbörsenzeit" schon mindestens vier Jahre zurücklag. Und ohne einen weiteren Ton zu verlieren, begann er den Inhalt seiner sämtlichen Taschen vor dem Beamten aufzubauen.

Doch da öffnete sich schwungvoll die Tür zu besagtem Nebenzimmer. Heraus trat mit bekümmerter Miene und hängenden Schultern McButtons Widersacherin.

Als sie McButton entdeckte, ließ sie ihre Tasche fallen, klatschte in die Hände und ging mit ausgestreckten Armen auf ihn zu. Sie packte seine Hände und begann sie zu schütteln. So sehr, daß der kleine, völlig verdutzte Engländer glaubte, sie wolle ihm die Arme auskugeln. „Pardon ... Verzeihung!" rief sie ein übers andere Mal und überschüttete ihn mit einem dialektdurchdrungenen Wortschwall. McButton sah hilfesuchend auf den Polizisten.

„Sie bittet um Verzeihung!" sagte dieser, und es sah aus, als erwarte er bei McButton Tränen der Rührung. „Ihr ist inzwischen eingefallen, daß sie ihr Portemonnaie zu Hause vergessen hat!"

Die Theres, denn um keine andere handelte es sich, schüttelte noch immer, und der Polizist meinte widerwillig zu McButton, dessen Perücke langsam, aber unübersehbar ins Rutschen geriet: „Sie können Anzeige gegen die Dame erstatten, wegen falscher Beschuldigung – wenn Sie wollen."

McButton riß sich los, rückte seinen Schopf zurecht und begann sein Eigentum in Hosen- und Jackentaschen zurückzustopfen.

Mit einem unfeinen englischen Fluch verließ er das Polizeirevier!

Eines war für ihn sicher: Urlaub würde er nie in der Schweiz machen!

Besucher

Es war kurz nach elf Uhr, als der hellbeigefarbene VW in den dunklen Hof des Loderer einbog und sich dort neben einen zweiten VW setzte. Dieser war dunkelblau und hatte die Nummer ZH 21394.

Ein Mann in einem kamelhaarfarbenen Dufflecoat und dunkler Baskenmütze verließ den VW. In der Hand einen Feuerlöscher, strebte er dem Hintereingang des kleinen Hotels zu. Durch einen kleinen, schmalen, muffig riechenden Gang ging es direkt in die winzige Hotelhalle, die diese Bezeichnung eigentlich gar nicht verdiente. Eine altmodische Einmannrezeption, ein verblichener Teppich, zwei zerschlissene Ledersessel um einen ovalen Tisch mit schwarzer Glasplatte und Aschenbecher, zwei Spiegel, drei, vier Topfpflanzen, an der Wand ein Stadtplan von Basel sowie zwei Fahrpläne der „Schweizerischen Bundesbahn": „Basel ab in Richtung" und „Basel an aus Richtung" bildeten auf nicht mehr als 25 Quadratmetern Fläche die „Halle". Sie war leer – bis auf Ernst Tschudi, der, die Brille auf der Stirn, hinter seinem Pult saß und irgendwelche Belege sortierte.

Er sah auf den Besucher, machte eine heftige Bewegung mit dem Kopf, so daß die Brille auf die Nase rutschte, starrte zuerst den Feuerlöscher, dann den Träger desselben an. Erkennen war in seinen Augen.

„Herr Komm..." Weiter kam er nicht, denn Gaitner hatte den Finger über die Lippen gelegt und schüttelte stumm den Kopf. Er deutete auf die Tür neben der Rezeption, auf der in matten Goldbuchstaben „PRI AT" stand. Das V schien ein Gast als Souvenir mitgenommen zu haben. Ernst Tschudi nickte, und beide Männer verschwanden in jenem Gemach, das dem Geschäftsführer, Portier, Rezeptionschef und Telefonisten als Aufenthaltsraum diente.

Sie schüttelten sich die Hände.

„Sind Sie unter die Vertreter von Feuerlöschern gegangen?" fragte Tschudi, um sich im gleichen Augenblick vor die Stirn zu klopfen. „Dumme Frage! Dann täten Sie ja nicht so geheimnisvoll!"

„Wie geht es Ihnen, Herr Tschudi? Sie sehen nicht besonders gut aus!"

Tschudi zuckte mit den Schultern. „Sie kennen mich doch schon so lange, Herr Kommissar. Sah ich je wirklich gut aus?"

„Na ja, ein kraftstrotzender Adonis waren Sie noch nie ... Aber heute kommen Sie mir besonders blaß vor. Immer noch das alte Magenleiden?"

„Nicht nur das. Seit drei Wochen liegt der Karl im Krankenhaus. Nun muß ich seinen Dienst mitmachen ... Das ist schon ganz schön anstrengend. Weil wir gerade vom Dienst reden: Hat man Sie wieder geholt?"

„Nein, nein." Gaitner winkte lächelnd ab. „Meine Pensionierung wurde nicht rückgängig gemacht. Ich helfe heute sozusagen nur einem noch im Dienst befindlichen Kollegen. Er ist Privatdetektiv in England!" Er hatte unwillkürlich die Stimme gesenkt, und Tschudi tat es ihm gleich, als er voller Eifer rief: „Hab' ich es mir doch gedacht, daß bei denen was nicht stimmt!"

„Bei Ihnen wohnt ein gewisser Jack McButton."

„Ja, das ist der mit der Perücke. Als er gestern hier ankam, hatte er rote Haare. Jetzt trägt er eine Perücke mit blonden. Verrückt, so was ..."

„Und der zweite?"

„Der mit ihm zusammen anreiste?"

„Ja. Wie ist sein Name?"

„Moment, ich hol' das Buch ... Forster heißt er wohl." Ernst Tschudi verließ das Zimmer. Gaitner hörte ihn draußen mit jemanden sprechen. Drei Minuten später kam er zurück und klappte das Buch auf. „Hier, Mike Forster heißt er. Beide aus

London ... Dieser Forster ist vorhin ziemlich aufgeregt zurückgekommen ..."

„Ach."

„Ja. Irgendwas muß passiert sein. Er war richtig in Wut und Aufregung. Und er ist auch gleich in das Zimmer von dem anderen gegangen!"

„Von McButton!"

„Nein, zu Püttely! Mister McButton ist noch nicht wieder zurückgekommen ..."

„Moment, Moment ..." Gaitner war echt überrascht. „Wer ist Püttely?"

Tschudis blasser, knochiger Finger zeigte auf eine andere Zeile des gleichen Blattes: „Roger Püttely aus Genf. Der steckt doch mit den beiden unter einer Decke!"

Gaitner schüttelte den Kopf. Noch schien er nicht überzeugt von dem, was der andere sagte. „Vermuten Sie das, Herr Tschudi, oder wissen Sie es genau?"

„Das weiß ich genau!" beteuerte der. „Erstens kenne ich in diesem Haus das Knarren einer jeden einzelnen Diele und weiß genau, wer in welche Richtung geht, und zum anderen habe ich ganz ernsthafte Beweise. Gestern zum Beispiel hatten die drei in McButtons Zimmer eine laute Unterhaltung. Und heute hat Püttely ein Taxi bestellt, mit dem Forster weggefahren ist."

Gaitner nickte.

„Wollen Sie noch mehr Beweise, Herr Kommissar ... ich meine, Herr Gaitner?"

„Mir kann jeder Hinweis helfen, und mag ..."

„... er noch so mager sein!" vollendete Tschudi einen von Gaitners früheren Lieblingssätzen.

„So ist es!"

„Sie benutzen alle den gleichen VW!"

„Ein dunkelblauer mit Zürcher Nummer: Er steht draußen im Hof, ich habe ihn gesehen."

„Auf die Nummer habe ich nicht geachtet." Er dachte kurz nach und sagte dann: „Ich meine, es ist eine Genfer Nummer. Ja, und dann noch was: Dieser Püttely hat schon dreimal mit London telefoniert!"

Gaitner fuhr sich durch die schneeweißen Haare. Dieser Hinweis Tschudis hatte es in sich! „Heiliges Kanonenröhrchen", dachte er, „wenn ich jetzt wüßte, mit wem ..."

Tschudi lächelte. „Wie gut man sich doch im Laufe vieler Jahre kennenlernt, was, Kommissar?"

„Was meinen Sie damit?" Gaitner tat unschuldig.

„Ich kann zwar nicht Schlittschuhlaufen, dafür aber Gedanken lesen. Und aus Ihrem Gesicht entnehme ich, daß Sie gern wüßten, welche Nummer dieser Püttely in London angerufen hat." Tschudis Finger deuteten auf einen Eintrag: „Es war diese!" Johannes Gaitner schrieb sie in sein Notizbuch. Er wollte gerade „Danke schön" sagen, als ihm Tschudi ein Zeichen gab zu schweigen.

Sekundenbruchteile später schlug jemand voller Kraft auf die Glocke an der Rezeption.

Ernst Tschudi klemmte sich das Buch unter den Arm, setzte seine übliche teilnahmslose und zerquälte Miene auf und trat hinaus.

„Meinen Schlüssel!" hörte Gaitner eine akzentgefärbte Stimme bellen. Und auch Tschudis „Bitte sehr!" Als der gleich darauf wieder eintrat, zeigte er mit dem Daumen der rechten Hand hinter sich: „Das war Herr McButton. Er schnaubte förmlich vor Wut!"

„Das kann ich mir denken!" schmunzelte Gaitner und sah dann neugierig auf den Brief in Tschudis Linker. „Noch was für mein Notizbuch?" fragte er.

„Dieser Brief geht heute abend zum Bahnhofsbriefkasten. Der Herr Forster hat ihn geschrieben." Und mit einem Seufzer sagte er: „Der Gott aller Portiers und Empfangschefs möge es mir verzeihen ..."

Jack McButton schloß die Tür zu seinem Zimmer auf, riß sich die Perücke vom Kopf und schleuderte sie voller Wut gegen die Wand. Es folgten die Jacke und seine Schuhe. Mit einem wilden Satz warf er sich dann auf das Bett, das unter der plötzlichen Belastung einen entsetzlichen Ton von sich gab ...

Und da kamen sie schon: voran Roger Püttely! Seine Miene war freundlich wie immer, er sprach ohne Stimmaufwand, doch seine Worte straften sein Gesicht Lügen: „Du bist der größte Idiot, mit dem ich je zu tun hatte, seitdem ich in dieser Branche arbeite!"

McButton fuhr mit einem wütenden Zischlaut hoch. Aus seinen Augen sprühte Haß, und er ließ sein Gegenüber wissen, wofür er ihn hielt: „Noch ein Wort, du nachgemachter Old Shatterhand, und ich spring' dir in dein Kataloggesicht! Wie kannst du mich einen Idioten nennen, wenn du tausend Meilen weg warst?"

Roger Püttely schien nichts aus der Ruhe zu bringen. Seine Stimme wies kein Quentchen Bewegung mehr auf als eben: „Du hast versucht, nebenbei Taschengeld zu machen. Ist das vielleicht nicht idiotisch?"

„Wer sagt das?" fauchte McButton.

„Ich!" Das war Forster.

„Du??" Der Rotschopf sprang aus dem Bett und trat vor Forster hin. „Nicht ich bin ein Idiot, sondern du!"

Mike Forster wirkte plötzlich unsicher. „Ich verstehe zwar kein Deutsch, aber aus den Gesten der Frau ging klipp und klar hervor, daß sie dich des Diebstahls bezichtigte."

„Ach, was du nicht sagst ... Du ... du ... du Scheißkunstschlosser! Entschuldigt hat sie sich bei mir auf der Polizeistation. Es war ein Irrtum ..."

Püttely hob beschwichtigend die Hand. „So kommen wir nicht weiter! Es ist sinnlos, wenn wir uns hier für nichts und wieder nichts beschimpfen. Es tut mir leid, McButton, daß ich dich voreilig einen Idioten geschimpft habe. Entschuldigung! Erzähl, was vorgefallen ist!"

„Bevor ich irgend etwas erzähle, will ich wissen, was mit Clifton ist!"

„Wir haben ihn aus den Augen verloren!" antwortete Püttely. Und Forster: „Als ich an die Stelle kam, an der alles passierte, war von ihm nichts mehr zu sehen. Ich bin dann gleich hierhergefahren!"

„Und jetzt?"

„Wir stellen uns wieder am Hotel auf! Das heißt, du nicht ... Es könnte immerhin sein, daß Clifton deinen Streit mit der Frau gesehen hat. Ich übernehme ab sofort die Wache vor dem Hotel!"

Der zweite Besuch galt einem Mann namens Adolf Sutter. Und der Besucher hieß Perry Clifton.

Der Detektiv erreichte die Rheingasse 77 fast zur gleichen Zeit wie Gaitner das Loderer und damit den Empfangschef Tschudi. Nur daß er weniger Glück zu haben schien als dieser. Niemand öffnete auf sein Klingeln.

Während er noch überlegte, ob er seinen Besuch zu einem späteren Zeitpunkt wiederholen sollte, hörte er wuchtige Schritte über sich. Jemand kam über eine hölzerne Stiege nach unten. Anscheinend führte die Tür, die sich der Wohnungstür von Sutter gegenüber befand, zu den Bodenräumen.

Melodisches Summen gesellte sich zu den Schritten ... Eine Melodie, die Perry bekannt vorkam.

Die Tür öffnete sich mit einem höllischen Quietschen. Ein großer, vierschrötiger Mann mit wirren, grauen Haaren stand vor ihm und musterte ihn mißtrauisch. Eine tiefe Stimme fragte: „Wollen Sie zu mir?"

„Wenn Sie Herr Sutter sind, ja!"

„Dann sind Sie richtig!" Das Mißtrauen verschwand. Er grinste Clifton jetzt sogar an, während er nach seinem Schlüssel fingerte. „Ihrem Akzent nach könnten Sie aus England stammen!“

„Alle Achtung, Herr Sutter! Übrigens, mein Name ist Clifton!“

„Tippe London!“ tippte Sutter. „Was ich einmal gehört habe, vergesse ich so schnell nicht.“

„Dann scheint Ihr Empfangschef also die Wahrheit gesagt zu haben, als er von Ihrem phänomenalen Gedächtnis sprach.“

„Ach, Sie kommen vom Hotel!“ Er schob den Schlüssel ins Schloß.

„Ich bin Detektiv, Herr Sutter, und führe Ermittlungen im Auftrag einer Versicherung durch. (Oder sollte er diesmal die Wahrheit sagen?) So wie es aussieht, scheinen Sie in ganz Basel der einzige Mensch zu sein, der mir weiterhelfen kann.“

„Na, dann kommen Sie mal herein!“ Sutter stieß die Tür auf und ließ Clifton den Vortritt. Das erste, was dieser wahrnahm, waren merkwürdige Geräusche und Gerüche.

„Ich war grad' auf dem Dachboden die Tauben füttern.“

„Brieftauben?“

„Nein, nein, ganz gewöhnliche Tauben.“ Er seufzte. „Hab' eine Menge Ärger wegen der armen Viecher ... Moment, ich will mir nur die Hände waschen!“ Er trat in einen Raum zur Rechten. Neonlicht knisterte auf. Ein kleiner Raum mit Waschbecken. Während sich der taubenfütternde Portier die Hände wusch, sprach er in bitterem Ton weiter: „Da regen sich die Leute wegen der paar Tauben auf, die angeblich die Häuser und die Kultur verscheißen ... Entschuldigen Sie bitte, wenn ich es so kraß ausdrücke, aber die gleichen Leute stört es keine Sekunde lang, daß zur gleichen Zeit überall in der Welt Kinder, Frauen und Männer verhungern ... Es ist ein Jammer!“

„Sie sind wohl ein großer Tierfreund, Herr Sutter?“

„Kommen Sie, ich zeige Ihnen was!“

Die Wohnung mußte, der Anzahl der Türen nach zu schließen, sehr geräumig sein. Er ging auf eine Tür zu, öffnete sie, ließ Clifton eintreten und schloß sie sofort wieder hinter sich.

Sie standen in einem großen Raum. Fast ein Viertel davon bestand aus einer Vogelvoliere*, in der sich einige Dutzend buntgefiederte Vögel tummelten.

Es gab drei Katzen, zwei Familien weißer Mäuse und einen riesigen schwarzen Raben. Zwei Igel und mehrere Schildkröten vervollkommneten den Etagenzoo.

Die Frage nach Geruch und Geräuschen war beantwortet: Es roch ein wenig nach Zoohandlung, und für die Lautmalerei sorgten die Vögel. Überall standen Futternäpfe und Gefäße mit Milch und Wasser herum. Der Rabe macht raaaraaa und marschierte, schwankend wie ein betrunkener Seemann, auf Sutter zu, der sich zu ihm hinunterbeugte und den Daumen hinhielt. Hops!! Sutter richtete sich auf. ,,Das ist Cäsar! Er ist der Chef hier! Sein scharfer Schnabel sorgt für Ordnung!"

Perry Clifton hielt Cäsar seinen Daumen hin. Ein Angebot, das der Herrscher dieses Reiches zum Anlaß nahm, mit ausgebreiteten Flügeln auf einen Holzblock zurückzukehren. Dafür näherte sich ein Igel.

,,Das ist Anatol ... und die andere dort hinten ist Chlothilde!" Das Geschrei der Vögel hinter dem feingeflochtenen Maschendraht war zurückgegangen zum gewöhnlichen Piep-Piep der Vogelsprache. Ein Zeichen, daß sie sich beruhigt hatten ...

,,Gehen wir ins Wohnzimmer!" schlug Adolf Sutter vor.

Sie gingen.

Später sagte er: ,,Wissen Sie, viele Leute halten mich für übergeschnappt! Für einen, der den anderen sagen möchte, daß die Tiere besser sind als die Menschen. Aber das stimmt nicht ... Ich hatte nie eine solche Absicht. Und wenn ich zurückdenke, so begann eigentlich alles nur damit, daß ich

* *Eine große Käfiganlage.*

beweisen wollte, daß es keine angeborene Todfeindschaft unter den Tieren verschiedener Gattungen gibt ... Nun, inzwischen habe ich's bewiesen! Meine Vögel haben keine Angst vor den Katzen, und meine Katzen fressen keine Vögel und keine Mäuse! Die beiden Igel, sonst Nachttiere und ebenfalls Mäusefresser, spielen mit diesen, und wenn sich Cäsar, der Rabe, vor Katinka, die Katze, hinhockt, dann reibt sie ihren Kopf an seiner Brust, während er sie zärtlich ins Ohr zwickt ... Das alles zu wissen und zu sehen macht mich sehr glücklich und bringt viel Spaß. Bin ich deswegen verrückt oder ein Sonderling?"

„Sie sollten gern ein Sonderling sein, Herr Sutter!" antwortete Perry Clifton, und er meinte es ehrlich. „Sonderlinge hatten es schon immer schwer, aber sie waren auch immer etwas Besonderes. Sie, die sogenannten Verrückten, die Neugierigen und die Ausprobierer, haben unsere Welt zu dem gemacht, was sie heute ist. Vielleicht wären wir ohne sie noch immer in der Steinzeit." Und dann fiel Clifton noch etwas ein: „Seit genau vier Tagen arbeite ich an diesem Fall. Und in diesen vier Tagen bin ich drei Männern begegnet, die man, ihrem Eifer nach, unter die Rubrik Sonderlinge einstufen müßte: zuerst einem ehemaligen Leuchtturmwärter, der nur eines kennt: die Kakteenzucht. Dann einem pensionierten Kriminalkommissar, der mit Leidenschaft Rosen, Lilien und Orchideen züchtet, und nun noch einem Hotelportier, dessen Hobby auf dem ‚tierischen' Sektor liegt."

„Ihre Worte tun mir gut, Herr Clifton. Mein Ehrenwort! Ich habe mich lange nicht so wohl gefühlt wie in diesem Augenblick! Wenn ich Ihnen also helfen kann, dann tue ich es mit dem allergrößten Vergnügen! Was kann ich für Sie tun?"

„Ihr Empfangschef hat wahre Wunderdinge von Ihrem Gedächtnis erzählt. Deshalb also auch meine Hoffnung. Stimmt das eigentlich mit dem ‚Computergedächtnis'?"

Adolf Sutter lachte.

„Ja! Meine Mutter behauptete immer, ich hätte schon als Kind die Namen aller Einwohner von Luzern auswendig gewußt. Ich stamme nämlich aus Luzern, müssen Sie wissen. Vielleicht hätte ich auch, statt ins Hotelfach, zur Bühne gehen sollen."

„Zum Beispiel als Gedächtniskünstler!"

„Zum Beispiel, ja!" nickte Sutter, und seinem Gesicht sah man es an, daß ihm dazu etwas einfiel: „Ich erinnere mich an einen bunten Abend, den das Schweizer Radio vor vier Jahren veranstaltete. Jeder, der was zum Programm beitragen konnte, durfte mitmachen und auf die Bühne kommen. Es wurde gesungen, gejodelt und gute und schlechte Witze erzählt. Ich meldete mich auch und ließ jeden im Saal aufstehen und mir den Vornamen sagen. Als der letzte dran war, fing ich wieder von vorn an. Diesmal sagte *ich* jedem, wie er hieß!"

„Und wie viele Besucher waren im Saal?"

„Oh, ich habe nicht gezählt, aber es waren bestimmt zwischen drei- und vierhundert Leute da."

„Und Sie haben wirklich *alle* Namen gewußt?" Perry Clifton wollte es nicht glauben.

„Alle – bis auf zwei! Und das lag nicht an mir. Zwei junge Damen hatten zwischendurch die Plätze getauscht!"

„Nicht zu fassen ..."

„Aber wahr!"

„Wie lange zurück funktioniert Ihr Gedächtnis? Stunden, Tage, Wochen, Monate oder sogar Jahre?"

„Ein besonders gutes Speicherwerk habe ich für Zahlen. Egal, ob es sich dabei um Telefonnummern, Geburtstage, historische Daten oder Prozentsätze handelt. Stellen Sie mich doch einmal auf die Probe, Herr Clifton!" Doch Perry Clifton winkte ab: „Gegen Ihr Gedächtnis ist das meine nur ein Luftzug. Ich kann mir kaum Zahlen merken. Selbst die Telefonnummern meiner Freunde muß ich mir aufschreiben!"

„Aber vielleicht haben Sie irgendwelche Geschichtsdaten

in Erinnerung?“ drängte Sutter, dem es offensichtlich darauf ankam, seine Fähigkeiten unter Beweis zu stellen.

„Also ehrlich, Herr Sutter, seit meiner Schulzeit sind mir nur drei Daten haftengeblieben. Das sind der Geburtstag Shakespeares, der Todestag der Queen Viktoria und der Tag, an dem England Deutschland den Krieg erklärt hat.“

Sutter hob die Hand und sagte: „Korrigieren Sie mich, falls mein Gedächtnis versagt: Shakespeare wurde am 28. April 1564 geboren, die Königin Viktoria starb am 22. Januar 1901, und England erklärte am 3. September 1939 Deutschland den Krieg!“

„Ich finde Sie großartig, Herr Sutter! Alle Zahlen stimmen ... Und jetzt zweifle ich auch nicht mehr daran, daß Sie mir helfen können!“

Perry zog den Reißverschluß seiner Tasche auf.

„Vor vier Wochen war in Basel Fasnacht. Während der Umzüge wurden von einer englischen Zeitung mehrere Fotos für eine Reportage gemacht. Auf einem dieser Fotos entdeckten meine Auftraggeber eine Dame, mit der sie unbedingt Kontakt aufnehmen möchten.“

„Eine Engländerin?“

„Ja!“ antwortete Clifton. „Ich wurde nun beauftragt, nach ihr zu suchen!“

„Hat sie was ausgefressen?“

„Es handelt sich um eine Versicherungssache, Herr Sutter!“ Clifton legte zwei Bilder auf den Tisch: das Portraitfoto und eines der beiden, die Claire Burton vor dem Sportwagen zeigten.

Adolf Sutter nahm sie gar nicht erst in die Hand. Er warf nur einen flüchtigen Blick darauf. „Ja, die Dame kenne ich ... Allerdings trug sie damals einen Schlapphut!“

Clifton legte die Ausschnittvergrößerung neben die beiden anderen Fotos: „Hier haben Sie den Schlapphut!“

„Ja, ja, das ist sie ...“

Die Spannung in Perry Clifton wuchs. Sie beeinträchtigte sogar seine Stimme, die plötzlich rauh klang, als er fragte: „Herr Sutter, Ihr Empfangschef war sich nicht sicher, ob es sich bei den Frauen auf den Fotos um ein und dieselbe Person handelt. Was sagen Sie dazu?"

„Sollte es sich je herausstellen, daß die und die", er tippte zuerst auf das Portrait, dann auf die Vergrößerung, „nicht dieselben Personen sind, dann sind es Zwillinge! Eine andere Möglichkeit gibt es nicht!" Er sprach dies mit solcher Sicherheit und mit solchem Nachdruck aus, daß Perry Clifton nicht daran zweifeln konnte, daß es für den Portier wirklich keine andere Möglichkeit gab.

Der „Schimmer der Spur" hatte den „Schimmer" verloren. Geblieben war eine wirkliche Spur.

„Die Frau hat, laut Auskunft Ihres Empfangschefs, nicht in Ihrem Haus gewohnt!"

„Stimmt!" nickte Sutter. „Wir waren an diesem Tag bis unters Dach belegt. Aber ich konnte ihr helfen!" Perry stockte der Atem.

„Sie konnten ihr helfen? Wie soll ich das verstehen?"

„Ich habe für sie mehrere Telefongespräche geführt. Mit anderen Hotels, meine ich. Zu Fasnacht ist es mit Zimmern immer ein bißchen schwierig. Aber im *Bristol* hat es dann geklappt. Ein Gast hatte kurzfristig abgesagt ..."

„Das heißt also, daß sie von Ihnen aus direkt ins Hotel Bristol gezogen, oder besser: gefahren ist!"

„Ja. Dabei hätten wir sie gern bei uns untergebracht. Schon deshalb, weil sie mehrere Wochen bleiben wollte."

„Mehrere Wochen?" Mehrere Wochen bedeutete, daß sie noch immer in Basel sein konnte. Perry Clifton mußte sich zur Ruhe zwingen. An eine solche Möglichkeit hätte er nicht einmal in seinen kühnsten Träumen geglaubt. Das „geheimnisvolle Gesicht" schien plötzlich greifbar nahe ...

„Da fällt mir was ein", Sutters Stimme drang wie aus einer

anderen Welt an sein Ohr, ,,sagten Sie nicht, es handle sich um eine Engländerin?"

,,Ja, ja, das sagte ich!" Aufpassen!! rief ihm eine warnende Stimme zu.

,,Sind Sie sicher, Herr Clifton?"

,,Warum fragen Sie?"

,,Weil die Dame nur französisch sprach. Und das Appartement, das ich für sie buchte, lief auf den Namen Bloyer!"

Bloyer ... Bloyer ... Bloyer! Clifton sagte sich den Namen innerlich dreimal vor, während er nach außen hin um ein möglichst harmloses Gesicht bemüht war. ,,Sie war mit einem Engländer verheiratet, stammte selbst aber aus Frankreich!"

,,Aha." Adolf Sutter schien sich mit dieser Erklärung zufriedenzugeben. Plötzlich lächelte er Clifton verschmitzt an: ,,Zweizweidreiachtzweizwei!" sagte er.

Clifton sah verständnislos drein.

,,Zweizweidreiachtzweizwei!" wiederholte Sutter. ,,Falls Sie nachher telefonieren wollen. Das ist die Nummer des Hotels *Bristol*!"

,,Danke! Daran sehen Sie, Herr Sutter, wie miserabel mein Gedächtnis ist. Ich hatte schon wieder vergessen, wie gut das Ihre funktioniert." Und er wiederholte die Nummer jetzt ebenfalls, während er sie sich gleichzeitig notierte: ,,Zwei-zwei-drei-acht-zwei-zwei! Richtig so?"

,,Richtig! Sollten Sie die Dame antreffen, empfehlen Sie mich ihr!"

,,Ich werde trotz meines schlechten Gedächtnisses daran denken ..."

Perry Clifton erhob sich.

Als er sich von Adolf Sutter mit einem kräftigen Händedruck verabschiedete, neigte sich die letzte Stunde des Vormittags ihrem Ende zu ...

Immer noch Freitag, der 24.

Trotz der Hoffnung, der Lösung des Falles ganz nahe zu sein, vergaß Perry Clifton nicht, daß auch andere nach der Frau mit dem Schlapphut suchten.

Doch schon wenige hundert Meter nach Sutters Haus war er sicher, nicht verfolgt zu werden.

Johannes Gaitner und Theres schienen gute Arbeit geleistet zu haben.

Das Hotel *Bristol* befand sich in der Centralbahnstraße, in unmittelbarer Nähe des Bahnhofs. Das hieß, daß er wieder auf die andere Rheinseite mußte.

Von einem Taxi ließ er sich in die Nähe des Hotels fahren. Als er auf dem restlichen Weg an einem kleinen Speiserestaurant vorbeikam, trat er kurz entschlossen ein.

Es war weniger der gedeckte Tisch, den er dabei suchte, als vielmehr die Gelegenheit, in aller Ruhe (was in diesem Fall nicht das Gegenteil von Lärm bedeutete) und Anonymität über den nächsten Schritt nachzudenken.

Was sollte er ihr sagen, wenn er ihr gegenüberstand? Sollte er sie überhaupt ansprechen?

„Rufen Sie mich sofort an, ich nehme die nächste Maschine und komme!" Das hatte James Pieter Burton gesagt, für den Fall, daß er, Perry Clifton, die geheimnisvolle Frau finden würde.

Mußte er sie da nicht ansprechen?

„Was möchten der Herr speisen?"

Bloyer hieß sie ...

Madame Bloyer!

Nannte sie sich nur so, oder war sie wirklich eine Madame Bloyer?

„Ein Steak, bitte!"

Madame Claire Bloyer! Die Anfangsbuchstaben blieben

unverändert. C. B. für Claire Burton. C. B. für Claire Bloyer. Aber konnte es nicht sein, daß Madame Bloyer gar nicht Claire hieß? Vielleicht Jacqueline? Oder Nadine? Vielleicht auch Chantal? Ja, Chantal gefiel ihm am besten ...

„Bitte, was haben Sie eben gesagt?“

„Ich sagte: Verzeihen Sie, mein Herr, aber wir sind ein vegetarisches Restaurant! Bei uns gibt es keine Steaks!“ Zum ersten Mal sah Perry die „Stimme“ neben sich an. Sie war weiblich, sehr klein, sehr rund, sehr jung und von der Natur mit einem unheimlichen Gebiß ausgestattet. Selbst wenn sie wie jetzt den Mund geschlossen hielt, lugten die beiden oberen Schneidezähne angriffsbereit durch die Lippen ... Ein Hase! durchfuhr es Perry Clifton. Sie sieht aus wie ein Hase oder wie ein Kaninchen ... Doch dann schämte er sich des unfreundlichen Vergleiches.

„Bringen Sie mir bitte eine Salatplatte!“ bat er freundlich; schon jetzt entschlossen, seinen hinterhältigen Vergleich mit einem großzügigen Trinkgeld wiedergutzumachen.

„Bitte sehr, der Herr. Eine Salatplatte!“ sagte sie und präsentierte mindestens zwanzig Zähne auf einen Schlag.

Er würde also einfach vor sie hintreten und sagen: „Hallo, Miß Miller ...“ Nein, Miller war albern. Er würde ... wie wär’s mit ... natürlich, daß ihm das nicht gleich eingefallen war. Also, er würde vor sie hintreten und sagen: „Hallo, Misses Skiffer, das ist aber eine Überraschung!“ Hm, vielleicht schlug sie ihm dann den Regenschirm – manche Frauen haben immer einen Regenschirm zur Hand – auf den Kopf. Oder sie rief nach der Polizei.

Nein, ich werde sie nicht ansprechen ... vorläufig jedenfalls nicht! Ich werde sie zunächst einmal nur beobachten! Natürlich könnte er auch sagen ...

„Bitte, Ihre Salatplatte, mein Herr!“

„Danke!“

... Natürlich könnte er auch sagen: „Hallo, Misses Burton,

lange nicht gesehen!“ Aber Missis Burton war ja tot ... Das heißt, man nahm an, daß sie tot war.

Burton zum Beispiel ...

Hamilton zum Beispiel ...

John Aston zum Beispiel ...

Die Polizei von Folkestone zum Beispiel! Sie alle nahmen es an!

Und er? Nahm er es auch an?

Zum ersten Mal, seit ihn dieser Fall beschäftigte, tat Perry Clifton etwas, von dem er später sagte, daß er nicht wisse, was ihn dazu veranlaßt habe: Er öffnete die Tasche, zog Claire Burtons Portraitaufnahme heraus und betrachtete sie lange und nachdenklich ...

Als er sie endlich zurücksteckte, war er sich klar darüber, was er zu ihr sagen würde.

Gespannt fischte er ein blasses Salatblatt unter einer leicht errötenen Tomate hervor und kostete. Es schmeckte sehr vegetarisch. Und während er noch darüber nachdachte, aus welchen Ländern die einzelnen Gemüsearten wohl eingeflogen worden waren, musterte ihn „Mäusezähnchen“ mißbilligend.

„Wenn Ihnen der Salat nicht schmeckt, probieren Sie doch mal unseren Gemüsecocktail!“

„Oh, ich habe nichts gegen die Salatplatte ... Ich staune nur eben, wieviel Salat auf einer einzelnen Platte Platz hat.“

Als er zahlte, gab er ihr drei Franken Trinkgeld.

Um 14 Uhr betrat Perry Clifton die Halle des Hotels *Bristol*. Nach einem kurzen informierenden Rundblick – er rechnete sich inzwischen zu den Hotelempfangshallen-Spezialisten – steuerte er auf die Rezeption zu.

Eine Angestellte in vornehmem Schwarz fragte nach seinem Begehr.

Perry Clifton verbeugte sich kurz. „Bitte, können Sie mir sagen, ob Madame Bloyer augenblicklich im Hause ist?“

Ein Augenpaar musterte ihn sichtlich befremdet. Und ein

blaßrot geschminkter Mund sagte: „Madame Bloyer? Madame Bloyer wohnt nicht mehr bei uns." Da sie gleichzeitig in ihrem Buch zu blättern begann, entging ihr Cliftons tiefe Enttäuschung.

„Herr Sutter sagte mir, daß sie mehrere Wochen zu bleiben beabsichtigte."

Sie sah auf, erinnerte sich: „Ja, Herr Sutter ... Stimmt! Sie hat drei Wochen bei uns gewohnt. Am 17. März ist sie abgereist!" Und da ihr in diesem Augenblick einfiel, daß heute auch Freitag war, stellte sie fest: „Heute vor acht Tagen also!" Sie zuckte bedauernd mit ihren schmalen Schultern und sagte ebenso bedauernd: „Tut mir leid ..."

Perry Clifton hatte sich inzwischen wieder gefaßt und beschloß, in seine frühere Rolle zurückzuschlüpfen. Er legte seine Stirn in bekümmerte Falten und flüsterte traurig: „Unangenehm, unangenehm ... Sie wird untröstlich sein, daß ich sie verpaßt habe ..."

(Jetzt hielt er wirklich den Atem an.)

„Ist sie nach Paris zurückgereist?"

Keine Spur von Neugier war in ihrer Stimme, als sie erwiderte: „Ich habe keine Ahnung, mein Herr. Sie hat leider keine Nachsendeadresse hinterlassen!"

„Höchst bedauerlich", murmelte Clifton.

„Ich hätte Ihnen gern geholfen!" sagte sie.

„Und ich müßte sie so dringend in einer Erbschaftsangelegenheit sprechen!" sprachen seine Lippen, während sein Verstand zu ihm sagte: Das ist das Ende! Die Suche nach dem geheimnisvollen Gesicht war vorbei!

Madame Bloyer mit dem Gesicht der Claire Burton hatte Basel mit unbekanntem Ziel verlassen!

Wo sollte er sie jetzt suchen?

In Paris?

In Zürich?

In Sizilien?

In Rom?

Vielleicht in der Sahara?

Oder am Strand von Hawaii?

Es war sinnlos! Er würde Burton nachher anrufen und ihm die weitere Suche ausreden. Und wenn er Glück hatte, gab es heute noch eine Flugverbindung zurück nach London ...

Sollten sich seinetwegen seine Verfolger weiter mit dem „geheimnisvollen Gesicht" herumschlagen ...

Da fiel ihm noch etwas ein: Flugverbindung ... Ja, das konnte er noch tun: die Fluggesellschaften anrufen und fragen, ob am 17. oder 18. März ein weiblicher Passagier namens Bloyer einen Flug gebucht hatte ... Wohin? Keine Ahnung. Irgendwohin ...

Die Dame in Schwarz beobachtete ihn halb hilf-, halb ratlos. Doch was sie nun mit einem feinen Lächeln sagte, ließ noch einmal Hoffnung in Perry Clifton aufkeimen: „Sie stehen so unglücklich da, als ginge es um Ihre eigene Erbschaft ... Vielleicht sprechen Sie mal mit Colette, dem Zimmermädchen. Es könnte durchaus sein, daß sie mehr weiß. Madame war ihr sehr zugetan, und Colette hat oft Besorgungen für sie erledigt! Allerdings", schränkte sie rasch ein, als sie Cliftons Aufatmen bemerkte, „müssen Sie sich noch etwas in Geduld fassen. Colette nimmt erst am Sonntag früh ihren Dienst wieder auf!"

„Vielleicht könnte ich sie inzwischen unter ihrer Privatadresse erreichen?" hoffte Perry Clifton.

„Dazu müßten Sie allerdings nach Toulon in Frankreich fahren. Und ob Sie sie dort noch rechtzeitig antreffen würden, wäre eine andere Frage, da sie noch einen Abstecher zu ihrer Schwester machen wollte. Hier in Basel hat sie ihr Zimmer im Hotel!"

„Könnte ich sie dann eventuell telefonisch in Toulon erreichen?"

Seine Gesprächspartnerin schüttelte bedauernd den Kopf.

„Sie stammt von einem Bauernhof in der Nähe Toulons. Und wenn ich eines ganz sicher weiß, dann ist es das, daß es dort kein Telefon auf dem Hof gibt!"

„Na gut!" ergab sich Clifton in sein Schicksal. „Dann werde ich auf die Rückkehr des Mädchens warten." Und diesmal lächelte er. „Da ich an einzeln auftretende Zufälle glaube ..."

„Was wären einzeln auftretende Zufälle?" unterbrach ihn die Frau.

„Daß zum Beispiel Ihnen etwas zu Madames Reiseziel einfallen könnte. Für diesen Fall erreichen Sie mich bei der Konkurrenz. Ich wohne im Hotel *International*, und mein Name ist Clifton. Perry Clifton!"

Sie nickte freundlich und erwiderte englisch: „Okay, Mister Clifton. Ich werde daran denken, wenn mir etwas einfällt. Und sollte Sie Ihr Weg wieder einmal nach Basel führen: Auch im *Bristol* läßt es sich wohnen!"

Immer noch Freitag ...

Weit, weit weg von Basel bog zur gleichen Stunde ein blauer Bentley mit Londoner Nummer in die schmale, granitsteingepflasterte Straße von Duncan Hill ein, passierte die Vorderfront des *Greyhound*, das eher einem umgebauten Pferdestall glich als einem Hotel, und fuhr in Richtung Seeweg.

Mit leise schnurrendem Motor schob sich der Wagen vorbei an den Häusern von McQuire, Joe Murrey, Mabel Henderson, Gene Tyers und Violet Silverstone. Vor John Astons lustigem Haus hielt der Bentley, der Motor verstummte, und zwei Männer stiegen aus.

14 Uhr 30.

John Aston kam gerade hinter dem Haus hervor, als er die Besucher sah. Er trug einen mit Erde gefüllten Eimer in der Hand. Er musterte die beiden Männer, wie etwa ein Angler die zu kleine Forelle am Haken mustert: verärgert und gelangweilt. Dazu kam der unübersehbare Ausdruck des Mißbehagens.

„Es scheint Ihnen in Duncan Hill zu gefallen, Mister Mills!“ stellte der frühere Leuchtturmwärter fest und gab sich dabei keine Mühe, seine Abneigung zu verbergen.

Weder Mills noch der andere Mann antworteten. Stumm folgten sie Aston in das Innere des „Kakteenschlosses“, wie es Violet Silverstone zu nennen pflegte. Aston stellte den Eimer auf ein Gestell neben dem Fenster, ließ sich selbst in seinen schwarzlackierten Schaukelstuhl fallen und begann sanft zu schaukeln.

„Wollen Sie uns keinen Platz anbieten, Mister Aston?“ fragte Mills freundlich.

„Nein, ich will nicht! Ich habe Sie nicht eingeladen! Was wollen Sie schon wieder?“

Bevor Mills auf diese Frage direkt antwortete, sagte er etwas anderes. Und er sagte das in einem Ton, der John Aston bis ins Mark erschauern ließ.

„Sie waren zeit Ihres langen Lebens ein sehr freier Mann, Aston. Ein Mann, der die Welt, und war es auch nur die Welt des Wassers, von oben herab betrachten konnte.

Sie hatten zeit Ihres Lebens die Möglichkeit, das zu tun, was Ihnen Spaß machte ... zum Beispiel Kakteen zu züchten ...“ Mills lächelte plötzlich ein teuflisches Lächeln, als er fortfuhr: „Da Sie jetzt Ihren antiken Vorderlader nicht zur Hand haben und Sie also auch nichts Unüberlegtes tun können, will ich Ihnen verraten, was das englische Strafgesetzbuch an Mindeststrafe für Sie parat hält: Selbst bei günstigster Auslegung stünden Ihnen unabwendbar fünf Jahre Gefängnis bevor ... Können Sie sich vorstellen, was fünf Jahre Gefängnis bedeuten? Eingemauert zu sein in einer Zelle? Tag um Tag, Nacht für Nacht? Keine aufspringende Kaktusblüte mehr zu sehen, keine Farben, keine Natur! Nur Mauern, Eisenstäbe und das

Hallen von Türen, Stimmen, Schlössern und Schlüsseln. Sogar die frische Luft und den Anblick des Himmels erhalten Sie nur noch in winzigen Dosen zugeteilt. Sie werden weder in Ihrem noch in einem anderen Schaukelstuhl sitzen können, und Sie werden fünf Jahre lang den Geruch von frischer Erde vermissen.

Ja, Aston, ich will mit diesen vielen Worten ausdrücken, daß es für Sie nur eine Möglichkeit gibt: die Behörden von Ihnen fernzuhalten! Das wiederum bedeutet, daß Sie auf Gedeih und Verderb mit uns verbunden bleiben, bis diese gespenstische Geschichte vorbei ist!"

John Aston, der längst nicht mehr schaukelte, stand das blanke Entsetzen in den Augen, und zum ersten Mal seit jenem Tag, als er bereit war bei der Sache mitzumachen, erfaßte er die ganze Tragweite der Geschichte, auf die er sich eingelassen hatte.

Und noch eines wurde ihm mit erschreckender Deutlichkeit klar: Er war diesen Leuten hoffnungslos ausgeliefert. Oder um es mit Mills' Worten zu sagen: Er war auf Gedeih und Verderb mit ihnen verbunden. Mit Mills und den anderen ... Und jenem, der neben Mills stand und schwieg.

„Was soll ich tun?" fragte John Aston leise und haßte sich selbst, wie er Schlingenleger, Vogelfänger und Robbenjäger haßte.

„Wir möchten gern das ‚Verlies' sehen, Aston!"

„Das Verlies?" John Aston glaubte sich verhört zu haben. „Aber das kennen Sie doch!"

„Diesmal liegen die Verhältnisse etwas anders, lieber Freund. Ein ‚Zwangsaufenthaltsraum' unterscheidet sich doch wesentlich von einem Besuchszimmer, oder sind Sie da anderer Meinung?"

Wortlos erhob sich Aston und stampfte an den beiden Männern vorbei zur Tür hinaus in die winzige Diele, dorthin, wo der Schrank stand, in dem die Wettermäntel hingen und das

Gewehr. Er packte den ganzen Schrank mit weitausgebreiteten Armen und schob ihn zur Seite.

Eine Tür wurde sichtbar. Er klinkte sie auf und schaltete das Licht ein.

Vor ihnen lag ein fensterloser Raum mit drei Luftschlitzen unter der Decke. Ein Raum, der bei einem der zahlreichen An-, Um- und Aufbauten entstanden war. Die Luft war kühl.

Wie in einer Gruft, durchfuhr es Mills' Begleiter, und ihn fröstelte.

Es gab ein altes Bett, einen Tisch, einen Stuhl, ein Regal mit einem Stapel vergilbter Zeitschriften, eine Art Kommode, auf der eine Waschschüssel stand, in der sich eine Porzellankanne befand.

„Die Tür hat kein Schloß!" stellte Mills fest.

„Wozu auch? Ich hatte nichts einzuschließen!"

„So ändern sich eben die Zeiten. Lassen Sie ein ..." Mills verbesserte sich sofort: „... nicht lassen, sondern bringen Sie selbst einen stabilen Riegel an der Tür an!"

„Innen?"

„Außen natürlich! Wenn man jemanden einsperrt, schließt man gewöhnlich von außen zu!"

John Aston schluckte. „Und wen sperren wir ein?"

„Das kleine Goldvögelchen ... Wir müssen es nur noch fangen!"

„Und wie lange soll ...", das Wort wollte ihm nicht über die Lippen, „...wie lange soll es eingesperrt bleiben?"

„Bis es gesungen hat ... Dann lassen wir es davonfliegen. So, und nun, Mister Aston, spendieren Sie uns was von Ihrem vielgepriesenen Gin!"

Noch immer Freitag ...

Perry Clifton betrat das International mit dem Entschluß, sich frisch zu machen, Johannes Gaitner anzurufen und anschließend ein kräftiges Mahl in Form eines großen Steaks zu sich zu nehmen.

Punkt zwei seines Vorhabens erledigte sich von selbst. Als er an der Rezeption um seinen Zimmerschlüssel bat, ließ man ihn wissen, daß er bereits erwartet wurde.

Exkommissar Gaitner winkte ihm zu und erhob sich aus einem Rundsessel. Clifton eilte auf ihn zu. „Entweder können Sie hellsehen, oder ich glaube Ihnen die Geschichte vom sechsten Sinn. Warten Sie schon lange?"

„Ein kleines Viertelstündchen!" gab Gaitner zurück. „Und ich hätte auch noch zwei oder drei Viertelstündchen drangehängt. Als Pensionär hat man eine Menge Zeit ..."

„Sie und Pensionär. Sie sind ja gerissener als zwei Profis zusammen. Ich glaube, wir haben eine Menge zu bereden. Darf ich Sie zum Essen im *Steinen-Pick* einladen?"

Gaitner winkte ab. „Haben Sie meine mich pünktlich fütternde Theres vergessen? Heute gab's aus Zeitmangel zwar nur Spiegeleier, dafür jedoch eine große Portion Rösti ... Aber einen Kaffee schlage ich nicht ab!"

Clifton nickte. „Gut!" sagte er. „Seien Sie so nett und suchen Sie inzwischen für uns ein stilles Plätzchen im *Steinen-Pick*. Ich bin gleich wieder zurück!"

Wenig später saßen sie sich gegenüber. Glücklicherweise war der Hauptbetrieb schon etwas abgeklungen, so daß sie wirklich ein stilles Eckchen für sich hatten.

„Zuerst, lieber Kommissar, meinen allerherzlichsten Dank für Ihre Hilfe! Ich habe Ihre Theres in Aktion gesehen. Es war wunderbar. Davon werde ich noch in zwanzig Jahren erzählen. Nur schade, daß ich mich so gar nicht revanchieren kann ..."

„Sagen Sie das nicht! Warum sollte ich nicht eines Tages bei Ihnen auftauchen und sagen: Hier steht Gaitner aus Basel, er hat den Auftrag, in London nach einem Mann zu forschen ..."

Perry Clifton lachte. „Dann werde ich sofort alles andere stehen- und liegenlassen und Ihnen helfen!“

„Danke!“ sagte Gaitner und wurde plötzlich ernst. „Was war mit der heißen Spur?“

„Sie führte mich in die Rheingasse zu einem Mann, dessen Gedächtnis einem Computer gleichkommt!“

„Aus einem der Hotels, die ich Ihnen aufgeschrieben hatte?“

„Ja. Gleich das erste war der Volltreffer. Der Mann heißt Adolf Sutter und hat ein paar Tage Ferien ... Übrigens, die ‚Ferien‘ verfolgen mich geradezu ... Herr Sutter berichtete mir, daß sich das ‚geheimnisvolle Gesicht‘ in seinem Hotel um ein Zimmer bemüht hat. Da sie jedoch an diesem Tag voll belegt waren, hat er ihr dann ein Appartement im *Bristol* vermittelt!“

„Das ist das Hotel in der Centralbahnstraße!“

„Ja, ich komme geradewegs von dort. Und Sie werden es nicht glauben: Unsere Unbekannte hat bis heute vor einer Woche dort gewohnt. Am vorigen Freitag ist sie ausgezogen. Ohne Angabe eines Zieles und ohne Angabe einer Nachsendeadresse!“

„Verdammt, das ist Pech!“

Clifton lächelte. „Ich brate trotzdem noch ein wenig auf dem Rost der Hoffnung bei kleiner Flamme weiter. Laut Auskunft einer *Bristol*-Dame gibt es ein Zimmermädchen, dem Madame Bloyer sehr zugetan war ...“

„Madame Bloyer ... ist das der Name der Gesuchten?“

Perry Clifton schüttelte den Kopf. „Nein. Aber es gibt gewisse Berührungspunkte. Die tödlich verunglückte Frau stammte aus Frankreich ... Madame Bloyer sprach nur französisch!“

„Und was ist mit dem Zimmermädchen?“

„Das Zimmermädchen heißt Colette, stammt aus der Nähe von Toulon und ist erst ab Sonntag morgen wieder im Hotel ... Tja, so dicht wohnen Zufall, Glück und Pech zusammen!“

„Warum rufen Sie das Mädchen nicht zu Hause an?"

„Sie meinen Colette?"

„Ja!"

„Nichts, was ich lieber getan hätte. Aber Mademoiselle Colette stammt von einem Bauernhof aus der Umgebung von Toulon, auf dem man anscheinend nichts von der Errungenschaft eines Telefons hält. Also wird mich Basel noch bis Montag ertragen müssen!"

Gaitner zog einen Zettel aus der Tasche und begann nun seinerseits zu berichten: „Dann wollen wir mal sehen, ob Sie mit dem, was *ich* herausgefunden habe, mehr anfangen können: Zunächst Ihr Verfolger, dem die Theres den Glauben an die Menschheit geraubt hat. Er ist Engländer ..."

„Wie ich mir gedacht habe!" warf Clifton ein.

„Er ist Engländer und versteckt seine brandroten Haare unter einer Perücke, die nach Theres' Überzeugung mindestens zwei Nummern zu groß ist. Sein Name ist Jack McButton!" Johannes Gaitner sah den Londoner Detektiv gespannt an. „Sagt Ihnen der Name etwas?"

Perry Clifton verneinte: „Nie gehört ... Jack McButton ... Nein, ich kann mich nicht erinnern."

„Und wie steht's mit Mike Forster?"

„Mike Forster?" Die gleiche Reaktion. „Ist das der zweite Mann?"

„Ja. Aber es gibt sogar einen dritten. Und wenn mich mein sechster Sinn nicht trügt, ist das der gefährlichste!"

Perry Clifton starrte Gaitner ungläubig an. „Einen dritten Mann? Mein Gott, treiben die einen Aufwand!"

„Sein Name ist Roger Püttely. Angeblich kommt er aus Genf ... Ich seh's Ihnen an der Nasenspitze an, daß Ihnen auch dieser Name nichts sagt."

„Ich bin zwar kein Gedächtniskünstler wie Adolf Sutter, aber ich bin sicher: Ich habe den Namen Püttely ebenfalls noch nie gehört. Wenn der aus Genf kommt, der Kleine mit der

Perücke McButton heißt, dann ist Mike Forster der Name des Mannes, den ich im Londoner *Swissair*-Büro gesehen habe."

„So wird es sein! Aber ich habe noch mehr Neuigkeiten. Sie wohnen alle drei in einem kleinen, mehr als bescheidenen Hotel namens Loderer, dessen Geschäftsführer ich seit zwei Jahrzehnten kenne. Er heißt Tschudi und wird, solange ich ihn schon kenne, von einer chronischen Gastritis geplagt. Ihm verdanke ich einige Erkenntnisse, deren Erwerbsart, wäre ich noch im Dienst, gegen die Dienstvorschrift verstoßen hätte ... So wurde ich zum Beispiel unsichtbarer Zeuge eines Gesprächs, das zwischen Püttely, Forster und McButton stattfand, nachdem dieser von der Polizei heimkehrte. Leider sprach man englisch, so daß ich aufgrund meiner mangelnden Englischkenntnisse nur wenig verstanden habe. Aber so viel immerhin, daß sie keinen Verdacht aus unserer kleinen, gesetzeswidrigen Theateraufführung geschöpft haben. Außerdem scheint keiner der besondere Freund des anderen zu sein!"

„Eine reine Zweckgemeinschaft also!"

„Ja. Sie beschimpften sich ziemlich heftig, wobei sich besonders der Perückenmann namens McButton hervortat."

„Interessant", sagte Perry Clifton.

„Es wird noch interessanter. Dieser Püttely, der angeblich aus Genf kam, muß sehr gute Beziehungen zu London unterhalten. Diese Telefonnummer hier" – er schob Clifton einen Zettel zu – „hat er bereits mehrere Male angerufen. Es handelt sich um eine Londoner Nummer! Drehen Sie den Zettel um!"

Perry tat es und las: „Mr. John Aston. Seeweg – Duncan Hill, England."

„Wo haben Sie denn das her? Dieser John Aston ist der Leuchtturmwärter!"

„Mike Forster hat einen Brief an diesen Mann geschrieben."

„Mike Forster ... mein Schatten von drüben ...", sinnierte Perry Clifton vor sich hin. „Das bestätigt also meine und Ihre

Vermutung, daß der sogenannte Augenzeuge John Aston ein Mosaiksteinchen in diesem undurchsichtigen Spiel ist ... Ein Puzzleteilchen ..."

„Sie machen kein besonders glückliches Gesicht ..."

„Wenn ich ehrlich bin, lieber Herr Gaitner, muß ich gestehen, daß meine Ratlosigkeit eher zu- als abgenommen hat. Wahrscheinlich wird sich das erst ändern, wenn ich mit der Frau vom Foto gesprochen habe!"

„Sie hoffen also nur noch auf das Zimmermädchen vom *Bristol*!"

„Ja. Wenn die beiden so vertraut waren, wie man behauptet, könnte es immerhin sein, daß diese Madame Bloyer etwas über ihr neues Reiseziel hat verlauten lassen."

„Und wenn nicht?"

„Muß ich mir eingestehen, daß ich am Ende meines Lateins bin. Es gibt keine weiteren Ansatzpunkte mehr. Nur noch Reiseziele, die in die Tausende gehen ... Natürlich könnte ich die Büros aller Fluggesellschaften abklappern, könnte mit den Fotos an die Schalter der Bahnhöfe von Eisenbahn und Omnibus gehen, könnte alle Basler Taxifahrer befragen, aber ich glaube nicht, daß mir das weiterhelfen würde ... Ich werde meinem Auftraggeber meinen Auftrag zurückgeben. Zähneknirschend und mit der Gewißheit, daß irgendein großes Ding gedreht worden ist, hinter das ich nicht gekommen bin."

Gaitner jonglierte nachdenklich mit mehreren Zahnstochern. „Wenn ich meinem sechsten Sinn glauben darf, so nehme ich an, daß Sie noch immer an einen Versicherungsbetrug glauben!"

„Ich glaube daran. Und ich glaube auch, daß meinem Auftraggeber irgendwie übel mitgespielt wurde. Von wem und wer dahintersteckt ... ich weiß es nicht. Ja, ich ahne es nicht einmal, und das ist so schrecklich ... Es gibt zwar eine Menge Fakten, angefangen bei meiner hartnäckigen Verfolgung bis zu der Verbindung Mike Forsters zu John Aston in Duncan

Hill, aber wirklich greifbare Beweise für irgend jemandes Schuld an irgendeiner strafbaren Handlung fehlen mir nach wie vor. Ich werde dann Scott Skiffer anrufen und ihm die von Ihnen ermittelten Namen durchgeben sowie die Telefonnummer. Vielleicht findet er etwas heraus, das mir weiterhilft."

„Das würde heißen, daß Sie den ganzen morgigen Tag Leerlauf haben ..."

„So ungefähr!"

„Dann lassen Sie sich von mir zu einem Ausflug einladen. Vielleicht lernen wir bei dieser Gelegenheit gleich den dritten Mann kennen!"

„Den dritten Mann?" Für einen Augenblick schaltete Perry Clifton nicht rechtzeitig.

„Ich meine Roger Püttely!"

„Einverstanden!" sagte Perry, und „Guten Appetit!" wünschte der Kommissar, denn in diesem Augenblick kam das Steak.

Als sich Perry Clifton und Johannes Gaitner trennten, war es 16 Uhr.

Zu diesem Zeitpunkt wußten sie zwar, daß schräg gegenüber ein dunkelblauer VW parkte; was sie jedoch nicht wußten: Der fehlende Fahrer, es war Püttely, hatte sie während der ganzen Zeit aus nächster Nähe beobachtet. Und zwar durch das aufgeklappte Oberteil seines Zigarettenetuis, das aus Spiegelglas bestand.

Roger Püttely, der mit allen schlechten Wassern gewaschene Berufsgauner, hatte nur sechs Tische von ihnen entfernt im gleichen Restaurant gesessen. Und er hatte es, sozusagen im Windschatten des Kommissars, verlassen. Vielleicht lag es an der Ausstrahlung des pensionierten Kriminalisten, daß Püttely in diesem Augenblick jener unglaubliche Einfall kam, der so schwerwiegende Folgen nach sich ziehen sollte.

Sehr zum Nachteil Perry Cliftons!

Sehr zum Vorteil seiner Bewacher!

Der Rest des Freitags

Gleich nachdem Perry Clifton sein Zimmer betreten hatte, gab er der Telefonvermittlung zwei Londoner Nummern durch.

Die erste Verbindung kam schon nach knapp vier Minuten. „Bitte verbinden Sie mich mit Mister Hamilton!“ Keine zehn Sekunden vergingen, und Edward Hamiltons komische Schnarrstimme schnarrte durch den Draht: „Hier ist Hamilton!“

„Und hier ist Clifton! Guten Tag, Mister Hamilton!“

Zuerst erstaunt: „Clifton?“ Dann schimpfend: „Dieses alberne Sumpfhuhn in der Telefonzentrale hat was von der Schweiz gefaselt! Jetzt sagen Sie, Sie großer Detektiv, wem kann man heutzutage noch glauben?“

„In diesem Fall dürfen Sie dem albernen Sumpfhuhn Glauben schenken. Ich rufe tatsächlich aus der Schweiz an. Und zwar aus Basel!“

„Da sieh mal einer an, der liebe Mister Clifton macht Ferien – oder??“

„Das ‚oder‘ ist richtiger. Wenn ich Sie jetzt frage: Sind Sie sicher, Mister Hamilton, daß uns in diesem Augenblick niemand aus Ihrem Hause zuhört, was würden Sie da antworten?“

„Zunächst einmal wäre ich überrascht!“ Und er schien es wirklich, denn eine ganze Weile lang sagte er überhaupt nichts. Dann aber schnarrte er: „Also, wenn Sie das schon fragen müssen: Es gibt für mich nichts Unzuverlässigeres auf der Welt, als die tägliche Gebrauchstechnik! (Perry nahm an, daß er in diesem Fall das Telefon meinte.) Und deshalb würde ich am Draht niemals gestehen, einen Einbruch begangen oder einen Polizisten verprügelt zu haben!“

„Okay! Dann wollen wir die Angelegenheit nur stichwortartig besprechen. Anders ausgedrückt: Wir lassen alle Namen grundsätzlich aus dem Spiel!“

„Sehr spannend, einverstanden!“ schnaufte Edward Hamilton.

„Ich war am Montag bei Ihnen, Sie erinnern sich noch, in welcher Angelegenheit!“

„Ja, es war wegen der ...“ Schreck, Luftholen, feierlich: „Ja, ich erinnere mich!“

„Die Akte war verschwunden!“

„Stimmt!“

„Ist sie wiederaufgetaucht?“

„Aber er soll doch erst am Sonnabend zurückkommen!“

„Ich hatte inzwischen den Einfall, daß er gar nichts damit zu tun haben könnte!“

„Aha ... Ich kann Ihnen zwar nicht folgen, aber das liegt wohl an unseren unterschiedlichen Berufen!“

„Noch einmal langsam für Anfänger: Sie riefen einen dritten Mann zu sich!“

„Ja!“

„Auf unsere Frage nach der Akte meinte er, daß sie nur sein Chef an sich genommen haben könnte!“

„Der erst am Sonnabend zurückkommt!“

„Bravo! Ich merke jetzt, daß Ihr Räderwerk langsam in Schwung kommt ... Und genau das glaube ich nicht, lieber Mister Hamilton!“

„Was glauben Sie dann, wenn ich mir diese Frage erlauben darf?“

„Ich glaube, daß die Akte inzwischen wieder dort steht, wo sie hingehört!“

„Aber das wäre ja ...“ Die Entrüstung verschlug dem kleinen dicken Edward Hamilton die Sprache.

„Ja, das wäre es wirklich“, sagte Perry Clifton trocken.

„Sind Sie deshalb in der Schweiz?“

„Deshalb! Und das sei nur Ihnen verraten!“

„Was soll ich tun?“

„Unauffällig durch einen neuen Mann prüfen lassen, ob die

Akte wieder auf ihrem alten Platz steht und ob sie vollständig ist!"

„Und wenn sie das ist?"

„Dann wissen wir, daß a) an dem Fall wirklich was faul ist, und daß es b) jemanden in ihrem Hause gibt, dem es an Vertrauenswürdigkeit mangelt."

„Wo kann ich Sie erreichen?" fragte Hamilton, und Clifton hörte am Gestöhn, daß sich sein Gesprächspartner soeben erhoben hatte.

„Im Hotel *International* in Basel. Die Vorwahl müssen Sie sich heraussuchen lassen, die Telefonnummer lautet 2-2-1-8-7-0. Noch einmal: 2-2-1-8-7-0. Haben Sie?"

Hamilton wiederholte die Zahlen. Und noch etwas sagte er: „Wenn sich hier wirklich was ereignet hat, ich meine, wenn das, was Sie denken und was auch ich denke, wirklich wäre ..." Er schien mit dem Satz doch nicht so recht fertig zu werden. „Ich will es anders formulieren: Sollte das Wasser plötzlich wieder flußaufwärts fließen, können Sie mit einem gehörigen Schluck rechnen!"

Perry Clifton mußte unwillkürlich lächeln. „Ich wußte gar nicht, daß Sie so poetisch veranlagt sind!"

„Sie wissen vieles noch nicht. Wenn mich Winston Churchill gekannt hätte, er hätte mich in sein Kabinett berufen, hehehehe ... Ich werde mich höchstpersönlich um die Angelegenheit kümmern! Sie hören von mir!"

Die Verbindung riß ab. Edward Hamilton hatte aufgelegt!

Eine Minute später klingelte es ein zweites Mal.

„Ja?" Scott Skiffers Stimme klang müde.

„Guten frühen Abend, Scotty!"

Skiffer war sofort munter. „Tag, Perry! Ich bin dir dankbar fürs Wecken! Wie ich gerade sehe, habe ich verschlafen! Wie geht es dir in Basel?"

„Hör mal zu, ich hatte nicht die Absicht, ‚Wecker' zu spielen."

Skiffer gähnte. „Ich mußte zusätzlich Nachtdienst machen. Peter Borlowsky ist plötzlich krank geworden. Eine Magengeschichte."

„Er hat seinem Magen zuviel Priem zugemutet."

„Es sieht mehr nach einer Fischvergiftung aus. Wie steht's? Was macht dein ‚geheimnisvolles Gesicht'?"

„Es ist nicht mehr ganz so geheimnisvoll, Scott. Es hat inzwischen einen Namen bekommen. Es heißt Bloyer und stammt aus Frankreich!"

„Wie Claire Burton!"

„Wie Claire Burton! Du sagst es!"

„Gratuliere zum Zwilling!"

„Es gibt nichts zu gratulieren! Die Lady ist mit unbekanntem Ziel abgereist!"

„Dann kehrst du also heim?"

„Ich warte noch bis Sonntag. Da kommt das Zimmermädchen zurück, das Madame Bloyer drei Wochen lang versorgt hat. Es besteht die vage Hoffnung, daß das Mädchen etwas über das unbekannte Reiseziel sagen kann. Aber etwas anderes, Scotty: Ich habe nicht nur mein Gepäck mit nach Basel genommen, sondern auch meine ungebetenen Begleiter."

Man hörte Skiffers Stimme die Verblüffung an. „Du wirst wirklich noch immer beschattet?"

„Ja, sozusagen rund um die Uhr. Es sind sogar inzwischen drei geworden."

„Dann muß es sich aber wirklich um einen dicken Brocken handeln. Du vermutest, daß es Leute von hier sind?"

„Ich bin sogar sicher. Dank der Hilfe Gaitners und seiner Haushälterin kann ich dir sogar mit den Namen dienen."

Skiffer fragte interessiert: „Wie gefällt dir Gaitner?"

„Nicht zu beschreiben. Ich soll dich übrigens herzlich von ihm grüßen. Unter *ihm* wäre sogar ich zur Polizei gegangen ... Hast du eigentlich auch Theres, seine Haushälterin, kennengelernt?"

„Ich hatte nicht das Vergnügen!"

„Mit der könntest du glatt einen bis auf den letzten Platz gefüllten Riesenzirkus unterhalten. Ich mache morgen mit den beiden einen Ausflug." Er besann sich plötzlich seiner Wünsche: „Hast du was zum Schreiben bei der Hand, Scott?"

„Ja ..."

„Einer heißt Jack McButton! Er ist ein kleiner, rothaariger Typ, der hier unter einer Perücke herumrennt. Der andere heißt Mike Forster. Der dritte Mann ist kein Engländer, soll Roger Püttely heißen. Vielleicht ist er trotzdem bei uns aktenkundig, denn er spricht akzentfreies Englisch."

„Ich wiederhole die Namen noch einmal: Jack McButton, Mike Forster und Roger Püttly!" – „Püttely!" verbesserte Clifton.

„Alles notiert! Noch was?"

„Ja, und zwar könnte das noch wesentlich interessanter werden. Dieser Püttely hat mehrere Male mit London telefoniert." Perry Clifton gab die Nummer durch, die Gaitner aus dem Hotel Loderer mitgebracht hatte. Und dann fiel ihm auch noch der Brief ein.

„Hör zu, Scotty. Telefoniere doch mal mit der Polizei in Folkestone. Dieser Mike Forster hat einen Brief an John Aston in Duncan Hill geschrieben. Es könnte immerhin sein, daß es da gewisse Zusammenhänge gäbe ..."

„Du meinst, zwischen dem Leuchtturmwärter und diesem Mike Forster?"

„Genau, das meine ich ..."

„Okay. Ich will sehen, was sich tun läßt. Kann ich dich morgen abend im Hotel erreichen?"

„Ich weiß nicht, wie lange Gaitner seinen Ausflug auszudehnen gedenkt, aber ich will sehen, daß ich ab 18 Uhr im Hotel zu erreichen bin!"

„Hat er dich schon in das kleine Weinlokal geschleppt, wo man sich gegenseitig die Schuppen zählen kann?"

„Nein. Vielleicht steht das auf seinem Programm für morgen!"

„Was sagt übrigens Burton zu deinem bisherigen Erfolg? Ich finde, daß du das Gesicht identifiziert hast, ist ja ein Erfolg!"

„Er weiß noch nichts davon. Ich habe auch nicht die Absicht, mit ihm zu sprechen, bevor ich das Zimmermädchen gehört habe."

„Wie steht's mit deinen Konkurrenten? Wissen die, wie weit du bist?"

„Nein. Bevor ich den entscheidenden Kontaktmann aufsuchte, ließ Gaitner den einen Bewacher vorübergehend festnehmen!"

„Und mit welcher Begründung?"

„Er hatte Theres' Geldbörse gestohlen. Was sich später natürlich als Irrtum herausstellte. Aber das ist eine Geschichte für sich. Ich muß Schluß machen, Scotty, ich erwarte noch einen Rückruf Hamiltons von der *Partland*."

„Hat sich die Versicherungsakte wieder eingefunden?"

„Genau das hoffe ich heute abend zu erfahren ... Also – bis morgen! Ab 18 Uhr!"

„Grüß Gaitner von mir!"

Perry Clifton versprach es und legte auf. Die Zeit verging.

18 Uhr ...

Perry Clifton las Zeitung und wartete auf Hamiltons Anruf. Doch er konnte sich nicht konzentrieren. Er legte die Zeitung (es war die *Times* vom gleichen Tag) zur Seite und schaltete den Fernsehapparat ein.

19 Uhr.

Seine Ungeduld wuchs. Warum rief Hamilton nicht an? Die abenteuerlichsten Vorstellungen drängten sich dem Detektiv auf.

Dann endlich – 19 Uhr 35 – war Edward Hamilton in der Leitung.

„Ich wußte gar nicht, daß Sie Überstunden machen, Mister Hamilton."

„Ich rufe aus meiner Wohnung an, deshalb ist es etwas später geworden. Tut mir leid. Aber ich finde es besser, wenn wir uns im Klartext unterhalten." Hamiltons Stimme klang gewollt aufgeräumt, doch Clifton registrierte die Untertöne, die Zweifel, Überraschung und vielleicht auch Empörung ausdrückten. Dies alles auf einen Nenner gebracht, ließ eigentlich nur einen Schluß zu, den Clifton formulierte: „Die Akte hat sich also wiedereingefunden!"

„Ja. Stellen Sie sich das vor. Und keiner will wissen, wer sie gehabt hat und wie sie in den Schrank zurückgekommen ist."

„Wahrscheinlich kämen, rein theoretisch, eine Menge Leute dafür in Betracht!"

„Wenn Sie es so sagen – ja! Zu den Schränken haben über zwanzig Bearbeiter Zugang."

„Und wie sieht es mit der Vollständigkeit der Akte aus? Fehlt etwas?"

„Auf den ersten Blick scheint nichts zu fehlen."

„Und auf den zweiten Blick?"

„Ich bin kein Dokumentensachverständiger, Mister Clifton. Dafür haben wir besondere Leute. Einem davon werde ich die Akte übergeben. Er wird feststellen, ob an einem Papier manipuliert worden ist." Edward Hamilton schnaufte erregt in die Sprechmuschel: „Können Sie mir nicht verraten, welchen Verdacht Sie haben?"

„Mit meinem Verdacht könnten Sie im Augenblick absolut nichts anfangen, Mister Hamilton!" wehrte Clifton ab. „Und zwar deshalb nicht, weil mir selbst das allerwichtigste Stück fehlt!"

„Und was ist das?"

„Wüßte ich das, wäre die Frage beantwortet! Trotzdem sollten Sie sich morgen ..."

„Morgen ist Sonnabend, da sind die Büros geschlossen!" unterbrach ihn Hamilton.

„Dann eben am Montag ... sollten Sie sich Einblick verschaffen in die Personalakte dieses Mister Charles Wynham!"

„Wynham ... ja ... mache ich!" Es war keine Verwunderung in Hamiltons Stimme. „Habe ich mir schon gedacht, daß Sie damit kommen. Wynham war früher im Außendienst! Soll ich am Montag im Hotel anrufen?"

„Ich glaube kaum, daß ich am Montag noch in Basel bin! (Wie recht er damit haben sollte!) Auf alle Fälle werde ich mich wieder bei Ihnen melden!"

„Gut, Mister Clifton! Ich muß Ihre Zurückhaltung respektieren. Sollten Sie jedoch noch irgendwelche Einzelheiten brauchen, die mit Ihrem Fall zusammenhängen, dann lassen Sie es mich wissen!"

„Das werde ich! Auch wenn das Ergebnis für die Versicherung nicht gerade von Vorteil ist."

„Welches Geschäft besteht schon nur aus Sonnenschein?" orakelte Edward Hamilton. Dabei hörte Perry Clifton deutlich im Hintergrund das Klappern von Geschirr, und er konnte es sich nicht verkneifen zu witzeln: „Sagen Sie nichts mehr gegen die Einrichtung des Telefons. Würde dieses Gespräch zum Beispiel gleichzeitig im Radio übertragen, wüßte die gesamte radiohörende Schweiz jetzt, daß Mister Edward Hamilton in London seinen Tee schlürft!"

„Sie können einem direkt den Tee vermiesen", schnüffelte Hamilton zurück. „Und außerdem ist es eine Unterstellung, daß ich schlürfe!"

Sie wechselten noch einige wenige Worte über das Wetter und beendeten dann das Gespräch.

Und da heute Freitag war und der Freitag Perry Cliftons Saunatag war, entschloß er sich, der hochgelobten hoteleigenen Sauna einen Besuch abzustatten.

Die Erfahrung hatte ihn gelehrt, daß ihm nach einem ausgiebigen Schwitzprozeß nicht nur das Essen besonders gut schmeckte, sondern auch das Nachdenken leichter fiel. Und nachdenken wollte er heute noch über einiges. ,,Ich werde jetzt in die Sauna verschwinden", legte er die Reihenfolge seiner Aktivitäten fest, während er sich mit dem Notwendigen versah. ,,Dann werde ich das größte Steak von Basel essen, Julie Young anrufen und anschließend mit dem Denken beginnen! Und bei allem, was ich tue, werde ich mich darüber freuen, daß draußen vor dem Hotel jemand in einem VW sitzt und aufpaßt, daß ich nicht abhanden komme!"

Letztere Vorstellung amüsierte ihn so sehr, daß er ein fröhliches Lied zu pfeifen begann.

Ja, das war eine irrige Auffassung!

Der Mann im VW hatte *seine* Denkarbeit nämlich schon vollendet und seine Schlüsse daraus gezogen.

Er stand in diesem Augenblick nicht vor dem Hotel *International,* sondern trat gerade seinen verdutzten Kollegen gegenüber, die in McButtons Zimmer saßen und ,,Würfelpoker" zu zweit spielten.

,,Was willst du denn hier?" fragte McButton mürrisch.

Und Forster: ,,Warum bist du nicht bei Clifton?"

,,Wir müssen unsere Pläne ein bißchen ändern!" Ohne sich weiter um die Besitzverhältnisse der auf dem Tisch stehenden Bierflaschen zu kümmern, nahm er eine und trank sie in einem Zug leer.

,,Das war mein Bier!" maulte McButton, dessen Perücke, gleich einem vergessenen Hut, den Kleiderhaken an der Tür zierte. ,,Man hat es dem Bier nicht angemerkt!"

Mike Forster schien zu ahnen, daß sich etwas Besonderes ereignet haben mußte. Grundlos hätte Püttely seinen Aufpasserposten bestimmt nicht verlassen.

,,Was ist passiert?" fragte er.

,,Bist ein kluger Bursche!" nickte ihm Püttely zu. ,,Fast so klug wie Clifton und noch ein paar andere Leute in dieser

Stadt. Aber ...", er hob den Finger, ,,... Püttely ist auch nicht ohne! Hört zu, ich will euch eine Geschichte erzählen ... Eine Geschichte, mit der einige lustige Details des heutigen Tages zusammenhängen, die es erforderlich erscheinen lassen, daß wir uns offiziell trennen ... Oder anders gesagt: daß ich hier untertauche! Zumindest wird es für den Trottel so aussehen!"

,,Für welchen Trottel?" zischte McButton. Er bezog in letzter Zeit grundsätzlich jedes Schimpfwort auf sich.

,,Auf den Trottel unten hinter dem Tresen! Dieses blasse Hühnchen, das so aussieht, als sei es aus dem letzten Jahrhundert übriggeblieben!"

,,Nicht jeder kann so schön sein wie du!" murrte McButton, noch immer wütend über die Selbstverständlichkeit, mit der Püttely sein Bier getrunken hatte.

,,Du wolltest uns eine Geschichte erzählen!" erinnerte Forster.

Da nur zwei Stühle im Zimmer standen und diese bereits besetzt waren, zog sich Püttely die Kofferablage heran und hockte sich schräg darauf. ,,Heute vormittag", begann er, ,,habt ihr Clifton verfolgt und", er machte eine Pause (eine höhnische Pause, wie McButton empfand), ,,aus den Augen verloren."

,,Doch nur wegen dem verrückten Weibsbild!" fluchte der kleine Rotschopf.

Unbeirrt fuhr Püttely fort: ,,Da die Gefahr bestand, daß du dabei von Clifton gesehen worden bist, wechselten wir die Schicht, und ich übernahm die Wache im Hotel."

,,*Im* Hotel??" fragten Forster und McButton wie aus einem Mund.

,,Ja! Wie ihr wißt, gehören zum Hotel auch die beiden Lokale *Steinen-Pick* und *Kaffi Mühli*. Also setzte ich mich ins *Kaffi Mühli* und wartete.

Und es lohnte sich: Clifton kam zwischen 14 und 15 Uhr mit einem Taxi. Während er zahlte, verließ ich das Lokal und verkroch mich in einer Nische der Empfangshalle, wo Clifton von einem weißhaarigen Gentleman erwartet wurde! Ja, er wurde erwartet! Ich bekam nur so viel mit, daß sie sich gleich wieder zum Essen im *Steinen-Pick* treffen wollten ... Noch bevor Clifton kam, hatte ich schon meinen Platz im Restaurant eingenommen – mit dem Rücken zu ihnen!"

„Im gleichen Restaurant?" fragte McButton ungläubig.

Püttely überhörte die Frage, er warf dem Rotkopf nur einen mitleidigen Blick zu.

„Um 16 Uhr trennten sich die beiden Männer. Clifton ging in sein Zimmer, und ich folgte dem weißhaarigen Mann!"

„Warum dem Weißhaarigen? Ich denke, wir sind hinter Clifton her?" sagte Forster. Und auch McButton schwang sich zu einem „er spinnt" auf.

„Ja, seht mich nur an! Ich hatte plötzlich eine Idee! McButton, wann hast du das letzte Mal eine Idee gehabt, he?"

„Ich habe immer Ideen!"

„Wie schön für dich!" höhnte Püttely. „Ich hatte also im Hotel die Idee, daß es interessant sein müßte zu erfahren, wer Cliftons Gesprächspartner war!"

„Du bist ihm nachgegangen?" Forster konnte Püttely anscheinend folgen.

„Zuerst bis zum Parkplatz!" nickte letzterer. „Und dort wäre beinahe alles schiefgegangen, weil der Alte in einen Wagen stieg und ich nur mit meinen Beinen dastand ... Aber da half mir Merkur!"

„Waaas?" entrüstete sich McButton. „Es ist noch ein dritter im Spiel? Davon hast du bisher keinen Ton gesagt!"

„Merkur ist der Gott der Kaufleute und – der Diebe! Also auch dein oberster Chef! Merkur schickte mir ein Taxi. Und ich sagte zu dem Fahrer: ‚Helfen Sie mir bitte bei einer Überraschung: Folgen Sie dem hellen VW, ohne daß der Fahrer was merkt! Das ist nämlich mein Onkel, den ich seit acht Jahren nicht gesehen habe!'"

Forster hatte die Stirn gerunzelt, während sich McButton dem Studium seiner Fingerkuppen hingab.

„Und siehe da, bald machte ich eine erstaunliche Entdeckung: Der weißhaarige Gentleman fuhr dorthin, wo ich gestern schon einmal war, als ich Clifton folgte: in den Höhenweg! Ich ließ das Taxi halten, bezahlte und wartete, bis unser alter Freund seinen Wagen in der Garage verstaut hatte ... Dann machte ich einen gemütlichen Spaziergang durch den Höhenweg. Der Weißhaarige heißt Gaitner. ‚J. Gaitner' stand am äußeren Türschild. Eigentlich hätte ich mich damit zufriedengeben können. Aber ich bin nun mal ein gewissenhafter Mensch. Ich überlegte, daß der, der so ein schönes Haus besitzt, auch über ein Telefon verfügt, und suchte nach der nächsten Telefonzelle ... Ich schlug das Telefonbuch auf, blätterte darin herum, bis ich auf den Buchstaben G stieß. Und ich fand auch einen Eintrag *Gaitner, Johannes* ..." Püttely zog ein zusammengefaltetes Papier aus der Tasche und warf es auf den Tisch. „Hier ist die Seite mit dem Eintrag! Sieh sie dir an, McButton! Ich habe die Stelle unterstrichen!"

Eine eigenartige Spannung war plötzlich in dem kleinen Zimmer mit den alten Möbeln, den verblichenen Gardinen und Tapeten und dem abgetretenen Fußboden, über den sicher schon Armeen von kleinen, großen und ganz großen Schuhen gegangen waren. Schüchtern, nervös, unbehaglich, traurig oder voller Tatendrang.

Jack McButton entfaltete die knisternde Telefonbuchseite aus dünnem Papier, suchte nach der markierten Stelle und las laut vor: „Gaitner, Johannes, Kriminalkommissar i. R."

Mike Forster, des Deutschen nicht mächtig, fragte: „Was bedeutet das?"

Püttely erklärte es ihm. Und er fuhr fort: „Clifton kommt in Basel an und besucht gleich am nächsten Tag einen Kommissar ... Ich beginne also zu kombinieren!" Er fixierte zuerst McButton, dann Forster. Und mit sehr ärgerlicher Stimme stellte er fest: ,,Clifton wußte, daß ihr ihn beschattet! Er mußte es wissen!“

,,Aber woher denn, er kennt uns doch gar nicht!“ protestierte der Rotschopf, dem der ,,Kriminalkommissar“ wie ein Stachel im Angstzentrum saß.

,,Er muß euch in London gesehen und hier wiedererkannt haben. Eine andere Möglichkeit gibt es nicht!“

Forster nickte. Und widerwillig gab er zu: ,,Clifton hat mich für Sekunden im Büro der *Swissair* gesehen. Das war aber bestimmt nicht lange genug, um mich in einer anderen Stadt, einer total veränderten Umgebung, auf große Entfernung wiederzuerkennen!“

,,Trotzdem hat er Lunte gerochen!“ beharrte Püttely, und man merkte ihm an, daß er mit der Entwicklung der Ereignisse überhaupt nicht zufrieden war.

,,Ich will euch erklären, wie sich die Geschichte meiner Ansicht nach abgespielt hat: Nachdem Clifton herausgefunden hat, daß man hinter ihm her ist, will er dreierlei herausfinden: erstens, wo seine Verfolger wohnen, zweitens, wie sie heißen, und drittens, für wen sie arbeiten! Er setzt sich also mit diesem Gaitner in Verbindung, und die beiden basteln zusammen eine Falle. Die Falle schnappt zu, und schon weiß Clifton, wer ihr seid und wo ihr wohnt!“

In Jack McButton begann sich ein schrecklicher Verdacht abzuzeichnen. ,,Du ... du ... du ... m... m... meinst“, stotterte er, ,,daß das ...“

,,Ich meine, daß das ganze Theater mit dem geklauten Geldbeutel eben nur Theater war! Aber ein glänzend organisiertes Theater! Das seht ihr schon daran, daß sofort ein Streifenwagen zur Stelle war, der die angeblich Bestohlene samt dem angeblichen Dieb zur Polizeistation verfrachtete!“ Er wandte sich an McButton: ,,Sie haben dort deinen Paß verlangt, dich gefragt, was du in Basel machst und wo du wohnst! Stimmt's?“

McButton nickte stumm und betroffen.

,,Na also! Den Rest konnten sie per Telefon erfahren. Vielleicht haben sie auch einen Schnüffler hergeschickt, der das blasse Hühnchen unten ausgefragt hat. Bis auf den Namen unseres Auftraggebers und den Grund, warum er beschattet wird, weiß Clifton also jetzt alles!"

,,Was tun wir jetzt?" wollte McButton wissen. Das Durcheinander verwirrte ihn. Er liebte das Gradlinige, das Überschaubare. Alles andere machte dem Sohn eines ehrlichen Schneidermeisters aus Soho und einer fröhlichen Stiefmutter aus Wales zu schaffen. Am meisten jedoch mißfiel ihm der plötzlich aufgetauchte schweizerische Kriminalkommissar.

,,Verdammt, was tun wir jetzt?" wiederholte er.

,,Zuerst habe ich mal den VW verschwinden lassen. Ab morgen früh überwache ich Clifton in einem *Fiat*."

,,Aber wenn er doch schon weiß, daß wir ihn überwachen?" McButton verstand überhaupt nichts mehr.

,,Clifton und wahrscheinlich auch dieser Gaitner kennen nur euch beide. Von mir wissen sie höchstens den Namen."

,,Das Hotel könnte beobachtet werden!" warf Forster ein.

,,Ich bin über den Nachbarhof und den Hintereingang gekommen. Das blasse Hühnchen hatte den Kopf auf dem Tresen und schlief. Er hat mich nicht gesehen. Anscheinend muß der arme Tropf Tag- und Nachtdienst machen ... Ich packe jetzt meine Sachen zusammen und verschwinde!"

,,Wohin?" fragte Forster mißtrauisch, während McButtons Kinnlade nach unten klappte. Mit offenem Mund starrte er Püttely an. ,,Mach die Klappe zu, bevor dein Blinddarm Lungenentzündung kriegt!" blaffte ihn dieser an, worauf der Rotschopf den Mund wieder schloß und grollend feststellte: ,,Du willst dich also aus dem Staub machen ..." Püttely zog seine Brieftasche hervor, legte zwei Zettel auf den Tisch und dazu tausend Schweizer Franken. Dann wandte er sich Mike Forster zu: ,,Die Gegenseite spielt Theater. Wir spielen mit!

Ich werde jetzt auf dem gleichen Weg verschwinden, auf dem ich gekommen bin. Ihr könnt mich unter dieser Nummer erreichen!“ Er tippte auf einen der Zettel. „Das ist ein Hotel! Ich werde dort unter dem Namen Tonin wohnen. Albert Tonin. Ich habe den Namen hinter die Nummer geschrieben!“ Er wiederholte noch einmal: „Albert Tonin! In einer halben Stunde ruft ihr das blasse Hühnchen an und laßt euch ein Taxi rufen ... Sobald das Taxi da ist, nehmt ihr euer Gepäck, geht nach unten und bezahlt eure Rechnung ... Sicher wird euch das Hühnchen fragen, warum so plötzlich und wohin und ob es euch nicht gefallen hat ... Tut mürrisch und unfreundlich, gleichzeitig laßt ihr durchsickern, daß euch dringende Geschäfte zurück nach England rufen. Und im letzten Augenblick laßt ihr ihn wissen, daß ihr zum Flughafen fahrt!“

„Und wohin fahren wir wirklich?“

„Zum Flughafen, Jack! Ihr geht dort zum Informationsschalter, fragt nach der nächsten Maschine nach London und setzt euch anschließend zwei Stunden in das Flughafenrestaurant. Danach nehmt ihr euch wieder ein Taxi und fahrt in die Stadt zurück, und zwar in diese Pension ...“ Er tippte auf den zweiten Zettel. „Ich habe bereits zwei Einzelzimmer für euch bestellt. Und zwar auf eure Namen!“

Während ihn McButton und auch Forster verständnislos ansahen, grinste Roger Püttely: „Ein bißchen kompliziert, was?“

Forster nickte, gestand jedoch ein: „Du wirst dir dabei sicher etwas gedacht haben.“

„Stimmt! Es gibt zwei Möglichkeiten: Gaitner läßt uns überwachen – oder nicht! Läßt er nicht, wäre unser Theater umsonst. Läßt er, dann erfüllt es seinen Zweck!“

„Und was ist das für ein Zweck?“ wollte McButton wissen. Püttely betrachtete McButton mit der schon öfters praktizierten Nachsicht.

„Stell dir vor, Jack, du überwachst einen Mann, von dem

du weißt, daß er weiß, daß du hinter ihm her bist ... Kannst du mir folgen?"

Der Rotschopf nickte langsam. ,,Okay, weiter!"

,,Plötzlich verschwindet dein Mann in einem Taxi, läßt sich zum Flugplatz karren, wartet dort zwei Stunden, fährt in die Stadt zurück und mietet sich in einem anderen Hotel unter seinem eigenen Namen ein ... Was würdest du von so einem Mann denken?"

,,Ich?"

,,Ja, du!"

Jack McButton fuhr sich verlegen durch das Gestrüpp seiner roten Haare. Dann zuckte er ratlos mit den Schultern. ,,So auf Anhieb ... Ich meine, mir fällt im Augenblick nicht das Richtige ein ..."

,,Siehst du. Und genau so wird es den Leuten gehen, die jetzt hinter euch her sind. Sie werden sich den Kopf darüber zerbrechen, was das zu bedeuten hat. Und sie werden sich fragen, wo Roger Püttely und der dunkelblaue VW von McButton und Forster geblieben sind ... Denn ihr werdet nur in eurer Pension hocken und Zeitung lesen, essen und schlafen."

,,Was, wir sollen das Haus nicht verlassen?"

,,Abwechselnd schon! Nur – einer muß immer telefonisch zu erreichen sein!"

,,Und was ist mit der Frau, die wir kidnappen sollen?"

Püttely legte den Finger über die Lippen. ,,Pssst! Du mußt solche Worte nicht so laut aussprechen, Jack! Clifton wird sie weitersuchen ... So lange, bis er sie gefunden hat!"

,,Und wenn er sie nicht findet?"

,,Mills ist davon überzeugt, daß er sie findet!"

,,Aber wir müssen auch mit dem Gegenteil rechnen!" warf Forster ein. ,,Was dann?"

Püttely winkte ab. ,,An eine solche Möglichkeit will ich gar nicht erst glauben. Ich werde für den Erfolg und nicht für den

Mißerfolg bezahlt! Also glauben wir daran, daß das angebliche Schnüffelgenie aus London die Lady ausfindig macht. Und dann ..."

Er erhob sich.

„Ich werde mich jetzt auf den Weg machen. In einer halben Stunde seid ihr an der Reihe!" Doch da fiel ihm noch etwas ein: „Bezahlt auch meine Rechnung mit. Ich möchte nicht, daß das blasse Hühnchen Schwierigkeiten bekommt."

21 Uhr 50.

Das „Schnüffelgenie" Perry Clifton hatte die Sauna genossen, das „größte Steak von Basel" verdrückt, mit Julie Young telefoniert und saß jetzt in seinem gemütlichen Appartement und beschäftigte sich mit dem Fall des „geheimnisvollen Gesichtes".

Diese Beschäftigung bestand nicht nur allein aus Nachdenken; sie bestand auch aus dem Beschriften, sowie Hin und Herschieben von Karten.

Es war eine Art kriminalistisch-strategisches Puzzlespiel, das damit begann, daß Perry Clifton eine Reihe von kleinen weißen Karten mit Namen versah. Auf jede Karte kam *ein* Name. Sie lauteten:

James Pieter Burton
Claire Burton
Madame Bloyer?
Henry Overgaty
Jack McButton
Mike Forster
Charles Wynham?
Roger Püttely
John Aston

Zwei dieser Namen wiesen Fragezeichen auf. Neun Namen, mit denen Perry Clifton nun zu spielen begann.

Püttely, Forster, McButton und John Aston legte er auf die

linke Seite, nach rechts wanderten Overgaty und Wynham. In der Mitte blieben die Karten von James Burton, Claire Burton und Madame Bloyer liegen.

Wer gehörte zu wem?

Perry Clifton begann fünf andere weiße Karten mit Notizen zu versehen. Es handelte sich hierbei um die „fünf Möglichkeiten“:

Möglichkeit 1: Claire war aus Versehen abgestürzt. Er betrachtete die Namenskarten. Aston als Augenzeuge paßte dazu. Wo aber gehörte dann Forster hin? Der Mann, der zu seinen Verfolgern gehörte und der John Aston einen Brief geschrieben hatte.

Möglichkeit 2: Claire hat wirklich Selbstmord begangen. Wiederum paßte nur Astons Karte. Clifton strich Möglichkeit 2 durch.

Möglichkeit 3: Claire war umgebracht worden ... Hier ließen sich auf einen Schlag gleich vier Karten bewegen: Aston, Forster, McButton und Püttely. Vielleicht auch Overgaty?

Perry Clifton verdeckte nachdenklich die Karte mit dem Namen Claire Burton und die mit dem der Madame Bloyer ... und er kreuzte auch die Karte Möglichkeit 3 durch ...

Eine weitere halbe Stunde verging.

„Nehmen wir mal die Möglichkeit Nummer 5 an“, sagte Perry laut, besann sich jedoch, stand auf, schaltete das Radio an, suchte nach Musik und setzte sich wieder. „Nehmen wir mal an, James Pieter Burton plant einen großen Versicherungsbetrug ...“ Er legte Burtons Karte ganz oben hin.

„Nehmen wir weiter an, daß seine Schwägerin einverstanden ist. Sie schließen eine Lebensversicherung ab auf Gegenseitigkeit.“ Die Karte Claire kam neben die von Burton.

„Jetzt brauchen sie Hilfe! Sie brauchen einen Augenzeugen, und sie brauchen eine entlegene Stelle, an der es nicht von Fuß- und Spaziergängern und sonstigen Wanderern wimmelt.

Sie kennen jemanden, der einen solchen Augenzeugen an der richtigen Stelle besorgt!“ John Aston war der Augenzeuge, seine Karte wanderte unter die von James und Claire Burton.

Clifton fuhr fort: ,,Zum Beispiel könnte der Butler Henry Overgaty den Kontakt zwischen den dreien hergestellt haben ...“

Die Karte Overgaty rutschte neben die von John Aston. ,,Der Unfall wird konstruiert, der Augenzeuge sagt aus, die Tote verschwindet im Meer! Und da sie ja nicht mehr zum Vorschein kommen wird, muß sie verschwinden! Aber wohin?“

Perry Clifton hörte von draußen leises Gemurmel Vorübergehender und senkte unwillkürlich seine Stimme. ,,Soll sie nach London? Zuviel Risiko! Überhaupt in England bleiben? Vielleicht nach Irland? Nein, ich hab’s: War der Schwager nicht gerade im schottischen Edinburgh gewesen, als das ‚furchtbare Unglück‘ geschah? Warum also sollte Claire nicht zunächst in Schottland untergetaucht sein?

Oder?

War vielleicht ein Land naheliegender, in dem man ihre Muttersprache sprach: Französisch? Es mußte ja nicht direkt Frankreich sein ... Es gab ja Länder mit französischen Landesteilen ...“ Perry Clifton nickte sich selbst zu: ,,Belgien zum Beispiel ...

Die Schweiz zum Beispiel ... Nur – in Basel sprach man deutsch, und wenn nicht das, dann rätoromanisch.“

Perry Clifton starrte auf die fünf Karten vor ihm. Auf die Karte mit der ,,Möglichkeit 5“, der des großangelegten Versicherungsbetruges, und auf die Karten mit den Namen

James Pieter Burton,
Claire Burton,
John Aston,
Henry Overgaty.

Laut rekapitulierte er den Fall weiter: ,,Alles klappt. Burton läßt seine Schwägerin für tot erklären, bekommt die Versicherungssumme, zahlt die Schweigegelder aus und teilt mit der ‚lebenden' Schwägerin den Rest ... Claire nimmt einen anderen Namen an, nennt sich jetzt Bloyer und verschwindet aus London, aus England, ja, aus Burtons Leben ... Der Fall wäre geklärt!!

Warum also sollte Burton ausgerechnet jetzt hergehen und einem Gesicht nachlaufen, welches das Gesicht seiner Schwägerin ist?

Warum?

Welches Interesse könnte er haben, seiner Schwägerin wieder zu begegnen?"

Plötzlich verstummte Clifton, beendete das laute Selbstgespräch. Nur sein Verstand sprach weiter. Angst vielleicht! sagte dieser Verstand.

Burton könnte Angst haben, daß Claire auch von jemand anderem entdeckt und somit entlarvt werden könnte. *Ihre* Entlarvung aber wäre auch seine eigene ...

Ja, so könnte es sein!

James Pieter Burton lebte, seit er das Gesicht Claires gesehen hatte, in der ständigen Furcht, sie könne den großangelegten Schwindel durch leichtsinniges Herumreisen zum Platzen bringen.

Das hieße für ihn, den angesehenen Grundstücksmakler James Pieter Burton, nicht nur Ruin, das hieße auch – Gefängnis!

Deshalb hatte er ihn und gleichzeitig die anderen engagiert! Er, Clifton, sollte Claire Burton ausfindig machen, und die anderen sollten sie ...

Perry stockte der Atem ... Würde das stimmen, dann wäre Claire Burton alias Madame Bloyer in allergrößter Gefahr. Ja, würde *das* stimmen ...

Aber – konnte es überhaupt stimmen?

Schon wieder nagten Zweifel an ihm. Und diese Zweifel

kamen nicht allein. Sie kamen in Begleitung neuer und alter Einfälle, Möglichkeiten und Ideen.

Vielleicht gab es wirklich eine Zwillingsschwester? Unsinn!! Davon hätte ja in erster Linie der eigene Bruder, dieser Albert Lamatin, wissen müssen. Aber ... Hatte man nicht schon von Fällen gehört, wo Eltern, sehr, sehr arme Eltern, einen Zwilling schon kurz nach der Geburt fortgegeben hatten? Mußte man eine solche Möglichkeit nicht auch in Betracht ziehen?

Was war das für eine Familie, aus der Claire kam? Er mußte Burton danach fragen ... Burton ... Konnte dieser James Pieter Burton überhaupt ein Betrüger sein?

Plötzlich stand Perry Clifton die Szene in Burtons Haus vor Augen, als dieser zur Tür hastete und sie aufriß, weil er glaubte, verdächtige Geräusche gehört zu haben.

War es möglich, daß Sir Arthur White ihm, Clifton, einen Mann empfahl, der ein Betrüger war?

„Ich muß diese Madame Bloyer finden! Koste es, was es wolle!“ sagte Perry Clifton. Er schrak zusammen, denn in diesem Augenblick klingelte das Telefon. In Sekundenschnelle ging er die Namen der möglichen Anrufer durch:

Scott Skiffer?

Vielleicht Julie Young?

Oder gar James Burton?

„Clifton!“

„Hier spricht Gaitner! Habe ich Sie aus dem Schlaf geholt?“

„Aber nein, Herr Gaitner, ich bin am Nachdenken!“

„Über Ihren Fall?“

„Ja. Und mir tut der Kopf schon weh ... Ich habe das Gefühl, daß ich beim letzten Schnupfen auch meine Kombinationsgabe eingebüßt habe. Am Ende einer jeden Überlegung steht ein Hindernis ... Es müssen neue Fakten her, oder ich komme nicht weiter!“

„Ich habe neue Fakten, aber ich bezweifle, daß sie entscheidenden Einfluß auf Ihre Überlegungen haben werden."

„Ich bin gespannt!" sagte Perry Clifton, und er war es wirklich.

„Tschudi hat mich angerufen ..."

„Tschudi?" Wer war gleich Tschudi?

„Der Portier vom Hotel Loderer. Dem Hauptquartier Ihrer Freunde ..."

„Ist was passiert?"

„Sie sind ausgezogen. Alle drei. Ganz plötzlich!"

„Heute abend?"

„Ja. Ich wollte Sie auch gleich nach Tschudis Anruf verständigen, aber es meldete sich niemand."

„Ich war zuerst in der Sauna und anschließend essen. Haben sie Tschudi verraten, warum sie so plötzlich abreisen?"

„Sie haben nur etwas vom Wetter gemurmelt. Außerdem sollen sie hochgradig verärgert gewesen sein. Püttelys Rechnung haben sie mitbezahlt!"

„Wieso ... Ich denke, sie sind alle drei zusammen ausgezogen?"

„Püttely sei schon vorausgefahren, hat Forster behauptet. Sie haben sich ein Taxi zum Flughafen kommen lassen, und dann ..."

Ein unglaublicher Verdacht durchfuhr Perry Clifton, rüttelte an seiner Phantasie wie der Sturm an einem lockeren Fensterladen.

Sollte es wirklich geschehen sein?

Sollten ihm seine Gegner – ja, sie waren seine Gegner! – zuvorgekommen sein? Hatten sie Madame Bloyer entdeckt, aufgespürt? War er deshalb für Mike Forster, Jack McButton und diesen Püttely plötzlich uninteressant geworden?

Johannes Gaitner schien Cliftons Gedanken wieder einmal erraten zu haben.

„Ich glaube nicht, daß sie wirklich verschwunden sind!"

„Sie meinen, es könnte sich um ein Ablenkungsmanöver handeln?"

„Ja. Vielleicht haben sie unseren Trick mit McButton und Theres durchschaut ... Ich habe versucht, mich in ihre Lage zu versetzen ... Ich würde mir in diesem Fall auch ein Boot nehmen, ein Stück aufs Meer hinausfahren und an einer anderen Stelle wieder an Land gehen ..."

„Sie glauben also, daß die drei Basel verlassen haben, um wiederzukommen?"

„Bei Forster und McButton glaube ich es!"

„Sie haben recht!" stimmte Clifton zu. „Püttely hat es nicht nötig, da wir ihn nicht kennen. Das würde also bedeuten, daß wir bis auf weiteres nur mit Püttely zu rechnen haben."

„Es sei denn", gab Gaitner zu bedenken, „daß er sich Verstärkung holt. Neue Leute!"

„Aber dann könnte er McButton und Forster doch gleich nach England zurückschicken ..."

Gaitner stimmte zu: „Sie haben recht, im Prinzip haben Sie recht. Aber es fliegt keine Maschine mehr nach London heute abend. Sie können unbesorgt sein, ich werde in jedem Fall erfahren, was aus den beiden geworden ist. Verlassen sie Basel nicht, können wir sicher sein, daß die drei eine bestimmte Teufelei planen."

„Daran zweifle ich keine Sekunde mehr!"

Gaitners Stimme klang zuversichtlich, als er Clifton aufzumuntern versuchte: „Ich bin aber ebenso sicher, daß *Sie* am Ende die Nase vorn haben werden. Und deshalb wollen wir uns auch den morgigen Tag nicht verderben lassen. Es bleibt doch bei 9 Uhr?"

„Ich werde pünktlich um 9 Uhr vor dem Portal stehen!"

„Dann also gute Nacht, und bis morgen!"

„Gute Nacht, Kommissar. Und vielen Dank für Ihren Anruf!"

Perry Clifton verspürte nach diesem Gespräch nicht mehr

allzu viel Lust, sein kriminalistisches Puzzlespiel wiederaufzunehmen. Er zog sich aus und legte sich ins Bett.

„Gute Nacht“ hatte Gaitner ihm gewünscht. Aber zu einer „guten Nacht“ gehörten Perrys Meinung nach auch gute Träume. Und diese hatte er in jener Nacht nicht. Im Gegenteil: In einem alptraumähnlichen, unruhigen Schlaf träumte er von Schiffen, springenden Fischen, brausenden Wellen. Von lärmenden Wassermassen, die sich am Mauerwerk unzähliger Leuchttürme brachen. Es war eine regelrechte Leuchtturm-Landschaft, die der eines Ölfeldes glich, wo Bohrturm an Bohrturm aus dem Boden wuchs. Inmitten dieses Infernos stand ein Mann. Ein Riese, dessen Ober- und Unterlippen von einem Vorhängeschloß zusammengehalten wurden. Sein Gesicht wies die Züge John Astons auf. Auf seinem Kopf wuchsen statt Haaren Tausende glitzernder Stacheln.

Der frühere Leuchtturmwärter stand hochaufgerichtet zwischen Leuchttürmen, Felsen und dem Wrack eines Schiffes, während Perry Clifton verzweifelt versuchte, gegen die Flut gischtender Wasserberge anzukämpfen. John Aston aber lachte ihm durch seinen verschlossenen Mund zu, und sein Lachen klang wie das Rauschen des Meeres.

Ja, es rauschte.

Rauschte ...

Rauschte ...

Rauschte ...

Es rauschte so stark und heftig, daß Perry Clifton davon aufwachte.

Schweißgebadet ...

Und erleichtert darüber, daß alles nur ein Traum war, kroch er aus dem Bett, stampfte müde und erschöpft zur gegenüberliegenden Wandseite und schaltete das rauschende Radio ab.

Es war 3 Uhr 40.

Zehn Minuten später schlief er bereits wieder.

Er schlief einem Tag entgegen, der nicht nur ihm in Basel

überraschende Entdeckungen bringen sollte. Auch in London gab es an diesem Sonnabend erstaunte, überraschte, aber auch besorgte Mienen ...

Etwas geschieht ...

London, Sonnabend, 25. März, 10 Uhr 25.

Scheinbar sehr interessiert betrachtete der ältere Mann die Auslagen der drei Schaufenster. Er steckte in einem Wettermantel und trug auf dem Kopf eine flache Mütze. *Hollburn & Son* stand in Goldbuchstaben über jedem Schaufenster. Und *Hollburn & Son* stand auch auf der Tür, durch die der Mann jetzt das Antiquitätengeschäft betrat.

„Guten Morgen!“ sagte Penelope Ladbrok, ein lebender Teil der herumstehenden Antiquitäten. Ihr runzliges Gesicht, das auf einem dünnen Hals saß, der wiederum aus einem gestärkten Spitzenkragen ragte, lächelte den Kunden freundlich an. Das tat sie seit fünfzig Jahren schon. Und im Laufe dieser fünfzig Jahre hatte sie ein Gespür dafür entwickelt, wie hoch die Kaufkraft eines Kunden einzuschätzen war. Und diesen hier schätzte sie allerhöchstens auf einen Wasserkrug aus dem 19. Jahrhundert oder ein viktorianisches Riechfläschchen ein. Beides Gegenstände, die für zehn bis zwanzig Pfund zu haben waren.

„Guten Morgen, Mylady!“ erwiderte der Mann im Wettermantel höflich. „Ich möchte mich ein bißchen umsehen, wenn Sie erlauben.“

„Bitte sehr, selbstverständlich!“

Die „Mylady“ tat Penelope fast so gut wie ein warmes Fußbad nach einem langen Spaziergang, und sie war gewillt, die Kaufkraft des in ihrer Gunst gestiegenen Kunden entsprechend anzuheben. Vielleicht interessierte er sich für eine Sunderland-Fingerschale für 60 Pfund? Oder wie wär's mit der Newhall-Teekanne?

Doch der Kunde schien nicht viel von Porzellan und Glas zu halten.

Penelope runzelte die Stirn, als er vor einem Eichenschrank haltmachte. Sie tastete sich über den veloursausgelegten Boden näher.

„Ein besonders massives Stück. Eiche, 17. Jahrhundert ..."

„Aha ... Sehr interessant. Und das da?"

Bei dem „Das da?" empfand Penelope fast körperlichen Schmerz. „Das da", sagte sie pikiert, „ist ein Nußbaumsekretär mit Untergestell aus der Zeit von Queen Anne!"

„Sieh mal an, der gefällt mir. Den nehme ich!" sagte der Mann. Penelope schluckte, daß die gestärkten Spitzen hüpften. „Der Preis ... der Preis ...", sie sah den Wettermantel, die Mütze, die derben Schuhe ..., „der Preis ist 4000 Pfund, Sir!" Das „Sir" war ihr angesichts der 4000 Pfund herausgerutscht.

„Dann nehme ich ihn natürlich nicht!" sagte der Mann.

„Natürlich nicht!" lächelte sie.

„War ein Scherz!" sagte er.

„Natürlich!" sagte sie.

„Eigentlich war ich nur mal neugierig, weil mein Freund Clifton sagte, geh doch mal hin, und sieh dich mal um, bei Hollburn & Son ... Was es da alles für schöne Sachen gibt ..."

„Clifton?"

„Ja, Perry Clifton. Kennen Sie ihn zufällig?"

„Ich nicht, aber jemand anders!" Sie räusperte sich, und es klang wie das krächzende Husten eines Igels, der zur nächtlichen Jagd auszog, und dann rief sie: „Julie!!" Der Mann im Wettermantel zuckte unwillkürlich zusammen. (Man hörte es Penelopes Stimme wirklich nicht an, daß sie schon 64 Jahre alt war.) Irgendwo klappte eine Tür.

„Ja?"

„Hier ist jemand für Sie! Ein Bekannter von Mister Clifton!"

Julie Young kam heran, während Miß Penelope gekränkt abging.

Julies braune Augen strahlten den alten Mann im Wettermantel an, während sie ihm die Hand entgegenstreckte.

„Ich bin Julie Young! Und Sie sind ein Bekannter von Perry?"

Ein wenig verlegen nickte der Mann, und vorsichtig schüttelte er die schmale, feste Hand. „So ist es. Mister Clifton ... ich meine, Perry hat mir schon eine Menge von Hollburn & Son erzählt ... Na ja, und da ich gerade in der Gegend war, wollte ich mal reinschauen ... Wenn er heute aus Basel anruft, werde ich ihm verraten, daß ich hier war!"

„Wir haben gestern abend miteinander telefoniert", verkündete Julie lebhaft. Und dann fiel ihr ein, daß sie gar nicht wußte, wer ihr Gegenüber war.

„Sie haben noch gar nicht Ihren Namen gesagt!?"

„Oh ... Ich ... bitte, entschuldigen Sie, Miß Julie. Ich heiße Archie Genter ... Perry hat Ihnen doch sicher schon von mir erzählt."

Julie blies sich eine Strähne aus der Stirn, während sie nachdachte. „Eigentlich nicht", sagte sie dann und fügte lachend hinzu: „Oder ich habe gerade nicht zugehört!"

„Was erzählte er denn von Basel? Hatte er schon Erfolg mit seinen Ermittlungen?"

„Nein!" Julie schüttelte den Kopf und redete ohne Arg und Hemmungen drauflos: „Er war ziemlich niedergeschlagen. Dabei hatte er doch schon einen Zipfel in der Hand."

„Einen Zipfel??"

„Ja, einen Zipfel von der Spur. Na ja ...", seufzte sie und zwinkerte belustigt, „verkaufen scheint doch einfacher zu sein, als Detektiv zu spielen. Sind Sie auch Detektiv?" Wieder zögerte der Mann, und wieder schien er sich zu einer Antwort erst überwinden zu müssen. „Ja, ich bin auch Detektiv ..." Julie sagte: „Jetzt hofft er auf morgen!"

„Wieso auf morgen? Davon hat er mir nichts gesagt ..."

„Morgen kommt doch das Mädchen wieder ... Den Namen habe ich vergessen, aber Perry meint, sie könnte der große Renner sein ..."

„Stimmt, es fällt mir ein!" sagte der Mann. Doch ebensogut hätte er Hering, Napfkuchen, Strickstrumpf oder Mäuseschwanz sagen können. Julie Young dachte so wenig an einen Hinterhalt, daß sie auch dabei kein Mißtrauen geschöpft hätte. Und als das Mißtrauen endlich in Form eines zarten Pflänzchens zu keimen begann, war es zu spät. Noch leuchteten ihre Augen voller Vertrauen. Und spitzbübisch stupste sie mitten in den Wettermantel. „Jetzt weiß ich, wer Sie sind!"

Der Mann starrte sie sekundenlang erschrocken an. „So?" brachte er endlich hervor.

„Ja. Sie sind der Mitarbeiter von Perrys Busenfreund Scott Skiffer! Stimmt's, Mister Genter?" Und ganz theatralisch: „Sie sind ... der ... der ... so ... viel ... priemt!"

Er schüttelte den Kopf. Irritiert und von Julies Naivität in die Enge gedrückt.

„Ich kenne diesen Mister Skiffer gar nicht ..."

„Sie kennen Scott Skiffer nicht? Aber Sie *müssen* ihn kennen, er ist Perrys bester Freund!" Sie hatte einen Einfall: „Vielleicht kennen Sie ihn unter einem Spitznamen. Ich meine Scott Skiffer, den Inspektor von Scotland Yard!"

Der Mann vor ihr richtete sich plötzlich auf. Die ohnehin heisere Stimme war noch eine Spur heiserer, als er wiederholte: „Scotland Yard? ... Ja ... Wenn Sie den meinen, den kenne ich ... Aber jetzt muß ich gehen ..."

Julie Young sah ihm nach.

Eigenartig ... Er hatte nicht mal auf Wiedersehen gesagt. Er hatte ihre ausgestreckte Hand ganz übersehen.

Perry hatte schon komische Freunde ...

Freunde? Ob das vielleicht gar kein Freund war?

Aber woher hätte er sonst wissen können, daß Perry in Basel war?

Julie registrierte plötzlich ein eigenartiges Herzklopfen. Sie bekam es immer nach besonders großen Dummheiten. Aber sie war auch ein Mädchen, das schnelle Entschlüsse fassen konnte. Als sie den Hörer vom Telefonapparat in Mister Hollburns Büro nahm, war es genau 10 Uhr 40 ...

Schaffhausen, 25. März, 10 Uhr 50.

„Na, Herr Clifton, ist der Rheinfall nun ein Reinfall, oder sind Sie zufrieden?" wollte Theres wissen. Es war ziemlich windig, und sie hatte alle Hände voll zu tun, um ihr dürftiges Hütchen vor dem Davonfliegen zu bewahren.

„Er ist kein Reinfall!" bestätigte Perry Clifton. Und Johannes Gaitner witzelte: „Es sind nicht gerade die Niagarafälle, aber wir Schweizer waren ja schon immer bescheiden!"

„Die Höflichkeit gebietet es mir, Ihnen nicht zu widersprechen!"

„Wollen wir wetten, daß Sie nicht wissen, wie viele Meter das Wasser hier hinunterstürzt?"

„Stürzt?" wiederholte Clifton grinsend. „Sagen wir lieber: hinunterplätschert."

„Meinetwegen!" (Zänkisch war Theres noch nie gewesen.)

„Gut, wetten wir!" willigte Perry ein. „Um wieviel wollen wir wetten?"

„Ich habe meine festen Tarife. Ich wette um einen Franken!"

„Einverstanden, um einen Franken! Ich schätze ... na ja, es wird so 21 Meter in die Tiefe hinunterplätschern!"

Gaitners Haushälterin sah Clifton zuerst enttäuscht, dann mißtrauisch an. Trotzdem griff sie wortlos in ihre Manteltasche und holte den verlorenen „Tarif" heraus.

„Danke!" sagte Clifton, verbeugte sich und verstaute den

Gewinn dort, wo schon eine Ansichtskarte vom Rheinfall steckte, auf der alle Daten über die Tiefe des Wasserfalls ordnungsgemäß aufgeführt waren.

„Ich werde nie wieder am Rheinfall wetten!“ versicherte die Theres: „So ein Reinfall!“

Von Schaffhausen aus fuhren sie rheinaufwärts über Münster bis zum Bieler See, wo sie zu Mittag aßen und wo sich Clifton von Johannes Gaitner zu einem Fischessen überreden ließ. Bei dieser Gelegenheit erkundigte er sich auch nach jenem von Scott Skiffer so oft erwähnten Weinlokal, wo man sich angeblich gegenseitig die Schuppen auf dem Kopf zählen konnte. Und Gaitner erzählte ihm voller Bedauern (und Grimm), daß das Haus, in dem das Lokal untergebracht war, einem unschönen Neubau hatte weichen müssen ...

London, 12 Uhr.

Mister Hollburn jun. saß in seinem Büro und studierte den neuesten Auktionskatalog von „Christie's“, Penelope Ladbrok lag seit zehn Minuten auf dem Sofa im Personalzimmer und kämpfte gegen einen hartnäckigen Schluckauf an, während Julie Young ein Ehepaar verabschiedete, dem sie vergeblich versucht hatte, die Wertsteigerung einer antiken Standuhr aus Nußbaum klarzumachen. Aber entweder hielt sie der Ehemann für eine Zigeunerin, mit der man feilschen mußte, oder das Feilschen war sein Sonnabendvergnügen. Für das herrliche Stück aus dem 17. Jahrhundert mit wunderschönen Intarsien von Joseph Buckingham, das mit 1000 Pfund angesetzt war, wollte der Feilscher „höchstens sechshundert“ bezahlen.

Julie geleitete das Pärchen zur Tür, als ihr Blick auf einen hochaufgeschossenen Jungen fiel. Er trug verwaschene Jeans, einen dunkelgrünen Rollkragenpulli und eine helle Jacke. Julie sah ihn nicht zum ersten Mal. Schon vorhin hatte er sich die Nase am Glas der Tür platt gedrückt. Als er jetzt Julies Blicke so direkt auf sich gerichtet sah, reckte er sich trotzig und marschierte auf sie zu. Dabei musterte er sie wie der Igel die Schnecke, bevor er sie frißt.

,,Hallo!" sagte Julie und forderte ihn auf: ,,Komm herein, wenn du dir was ansehen willst!"

Sie sagte es freundlich, aber der Junge schien diese Freundlichkeit zu bedauern. Ebenso wie er nach näherem Hinschauen feststellen mußte, daß sie nicht häßlich war. ,,Danke!" sagte er und schob sich an ihr vorbei ins Innere des Ladens, in dem es so vornehm aussah und so eigenartig roch.

,,Also, was gefällt dir besonders?"

Der junge Mann bekam rote Ohren, und als er das fühlte, wurden sie noch röter. Aber Dicki war keiner, der kniff: ,,Ich wollte Sie mir nur mal ansehen!"

Das verschlug sogar Julie Young die Sprache. Sie, der es sonst nicht so leicht die Sprache verschlug, sagte nur: ,,Oh ..."

,,Sie sind doch Miß Julie, oder?" Julie nickte. Sie hatte sich inzwischen gefaßt und lächelte Dicki an.

,,Du weißt, wer ich bin, aber ich habe keine Ahnung, wer du bist. Findest du das gerecht?"

,,Ich bin Dicki Miller!"

Julie Young brauchte nur ganze zwei Sekunden, um Dicki Miller in die richtige Schublade zu tun. Ihre braunen Augen strahlten Dicki voll ehrlicher Freude und Überraschung an. Dann stützte sie die Arme in die Hüften und fragte wie eine Tante, die zum ersten Mal ihren Neffen sieht: ,,Du bist also Dicki Miller aus Norwood?"

,,Ja!"

,,Der Dicki mit dem Großvater, der für alle Lebenslagen einen Spruch auf Lager hat? Und der Dicki, der Perry Cliftons bester Freund ist?"

Er nickte. Julie streckte ihm die Hand entgegen: ,,Ich freue mich, dich kennenzulernen!" Und entgegen allen Vorsätzen schlug Dicki in Julies Hand ein. Eine Spur zu schnell, wie er fand – hinterher. Eigentlich war er ja nur gekommen, um an

Julie Young irgendwas zu finden, das Perry Clifton eventuell übersehen haben könnte. Einen krummen Daumen, zum Beispiel ... oder abstehende Ohren ... eine zu große Nase ... Vielleicht hatte sie an einer Hand nur vier Finger ...? Und nun stand er da, während sie ihn ansah, als hätte er ihr was geschenkt.

Julie hatte die Musterung lächelnd über sich ergehen lassen.

„Na, was ist, Dicki? Bist du zufrieden mit mir?"

Schon wieder das Malheur mit den Ohren. So was hatte er früher nie gehabt ...

„Sie scheinen ganz in Ordnung zu sein!" gab er zu und hätte sich gewünscht, daß sein Tonfall zu ernsthaften Überlegungen ihrerseits Anlaß gegeben hätte. So aber klang es wie ein Kompliment. Zumindest Julie mußte es als solches aufgefaßt haben, denn das Strahlen ihrer Augen nahm schon fast peinliche Formen an, als sie antwortete: „Danke, Dicki! Ich glaube – ich werde dich ebenso mögen!"

Dickis Verlegenheit steigerte sich zu echter Verwirrung. Und in dieser Verwirrung nahm er ein Weinglas von einer Konsole, warf es von der linken in die rechte Hand, von der rechten in die linke ... Für einen Augenblick stand Julie vor Schreck gelähmt und starrte auf Dickis jonglierende Hände. Als er das Glas wieder mit der Rechten fing, machte sie einen raschen Schritt auf ihn zu und nahm es ihm aus der Hand.

„Du hast mir einen gehörigen Schreck eingejagt!"

„Ich habe noch nie was runterfallen lassen, Miß Julie!" versicherte Dicki. Und ahnungslos: „Ist so was teuer?"

„Das ist ein Weinglas aus dem 18. Jahrhundert, Dicki!" Sie deutete auf den Kelch. „Siehst du, das hier, das ist geätzt ... Und wenn ich dir verrate, wieviel das Glas kostet, setzt du dich auf deinen Jeanshosenboden!"

„Fünf Pfund, vielleicht!" schätzte Dicki und hielt schon diesen Preis für maßlos übertrieben.

„Dieses Glas ist über fünfhundert Pfund wert!"

,,Über fünfhundert Pfund?" schluckte Dicki, und es durchfuhr ihn nachträglich siedend heiß. Fünfhundert Pfund ... soviel hatte Onkel George für sein gebrauchtes Auto, das angeblich fast neu war, bezahlt. Und dabei hatte er doch mit seinen Jonglierkünsten nur ein bißchen angeben wollen. Ob sie es ihm arg übelnahm?

Doch Julie schien nicht nachtragend zu sein. Im Gegenteil!

,,Hast du ein bißchen Zeit?" fragte sie.

,,Ja. Zeit habe ich immer mehr als Kleingeld!" (Stammte aus der Sprüchekiste des Großvaters.)

,,Na fein. Was hältst du davon, wenn wir nachher zusammen ausgehen? In einer halben Stunde mache ich für heute Schluß."

,,Ausgehen? So mit Whisky und Tanz?"

,,Nein", Julie lachte, ,,so mit Eis und Schlagsahne! Ich kenne in der Landen Street ein Eiscafé, dort gibt's die tollsten Sachen. Ich lade dich ein!"

Dicki nickte. ,,Einverstanden!" Dabei war das für ihn was ganz Neues. Eis im März. ,,Und was mache ich in der halben Stunde?"

,,Du kannst hier auf mich warten, du kannst aber auch spazierengehen!"

,,Ich bleibe hier!" entschied Dicki, und er gestand sich ein – wenn auch widerwillig –, daß *ihm* Julie gefiel. Ob sie *gut genug* war für seinen Freund Perry Clifton, das mußte er erst noch herausfinden.

,,Sag mal, Dicki", Miß Julies heitere Miene hatte sich verdunkelt, und er sah sich unwillkürlich um, ob er mit irgendeinem Körperteil irgendeine teure Sache bedrohte, ,,kennst du einen Mister Archie Genter?"

,,Mister Archie Genter?" wiederholte Dicki und zog die Stirn kraus. Genter? Hatte er den Namen Genter schon gehört? Nein! Bestimmt nicht. ,,Nein, den Namen habe ich noch nie gehört."

,,Dieser Mister Genter behauptete, Detektiv und ein Freund von Perry Clifton zu sein."

Dicki sah Julie groß an. ,,Bestimmt nicht ... Wenn das ein Freund wäre von Mister Clifton, hätte ich seinen Namen schon einmal gehört. Ich kenne alle Freunde von Mister Clifton!" setzte er stolz hinzu. ,,Der hat Sie belogen! Das war nur ein Angeber!"

Julie nickte bekümmert. ,,Ein Lügner schon, Dicki, aber auch ein Angeber? Ich weiß es nicht. Ich dummes Schaf habe ihm alles erzählt, was ich wußte." Sie schien sich große Sorgen zu machen.

Dicki Millers kriminalistische Ader regte sich, witterte er doch eine drohende Gefahr für seinen großen Freund.

,,Hat dieser Mister Genter hier angerufen?"

,,Nein, er war vorhin hier im Geschäft. Er sagte, er sei ein Freund von Mister Clifton, und er erkundigte sich, ob ich schon Neuigkeiten aus Basel hätte."

Dicki fragte aufgeregt: ,,Haben Sie denn schon mit Mister Clifton telefoniert?"

,,Ja, gestern abend. Dabei hat er mir erzählt, daß sich morgen früh etwas entscheiden würde. Und das habe ich diesem Mister Genter wiedererzählt."

Dicki schüttelte den Kopf. ,,Das ist schlimm!"

,,Meinst du?"

,,Ja, das war bestimmt einer von der anderen Seite. Einer von denen, die hinter Mister Clifton her sind."

Julie Young war plötzlich ganz bleich. ,,Du meinst, daß es gefährlich für ihn werden könnte?"

Dicki wollte nun eigentlich zu einer großen Rede über Verfolgte und Verfolger ansetzen, dann gab er jedoch kleinlaut zu: ,,Ich weiß nicht ... Mir hat er ja nichts weiter gesagt." Da fiel ihm Scott Skiffer ein. Natürlich, daß er nicht gleich an den gedacht hatte.

,,Wir müssen unbedingt Inspektor Skiffer von Scotland

Yard anrufen. Der weiß bestimmt Rat. Er ist ein guter Freund von Mister Clifton." Julie winkte ab: „Das habe ich schon versucht, Dicki. Mister Skiffer ist leider unterwegs!"

Dicki nahm sich keine Zeit zum „Darüber-wundern", daß Julie Young Inspektor Skiffer ebenfalls kannte. Er entschied: „Dann rufen wir jetzt Mister Clifton in Basel an!" Und da er ein Gentleman sein wollte, fügte er hinzu: „Ich werde ihm alles erklären. Sie brauchen nur die Nummer wählen. Wir müssen ihn unbedingt warnen!"

Julie dämpfte Dickis Tatendrang: „Vor heute abend wird Mister Clifton nicht im Hotel sein. Er macht einen Tagesausflug."

„So ein Mist!" schimpfte Dicki, und Julie schlug vor: „Wir probieren es vom Café aus noch einmal mit Mister Skiffer!" Dicki nickte zustimmend. „Das ist eine gute Idee." Aber er verhehlte auch nicht seine Bedenken: „Können Sie denn diesen Mister Genter richtig beschreiben?"

Julie Young versicherte, es zu können. Und noch etwas sagte sie: „Ich bin richtig froh, daß du gekommen bist, Dicki. Wenn man selbst keine Ahnung hat von Kriminalistik, macht man die albernsten Fehler. Dir wäre so was sicherlich nicht passiert."

Dicki wuchs und wuchs ...

„Du wirst mir doch helfen, diesen Fehler wieder wettzumachen?"

„Natürlich!" sagte Dicki und hatte keine Ahnung, wie er das anstellen sollte. „Verbrannte Milch läßt sich nicht mehr trinken", würde sein Großvater jetzt sagen. Oder was noch schlimmer war: „Einem untergegangenen Topf kann man nur noch den Deckel hinterherwerfen ..."

Dickis große Hoffnung war, daß sich selbst sein Großvater schon zweimal mit einem Spruch geirrt hatte ...

Basel, 18 Uhr.

Seit genau zehn Minuten war Perry Clifton wieder im Hotel.

Über Solothurn und Olten waren sie nach Basel zurückgekehrt. Und Clifton hatte sich alle Mühe gegeben, seine innere Unruhe zu verbergen. Er zweifelte jedoch daran, daß ihm der alte Fuchs Gaitner seine aufgesetzte Zwanglosigkeit abgenommen hatte.

Je näher sie Basel kamen, um so größer wurde seine Nervosität, um so stärker seine Spannung. Er spürte ganz deutlich, daß sich etwas anbahnte. Zu oft schon hatte er diese gleichen Empfindungen durchgemacht.

Um 18 Uhr 20 klingelte das Telefon. Clifton riß den Hörer von der Gabel.

„Ja?"

Es war Gaitner. „Ich wollte Ihnen nur sagen, daß meine Vermutung in bezug auf Ihre ständigen Begleiter eingetroffen ist. Sie sind wieder an Land gegangen und wohnen jetzt in der Pension Pohlmann!"

„Seit wann?" wollte Clifton wissen.

„Schon seit heute nacht ... Und keiner hat die Pension bis jetzt länger als zehn Minuten verlassen."

„Und Püttely?"

„Keine Spur von ihm. Ich nehme an, daß er sich tatsächlich um Verstärkung bemüht. Ein Bekannter von mir hat die Pension bis jetzt überwacht."

„Vielen Dank, Kommissar. Aber für den Rest des Tages dürfte sich eine weitere Überwachung erübrigen. Ich habe ohnehin nicht die Absicht, das Hotel zu verlassen."

„Der Mann hat seinen Beobachterposten schon aufgegeben. Mir ging es in erster Linie darum festzustellen, ob Püttely auch dort untergekrochen ist. Das ist nicht der Fall. Wahrscheinlich taucht er erst morgen oder übermorgen wieder auf ... Also, schönen Abend noch!"

Diesmal irrte Gaitner!

Perrys Unruhe hatte sich noch kein bißchen gelegt. Sie hinderte ihn daran, Radio zu hören, dem Fernsehprogramm zu folgen, Zeitung zu lesen, ja, sie hinderte ihn sogar beim Denken.

18 Uhr 50.

Perry Clifton ließ sich eine Bouillon mit Ei und einigen Toastbroten aufs Zimmer bringen. Dazu eine Kanne Tee mit viel Zucker.

19 Uhr.

Das Telefon. Es war die Zentrale. Eine Mädchenstimme kündigte ein Gespräch aus London an.

„Hallo?“ rief Perry und riß dabei den Apparat vom Schränkchen. Das Gespräch war jedoch nicht unterbrochen. „Hallo?!!!“

„Warum schreist du so, ich rufe doch nicht aus Hongkong an.“ Skiffers Stimme klang heiter.

„Entschuldigung, Scotty. Aber ich bin so nervös, daß ich jetzt sogar das Telefon runtergeworfen habe. Hattest du es schon einmal probiert?“

„Nein. Du wolltest ja ohnehin erst nach 18 Uhr angerufen werden. Ist was passiert?“

„Einiges, aber nichts Entscheidendes. Gestern abend sind meine drei Schatten ohne Angabe von Gründen aus ihrem Hotel verschwunden. Zwei von ihnen, McButton und Forster, wohnen jetzt in einer anderen Pension, von Püttely fehlt jede Spur. Ebenso spurlos verschwunden ist das Auto, mit dem sie hinter mir her waren.“

„Das heißt also, daß sie euren ‚Betriebsausflug‘ nicht überwacht haben?“

„Zumindest nicht in dem VW!“

„Man hört es deiner Stimme an, daß du unter Strom stehst!“

Perry Clifton hatte, ohne es wahrzunehmen, während der wenigen Sätze, die er bisher mit Skiffer gewechselt hatte, mit den Fingern eine Scheibe Toastbrot völlig zerbröselt. „Ich kann es dir nicht erklären, Scotty. Aber ich habe wirklich das Gefühl, als ob jeden Augenblick etwas passieren müßte ... Und wenn es nur das Zerplatzen eines Luftballons wäre ..."

„Wirf etwas gegen die Wand. Vielleicht hilft das! Aber kommen wir zur Sache."

„Gibt es denn eine Sache?" fragte Clifton, und plötzlich fielen ihm Skiffers Telefonkosten ein. „Rufst du von zu Hause an?"

„Nein, vom Yard. Aber darauf kommt's jetzt auch nicht mehr an. Wenn mein Chef erfährt, daß ich mehr oder weniger fast den ganzen Tag mit deiner Angelegenheit beschäftigt war, wird's wohl wieder nichts mit meiner Beförderung. Soweit zu den Kosten, nun zu den Fakten. Es gibt etliche. Als ich heute nachmittag ins Büro kam, lagen drei Zettel auf meinem Schreibtisch. Auf jedem stand eine Telefonnummer, derselbe Name und dahinter das Wort: Eilt! Der Name war Young!"

Clifton fuhr auf: „Julie Young?"

„Ja. Sie hatte heute Besuch eines alten Freundes von dir!"

„Tom Harder? Unsinn, deshalb hätte sie nicht bei dir angerufen."

„Ich sollte wohl sagen, eines angeblichen alten Freundes. Er nannte sich Archie Genter und könnte, Julies Meinung nach, altersmäßig dein Vater gewesen sein. Kennst du einen Archie Genter?"

„Nein!" gab Clifton beunruhigt zurück. „Ich habe diesen Namen noch nie gehört."

„Das behauptete Dicki auch!" Man hörte es förmlich, wie Skiffer am anderen Ende der Leitung in den Hörer grinste.

„Zum Teufel, Scott, was soll der Unsinn? Was hat Dicki mit Julie und diesem Archie Genter zu tun?"

„Also gut, der Reihe nach. Beide haben Julie heute einen Besuch abgestattet. Beide aus Neugier. Der eine, Genter, weil er was über dich und deine Mission in Basel erfahren wollte, und Dicki, weil er sich Julie mal ansehen wollte."

Perry wechselte den Hörer vom rechten zum linken Ohr. Das tat er meist, wenn er stark erregt war.

,,Okay, verstanden. Woher weiß dieser Genter von Julie, und woher, daß ich in Basel bin? Konnte dir Julie den Mann beschreiben?"

,,Ja ... Ich habe es notiert." Clifton hörte das Geräusch raschelnden Papiers. ,,Er soll ungefähr 50 bis 60 Jahre alt gewesen sein, hatte ein wettergegerbtes Gesicht mit vielen Falten, eine heisere Stimme und hinkte etwas. Kannst du damit etwas anfangen?"

,,– – –"

,,Hallo, Perry, bist du noch dran?"

,,Ja ... Weißt du, wer dieser Archie Genter ist?"

,,In unserer Kartei existiert er jedenfalls nicht!"

,,Er heißt auch nicht Archie Genter ... Er heißt Henry Overgaty und ist Burtons Butler!"

Perry hörte einen Pfiff in der Leitung.

,,Burtons Butler ... Verdammt Perry, was soll das nun wieder? Wozu schickt dir Burton seinen Butler hinterher, wenn er dich nur anrufen muß, um letzte Neuigkeiten über den Fall zu erfahren?"

,,Ich nehme an, daß Burton gar nichts von den Aktivitäten seines Butlers weiß ..." Clifton dachte an die Karte, die er für Overgaty angelegt hatte. Dann fiel ihm Dicki ein. ,,Wie kam Julie denn mit Dicki zurecht?"

,,Sie waren zusammen bei Glensworth Eis essen. Dicki war es auch, der darauf bestand, daß man dich warnte. So, wie ich es am Telefon mitgekriegt habe, herrscht zwischen den beiden Frieden und Eintracht!"

,,Na, das ist doch wenigstens etwas Erfreuliches. Was gibt es noch?"

Wieder das Geräusch raschelnden Papiers, dann Skiffers Stimme: ,,Eine ganze Menge ... Zunächst der Mann namens Püttely. Der Teilnehmer der Nummer, oder besser: der Inhaber dieser Telefonnummer Kensington 9223, mit dem Püttely öfters telefonierte, ist ein gewisser Patrick Mills."

„Nie gehört!" versicherte Clifton.

„Patrick Mills, 42 Jahre, gelernter Kaufmann, und nun halte dich fest, Perry: Patrick Mills arbeitete bis zum August vergangenen Jahres für Burton! Er war der Leiter für die auswärtigen Objekte ..."

Mills – Burton – Overgaty – Püttely – Forster – Aston – McButton – Sieben Namen wirbelten in Cliftons Kopf durcheinander. Eine völlig neue Situation war plötzlich entstanden. Skiffer, jenseits des Kanals, schien Verständnis für Perrys Verwirrung zu haben: „Da bleibt dir regelrecht die Spucke weg, was?"

„Ja. Ich habe das Gefühl, ich muß eine Menge neue Karten ausfüllen. Warum ist Mills von Burton weggegangen?"

„Die Informationen, die ich beschaffen konnte, besagen, daß er von Burton fristlos entlassen wurde. Er soll einige respektable Anwesen auf eigene Rechnung verkauft haben. Man spricht von einem großen Krach im Büro ..."

„Und was tut Mills jetzt?"

„Das konnte ich noch nicht in Erfahrung bringen. Bekannt ist nur, daß er in der Collingham Road in Kensington ein äußerst teures Appartement besitzt."

„Warte einen Augenblick, Scotty ..." Clifton hob den heruntergerissenen Apparat auf, legte den Hörer daneben und holte Stift und Papier. „Ich hab' mir nur was zum Mitschreiben geholt. Was ist mit den anderen?"

„Jack McButton ist kein unbeschriebenes Blatt. Nach seinem Militärdienst hat er bereits vier Vorstrafen gesammelt. Lauter kleine Sachen. Diebstähle in verschiedenen Variationen und eine mißglückte Scheckfälschung. Außerdem war er in eine Rauschgiftgeschichte verwickelt, wo man ihn jedoch nicht festnageln konnte. Wohnt bei einem alten Ehepaar, das er mit Vorliebe als seine Eltern ausgibt. Als besondere Merkmale sind angegeben: rote Haare, trägt gern dicke Schuhsohlen, um größer zu erscheinen, nicht rauflustig, kein Waffenträger, neigt nicht zu Gewalttaten. Wurde als Säugling in einem Eisenbahnabteil gefunden. Ist in einem Waisenhaus in Rochester aufgewachsen."

„Und Mike Forster?"

„Eine interessante Konstellation: war in die gleiche Rauschgiftsache verwickelt wie McButton, wurde jedoch ebenfalls nicht angeklagt, da die letztgültigen Beweise fehlten. Verlor daraufhin jedoch seine Stelle als Kunstschlosser bei Maxwell & Son. Sonst liegt nichts gegen ihn vor. Aber jetzt kommt's!"

„Was kommt?"

„Ich sprach von einer interessanten Konstellation: Mike Forster ist der Enkel von John Aston, deinem Leuchtturmwärter von Duncan Hill!"

Perry Clifton mußte zweimal schlucken. „Der Enkel ..."

„Ja. Mike Forster wuchs in Folkestone auf, besuchte dort die Schule und begann danach eine Lehre als Kunstschlosser in Dover. Nach Abschluß blieb er noch zwei Jahre in Dover und wechselte dann nach London. Hat ein Zimmer bei einer betagten Tante in Blackheath und ist, laut ihrer Auskunft, zur Zeit auf Stellungsuche im Ausland."

„Und was ist mit John Aston?"

„Nichts. Ich habe mit Folkestone telefoniert. Gegen ihn liegt nicht das geringste vor. Auch in seiner Vergangenheit gibt es keine dunklen Punkte. Im Gegenteil, er genießt größtes Ansehen. Deshalb gab es auch an seiner Aussage zum Fall Claire Burton nicht die geringsten Zweifel ..."

„Der Fall wird immer verworrener!"

„Was hältst du von der Sache mit dem Butler, Perry?"

„Von Henry Overgaty ..."

„Ja. Arbeitet er für Mills, oder arbeitet er für Burton?"

„Wüßte ich das, Scotty, wäre ich ein Stück weiter ..."

„Du könntest Burton danach fragen!“ schlug Skiffer vor, und Perry nickte. „Ja, das könnte ich. Aber ich glaube nicht, daß das besonders diplomatisch wäre. Arbeitet Overgaty gegen Burton, würde sich der sofort auf diesen stürzen und ihn davonjagen. Viel wichtiger erscheint mir die Frage: Was will Mills von unserem ‚geheimnisvollen Gesicht‘? Jener Lady mit dem Namen Bloyer?“

„Wenn er wirklich der Auftraggeber von Püttely, Forster und McButton ist, will er nur eines: sie in seine Gewalt bringen! Und damit wären wir wieder bei der alten Frage ‚Warum?‘ Ja, Perry, das wäre eigentlich alles, was ich für heute zu berichten hätte.“

„Es ist mehr, als ich in drei Tagen zusammengebracht habe. Dagegen kann ich dir nur mit der Information dienen, daß man die ‚Schuppen-Zähl-Kneipe‘ abgerissen hat!“

„Schweinerei!“ schimpfte Skiffer. „Warum steht so was nicht unter Denkmalschutz?“

„Ich werde mich danach erkundigen!“

„Danke. Bis zum nächsten Mal, Perry! Und viel Glück morgen!“

Perry Clifton legte nicht auf, sondern drückte mit dem Finger nur zweimal auf den Unterbrecher, wählte die Nummer der Vermittlung und erbat noch einmal eine Verbindung nach London.

„Sofort!“ sagte die Dame, und Perry begann zu warten.

„Die Nummer ist besetzt, ich versuche es wieder!“ meldete die Vermittlung bald darauf. Perry legte auf.

Die Zeit verging.

Um 19 Uhr 40 klingelte es.

„Hier Clifton!“

„Ihre Verbindung London. Die Rufnummer des gewünschten Teilnehmers war bis jetzt leider besetzt. Bitte, melden Sie sich!“

„Hallo!?“

„Hallo!“ kam es zurück.

„Mister Clifton?“

„Ja, guten Abend, Mister Burton!“

„Schön, daß Sie anrufen. Gibt es etwas Neues?“ Täuschte er sich, oder klang Burtons Stimme wirklich nervös und ungeduldig? „Ich werde ihm einen ‚kleinen Knochen‘ hinwerfen“, beschloß Clifton.

„Morgen werde ich vielleicht erfahren, wie die Frau vom Zeitungsbild heißt!“

„Ach ... Ich gratuliere!“ Von überschäumender Begeisterung konnte ja nicht gerade die Rede sein. Dagegen war die Spannung in Burtons Stimme nicht zu überhören, als er sich erkundigte: „Wissen Sie schon, ob und wann und wo Sie die Dame eventuell aufstöbern können? Besteht da überhaupt eine Hoffnung?“

„Solange mich nicht jemand vom Gegenteil überzeugt, besteht immer Hoffnung, Mister Burton!“ erwiderte Clifton diplomatisch. „Ich rufe an“, fuhr er fort, „weil ich zwei Fragen habe. Schon wieder ...“

„Bitte, immer raus mit Ihren Fragen!“

„Was zum Beispiel hat Ihr Butler heute getan?“

„Sie meinen Henry?“ Überraschung, Sprachlosigkeit auf der anderen Seite.

„Ja, Ihren Henry Overgaty, den ehemaligen Buschpiloten, der nicht Auto fahren kann.“

„Ich habe keine Ahnung, Mister Clifton. Soll ich ihn fragen?“

„Nein, das sollen Sie nicht. Ich dachte nur, daß Sie über sein Tun und Lassen Bescheid wüßten. Schließlich fragt er Sie ja sogar, bevor er einen Brief zum Briefkasten bringt!“

„Heute konnte er nicht fragen, da ich in Winchester und Salisbury war, um einige Grundstücke zu begutachten.“ Eine deutliche Rüge schwang in Burtons Antwort mit. „Haben Sie einen besonderen Grund für diese Frage?“

„Ja (den tatsächlichen jedoch gab er nicht zu), ich habe mehrere Male versucht, Sie zu erreichen, doch es meldete sich nie jemand ..."

„Tut mir leid." Es klang wieder versöhnlicher. „Natürlich kann ich nicht sagen, wann und wie oft Henry aus dem Haus war ... Sie sprachen von zwei Fragen?"

„Wenn ich es mir recht überlege, sind es sogar drei. Sagt Ihnen der Name Bloyer etwas?"

„Bloyer? Nein, nie gehört. Wer soll das sein?"

„Das weiß ich selbst noch nicht!" schwindelte Clifton, um nicht zuviel sagen zu müssen. „Nächste Frage: Können Sie mir sagen, aus welchen Verhältnissen Ihre Schwägerin Claire stammte?"

„Meinen Sie jetzt finanziell oder ..."

„Nein, nein, ich meine finanziell."

„Lassen Sie mich mit einem Ausspruch meines Bruders antworten, dem ich mal eine ähnliche Frage gestellt habe wie Sie jetzt mir. Er sagte damals: ‚Gegen die Armut der Lamatins sind die Kirchenmäuse von Bordeaux reich.' Ist Ihre Frage damit hinreichend beantwortet?"

„Ja. Letzte Frage: Hat Claires Bruder irgendwo einen festen Wohnsitz?"

„Das weiß ich nicht!"

„Gut, dann bleibt mir nur noch, mich bei Ihnen für meine verrückten Fragen zu entschuldigen. Aber das bringt der Beruf eines Privatdetekivs leider mit sich. Übrigens, falls es Sie beruhigt, Mister Burton, die Möglichkeit Nr. 2 habe ich endgültig gestrichen."

„Das ist die, nach der man meine Schwägerin umgebracht haben könnte."

„Nein", verbesserte Clifton, „das ist die, nach der sich Ihre Schwägerin selbst umgebracht haben könnte!"

Eine Weile war es still zwischen London und Basel, dann erklang Burtons Stimme wieder, ein wenig traurig klang sie:

„Sie sind schon ein komischer Vogel ... Aber ich bin froh, daß Sie für mich arbeiten."

„Danke, Mister Burton. Ich hoffe, ich darf das auf der Seite ‚Zufriedenheit' verbuchen."

„Tun Sie das! Und rufen Sie mich wieder an!"

Es knackte ...

Auch Perry Clifton legte auf.

„Warum habe ich ihn nicht nach dem Gauner Patrick Mills gefragt? Warum?" überlegte er. „Vielleicht weil er sich darüber zu sehr aufgeregt hätte. Ich werde ihn das nächste Mal danach fragen!"

Und dann holte Perry jene weißen Karten mit den Namen und Möglichkeiten aus der Schublade und versuchte neue Versionen zu spielen. Der Name Patrick Mills und seine frühere Zugehörigkeit zur Firma Burton eröffneten ganz neue Perspektiven ...

Die Bouillon war inzwischen ausgekühlt, und die Fettaugen hatten Falten bekommen. Er schob sie zur Seite und begnügte sich mit dem Tee.

Schlag auf Schlag

21 Uhr 50.

Langsam bog der Fiat – Farbe Lindgrün – auf den Parkplatz ein, wendete und setzte rückwärts in eine Parklücke. Damit vermied der Fahrer von vornherein jedes zeitverzögernde Wendemanöver.

Der Motor verstummte, das Licht wurde ausgeschaltet.

Ein Mann stieg aus, überquerte die Straße und ging zielstrebig auf ein klobiges vierstöckiges Haus zu. Eine Reihe von privaten Klingelschildern und drei Firmenschildern gab Auskunft über die Mieter. Im Parterre hatten ein Zahnarzt sowie ein Hals-Nasen-Ohren-Arzt ihre Praxen und Wohnungen, der erste Stock schien durchweg aus Privatwohnungen zu bestehen, im dritten gab es Büroräume einer Ex- und Importfirma sowie die eines Finanzberaters. Der zweite Stock gehörte der Pension Pohlmann.

Der Mann aus dem Fiat drückte auf die Klingel der Pension. Ein Summen ertönte, und der elektrische Türöffner trat in Funktion. Der Neuankömmling verzichtete auf den Fahrstuhl, der sich irgendwo zwischen der zweiten und vierten Etage befand, und stieg, immer drei Stufen auf einmal nehmend, zur zweiten Etage hinauf. Erneutes Klingeln. Eine ältliche Dame in Schwarz öffnete.

„Ich bin Doktor Tonin. Ich möchte gern die beiden Herren aus England besuchen!“ sagte der Mann, der sich Tonin nannte, in einwandfreiem Rätoromanisch.

Frau Pohlmann nickte lächelnd und deutete auf die beiden letzten beiden Türen der linken Gangseite. „Bitte schön, es sind die Zimmer 6 und 7.“ Dr. Tonin, alias Roger Püttely, dankte und wandte sich in die angegebene Richtung. Höflich und zurückhaltend klopfte er an die Tür Nr. 6.

Keine Reaktion.

Er klopfte ein zweites Mal, ein wenig stärker.

Wieder keine Antwort.

Dasselbe an der Tür mit der Nummer 7. „Herein!“ rief jemand in deutsch.

Jack McButton lag auf dem Bett und las in einer Zeitung.

Sie war zwar schon vierzehn Tage alt, aber es war immerhin eine englische Zeitung. Mike Forster beschäftigte sich zweifellos damit, das Kreuzworträtsel aus der gleichen Zeitung zu lösen. Auf dem Tisch lagen englisches Kleingeld und ein achtlos zusammengeschobenes Päckchen Spielkarten ...

„Ganz was Neues, Püttely klopft an“, maulte McButton, ohne seine Stellung zu verändern.

„Du wolltest doch schon vor zwei Stunden hier sein!" erinnerte Forster. Auch seine Laune schien nicht die allerbeste zu sein. Püttely sprach leise, gedrängt und mit seltsam erregter Stimme.

„Erstens bin ich hier Dr. Tonin, zweitens", er tippte sich gegen die Stirn, „habe ich gearbeitet! Mit dem Kopf!"

„Ich denke, du warst hinter Clifton her?" staunte McButton, der Autofahren und Arbeit in diesem Zusammenhang nicht unter einen Hut bringen konnte.

Püttely nickte. „War ich außerdem! Zuerst in Schaffhausen, dann in Biel, Solothurn und Olten. Sie machten eine Spazierfahrt durch die halbe Schweiz."

„Wer sind ‚sie'?"

„‚Sie' waren Clifton, dieser ehemalige Kommissar Gaitner und eine Frau ... Ich schätze, daß ihr die Lady sogar kennt. Sie war lang und dürr wie ein Ofenrohr!"

McButton schleuderte die Zeitung zur Seite und sprang mit einem Satz aus dem Bett. „Diese ... diese ...", rief er laut, voller Zorn und schluckte den Rest widerwillig hinunter, weil Püttely mit einer energischen Bewegung seinen Zeigefinger über den Mund gelegt hatte. Und mit blitzenden Augen fuhr er leise fort: „Kommt her an den Tisch, ich will euch mit dem Ergebnis meiner Denkarbeit vertraut machen."

Es gab in diesem Zimmer außer dem Bett, dem Schrank und der Waschgelegenheit noch eine kleine Couch, einen runden Tisch und einen Sessel. Gegenüber dem Loderer ein fast fürstliches Asyl.

Püttely begann: „Als ich heute so hinter den dreien herfuhr, ist mir plötzlich eine Idee gekommen. Zuerst erschrak ich, aber dann ... je länger ich darüber nachdachte, um so größer wurde meine Gewißheit, daß mein Verstand und meine Logik eigentlich viel mehr wert sind als das, was mir Mills bezahlt. Ich fragte mich nämlich, warum dieser Clifton spazierenfährt. Warum wohl? Warum sucht er nicht nach der Frau? Hört ihr?

Dafür kriegt er doch Geld! Dieser Burton bezahlt ihn dafür, daß er sie findet!" Er holte Luft und fuhr fort: „Nach allem, was ich bisher über diesen Mann erfahren habe, glaube ich nicht, daß der grundlos durch die Gegend gondelt und sich die Landschaft ansieht. Also, warum dann?"

„Hat er auf der Fahrt Zwischenstationen gemacht?" wollte Forster wissen.

Püttely nickte. „Harmlose. Den Rheinfall haben sie sich angesehen. In Biel gegessen, in Solothurn und Olten fotografiert ... Nein, auf *dieser* Fahrt ist nichts passiert ... Nur in meinem Kopf hat es fortwährend gearbeitet ... Immer weiter! Wir kamen gegen 18 Uhr zurück. Bis 20 Uhr habe ich das Hotel nicht aus den Augen gelassen, aber Clifton ist nicht mehr zum Vorschein gekommen. Und wißt ihr, was das bedeutet?"

„Er wird müde gewesen sein!" mutmaßte McButton und erntete dafür ein höhnisches Grinsen.

„Oder er wartet auf etwas Besonderes!"

Püttely nickte Forster zu.

„Das ist es! Er wartet auf was Besonderes! Und ich habe weiter nachgedacht ... Auf was könnte er warten: auf einen Bescheid etwa? Auf einen Anruf? Einen Besuch? Oder auf was sonst? Ich bin in Gedanken zurückgegangen. Den ganzen gestrigen Tag." Seine Augen funkelten triumphierend, und etwas wie Jagdfieber glomm darin. „Und dabei habe ich die Lösung gefunden."

„Welche Lösung?" Jack McButton verstand wieder mal kein Wort. Dieses ewige Herumgerede machte ihn ganz krank. Warum sagte Püttely nicht klipp und klar, was er wußte?

„Erinnert ihr euch noch, was ich über das angebliche Diebstahlmanöver gesagt habe?"

„Ja!" nickte Forster, und es sah aus, als ahne er, worauf Püttely abzielte. McButton aber sagte: „Du hast behauptet, sie wollten mit diesem Scheißtrick unsere Adresse herauskriegen!"

„Ja, das habe ich zuerst auch wirklich gedacht. Aber das war ein Irrtum. Der Hauptgrund war ein ganz anderer ...“

Püttely legte die Spitze seines linken Zeigefingers auf die Tischplatte und begann damit hin und her zu fahren. „Das ist Clifton gestern vormittag! Er machte sich auf den Weg! Auf den Weg zu einem Hotel!“

Jetzt ließ Püttely Zeige- und Mittelfinger seiner rechten Hand hinter dem linken Zeigefinger hergleiten. „Und das seid ihr! Ihr verfolgt ihn!“

Alle Finger stoppten. „Clifton verschwindet in dem Hotel ... Ihr wartet! Und er weiß, daß ihr wartet! ... Ihr habt gesagt, er sei in diesem Hotel ziemlich lange gewesen. Stimmt's?“ Forster und McButton bejahten.

Der einzelne Finger setzte sich wieder in Bewegung, später die beiden anderen. Püttely fuhr fort: „Clifton verließ das Hotel wieder, und ihr bliebt ihm weiter auf den Fersen! Und dann passierte plötzlich was ganz Komisches: Clifton verschwand in einem Café! Und in diesem Café blieb er über eine halbe Stunde lang sitzen! Und das am Vormittag! Dann ging er weiter – und was geschieht? Unser Freund McButton wird vorübergehend festgenommen! Na, McButton, merkst du was?“

„Was soll ich merken?“

Püttely schlug sich mit der Hand vor die Stirn. „Natürlich, er merkt nichts! Sag's ihm, Forster!“

„Püttely will sagen, daß sie dich nicht wegen unserer Hoteladresse aus dem Verkehr gezogen haben, sondern um zu verhindern, daß wir Clifton weiter folgten!“

Hier nahm Püttely den Faden wieder auf: „Und warum wollte Clifton verhindern, daß wir weiter dranbleiben? Weil er in dem Hotel einen heißen Tip bekommen hatte!“

„Deshalb war der also so lange dort!“ Jetzt ging auch dem Rotschopf ein Licht auf.

„Wahrscheinlich hat er von dort aus den Expolizisten Gaitner angerufen, und der hat ihm gesagt: ‚Geh in das Café, ich werde was vorbereiten!‘ Und das hat er dann ja auch getan. Während sie dich zur Polizei geschleppt haben, konnte dieser Schnüffler in aller Ruhe seinem heißen Tip nachgehen!!“

„Verdammt!“ fluchte McButton.

„Ja, und inzwischen muß Clifton was erfahren haben, was ihm erst morgen oder am Montag hilft, sonst wäre er nämlich heute nicht in aller Seelenruhe spazierengefahren. Kapiert, McButton?“

„Kapiert! Und was hilft *uns* das?“

„Du hast doch meinen Kopf“, höhnte Püttely. „Mein Kopf hat schon für dich mitgedacht! Ich habe inzwischen die Spur wieder dort aufgenommen, wo Ihr sie verloren habt!“

„Vor dem Café?“

„Nein, du Idiot, in dem Hotel!“ Entweder hatte McButton das „Idiot“ wirklich überhört, oder er war von der Vorstellung, Püttely könnte einfach in das Hotel gegangen sein, um sich nach Clifton zu erkundigen, so beeindruckt, daß ihm die Worte fehlten. Forster fragte statt seiner: „Was hast du dir denn dazu einfallen lassen?“

Roger Püttely griff in die Innentasche seines Jacketts. „Bevor ich dort auftauchte, war ich noch woanders ...“

Er warf eine dunkelbraune Lederhülle auf den Tisch.

McButton ergriff sie blitzschnell und schlug sie auseinander. Seine Augen weiteten sich, als er den Inhalt überflog. Dann reichte er den Ausweis stumm an Forster weiter, und sein Blick drückte das aus, was er neidvoll dachte: Ja, wenn man solche Beziehungen hat, kann man gut angeben.

„Internationale Polizei –

Interpol-Zentrale – Paris

– Commissaire Dr. Albert Tonin –“,

las Forster leise. Und laut: „Sieht verdammt echt aus. Hoffentlich glauben die anderen das auch.“

Püttely winkte ab. „Bisher hat es Wunder gewirkt! Ich habe

den Anfang der heißen Spur gefunden, und die werden wir jetzt aufnehmen!" Er griff zum zweiten Mal in die Tasche und warf eine zweite Lederhülle auf den Tisch. Dazu sagte er: „Das ist der Dienstausweis des Londoner Scotland-Yard-Beamten Mike Forster! Du bist ab sofort Detektiv-Inspektor!"

Forster klappte die Lederhülle auf und starrte auf seinen Namen. „Die Ausweise haben aber kein Paßbild, Roger!" sagte er.

„Dafür haben wir ja unsere normalen Reisepässe!" entkräftete Püttely den Einwurf. „Das hier", er tippte auf die falschen Polizeipapiere, „sind nur sogenannte Legitimationen."

„Aber du hast doch einen Paß auf den Namen Püttely?"

Der andere grinste. „Was du von mir denkst ... Ich habe einen Paß auf den hübschen Namen Dr. Albert Tonin. Geboren am 13. März 1938 in Marseille."

„Und was ist mit mir?" wollte Jack McButton wissen.

„Du paßt auf, daß die Pension nicht gestohlen wird!"

Noch bevor McButton wieder laut werden konnte, legte ihm Püttely beschwichtigend die Hand auf die Schulter. „Wir können nicht zu dritt gehen, Jack. Außerdem paßt ein englischer Inspektor eher zu Forster als zu dir!"

„Und warum?" zischte McButton beleidigt.

„Sieh in den Spiegel, dann weißt du es."

„Ach, nur weil ich klein und rothaarig bin, was?"

„Richtig!" stimmte Püttely trocken zu. „Klein und rothaarig! Damit ist kein Werturteil verbunden. Aber mit diesen Kennzeichen fischen sie dich unter Tausenden sofort heraus. Und schließlich müssen wir damit rechnen, daß auch mal was schiefgeht! Mein Gott, warum denkst du nicht mal ein bißchen mit!"

„Wo führt die heiße Spur eigentlich hin?" wollte Forster wissen.

„In eine Straße mit Namen Rheingasse. Und zwar zu einem Mann namens Adolf Sutter! Er ist Portier in jenem Hotel, und er hat unsere Dame gekannt! Wie es dann weitergeht, werden wir hoffentlich von ihm erfahren!“

22 Uhr 20.

Perry Clifton lag mit geschlossenen Augen in der bis zum Rand mit heißem Wasser gefüllten Badewanne und genoß die Wärme, die ihn erfüllte und gleichzeitig entspannte. Und er stellte mit Genugtuung fest, daß sein Verstand, trotz einer gewissen Schläfrigkeit seines Körpers, wieder zu funktionieren begann. Er ärgerte sich jetzt nachträglich, daß er Burton nicht nach diesem Patrick Mills gefragt hatte. Es gab nicht mehr den geringsten Zweifel daran, daß dieser Patrick Mills eine nicht unbedeutende, ja, vielleicht sogar *die* entscheidende Figur im Ränkespiel rund um das „geheimnisvolle Gesicht“ war. Er nahm sich fest vor, James Burton morgen danach zu fragen ... Aber warum erst morgen? Vielleicht sollte er diese Frage gleich nachholen ... Auf der Stelle!

Mitten hinein in diese Überlegung klingelte das Telefon. Komisch, daß er dabei nicht an Burton, sondern an Julie Young dachte ...

Es klingelte ... zweimal ... dreimal ...

Der Apparat stand für ihn momentan unerreichbar entfernt.

... viermal ...

Natürlich könnte es Julie sein ... fünfmal ... Es spritzte, und mächtige Wellen schwappten über den Wannenrand, als er heraussprang und nackt zum Telefon spurtete ... Es klingelte inzwischen zum sechsten Mal ...

„Ja, Clifton!“ Nicht Julie, nicht Burton, nicht Gaitner!

„Hier ist der Empfang. Bitte entschuldigen Sie die späte Störung, Mister Clifton, aber hier ist eine junge Dame, die Sie dringend zu sprechen wünscht.“

„Jetzt??“ Was Dümmeres fiel Perry im ersten Augenblick nicht ein.

„Ganz recht, Sir!“

„Ist das kein Irrtum?“ Sicher war es der gleiche Portier, der ihm auch den Brief in das Fach gelegt hatte. Und das war schließlich auch kein Irrtum gewesen.

„Wie heißt die junge Dame denn?“

Dumpf, von einer zuhaltenden Hand verdeckt, hörte Perry zuerst die Stimme des Portiers, dann die eines Mädchens. Und wieder die des Portiers. Laut und dröhnend war sie plötzlich in seinem Ohr.

„Sie heißt Colette Salier und ist Zimmermädchen im Hotel *Bristol*!“

Das war weder ein Scherz noch ein Irrtum, noch sonstwas. Das war ein Wunder! ... „Sie soll warten, ich bin sofort da! Stellen Sie ihr eine Flasche Sekt hin!“ schrie er in die Muschel und knallte den Hörer auf die Gabel. Murmelnd, zischend, pfeifend und zählend (die Kleidungsstücke, in die er sich hineinquälte) zog er sich an. Als er bei neun den linken Fuß in den rechten Schuh zu quetschen versuchte, waren noch nicht einmal 60 Sekunden vergangen. Das Umwechseln dauerte sechs, das Kämmen weitere acht Sekunden. Genau zwei Minuten nach dem Anruf des Portiers sprang er über die letzten Stufen in die Empfangshalle.

Der Portier winkte ihm verlegen zu. Während Clifton auf ihn zuging, suchten seine Augen nach Colette. Und er glaubte sie auch schon entdeckt zu haben. Sicher war es die junge Dame dort hinten in der Ecke.

„Verzeihung, Mister Clifton“, sagte der Portier, „aber ich war mir nicht sicher, ob Sie sich nicht versprochen hatten ...“

„Versprochen? Wobei?“

„Bei der Flasche Sekt, meine ich ... Für eine einzelne Dame ...?“ (Er sagte Dame, obwohl er wußte, daß sie Zimmermädchen war. Perry schob ihm dafür eine englische Pfundnote in die Hand.)

„Sie haben recht. Lassen Sie uns zwei Gläser servieren! Wo steckt sie?“

Der Portier deutete mit den Augen unauffällig dorthin, wo Perry jene Colette längst erspäht hatte.

Sie erhob sich, als er auf sie zutrat. Sie war höchstens achtzehn Jahre alt, klein, zierlich, mit tiefschwarzen Haaren und Augen. Sie blickte den Detektiv forschend an und hielt ihm dann die Hand hin: „Guten Abend, ich bin Colette Salier!"

„Ich seh' ein bißchen wild aus, was?" lächelte Perry sie an. „Aber bitte bedenken Sie, daß ich vor vier Minuten noch in der Badewanne gesessen habe!"

Sie legte sich erschrocken die Hand vor den Mund.

„Keine Sorge", beschwichtigte Perry, „für Sie wäre ich jetzt sogar durch den Rhein geschwommen." Er deutete auf zwei Sessel: „Wollen wir uns hier unterhalten? Oder möchten Sie lieber ins Restaurant gehen?"

„Ich bleibe gern hier." Sie sprach mit starkem französischem Akzent.

Ein Kellner kam mit einem Tablett, auf dem zwei Sektkelche standen, in denen es wunderbar perlte. Colette errötete, als ihr Perry Clifton eines der Gläser in die Hand gab und mit dem zweiten bei ihr anstieß.

„Dafür, daß Sie gekommen sind!"

Sie nippte und stellte das Glas vorsichtig auf das kleine Tischchen. „Ich bin erst vor einer Stunde aus Toulon zurückgekommen. Und da hat mir die Chefin gleich gesagt, daß Sie dagewesen seien und daß es um Madame Bloyer ginge ... und um eine Erbschaftsangelegenheit. Ich würde Madame sehr gern behilflich sein. Sie war immer sehr freundlich und sehr großzügig zu mir!"

„Und sie kam ebenfalls aus Frankreich!"

„Ja, Monsieur!"

Perry Clifton wußte, was in dieser Minute auf dem Spiel stand.

Als er das erste Foto aus dem Umschlag zog, war es genau 22 Uhr 30 ...

(Und genau in diesem Augenblick hielt ein lindgrüner Fiat vor dem Haus Rheingasse 77.)

Es war die große Portraitaufnahme von Claire Burton. Er hielt sie Colette hin. „Ist sie das?"

‚Ja, das ist sie!" kam es sofort zurück. „Das ist Madame Bloyer." Er reichte ihr ein Foto nach dem anderen. Und jedesmal stieß Colette mit einem fast glücklichen Glucksen die gleichen Worte aus: „Das ist Madame Bloyer!"

Cliftons Stimme war sehr ernst, und Colette blickte ihn überrascht und ein wenig beunruhigt an, als er meinte:

„Fräulein Colette, überlegen Sie genau, und sehen Sie sich alle Fotos noch einmal aufmerksam an. Besonders dieses hier." Er zeigte auf die Portraitaufnahme. „Ist das wirklich Madame Bloyer?"

„Ja, Monsieur ... Hier, eben auf dem großen Bild sehen Sie es ganz genau." Sie tippte mit der winzigen Spitze ihres Zeigefingers auf einen ebenso winzigen Fleck neben Claire Burtons linkem Auge. „Diesen kleinen Leberfleck hat sie immer weggeschminkt. Und wenn sie es mal vergessen hatte, dann hat sie immer mächtig mit sich geschimpft!"

Perry Clifton ließ sich nichts anmerken.

Das, was er geahnt hatte ... und nicht nur er allein, war Wirklichkeit geworden: Es gab keine Madame Bloyer, es gab nur eine Claire Burton, die sich jetzt Bloyer nannte! Und hinter der, außer ihm, noch mindestens vier andere Männer herjagten.

Es gab für Perry Clifton keinen Zweifel daran, daß Claire Burton in allergrößter Gefahr schwebte!

Colette Salier schien doch etwas von dem gespürt zu haben, was in ihrem Gegenüber vorging.

„Ist etwas, Monsieur Clifton? Habe ich was Falsches gesagt?"

„Sie wollen Madame Bloyer doch helfen ...?"

Sie nickte lebhaft. „Ja!"

„Das könnten Sie nur, wenn Sie wüßten, wohin sie von hier aus gereist ist!"

Sie zuckte hilflos mit den Schultern und sagte leise: „Das weiß ich nicht ... Davon hat sie nie gesprochen ..."

„Ich muß Ihnen etwas sagen, Colette. Es geht nicht allein nur um die Erbschaft. Es geht auch um einen großen – Versicherungsschwindel."

„Versicherungsschwindel?" Colette schluckte.

„Ja, und noch etwas: Madame ist in allergrößter Gefahr, wenn ich sie nicht recht bald finde!"

Colette hatte sich zurückgelehnt und starrte Clifton aus großen Augen erschreckt an. „Gefahr?" flüsterte sie ...

„Ja ..."

Sie schüttelte traurig den Kopf. „Immer, wenn ich sie gefragt habe, wohin sie von Basel aus reise, hat sie nur gelacht und gesagt: ‚Dorthin, Colette, wo es schön und ungefährlich ist ... Wo es weder Blitze, Donner noch Erdbeben gibt.' ... Das hat sie gesagt, Monsieur!" Und naiv fragte sie: „Wo gibt es keine Blitze, keinen Donner und kein Erdbeben?"

„Ich glaube, daß das nur symbolisch gemeint war, Colette."

Sie lächelte ein trauriges Lächeln. Und ebenso traurig sagte sie: „Arme Madame Bloyer ..."

„Hat sie Ihnen mal erzählt, aus welcher französischen Stadt sie stammte?"

„Sie sagte nur, sie hasse Bordeaux und liebe Paris."

„Erwähnte sie ihren Bruder?"

Colette schüttelte den Kopf.

„Wie hieß Madame Bloyer mit Vornamen?"

„Claire!"

„Wie war sie? Fröhlich oder bedrückt, ausgelassen oder ängstlich?"

Colette überlegte lange, bevor sie antwortete: „Sie war alles ... Einmal fröhlich und beschwingt, dann sang sie. Dann wieder traurig ... Am traurigsten war sie, als das mit ihrer goldenen Uhr passierte ... Da weinte sie wirklich stundenlang."

,,Was war mit der goldenen Uhr?"

,,Ihr Mann hatte sie ihr aus Südafrika mitgebracht ... Ihr Mann ist ja mit einem Flugzeug abgestürzt, wissen Sie das?"

Perry nickte.

,,Ja, die Uhr ... Es war eine Armbanduhr. Sie war runtergefallen, und Madame war draufgetreten. Dabei ist der Verschluß kaputtgegangen ... Es war wohl ein sehr komplizierter Verschluß. Sie fragte mich nach einem Uhrmacher, der so was reparieren könnte. Das war einen Tag, bevor ..." Sie hielt mitten im Satz inne, packte Clifton am Arm und schluckte. Hektische Flecken überzogen ihre Wangen, während die schwarzen Augen zu funkeln begannen.

,,Das war einen Tag, bevor was, Colette?"

,,Einen Tag, bevor sie abreiste. Und sie wollte den Uhrmacher bitten, ihr die Uhr nachzuschicken. Hören Sie, Monsieur ... Wenn der Uhrmacher ihr die Uhr nachschicken soll..."

,,... dann muß er auch wissen, wohin!" vollendete Perry ihren Satz. ,,Das wollten Sie doch sagen?" Sie nickte. Glücklich und lebhaft. Und sie nahm einen tiefen Schluck aus ihrem Glas.

,,Leider wissen wir nicht, zu welchem Uhrmacher sie die Uhr gebracht hat", murmelte Clifton und war entschlossen, sich anschließend vom Portier das Branchenbuch geben zu lassen. Hoffentlich hatte der so was ... Wie viele Uhrmacher mochte es wohl in Basel geben? Zehn? Zwanzig? Vielleicht sogar fünfzig? Schließlich war er im Lande der Uhren ...

,,Ich weiß, zu welchem Uhrmacher Madame Bloyer ihre Uhr gebracht hat."

Perry Clifton sah sie an. ,,Sie wissen es??"

,,Ja. Zu Ehrmann in der Steinenvorstadt."

,,Zu – Ehrmann in der Steinenvorstadt!" wiederholte Perry Clifton. Und noch einmal: ,,Zu Ehrmann in der Steinenvorstadt." Jetzt nahm auch er sein Glas zur Hand, und komischerweise fiel ihm in diesem Augenblick das ein, was Edward Hamilton zu ihm gesagt hatte, und er wandelte es etwas ab: „Sollte der Rhein plötzlich wieder flußaufwärts fließen, Colette, werde ich dafür sorgen, daß Ihr Gedächtnis in Gold gefaßt wird ..."

22 Uhr 55.

Perry Clifton wollte es im Höchstfall fünfmal klingeln lassen. Doch schon nach dem dritten Rufzeichen wurde der Hörer abgenommen.

„Gaitner!" Es klang nicht danach, als ob er schon geschlafen hätte.

„Ich hoffe, daß ich Ihnen nicht zur Last falle, Herr Gaitner."

„Das tun Sie absolut nicht!" gab der Exkommissar zurück und konstatierte ahnungsvoll: „Es bedarf in diesem Fall weder meines sechsten Sinnes noch des Blickes auf die Uhr. Allein das Hoch in Ihrer Stimme verrät mir, daß sich etwas ereignet hat."

„Stimmt! Es hat sich etwas ereignet!" Perry Clifton staunte einmal mehr. „Ich hatte eben Besuch von einer jungen Dame. Sie heißt Colette Salier."

Gaitner wußte sofort Bescheid. „Das Zimmermädchen aus dem *Bristol*!"

„Ja!"

„Und – besitzt sie Madames Nachsendeadresse?"

„Nein, das nicht. Aber eine Information, die mindestens ebensoviel Wert hat: Madame Bloyer besaß eine wertvolle Uhr, die sie einen Tag vor ihrer Abreise zu einem Uhrmacher geben mußte. Sie wollte den Uhrmacher bitten, ihr die Uhr nachzuschicken. Also ...?"

„Also muß der Uhrmacher ihr neues Reiseziel kennen!" vollendete Gaitner. „Wissen Sie auch, wie der Uhrmacher heißt?"

„Ehrmann. Er soll ein Geschäft in der Steinenvorstadt haben."

„Ganz in Ihrer Nähe."

„Ob wir diesem Herrn Ehrmann morgen am heiligen Sonntag einen Besuch abstatten können?"

Gaitner zögerte keinen Augenblick mit der Antwort: „Natürlich können wir! Ich hole Sie um 10 Uhr ab!"

„Ist das nicht zu früh? Vielleicht schläft er sonntags länger", gab Perry Clifton zu bedenken.

„Na schön, dann halb elf. Haben Sie diesem Fräulein Colette auch die Fotos gezeigt?"

„Ja. Es gibt keinen Zweifel mehr daran, daß Madame Bloyer, das ‚unheimliche Gesicht', identisch ist mit Claire Burton, der angeblich tödlich Verunglückten." Und nach einer kleinen Pause fügte er in Gedanken verstrickt hinzu: „Das ist im Augenblick aber auch das einzige, was sich mit Sicherheit behaupten läßt." Er erwähnte nichts davon, was für ihn jetzt unumstößlich feststand: Der „Fall Burton" war ein Fall von Versicherungsschwindel oberer Größenordnung.

Doch dann verschlug es ihm einmal mehr die Sprache. Gaitner sprach das aus, was ihm knapp 24 Stunden zuvor schon selbst durch den Kopf gegangen war. Und Gaitners Stimme klang dabei merkwürdig ernst: „So wie sich die Dinge abzeichnen, muß der Fall mit der Lebensversicherung zusammenhängen. Nachdem feststeht, daß die angebliche Tote nicht tot ist, möchte ich behaupten, daß sie sich in großer Gefahr befindet."

„Diese Befürchtung habe ich auch. Übrigens, Herr Gaitner, da wäre noch eine sehr wichtige Frage, von deren Antwort eine Menge abhängt. Erinnern Sie sich an die einzelnen Fotos, die ich Ihnen zeigte?"

„Ja, ich erinnere mich an jede einzelne Aufnahme. Fragen Sie!"

Und Perry Clifton stellte jene Frage, von der, wie er meinte, eine Menge abhing. Johannes Gaitner antwortete ohne Zögern. Eine Pause schloß sich an.

Irritiert forschte der ehemalige Kommissar: „Sind Sie nicht zufrieden mit meiner Antwort?“

„Doch ... Jetzt habe ich den ersten Beweis dafür, daß mir mein Auftraggeber nicht die volle Wahrheit gesagt hat. Nicht nur das, er hat mich sogar bewußt und in voller Absicht belogen.“

„Und welche Konsequenzen wollen Sie aus diesem Wissen ziehen?“

„Das weiß ich wohl erst dann, wenn ich mit Madame Bloyer ... ich meine, mit Claire Burton gesprochen habe. Noch etwas zum morgigen Tag, Herr Gaitner: Sie glauben zwar, daß sich Püttely und Komplizen erst am Montag wieder auf meine Spur setzen werden, aber ich möchte doch jedes Risiko ausschalten.“

Gaitner stimmte sofort zu: „Sie haben recht. Es wäre eine Dummheit von mir, nachdem wir Püttely noch immer nicht kennen, Sie vom Hotel abzuholen. Verlassen Sie es durch den Hinterausgang. Ich werde Sie auf dem Birsig-Parkplatz erwarten.“

„Okay“, sagte Perry Clifton.

„Gute Nacht!“ wünschte der Kommissar.

Gute Nacht? Würde es wirklich eine *gute Nacht* werden?

Merkwürdig, wirklich merkwürdig!

Von dem Stimmungshoch, das Gaitner zu Beginn des Gesprächs mit ihm erwähnt, und von der Zuversicht, die ihn nach Colettes Weggang erfüllt hatte, war nichts übriggeblieben.

Im Gegenteil, die alte Unruhe überfiel ihn wieder und zerrte mit der gleichen Intensität an ihm wie schon einmal am heutigen Abend. Als er sich, müde vom Denken, vom Grübeln und von den Ereignissen des Tages, auszog und wenig später ins Bett kroch, tat er es in der festen Überzeugung, damit einen verhängnisvollen Fehler zu begehen. Dieses Wissen und das

Suchen nach einer Antwort auf die Frage, welcher Fehler das sein könnte, beschäftigten ihn so sehr, daß in seinem Kopf für nichts anderes mehr Raum war ...

23 Uhr 15.

Trotz der späten Stunde beschwingt und eine Melodie summend, betrat die kleine, zierliche Colette Salier das Foyer des *Bristol.*

Wahrscheinlich, vermutete sie, würde ihr Herr Maier, der Nachtportier, jetzt wieder eines seiner „Riesenbrote" anbieten, die ihm seine Frau für die lange Nacht mitgab. Hatte er es sich doch in den Kopf gesetzt, sie, Colette, etwas aufzupäppeln. Dabei fühlte sie sich so, wie sie war, eigentlich ganz wohl.

Natürlich, da winkte er schon, der liebe Herr Maier. Doch es war ein anderes Winken als sonst. Kein väterlich-behäbiges, auch kein fröhliches. Er winkte ausgesprochen eilig, und in seinem breiten, sonst stets Ruhe ausstrahlenden Gesicht war Unbehagen, ja Sorge. Und während er winkte, huschten seine Blicke verräterisch hinüber zu einer Sesselgruppe, wo, wie Colette feststellte, zwei Herren saßen ...

„Bitte, Herr Maier, was ist denn?"

Er sagte leise, besorgt: „Da sind zwei Herren von der Polizei, Colette, die wollen mit dir sprechen."

Colette Salier, Bauerntochter aus der Nähe von Toulon, obwohl sich keiner Schuld bewußt, spürte plötzlich ihr Herz klopfen.

Und da waren sie auch schon neben ihr. Der eine hielt ihr eine Legitimation hin, und Colette las: „Internationale Polizei – Interpol-Zentrale Paris. Commissaire Dr. Albert Tonin."

Und sie sah diesen Dr. Tonin an, der sie in fließendem Französisch aufklärte: „Sie müssen sich nicht sorgen, Mademoiselle, wir sind nicht Ihretwegen hier."

„Ich habe auch nichts ausgefressen!" erwiderte Colette

trotzig, obwohl ihr das Unbehagen die Luft nahm. Dr. Tonin, alias Roger Püttely, lächelte sie beschwichtigend an. „Darf ich Ihnen zunächst Detektiv-Inspektor Forster von Scotland Yard in London vorstellen!“ Colette nickte und streckte dem angeblichen Detektiv-Inspektor ihre winzige Hand entgegen. Der gefiel ihr wesentlich besser als dieser Dr. Tonin, der in diesem Augenblick fortfuhr: „Monsieur Forster spricht leider weder deutsch noch französisch, so daß ich im Notfall dolmetschen werde. Oder sprechen Sie englisch?“

Colette schüttelte den Kopf und merkte erst jetzt, daß Forster ihre Hand noch immer umschlossen hielt. Das Blut schoß ihr in die Wangen; erschrocken zog sie ihre Hand zurück.

„Mademoiselle, es geht um Madame Bloyer!“

Colette zuckte zusammen. „Madame Bloyer?“ wiederholte sie tonlos. In ihren Augen stand fassungsloses Staunen.

„Wir wissen von Ihrer Chefin, daß Sie heute abend im *International* waren, um einem Mister Clifton Informationen über Madame Bloyer zukommen zu lassen.“

Irgendwas in Püttelys Stimme schien Mike Forster nicht zu passen, denn er sagte leise, in fast monotonem Tonfall: „Sie blickt ganz verängstigt. Warum sprichst du nicht ein wenig freundlicher mit ihr. Sie hat uns schließlich nichts getan!“

Püttely nickte und wandte sich wieder Colette zu: „Inspektor Forster fragt, ob Sie heute zum ersten Mal Kontakt zu Mister Clifton aufgenommen haben.“

„Ja ... Er sucht Madame Bloyer.“

Püttely lachte kurz auf und musterte Colette lange und eindringlich. „Sind Sie so naiv, Mademoiselle, oder tun Sie nur so? Dieser Clifton wird von der Polizei in elf Ländern gesucht. Wenn er Madame Bloyer entdeckt, dann ...“ Püttely verschluckte den Rest und sah für einen Augenblick zur Decke, während das Entsetzen Colette erbeben ließ.

„Er hat mir Sekt angeboten, er war sehr freundlich. Er sagte, daß sie in Gefahr sei und daß er dringend wissen müßte, wo er sie finden könnte ...", stammelte sie. Sie glich einem Bild des Jammers.

Püttely streichelte ihr flüchtig die Hand. „Beruhigen Sie sich, Mademoiselle Colette. Wir werden schon dafür sorgen, daß ihr nichts geschieht. Dazu ist es allerdings notwendig, daß Sie uns genau das gleiche erzählen, was Sie Clifton gesagt haben."

Colette nickte. Zuerst stockend, dann immer flüssiger begann sie zu berichten ...

Die angeblichen Polizeibeamten verließen das Bristol um 23 Uhr 45.

Als Roger Püttely im flackernden Schein eines brennenden Streichholzes nach dem richtigen Klingelknopf suchte, begann es von mehreren Türmen Mitternacht zu schlagen.

Null Uhr ...

Ehrmann, privat stand in weißen Buchstaben auf dem kleinen, schwarzen Schild.

Sie hörten das Geräusch der Klingel und begannen zu warten. Mit stoischer Ruhe und Gelassenheit Roger Püttely, nervös und ungeduldig Mike Forster.

Plötzlich öffnete sich über ihnen ein Fenster. Ein wirrer Haarschopf tauchte auf, darunter Gestreiftes, was auf einen Pyjama schließen ließ, und eine verschlafene Stimme fragte: „Ja, wer ist da?"

Püttely sah nach oben. Seine Stimme klang gedämpft: „Internationale Polizei. Sind Sie Herr Ehrmann?" Ludwig Ehrmann schien mehr verärgert als erstaunt oder gar beeindruckt zu sein.

„Sehe ich vielleicht aus wie Frau Ehrmann?" bellte er zurück. „Außerdem ist Mitternacht!"

„Es tut uns aufrichtig leid, daß wir Sie zu so später Stunde stören müssen, aber es läßt sich leider nicht ändern. Bitte kommen Sie herunter, Herr Ehrmann, es ist sehr wichtig!"

„Moment!“ brummte der mißmutig und schloß das Fenster ziemlich geräuschvoll.

„Na also!“ Püttely nickte zufrieden. Die Verärgerung des Uhrmachers störte ihn in keiner Weise. Forster dagegen schob sich zwei Finger zwischen Hemdkragen und Hals, und seine Stimme klang belegt: „Das Leben als Kunstschlosser war weniger aufregend.“

„Dann werd wieder Kunstschlosser!“ empfahl Püttely trocken und begann gemächlich auf und ab zu gehen.

„Ich wollte, ich könnte es“, flüsterte Mike Forster so leise, daß nur er es hörte. Laut aber fragte er: „Was tun wir, wenn er nicht aufmacht?“

„Diese Frage stellt sich im Augenblick noch nicht, Bruder. Auch dann wird mir etwas einfallen.“

Fünf Minuten vergingen.

Sechs Minuten ...

Sieben Minuten ...

„Jetzt müßte ihm bald etwas einfallen!“ überlegte Forster. Doch da klangen Geräusche auf. Türen wurden geöffnet und geschlossen. Von irgendwoher fiel zuerst schwacher, dann greller Lichtschein auf die Straße. Ehrmann hatte die Lampen im Ladeninneren eingeschaltet. Die Tür hinter dem eisernen Gitter wurde aufgeschlossen, und Herr Ehrmann tauchte auf. Sonntäglich gekleidet, als wolle er zum Kirchgang. Nur seine Miene hatte nichts Feierliches an sich. Püttely wiederholte sein Sprüchlein in abgewandelter Formulierung: „Bitte verzeihen Sie den nächtlichen Überfall. Aber Sie können sicher sein, daß uns nur schwerwiegende Gründe zu diesem nächtlichen Besuch veranlassen. Das ist Detektiv-Inspektor Forster von Scotland Yard, ich bin Dr. Tonin von der Internationalen Polizei Paris.“

Während dieser Worte hatte Püttely seinen falschen Paß sowie die gefälschte Legitimation durch das Gitter geschoben. Ehrmann studierte beides ungerührt und reichte es zurück.

,,Was wünschen Sie von mir?" fragte er eine Spur freundlicher.

,,Es geht um eine Madame Bloyer, die bei Ihnen eine goldene Uhr zur Reparatur hinterlegt hat ..."

Ehrmann zupfte sich nachdenklich am Ohr.

,,Bloyer ... Bloyer ... dieser Name sagt mir gar nichts. Wann soll das gewesen sein?"

,,Am 16. oder 17. März!"

Ehrmann schüttelte den Kopf. ,,In der Woche zwischen dem 13. und 18. hat meine Frau alle Reparaturen angenommen. Wir hatten so viel zu tun, daß ich durchgehend in der Werkstatt bleiben mußte."

,,Vielleicht könnte uns Ihre Frau helfen, Herr Ehrmann."

Der Uhrmacher hob abwehrend die Hände. ,,Meine Frau ist gesundheitlich nicht auf der Höhe", sagte er, doch dann besann er sich anders, zuckte mit den Schultern und gab widerwillig nach: ,,Also gut, warten Sie. Man soll mir nicht nachsagen, ich würde die Polizei nicht unterstützen."

Er schloß die Tür und verließ den Laden, ohne jedoch beim Hinausgehen das Licht auszuschalten.

Wieder begann für Roger Püttely und Mike Forster die Prozedur des Wartens. Und wieder blieb Püttely gelassen, während Forster nervös von einem Bein auf das andere trat.

Genau zwanzig Minuten wurde ihre Geduld auf die Probe gestellt. Dann endlich erschien Ludwig Ehrmann wieder, begleitet von seiner Frau, auch sie ausgehfertig gekleidet.

Während Ehrmann am Schloß des Eisengitters hantierte, musterte seine Frau die angeblichen Polizeibeamten neugierig.

Ratternd glitt das Scherengitter zur Seite, und der Uhrmacher ließ seine nächtlichen Besucher eintreten. Von den Wänden, Regalen und Konsolen tickte es Püttely und Forster hundertfach entgegen.

,,Ich habe meine Frau schon gefragt, aber sie hat den Namen

Bloyer ebenfalls noch nie gehört!" stellte Ehrmann fest. Frau Ehrmann, klein, grauhaarig und freundlich dreinschauend, nickte bestätigend und sagte: ,,Wir hatten in der betreffenden Woche ziemlich viele Reparaturannahmen, wissen sie. Können Sie mir vielleicht sagen, um was für eine Uhr es sich handelte?"

Ehrmann machte eine ungeduldige Handbewegung, und ebenso ungeduldig korrigierte er: ,,Um eine Armbanduhr, Magda, das hab' ich dir doch schon gesagt."

Und zu Püttely und Forster gewandt: ,,Ich glaube, so kommen wir nicht weiter. Verraten Sie uns doch erst einmal, warum Sie hinter der Frau her sind. Was hat Sie denn ausgefressen?"

Püttely tat geheimnisvoll: ,,Eigentlich dürfte ich darüber nicht sprechen, aber Sie werden es sicherlich nicht weitererzählen."

Gleichzeitig, fast wie auf Kommando, schüttelte das Ehepaar Ehrmann die Köpfe, und Püttely gab das angebliche Geheimnis preis: ,,Sie wird im Zusammenhang mit einer internationalen Betrugsaffäre gesucht. Und das nicht nur von uns, der Polizei, nein, auch von ihren eigenen Komplizen."

Forster, der aus dem Gerede nicht klug wurde und dem alles zu langsam und zu umständlich ging, drängte auf englisch: ,,Zeig ihnen die Fotos!"

Püttely griff sofort in seine Jackettasche. Dabei erklärte er: ,,Detektiv-Inspektor Forster meint, ich solle Ihnen diese Fotos zeigen!"

Er breitete sie auf der gläsernen Ladentafel aus. Vier Aufnahmen. Vier Schnappschüsse von Claire Burton. Püttely kommentierte ernst: ,,Das ist Madame Bloyer!"

Magda Ehrmann nickte eifrig. ,,Die kenne ich. Sie konnte sich nur ganz schlecht verständigen, weil ich doch nicht Französisch kann. Der Verschluß ihrer Uhr war kaputt ..."

,,Sie sollten ihr die Uhr nachschicken!"

,,Ja. Aber sie hieß bestimmt nicht Bloyer ..."

Püttely nickte. „Es kann durchaus sein, daß sie in der Zwischenzeit ihren Namen geändert hat ...“

Plötzlich tippte sich Frau Ehrmann vor die Stirn. „Wir brauchen doch nur im Versandbuch nachzusehen.“

„Ja!“ stimmte der Uhrmacher zu. „Da wir alle Reparaturen innerhalb von 48 Stunden ausführen, müßte es am 20. oder 21. gewesen sein.“

Frau Ehrmann zog eine Schublade auf und entnahm ihr ein dickes Buch. Dabei erläuterte sie: „Wir verschicken ziemlich viel, da wir auch für andere Geschäfte Reparaturen ausführen.“

„Wie viele Mitarbeiter haben Sie denn?“ erkundigte sich Püttely bei Herrn Ehrmann. Höflich, interessiert und darauf achtend, daß der andere nicht merkte, wie gespannt und erregt er in Wirklichkeit war.

„Wir arbeiten insgesamt zu acht in der Werkstatt!“ antwortete der Uhrmacher, und etwas wie Stolz schwang in seiner Stimme mit, als er hinzufügte: „Das sieht man dem kleinen Laden gar nicht an, was?“

„Nein, das sieht man ihm wirklich nicht an!“ stimmte Püttely zu, während seine Augen gebannt an dem Finger von Frau Ehrmann hingen, der langsam über die Zeilen rutschte. Und er zuckte zusammen, als sie mit einem Male hervorstieß: „Hier ... Hier, das ist sie! Eine Damenarmbanduhr, Gold 585, Verschluß defekt, angenommen am 17. März. Als repariert ausgebucht am 21. März.“ Sie sah triumphierend von Püttely zu Forster und von diesem wieder zurück zu Püttely, der sich zur Ruhe zwang und fast gleichgültig fragte: „Und auf welchen Namen lautete die Rechnung, und wohin haben Sie die Uhr nachgeschickt?“

Frau Ehrmanns Fingerspitze ergriff erneut Besitz von jener gewichtigen Zeile im Versandbuch, Seite 112.

„Sie nannte sich Lamatin. Und die Nachsendeadresse lautete: An Claire Lamatin, München, *Hotel am Hofgarten*, Wurzerstraße 9.“

Roger Püttely atmete ganz langsam ganz tief durch. „Das wär's!“ sagte er zu sich selbst. Und mit betont sachlicher Stimme übersetzte er Mike Forster den Sachverhalt.

Mit zufriedenen Mienen beobachtete das Ehepaar Ehrmann, wie der „Interpolbeamte Dr. Tonin“ Claire Lamatins neue Adresse auf die Rückseite einer Ehrmannschen Geschäftskarte schrieb, die er vorher einem Stapel auf dem Verkaufstisch entnommen hatte. „So, damit wären wir ein weites Stück vorangekommen. Ich werde Ihre Verdienste“, er deutete zwei kurze Verbeugungen an, „in meinem Bericht entsprechend würdigen.“ Und noch bevor einer der beiden etwas erwidern konnte, fuhr er fort: „Ich möchte Sie jetzt noch um etwas bitten. Wie ich bereits vorhin andeutete, ist nicht nur die Polizei hinter Claire Bloyer ... Pardon, ich meine hinter Claire Lamatin her, sondern auch ihre Komplizen. Es könnte also durchaus sein, daß Sie innerhalb der nächsten 24 Stunden noch einmal Besuch erhalten und daß man Ihnen dann die gleichen Fragen stellen wird, wie wir es getan haben.“

„Wir verständigen in einem solchen Fall sofort die Polizei!“ meinte Ehrmann, und man sah es ihm deutlich an, daß ihm diese Entwicklung gar nicht gefiel.

Doch Püttely winkte entschieden ab. „Genau das sollen Sie *nicht* tun, lieber Herr Ehrmann. Uns ist daran gelegen, die *ganze* Bande auf einen Schlag zu fassen. Und so, wie es aussieht, könnte uns das in München gelingen.“

„Was soll ich dann tun?“

„Seien Sie hilfreich. Sagen Sie ihm oder ihnen ruhig, wo Madame zu finden ist. Sie dürfen sich nur nicht anmerken lassen, daß die Polizei schon vor ihnen da war. Damit wären die Burschen gewarnt, und wir würden in München umsonst auf sie warten.“

Während Frau Ehrmann zustimmend nickte, schüttelte Herr

Ehrmann verständnislos den Kopf. „Woher ist denn bekannt, daß diese Frau ihre Uhr zu uns gebracht hat?“

„Durch ein Zimmermädchen im Hotel *Bristol.*“

„Also gut! Wir werden unser möglichstes tun.“

Püttely lächelte vielsagend. „Das beste für die Polizei wäre, wenn das ‚möglichste‘ nicht vor morgen mittag 13 Uhr eintreten würde!“

Ludwig Ehrmann hatte verstanden.

Ein Sonntag mit Schachzügen

6 Uhr.

Seit sechs Stunden war Sonntag. Palmsonntag!

Während Perry Clifton noch tief und traumlos schlief, verließ ein lindgrüner Fiat mit Schweizer Kennzeichen am Autobahndreieck Karlsruhe die Autobahn Basel–Frankfurt und bog zur Autobahn Frankfurt–München ab.

Am Steuer saß Roger Püttely, neben ihm Mike Forster. Jack McButton lümmelte im Fond.

Der Sohn eines ehrlichen Schneidermeisters aus Soho und einer fröhlichen Stiefmutter aus Wales spielte noch immer den Beleidigten.

„Pack deine Sachen zusammen, wir fahren nach München!“ hatte Mike Forster zu ihm gesagt, als er gegen 1 Uhr vom „Unternehmen Adolf Sutter“ in die Pension Pohlmann zurückgekehrt war.

Es hatte dem Rotschopf überhaupt nicht gepaßt, daß er mitten in der Nacht die urgemütliche Wärme seines weichen Bettes mit der eines röhrenden Autos vertauschen sollte. Am meisten jedoch hatte es ihn gefuchst, daß Püttely sie über eine Stunde lang auf dem zugigen Parkplatz warten ließ. Nicht einmal Forsters ironische Information, daß sie Claire Burtons Spur gefunden hatten und die Prämie somit in Griffnähe gerückt sei, hatte ihn versöhnen können. Dazu kam noch, daß ihm Forsters finstere Miene und dessen mürrisches Schweigen aufs Gemüt schlugen.

Püttely scherte links aus und überholte drei niederländische Wohnwagengespanne.

„Wir fahren bis Pforzheim und machen dort eine Stunde Pause!" sagte er. Es waren seit einer dreiviertel Stunde die ersten Worte, die im Wagen gesprochen wurden.

„Ich kann im Auto nicht schlafen! Nicht mal, wenn es hält!" maulte McButton.

„Ich kann!" sagte Püttely.

Mike Forster sagte gar nichts. Er schien intensiv nachzudenken.

„Es reicht aus, wenn wir bis mittag in München sind!" Püttely sah flüchtig zu seinem Nebensitzer hin. „Was starrst du mich so an, Mike?"

„Er starrt schon seit gestern!" rief der kleine McButton grimmig von hinten nach vorn.

„Ich habe nicht gestarrt, ich habe nachgedacht!" erwiderte Mike Forster müde.

„Worüber?" wollte Püttely wissen.

„Über unser Unternehmen!"

„Und – zu welchem Ergebnis bist du gekommen?"

„Das möchte ich lieber für mich behalten. Aber eine andere Frage habe ich. Daß Ehrmann die Uhr nach München geschickt hat, ist doch keine Gewähr dafür, daß *sie* sich noch dort befindet. Sie könnte ebensogut nur ein oder zwei Tage dort geblieben sein."

Ein leises, überlegenes Lächeln umspielte Püttelys Lippen, als er erwiderte:

„Ich kam heute nacht ein bißchen zu spät zum Treffpunkt. Das lag daran, daß ich von der Wohnung eines Bekannten aus das Münchner Hotel angerufen habe. Der Nachtportier hat mir gesagt, daß Madame noch im Hotel wohnt!"

„Schuft!!" fluchte McButton aufgebracht. „Verdammte Geheimniskrämerei! Warum hast du uns das nicht schon früher gesagt?" Auch Mike Forster schien betroffen: „Die feinste Art ist das wirklich nicht, Roger!"

„Warum habt ihr was gegen Überraschungen?"

„Der Portier wird der Lady deinen Anruf aufs Frühstücksbrötchen schmieren, du Idiot!" zischte McButton. „Und wenn wir in München ankommen, ist das Vögelchen längst davongeflattert!"

„Ich habe dem Portier erzählt, daß es sich um eine Überraschung handle und daß er nichts verraten dürfe. Außerdem habe ich ihn gebeten, für heute mittag einen großen Strauß gelber Rosen zu besorgen ..."

McButton schwieg. Verärgert über die Erkenntnis, daß Püttely ein so raffinierter Gauner war und er wohl immer nur ein kleiner Fisch bleiben würde.

Auch Forster schwieg. Doch war es bei ihm mehr Beklemmung darüber, mit welcher Kaltblütigkeit Roger Püttely die Einkreisung von Claire Burton vornahm.

„In einer Viertelstunde sind wir in Pforzheim!" verkündete Püttely in diesem Augenblick, zufrieden mit sich und der Reaktion seiner Genossen auf den Schachzug mit der telefonischen Anfrage.

Kurz nach 7 Uhr war Perry Clifton erwacht. Und sofort spürte er wieder die gleiche Unruhe, mit der er am Abend eingeschlafen war.

Er duschte kalt und begab sich hinunter zum Frühstück. Der Elegante an der Rezeption – heute im hellbeigefarbenen Flanellanzug – machte ihm aus der Entfernung eine Verbeugung, und Perry rief ein „guten Morgen" hinüber. Der Kellner kam sofort auf ihn zu. Sichtlich stolz darauf, den Gast in dessen

Muttersprache bedienen zu können, sprudelte er fröhlich in fließendem Englisch: „Ich hoffe sehr, Mister Clifton, daß Sie eine angenehme Nacht hinter sich haben."

„Danke, ich habe ausgezeichnet geschlafen!" antwortete der Detektiv mit der halben Wahrheit und fügte ebenso freundlich hinzu: „Frühstück bitte wie immer!"

Der Kellner zählte auf: „Drei Eier auf Speck gesetzt, eine Pampelmuse, Toast, Butter und eine Kanne Tee!"

Perry Clifton nickte und wurde bei der Vorstellung des Kellners unwillkürlich an den Gedächtniskünstler Adolf Sutter erinnert. Von Sutter zu Colette Salier war es nur ein kleiner Schritt,und von ihr zum bevorstehenden Besuch beim Uhrmacher Ehrmann ein ebensolcher.

Warum war er so unruhig?

Hatte er nicht allen Grund zur Freude?

Hatte er nicht in dem schon verloren geglaubten Spiel plötzlich neue Trümpfe in die Hand bekommen?

Das Frühstück, gut wie immer, wollte ihm nicht schmecken. Mißmutig und gedankenverloren stocherte er in den braun und knusprig gebratenen Speckeiern herum, bis er schließlich den Teller zur Seite schob und sich dem Tee widmete.

„Nanu, ist was nicht in Ordnung, Mister Clifton?" Der Kellner war gleich einer Katze auf Samtpfoten herangetreten und musterte mißtrauisch das, was er vor kurzem erst als „Eier auf Speck" serviert hatte und das sich nun darbot, als hätte Perry Clifton darin nach einer versteckten Stecknadelkuppe gesucht.

„Es liegt nicht an der Zubereitung", beschwichtigte Clifton. „Ich habe nur plötzlich keinen Hunger mehr."

Der Kellner nickte verständnisvoll und nahm den Teller mit den zerstückelten Eiern vom Tisch. „Ist mir auch schon passiert! Hundert Kilometer bin ich mit dem Auto gefahren, um einen ganz besonderen Wildschweinbraten zu essen. Und als ich dort war, war mir so schlecht, daß es nur für drei Korn mit

Sprudelwasser gereicht hat." Er machte ,,haha", und Clifton machte ebenfalls aus Höflichkeit ,,haha". Dann winkte er den Weißberockten näher. ,,Könnten Sie den Chef der Rezeption bitten, unauffällig an meinen Tisch zu kommen?"

,,Selbstverständlich!" hauchte der Kellner (er hieß übrigens Hans, wie Clifton aus einem Zuruf entnehmen konnte) wie ein Verschwörer zurück und entschwand (samt den mißhandelten Speckeiern) in Richtung Rezeption.

Eine Minute später tauchte ein Schatten auf.

,,Sie haben einen Wunsch, Mister Clifton?" Der Mann im hellbeigefarbenen Flanell stand neben ihm, und sprach mit gedämpfter Stimme.

Clifton deutete auf den Stuhl an seinem Tisch gegenüber. ,,Bitte, wenn Sie Platz nehmen wollen. Ich glaube, das fällt weniger auf."

Der Vornehme setzte sich. Seine Miene drückte mehr anteilnehmende Neugier als zurückhaltendes Mißtrauen aus. Aber das konnte natürlich auch Beherrschung oder Schauspielkunst sein. Einige Sekunden lang belustigte Perry Clifton die Vorstellung, sein Gegenüber könne ihn für zahlungsunfähig halten.

,,Ich bin Detektiv und in dieser Eigenschaft auch hier in Basel", begann er. Seine Eröffnung verursachte keinerlei Veränderung in dem freundlichen ,,Hotelgesicht". Nicht einmal das Hochziehen einer Augenbraue ließ sich registrieren. Perry fuhr fort: ,,Die Komplizen (Zwecklüge) jener Person, hinter der ich her bin, haben sich nun ihrerseits auf meine Spur gesetzt und bewachen das Hotel. Es wäre für mich von großem Vorteil, wenn ich das Haus durch einen rückwärtigen Ausgang verlassen könnte."

Der Chef der Rezeption nickte kaum merkbar. Leise erkundigte er sich: ,,Wann soll das sein?"

,,Kurz vor halb elf Uhr!"

,,Sobald Sie aus dem Fahrstuhl treten, werde ich die Rezeption verlassen. Sie folgen mir unauffällig, und ich führe Sie zur richtigen Stelle."

„Vielen Dank!"

Der Vornehme lächelte. „Ich vermutete bereits, daß Sie mit dieser Materie zu tun haben. Und zwar, seitdem ich Sie im Gespräch mit Kommissar Gaitner sah."

Perry Clifton staunte. „Er hat mir keinen Ton davon gesagt, daß er Sie kennt."

„Tut er auch nicht. Aber vor einigen Jahren hielt er einen Vortrag im Präsidium über Unwesen und Methoden der internationalen Hoteldiebe. Seine damalige Zuhörerschaft setzte sich ausschließlich aus Hotelmanagern, Empfangschefs und Hoteldetektiven zusammen. Darunter war auch ich."

„Er ist inzwischen pensioniert!"

„Ah, das wußte ich nicht."

Perry Clifton überlegte kurz und formulierte dann vorsichtig, da er seinen Gesprächspartner nicht der Geschwätzigkeit bezichtigen wollte: „Haben Sie Ihre Kollegen an Ihrer Vermutung teilhaben lassen?"

Kein vorwurfsvoller Blick, kein entrüstetes Zurückweisen, nur ein kaum wahrnehmbares Kopfschütteln. „Ich gebe höchstens Tatsachen weiter, Herr Clifton. Niemals Vermutungen." Und mit Nachdruck: „Sie können sich, was Diskretion und Hilfe anbetrifft, auf mich verlassen."

Er erhob sich.

„Also, kurz vor halb elf ..."

Perry Clifton erreichte den Birsig-Parkplatz zwei Minuten vor halb elf. Johannes Gaitner winkte ihm schon von weitem zu. Sie unterhielten sich noch eine Weile, bevor sie losfuhren. Clifton erzählte von seiner Unruhe, seiner Appetitlosigkeit und der Unterhaltung mit dem Empfangschef. Gaitner dagegen berichtete ihm von einem Anruf seiner Schwester, die in Luzern wohnte und die um seinen sofortigen Besuch gebeten hatte. Auch er war beunruhigt. Schon deshalb, weil ihm die

Schwester am Telefon nicht sagen wollte, was geschehen war. Gleich nach dem Ehrmann-Besuch hatte er vor, in Richtung Luzern zu starten.

Als sie vor dem Geschäft des Uhrmachers ankamen, war es zehn Minuten vor 11 Uhr. Das geschlossene eiserne Scherengitter vor der Ladentür, so empfand es Perry Clifton, hatte etwas Feindliches, Abweisendes an sich. Während der Kommissar auf den Knopf neben dem kleinen schwarzen Schild mit der Aufschrift *Ehrmann, privat* drückte, warf er einen Blick auf die ausgestellten Uhren hinter der Scheibe aus Panzerglas.

Nach dem vierten Klingeln schien es unabänderlich festzustehen: weder der Uhrmacher Ehrmann noch sonst jemand, der zum Haushalt oder zur Familie gehörte, war da. Johannes Gaitner schimpfte leise und ratlos in sich hinein. Perry Clifton tröstete ihn: „Kein Grund zur Aufregung, Herr Kommissar. Es ist Sonntag, vergessen Sie das nicht. Kann man es da jemandem verübeln, wenn er nicht zu Hause ist?"

Gaitner murmelte zuerst etwas Undeutliches, laut sagte er: „Wäre ja alles halb so schlimm, wenn ich nicht nach Luzern müßte."

Clifton wehrte ab. „Sie haben mir schon so viel geholfen, Herr Gaitner, daß es höchste Zeit wird, daß ich auch mal ohne Sie zurechtkomme. Sie fahren jetzt nach Luzern, und ich werde es später noch einmal probieren."

„Hm", machte Gaitner, mit sich, seiner Schwester und der Welt unzufrieden. Doch dann fiel ihm etwas ein. Es war eine Hoffnung, die Perry Clifton absolut nicht zu teilen gedachte. „Sie haben recht, Herr Clifton", sagte er, „warum sollte sich Herr Ehrmann nicht einen Sonntagsausflug gönnen? Er wird wohl heute abend zurückkommen!" Er lachte verschmitzt. „Wie ich! Und dann können wir es gemeinsam noch mal probieren."

„Das ändert jedoch nichts daran", schränkte Clifton ein,

„daß ich zwischendurch noch einmal (oder mehrere Male, was er jedoch nicht laut sagte) vorbeischaue."

Minuten später befand sich Johannes Gaitner auf dem Weg nach Luzern, während Perry Clifton den Weg zum Rhein einschlug. Zu Gaitner hatte er gesagt: „Ich werde jetzt zwei Stunden durch die Gegend marschieren und hoffe, daß mir dabei eine besonders gute Idee kommt."

Als er gegen 13 Uhr 30 wieder das Geschäft von Ehrmann ansteuerte, waren zwar zweieinhalb Stunden vergangen, doch die „besonders gute Idee" war ausgeblieben.

Nichts hatte sich geändert.

Nichts deutete darauf hin, daß die Bewohner inzwischen zurückgekehrt waren.

Doch schon nach dem ersten Klingelzeichen öffnete sich ein Fenster im ersten Stock. Eine Frau um die Fünfzig, streng frisiert, sah zu ihm herunter. „Haben Sie geklingelt?" Eine überflüssige Frage, denn außer Perry Clifton gab es im Augenblick niemanden, der als Klingler in Betracht käme.

„Ja, guten Tag, ich bitte um Entschuldigung, wenn ich störe. Ich hätte gern Herrn Ehrmann gesprochen!"

Der streng frisierte Kopf verschwand, ein anderer tauchte auf. Graue Haare, finsteres Gesicht, hellblaues Hemd und Krawatte.

„Sind Sie Herr Ehrmann?"

„Bin ich."

„Wäre es möglich, daß ich Sie etwas fragen könnte?"

„Um was handelt es sich denn?"

Leute waren plötzlich da, Fußgänger, Spaziergänger, Kinder. Es schien eine größere Familie zu sein. Auch ein Hund war dabei. Als er an Ehrmanns Ladengitter das rechte hintere Bein in die Höhe hob, machte der Uhrmacher oben am Fenster empört: „Tschtschtsch!!" Doch die Mischung aus Pudel und Dackel ließ sich nicht beeindrucken. „Ich komm' runter!" rief Herr Ehrmann. Unklar blieb in diesem Augenblick, ob die

Ankündigung dem Hund oder Perry Clifton galt. Er knallte das Fenster zu, daß die Scheiben klirrten. Der Hund kläffte hell und giftig in Richtung Geräusch, sein Herrchen rief vorsichtshalber: „Los, Wally, hierher!!“, und die drei Kinder begannen plötzlich einen Wettlauf zu einem nicht erkennbaren Ziel. Die Frau neben dem Hundebesitzer lächelte Clifton im Vorbeigehen zu und sagte seufzend: „Ja, ja, die Kinder!“ Perry lächelte zurück.

Die Ladentür hinter dem Gitter öffnete sich. Perry Clifton versuchte, den untersetzten Mann mit dem grauen Haarschopf einzuschätzen.

„Bitte, was wünschen Sie?“

Der Uhrmacher betrachtete ihn mit einer Mischung aus Neugier und Vorsicht. Mit Blicken, mit denen sich ein Besucher im Zoo ein seltenes Tier hinter Gittern anschaut. So jedenfalls kam es Perry Clifton vor. Er beschloß, sich eine lange Einleitung zu schenken, denn es sah nicht danach aus, als ob Herrn Ehrmanns Laune besser werden könnte. „Vielleicht häuft er sämtlichen Mißmut aus der Woche auf die Besucher, die ihn am Sonntag stören“, durchfuhr es Perry. Und wirklich, Ludwig Ehrmann ließ keinen Zweifel daran aufkommen, daß er das Gespräch nur durch das Gitter zu führen gewillt war.

„Mein Name ist Clifton. Ich suche im Auftrag einer Londoner Versicherung nach einer Frau!“

„Ach!“ sagte Ehrmann, es klang höhnisch. „Und was habe ich mit dieser Versicherung und dieser Frau zu tun?“

„Madame Bloyer wohnte einige Wochen im Hotel *Bristol*. Von einem Zimmerrnädchen im Hotel weiß ich, daß Madame eine Uhr zur Reparatur zu Ihnen gebracht hat. Sie sollten ihr die Uhr dann nachschicken.“

Während er dies erklärte, hatte er den Umschlag mit den Fotos aus der Tasche genommen und schob Ehrmann die Portraitaufnahme entgegen. Mit spitzen Fingern nahm der das

Foto entgegen. Stirnrunzelnd sagte er dabei: „Wir bekommen sehr viele Reparaturaufträge. Und wir verschicken auch eine Menge. Aber an den Namen Bloyer ...“ Er stockte, denn zum ersten Mal betrachtete er das Foto in seiner Hand. Und mit lebhaftem Nicken versicherte er: „Ja, diese Dame war bei uns. Aber sie hieß bestimmt nicht Bloyer!“

Clifton wunderte sich nicht. „Es könnte sein, daß sie auch die Namen Burton oder Lamatin verwendet hat.“

Der Uhrmacher sah ihn ehrlich überrascht an. Vorsichtig und bedächtig reichte er das Foto zurück. „Ja!“ sagte er dann und noch einmal: „Ja ...“ Seine Gedanken befaßten sich zweifellos mit einem bestimmten Problem. Clifton konnte nicht ahnen, daß Ehrmann an das dachte, was ihm jener Dr. Tonin gesagt hatte: „Madame wird im Zusammenhang mit einer internationalen Betrugsaffäre gesucht, und das nicht nur von uns, der Polizei, sondern auch von ihren Komplizen.“ So oder ähnlich war es doch gewesen.

„Stimmt!“ sagte der Uhrmacher. „Sie hieß Lamatin.“

„Claire Lamatin?“

„An den Vornamen kann ich mich nicht erinnern.“

Perry schluckte. Jetzt kam die entscheidende Frage. Wäre er weniger aufgeregt gewesen, hätte er aus Ehrmanns seltsamem Benehmen gewiß bestimmte Rückschlüsse gezogen.

Als er es tat, war es zu spät.

„Wenn Sie sich schon nicht mehr an den Vornamen erinnern können, vielleicht fällt Ihnen dann ein, wohin Sie die Uhr nachgeschickt haben?“

„Ja“, nickte der Uhrmacher, der plötzlich eine eigenartige Beklemmung empfand. „Wir haben ihr die Uhr nach München nachgeschickt. Ins *Hotel am Hofgarten*.“

Um 14 Uhr betrat Perry Clifton das *International* durch die gleiche rückwärtige Tür, durch die er es verlassen hatte. Als ihn der Vornehme von der Rezeption entdeckte, holte er Perrys

Schlüssel vom Haken und entnahm dem Fach einen Notizzettel. Mit beidem ging er dem Detektiv entgegen.

„Vielen Dank!" sagte Perry und nahm Schlüssel und Zettel entgegen.

„Ein Mister Burton aus London erwartet dringend Ihren Rückruf!"

Perry sah auf den Zettel. „Anruf 11 Uhr 45, Mr. Burton, London, möchte zurückgerufen werden!" las er. Er schob die Notiz in die Tasche.

„Sie waren sehr hilfsbereit", bestätigte er dem Chef der Rezeption. „Ich werde Ihr Haus mit bestem Gewissen weiterempfehlen."

„Ah, Sie wollen uns verlassen!" folgerte der Mann im hellbeigefarbenen Flanell.

„Ja, und zwar wieder durch jene Tür. Ich muß noch heute nach München reisen. Mein Reiseziel sollte allerdings niemand erfahren. Ich bin sicher, daß einige Leute brennend daran interessiert wären." (Wie er sich doch irrte!)

„Verstehe! Ich werde inzwischen Ihre Rechnung fertigmachen lassen. Wissen Sie schon, wann und wie Sie weiterreisen werden?"

Perry Clifton verneinte. „Ich werde bei der *Swissair* anrufen. Und da ich auch noch einige andere Ferngespräche führen muß, wäre es vielleicht zweckmäßig, noch ein bißchen mit der Rechnung zu warten."

„Wie Sie wünschen. Rufen Sie bitte herunter, wenn Sie Ihre Gespräche erledigt haben."

Zuerst rief Perry Clifton die Auskunft an und ließ sich die Nummer des Hotels am Hofgarten in München durchgeben.

Das zweite Ortsgespräch galt dem Büro der *Swissair* in Basel-Mühlhausen. Er hatte doppeltes Glück: einmal, daß es noch eine Verbindung, wenn auch mit Umstieg, nach München gab, und zweitens, daß er noch einen Platz buchen konnte. Sorgfältig notierte er sich die Zeiten: 17 Uhr 45 ab Basel, an

Zürich 18 Uhr 15. Ab Zürich 19 Uhr 45, an München 20 Uhr 30.

Die Gespräche drei, vier und fünf meldete er über die Hauszentrale an.

Fünf Minuten später:

„Ihr Gespräch München 220625, bitte melden!“ sagte die Mädchenstimme in der Vermittlung.

„Hallo!“ rief Clifton.

„*Hotel am Hofgarten*!“ Diesmal war es eine dunkle, etwas heisere Männerstimme.

„Hier spricht Clifton. Ich hätte gern für heute abend ein Einzelzimmer bestellt. Wäre das möglich?“

„Moment, bitte ...“ Zehn Sekunden nur Atmosphäre in der Leitung, dann die Stimme aus München: „Mit Dusche?“

„Bad wäre mir lieber!“ erwiderte Clifton und schielte zu seinem augenblicklichen „Traum von Bad“ hinüber.

„Ich kann Ihnen nur noch ein Zimmer mit Dusche anbieten!“

„Dann nehme ich selbstverständlich das!“

„Auf welchen Namen, bitte?“

„Clifton!“

„Ich habe es notiert. Bis wann, glauben Sie, werden Sie hier sein?“

„Meine Maschine landet um 20 Uhr 30 in München. Über die Länge meines Aufenthaltes kann ich allerdings erst später entscheiden.“

„Gut, wir erwarten Sie dann gegen 21 Uhr.“

Fast zehn Minuten mußte Perry Clifton warten, bis das Telefon erneut klingelte. Doch seine Enttäuschung war groß, als ihm die Vermittlung mitteilte, daß sich auf beiden Nummern in London niemand meldete. Er bat die Telefonistin, es in einer halben Stunde noch einmal zu versuchen. Wirklich komisch, daß weder Julie Young noch Scott Skiffer zu Hause waren.

München ...

Rückblende:

Als Perry Clifton und Johannes Gaitner vor dem Geschäft von Ehrmann eintrafen und feststellen mußten, daß auf ihr Klingeln niemand öffnete, war es zehn Minuten vor elf Uhr gewesen.

Zu diesem Zeitpunkt erreichte der lindgrüne Fiat das Ende der Autobahn. Am Steuer nach wie vor Roger Püttely, der eine eiserne Konstitution zu haben schien. Obwohl er fast seit dreißig Stunden ohne Schlaf war, sah man ihm keine Müdigkeit an.

Forster und McButton dagegen waren noch vor Pforzheim eingeschlafen, und Püttely hatte keine Notwendigkeit gesehen, sie aufzuwecken. So war er ohne Halt an der Raststätte vorbeigefahren.

Jetzt hielt er neben einer Telefonzelle. Nachdenklich betrachtete er die Schläfer. Mike Forster vielleicht eine Spur weniger verächtlich als Jack McButton. Trotzdem war Forster spätestens seit Basel überflüssig, da er kein Deutsch verstand.

„Aufwachen!!" rief Püttely scharf.

Forster zuckte zusammen und blinzelte erschrocken in den blankgeputzten, strahlenden Märzsonntag.

„Wo sind wir ... in ... Pforzheim?"

„Einige hundert Kilometer südlicher, mein Freund. Wir sind in München!" Kalt fügte Püttely hinzu: „Schüttle den rothaarigen Zwerg wach!"

Während sich Forster Jack McButtons annahm, vertiefte sich Püttely in einen Stadtplan von München.

„Verdammt, wir sind wirklich schon in München?" stotterte McButton fassungslos und gähnte. Und übergangslos: „Ich habe Hunger wie ein Wolf!"

„Später!" winkte Püttely ab und faltete den Stadtplan zusammen. „Ich habe einen Auftrag für dich, und ich hoffe, daß du ihn nicht verpatzt."

„Einen Auftrag mit leerem Magen?“ maulte Jack.

„Essen kannst du später. Wir sind in München. Und wir sind hier, weil wir Claire Burton nach England zurückbringen sollen!“ Die Schärfe in Püttelys Stimme glich schon mehr einer Drohung. „Ich habe einen Plan. Ob der Plan klappen wird oder ob ich mir was Neues einfallen lassen muß, wird sich in den nächsten Minuten entscheiden ...“ Er zog seine Brieftasche heraus und entnahm ihr einen Zettel. Zusammen mit zwei 10-Pfennig-Münzen reichte er ihn McButton. „Dort ist eine Telefonzelle. Ruf diese Nummer an, es ist das *Hotel am Hofgarten*. Ich habe für einen gewissen Dr. Bertrand ein Zimmer bestellt.“ Und dann erklärte Püttely Jack McButton genau, was er sagen sollte.

Mürrisch stieg der Rotschopf aus und ging zur Telefonzelle. Verfolgt von zwei Augenpaaren, von denen das eine beunruhigt und das andere mißtrauisch dreinschaute. Letzteres gehörte Püttely, der McButtons Fähigkeiten nur gering einschätzte, dem aber im Augenblick keine andere Wahl blieb.

McButton nahm den Hörer von der Gabel, warf die Münzen ein und wählte: 2-2-0-6-2-5 ... Bereits nach dem ersten Rufzeichen wurde abgenommen.

„*Hotel am Hofgarten*!“ Jack McButton räusperte sich den Kloß aus der Kehle. „Guten Tag. Ich rufe im Auftrag von Dr. Bertrand an, der bei Ihnen ein Zimmer bestellt hat.“

„Bertrand ...“ murmelte die Männerstimme. „Ja, Dr. Bertrand aus Genf. Er wollte das Zimmer ab 11 Uhr reserviert haben.“

„Ich soll Ihnen ausrichten, daß er sich etwas verspäten wird, da die Konferenz länger als erwartet dauert. Aber er ist für 12 Uhr im Hotel mit Dr. Tonin verabredet. Er bittet Sie, Herrn Dr. Tonin auszurichten, daß er sich bereits in sein Zimmer begeben und alle Verträge vorbereiten möge!“

„Hm“, sagte der Mann vom Hotel, „ich habe es notiert!“

„Vielen Dank!“ sagte McButton, legte auf und wischte sich

die dicken Schweißperlen von der Stirn. Im Auto nickte er Püttely zu: ,,Alles okay! Er wird es Dr. Tonin ausrichten!"

,,Dann wollen wir zuerst etwas essen gehen!" Püttely startete den Fiat und reihte sich in den Sonntagsverkehr ein.

,,Kennst du dich hier denn aus?" staunte Forster.

,,Ich war noch nie in München. Aber um zum nächsten Restaurant zu finden, muß ich die Stadt nicht kennen!"

,,Und wie geht es weiter?" wollte McButton wissen.

,,Das Hotel liegt im Stadtzentrum. Da ich es hasse, wie eine blinde Kuh in einer Stadt nach Schildern zu suchen, werde ich mir dann ein Taxi nehmen und mich zum *Hotel am Hofgarten* kutschieren lassen. Ihr fahrt hinter dem Taxi her und sucht euch in der Nähe des Hotels einen Parkplatz!"

,,Was tun wir, wenn Clifton auftaucht?" Forster schien sich schon längere Zeit mit dieser Frage zu beschäftigen.

,,Da Clifton diesen Uhrmacher nicht vor 13 Uhr antreffen wird, kann er folglich auch nicht vor heute abend in München sein. Ich rechne damit, daß er fliegt. Und da kommt er erst um 20 Uhr 30 auf dem Flughafen an. Es bleibt für uns also eine Menge Zeit. Es sei denn ..."

,,Es sei denn was?"

,,Es sei denn, Madame Lamatin ist ausgegangen und kommt erst spät ins Hotel zurück. Aber auch das ist kein Problem für uns ..."

Jack McButton, dem die Denk-Feinarbeit noch nie besonders gelegen hatte, beschäftigte sich mit dem für ihn Näherliegenden: ,,Was machen Mike und ich während der ganzen Zeit?"

,,Das gleiche, was ihr schon in der ,Pension Pohlmann' getan habt: warten. Nur daß euch diesmal kein Bett zur Verfügung steht. Seht, dort drüben ist ein Restaurant."

Basel ...

15 Uhr 10.

Perry Clifton stopfte gerade seinen Pyjama in den Koffer, als es klingelte.

Er stürzte zum Telefon und riß den Hörer von der Gabel. „Ja, bitte?"

„Hier kommt Ihre zweite Anmeldung London. Auf der anderen Nummer meldet sich leider noch immer niemand."

„Danke, Fräulein! Versuchen Sie es später trotzdem noch einmal. Sagen wir, vor 16 Uhr!"

„Wie Sie wünschen. Bitte melden Sie sich jetzt!"

„Hallo?"

Es knackte zweimal, dann war plötzlich Julies Stimme in der Leitung. Das heißt, sie war fast im Zimmer, so gut war die Verständigung.

„Hallo, Perry!" rief sie fröhlich. „Das ist nun schon das zweite Mal in meinem Leben, daß ich aus Basel angerufen werde."

„Es hätte schon das vierte Mal sein können, aber immer, wenn ich Bromptom viermal die Vier verlangt habe, wurde mir gesagt, daß sich auf dieser Nummer niemand melde."

„Ich bin untröstlich, daß Sie Geld gespart haben, Perry!" lachte sie. „Aber dafür freue ich mich jetzt doppelt, daß ich zu Hause bin."

„Hat Sie dieser Archie Genter wieder belästigt?"

„Sie meinen Mister Overgaty ... Nein, hat er nicht. Ich habe ihn nicht mehr zu Gesicht bekommen ..." Sie kicherte fröhlich. „Ich höre direkt, wie Sie ‚denken' ... Woher weiß die wohl, daß Genter nicht Genter, sondern Overgaty heißt und in Wirklichkeit Butler ist? Scott Skiffer hat es mir gesagt!"

Perry hatte gleich gewußt, daß sie es nur von Scott haben konnte, und damit hatte sie ihm unabsichtlich auch gleich ein Stichwort gegeben.

„Hören Sie, Julie, ich habe eine große Bitte. Seit Stunden versuche ich Scott zu erreichen, doch er ist nicht zu Hause."

„Ach, so ist das!" unterbrach ihn Julie mit gespielter Gekränktheit. „Ich soll nur den Briefträger spielen. Und dabei hatte ich wirklich geglaubt, Sie wollten sich nach meinem Befinden erkundigen."

„Aber das wollte ich ja auch, Julie!" versicherte Perry lebhaft. „Ich habe immer beide Rufnummern zugleich angemeldet."

„Sie sollten nicht alles so ernst nehmen, wie ich es sage. Was macht Ihr Fall, Perry?" Clifton stutzte. Einen Augenblick lang hatte er es durch die Leitung tuscheln gehört. „Es geht vorwärts, Julie. Ich fliege in zweieinhalb Stunden weiter!"

„Weiter?"

„Ja, nach München. Mein Fall hat sich sozusagen nach Deutschland verlagert."

„Und ich dachte schon, Sie kämen nach London zurück." Ihre Stimme klang plötzlich besorgt. „Wird es jetzt gefährlicher?"

„Nicht gefährlicher als bisher."

„Und was ist mit Mister Skiffer und der Bitte?"

„Er hatte mir einen Zeitplan gegeben, aus dem ich ersehen sollte, wo er telefonisch zu erreichen sei. Durch die Krankheit von Borlowsky ist der Zeitplan jedoch nichts mehr wert. Im Yard sagte man mir, er müsse zu Hause sein, doch dort habe ich ihn nicht erreicht."

Julie Young hatte begriffen. „Okay, Perry, ich werde es also abwechselnd in seiner Wohnung und bei Scotland Yard versuchen. Was soll ich ihm ausrichten, falls ich ihn erreiche?"

„Haben Sie Schreibzeug zur Hand?"

Clifton hörte ein dumpfes, unverständliches Gemurmel. Offensichtlich hatte Julie die Hand über die Sprechmuschel gelegt. „Jetzt!!" kam es endlich wieder in normaler Lautstärke. Er diktierte: „Zwei, zwei, null, sechs, zwei, fünf!"

Julie wiederholte und schien dabei zu schreiben. „Habe ich!" verkündete sie. „Was ist das für eine Zahl? Eine Telefonnummer?"

„Das ist die Rufnummer des Münchner Hotels, in dem ich ein Zimmer gebucht habe. Er möchte mich auf alle Fälle dort anrufen!"

„Und ab wann sind Sie unter dieser Nummer erreichbar?"

„Meine Maschine landet um 20 Uhr 30 in München. Ich habe keine Ahnung, wie lange ich bis zum Hotel brauche. Er soll es ab 21 Uhr 30 versuchen."

Eine Weile hörte er nur Julies Atem, sie mußte die Sprechmuschel ganz nahe am Mund haben; dann rief sie: „Alles notiert!"

„Fein, dann können wir ja zum privaten Teil übergehen. Wie war der Sonntag bisher?"

„Sonnenschein, Wärme, dazu freundlich und ausgesprochen unterhaltsam. Drei Minuten vor Ihrem Anruf sind wir zurückgekommen ..." Im letzten Augenblick biß sich Perry Clifton auf die Zunge. Das „Wer wir?" hatte schon die äußerste Zungenspitze erreicht.

„So, zurückgekommen", murmelte er aggressiv.

„Ja, zurückgekommen. Wir waren rudern!"

„Aha, rudern."

„Warum fragen Sie nicht, mit wem ich rudern war?" Der Schalk in ihrer Stimme war unüberhörbar. Es würde wohl noch eine Weile dauern, bis er Julies Eigenheiten durchschaute. Obgleich es ihn natürlich brennend interessierte, mit wem Julie rudern war, sagte er: „Neugier ist zwar die Pflicht und das Vorrecht aller Kriminalisten und Detektive, aber Sie sind schließlich kein Fall!"

„Schade", seufzte Julie. „Dann werde ich jetzt mal meinen Ruderer und Beschützer ans Rednerpult lassen." Perry hörte Lachen und Geräusche.

„Hallo, Mister Clifton ... Können Sie mich verstehen?"

Es hätte nicht viel gefehlt, und Perry hätte sich verschluckt.

„Ja, Dicki, was machst du denn bei Julie?"

„Miß Julie hat mich gestern gefragt, ob wir heute, wenn's

schön wäre, rudern gehen sollten. Und da hab' ich natürlich ja gesagt."

,,Natürlich!"

,,Na, hätten Sie nicht?"

,,Aber klar hätte ich auch ja gesagt. Und, wie war's?"

,,Wunderschön. Drei Hot dogs habe ich gegessen. Und erzählt habe ich auch."

,,Was erzählt?" Perry ahnte Schreckliches. Im Hintergrund hörte er Julie vor Lachen prusten.

,,Na, von Ihnen habe ich erzählt. Zum Beispiel, daß das ganze Haus stinkt, wenn Sie Eier und Speck braten. Aber sonst war es eigentlich nur Gutes ... Mister Clifton, denken Sie noch daran?"

,,Woran, Dicki?"

,,An das Telegramm!"

,,Ich denke daran!"

,,Fein, ich habe Miß Julie natürlich auch danach gefragt!"

Perry Clifton spürte seinen Kragen eng werden. Ahnungsvoll fragte er: ,,Wonach, Dicki?" Doch statt Dickis Antwort hörte er Julies Stimme aus dem Hintergrund rufen: ,,Jetzt ist's genug, Dicki." Und dann war sie wieder selbst am Apparat: ,,Feine Freunde haben Sie, Perry, das muß ich schon sagen. Ihr Freund Dicki hat mich so mit Fragen durchlöchert, daß ich eigentlich wie ein Sieb aussehen müßte ... Hallo, sind Sie noch da?"

,,Ich bin da, schweige und höre zu, was es an Neuigkeiten in Old England gibt!"

,,Dann denken Sie aber jetzt zur Abwechslung auch mal an die Telefonkosten."

,,Sie haben recht, Julie! Und was ..." Von London drang Julies Schrei nach Basel. ,,Vorsicht, Dicki!" hieß der Schrei, und dann war die Verbindung unterbrochen.

Er legte auf, behielt jedoch die Hand noch auf dem Hörer.

Mitten in seine Überlegungen hinein, ob er Julies Nummer

noch einmal anwählen lassen sollte, rasselte das Telefon erneut. Er erschrak so sehr, daß seine Hand zurückzuckte, als habe er aus Versehen ins Feuer gegriffen.

,,Ja, bitte?"

,,Hier ist Gaitner!" Clifton war in Gedanken noch immer bei dem so abrupt unterbrochenen Gespräch, daß es zwei, drei Atemzüge lang dauerte, bis er auf der Höhe des augenblicklichen Geschehens war. ,,Hallo, Herr Kommissar, sind Sie schon zurück?"

,,Noch nicht ganz!" dröhnte es lachend aus der Muschel. ,,Genauer gesagt, ich rufe aus Luzern an und werde hier in etwa einer halben Stunde wegfahren."

Aus Gaitners Stimmung und Tonfall entnahm Perry Clifton, daß das Ereignis, dessentwegen er nach Luzern gefahren war, nichts Unerfreuliches sein konnte.

,,Wir werden uns wohl nicht mehr sehen, Herr Gaitner!" sagte Perry. ,,Ich werde Basel um 17 Uhr 45 auf dem Luftweg verlassen!" Bedauern über Cliftons Abreise und Zufriedenheit darüber, daß der Besuch bei Ehrmann von Erfolg gekrönt war, kennzeichneten Gaitners Erwiderung: ,,Schade, ich hätte Ihnen gern noch meinen Reisegrund gezeigt. Es ist ein 12 Wochen alter Afghane. Auf der anderen Seite freut es mich, daß Sie ein Stück weitergekommen sind. Ich hoffe, Ehrmann hat die Uhr nicht nach Grönland geschickt."

,,Nein, nach München. Ich habe mir bereits ein Zimmer im *Hotel am Hofgarten* bestellt. Im gleichen Haus wohnt Claire Bloyer. Allerdings unter dem Namen Lamatin!"

Gaitner stieß einen Pfiff aus. ,,Gratuliere zu dieser heißen Spur. Rufen Sie doch, bevor Sie abreisen, noch einmal die Theres an. Vielleicht wettet sie mit Ihnen, daß Sie noch einmal wiederkommen, hahahaha ..."

,,Ich werde daran denken. Und nochmals vielen Dank für Ihre Hilfe. Ihrem neuen Hausbewohner werde ich den besten englischen Kalbsknochen schicken, der sich auftreiben läßt!"

,,Rechnen Sie mit meiner Mahnung, falls Sie das vergessen. Und grüßen Sie bitte Ihren Freund Skiffer ..."

München ...

Rückblende: Dreieinhalb Stunden vor diesem Gespräch verließ Roger Püttely vor dem Haus Wurzerstraße Nr. 9 ein Taxi. Der Fiat hatte, keine hundert Meter entfernt, auf einem Parkplatz in der Marstallstraße eine freie Parklücke gefunden.

Es war 11 Uhr 35, als Roger Püttely das *Hotel am Hofgarten* betrat. Der Portier, freundlich, untersetzt und sehr rundlich, sagte ,,grüß Gott" und schob die Zeitung zur Seite. Püttely nickte ihm zu und sprach mit betont französischem Akzent: ,,Guten Tag. Mein Name ist Dr. Tonin. Ich war mit Herrn Doktor Bertrand verabredet. Würden Sie so freundlich sein und ihm sagen, daß ich da bin!"

Der Portier lächelte. (Ein ,,Zitronenlächeln", wie es Püttely nannte, weil es sich aus zwei Dritteln Bedauern und einem Drittel Mißmut zusammensetzte.) ,,Ich würde ja, wenn er da wäre. Aber er hat eine Nachricht für Sie durchgegeben." Der Portier zog ein Blatt Papier aus dem Fach Nr. 7 und zitierte sinngemäß das, was ihm Jack McButton durchgegeben hatte: ,,Herr Dr. Bertrand ist in einer Konferenz, die etwas länger dauert. Er bittet Dr. Tonin, also Sie, in seinem Zimmer auf ihn zu warten und die Verträge vorzubereiten."

Püttely schnipste ärgerlich mit den Fingern. ,,Zu dumm, diese ewigen Konferenzen ..."

Der Portier empfahl: ,,Gehen Sie doch inzwischen etwas essen!"

Püttely wehrte erschrocken ab: ,,Wo denken Sie hin, das ist mir viel zu riskant. Ich muß heute noch nach Genf zurück, da kann ich es mir gar nicht leisten, Dr. Bertrand auch nur um eine einzige Minute zu verpassen." Er seufzte theatralisch. ,,Also werde ich mich allein über die Verträge hermachen. Welche Zimmernummer hat er denn?"

„Nummer 7 haben wir für ihn reserviert." Der Portier nahm den Schlüssel vom Haken und reichte ihn Püttely. „Im ersten Stock, bitte." Püttely hatte die Hand schon ausgestreckt, als der Mann hinter dem winzigen Tresen verlegen bat: „Dr. Bertrand hat das Zimmer zwar noch nicht bezogen, aber ich wäre Ihnen doch dankbar, wenn Sie sich ausweisen würden ..."

„Aber natürlich", Püttely winkte jovial ab, „das ist doch selbstverständlich." Zehn Sekunden später reichte ihm der Portier den schweizerischen Paß zurück. „Vielen Dank, Herr Doktor!"

„Kein Grund zum Dank. Ordnung muß sein!" Püttely hatte schon drei Schritte in Richtung Treppe gemacht, als er umkehrte. Er tat, als sei ihm plötzlich etwas Ulkiges eingefallen: „Dr. Bertrand sagte mir heute morgen am Telefon, daß eine gemeinsame Bekannte in Ihrem Hause wohne – Madame Lamatin."

„Ach, Sie kennen Frau Lamatin auch?" Der Mann hinter dem Tresen schien überrascht, aber dann fiel auch ihm etwas ein: „Dr. Bertrand wünschte, daß ich für heute mittag einen Strauß gelber Rosen besorgen sollte. Jetzt habe ich schon bei drei Geschäften angefragt, doch keines hat gelbe Rosen. Können Sie mir einen Rat geben?"

„Hm", machte der falsche Dr. Tonin und fuhr sich gedankenverloren über die Stirn. „Ich glaube in diesem Fall, daß es doch besser ist, wenn wir auf Dr. Bertrand warten. Ist Madame denn überhaupt im Haus?"

„Sie hat sich vor einer halben Stunde erst das Frühstück aufs Zimmer bringen lassen. Sie geht selten vor 14 Uhr weg ..."

Püttely grinste den Portier verschwörerisch an. „Ich möchte mit Ihnen wetten, daß sie ein Zimmer mit einer 3 genommen hat. Das ist nämlich ein Tick von ihr. Sie schwor schon in unserer Studentenzeit auf die Ziffer 3."

Der Portier schüttelte den Kopf, und mit dem Zitronenlächeln von vorhin gab er zurück: „Die Wette hätten Sie glatt verloren, Herr Doktor. Frau Lamatin hat Nr. 12 im ersten Stock. Ein Appartement!"

Püttely reagierte sofort. Mit aufgesetzter Fröhlichkeit stieß er mit dem Zimmerschlüssel ein Loch in die Luft und lachte. „Da haben Sie's. Um ein Haar hätte ich die Wette gewonnen. Zählen Sie doch eins und zwei zusammen, dann haben Sie die Drei! Aber jetzt muß ich mich über die Verträge machen ..."

Roger Püttely eilte die Stufen zum ersten Stock hinauf. Er schloß die Tür von Nummer 7 auf und trat ein. Bewegungslos verharrte er fast drei Minuten in dieser Stellung, dann hatte er seine Nerven wieder unter Kontrolle. Er stellte den Diplomatenkoffer auf den Tisch, öffnete ihn und entnahm ihm zwei kleine weiße Papiertüten. Als er diese in der rechten Jackentasche verschwinden ließ, huschte ein zynisches Lächeln über seine Lippen. Aus dem Deckelfach des Koffers fischte er eine Fotografie in Postkartengröße. Lange betrachtete er das aparte Gesicht darauf. Apart und schön war es. Die schwarzen Haare und die ebenfalls tiefdunklen Augen verliehen dem Gesicht etwas Exotisches.

„Bis gleich!" flüsterte Püttely dem Bild zu und ließ es ebenfalls verschwinden. Dorthin, wo schon ein anderes Foto steckte. Vorsichtig öffnete er die Zimmertür einen Spalt und lauschte nach draußen. Als er sicher zu sein glaubte, daß der Gang leer war, huschte er hinaus und zog die Tür leise hinter sich ins Schloß.

Die Zeiger seiner Armbanduhr zeigten 11 Uhr 50 an.

Von der Rezeption drangen Wortfetzen herauf. Es waren mindestens drei verschiedene Stimmen.

Nr. 8 ... 9 ... von oben kam jemand die Treppe herunter, Püttely drängte sich in die Nische neben einer Tür ... vorbei. Da war sie, die Nummer 12.

An der Rezeption wurde noch immer gesprochen.

Püttely klopfte.

Nicht zu laut, aber auch nicht so, daß man es überhören konnte.

Er hatte mit einem „Ja“ oder einem „Wer ist da?“ gerechnet. Daß sie schlicht und einfach „Herein!“ rief, brachte ihn einen Moment lang aus der Fassung.

Er trat ein.

Sie starrte ihn an. Offensichtlich hatte sie ein bekanntes Gesicht des Hotelpersonals erwartet.

„Bitte?“ fragte sie deutsch, und es klang beunruhigt.

„Sie ist noch schöner als auf allen Bildern zusammen“, stellte Roger Püttely in Gedanken fest. Doch er nannte diese Art von kalter Schönheit so, wie er es einmal im Zusammenhang mit einer Filmschauspielerin gelesen hatte: „Retortenschönheit“.

Claire trug einen eleganten Hosenanzug aus Lurex. Püttely verbeugte sich und bediente sich des Französischen: „Guten Tag, Madame, ich freue mich, daß ich Sie gefunden habe!“ In Claire Burtons Gesicht spiegelten sich nacheinander alle Empfindungen wider, von denen sie heimgesucht wurde:

Erstaunen,

Mißtrauen,

Schrecken,

Angst und

Entsetzen. Auch sie sprach jetzt französisch. Laut, hektisch, atemlos: „Wer sind Sie, was wollen Sie von mir? Mit welchem Recht dringen Sie hier ein?“

Roger Püttely, der eiskalte, berechnende Gauner, hatte alle diese Empfindungen erkannt, und sie erfüllten ihn mit Genugtuung.

„Lassen Sie mich Ihre Fragen nacheinander beantworten. Zunächst ‚Wer bin ich?‘ Ich habe eine Menge Namen, Madame. Tom Allerson zum Beispiel, oder Roger Püttely. Manchmal heiße ich auch Pierre d’Albert oder Bertrand. Zur Zeit bin ich Doktor Tonin aus Genf ... Ihre zweite Frage lautete, was ich von Ihnen wolle. Die Antwort läßt sich mit der dritten Frage nach dem Recht meines Eindringens koppeln. Ich bin ein Jäger, der sein Wild gestellt hat."

Die Frau im eleganten Lurexanzug sank auf einen Sessel. Die Lippen in ihrem jetzt blassen Gesicht zitterten, als sie sagte: „Entweder sind Sie verrückt, oder Sie verwechseln mich!"

Püttely zog die Fotografie aus der Tasche und hielt sie ihr entgegen. Gleichzeitig wechselte er vom Französischen ins Englische: „Die Lady auf dem Bild ist Misses Claire Burton, geborene Lamatin, angeblich umgekommen am 23. September 1971 in Duncan Hill, auferstanden als Madame Bloyer und zur Zeit identifizierbar unter dem Namen Claire Lamatin." Die Fotografie entfiel ihren bebenden Fingern.

„Wer schickt Sie?"

„Meinen Lebensunterhalt bestreitet augenblicklich Patrick Mills!"

Ihre große Furcht schlug fast augenblicklich in blinden Haß um.

Sie spuckte wütend auf den Teppich. „Das hätte ich mir denken können."

Püttely blieb ungerührt. „Aber ich bin sicher, daß außer Mills noch andere Leute an Ihrer glücklichen Heimkehr interessiert sind."

Ihre dunklen Augen funkelten ihn an: „Hat man Sie geschickt, um mich zu dieser ‚glücklichen Heimkehr' zu überreden? Pech gehabt, mon ami. Ich kehre nicht nach England zurück!"

„Niemand hat geglaubt, daß Sie freiwillig zurückkehren, Madame. Deshalb hat man ja auch mich engagiert. Ich bin ein Meister in der Kunst des Überredens!" Eben noch klang seine Stimme ironisch, ja, ein bißchen höhnisch, doch jetzt klirrte sie vor gefährlicher Kälte: „Packen Sie Ihre Sachen zusammen, wir werden verreisen!"

Doch so leicht gab sich Claire Burton nicht geschlagen. ,,Was bilden Sie sich ein, wir sind hier nicht in England."

,,Noch nicht, aber in einigen Stunden, Madame! Ich soll Sie auf die Insel zurückbringen, und ich werde Sie auf die Insel zurückbringen. Und ich verspreche Ihnen, daß sich schon alle auf Ihren Empfang vorbereitet haben."

,,Sie sind verrückt!" Claire Burton sprang auf und ging zum Telefon. Püttely kreuzte die Arme über der Brust, als sie die Hand auf den Hörer legte. Und er sagte: ,,Bevor Sie telefonieren, lassen Sie sich über einige Dinge informieren, Madame ..."

Es fröstelte sie, trotzdem zischte sie ihn an: ,,Reden Sie, aber ein bißchen schnell!"

,,Der Versicherungsschwindel ist inzwischen aufgeflogen. Polizei und Versicherung wissen Bescheid. Burton ist verhaftet. Heute abend um 20 Uhr 30 landet dieser Mann hier in München." Püttely zog ein Polaroidfoto aus der Tasche und hielt es Claire Burton hin. Es zeigte Clifton beim Verlassen des *International*. ,,Dieser Mann ist ein Interpol-Beamter namens Perry Clifton, der wie ein Bluthund bereits Ihre Spur aufgenommen hat. Sie sollten dankbar sein, daß ich diesem Mann zuvorgekommen bin!"

,,Ich habe mir in Deutschland nichts zuschulden kommen lassen. Warum also sollte sich die deutsche Polizei für mich interessieren? Und *Interpol* hat sich bisher noch nie um Versicherungsschwindel gekümmert!"

Püttely nickte anerkennend. ,,Richtig! Und falls Sie von der deutschen Polizei gesucht und – festgenommen werden, dann nicht wegen Versicherungsschwindels, Madame. Dann sucht man Sie wegen Rauschgifthandels!"

Während Püttely all das sagte, hatte er seiner Tasche eine jener kleinen weißen Tüten entnommen und war damit an den offenstehenden Kleiderschrank getreten. Mit den Worten ,,Das wär's!" stäubte er ein weißes Pulver (wie sich später herausstellte, handelte es sich dabei um Saccharin) zwischen Kleider, Kostüme und Mäntel.

Claire Burton verfolgte sein Tun wie hypnotisiert. Endlich würgte sie hervor: ,,Was tun Sie da?"

,,Das ist Rauschgift, Madame. Allerfeinstes, gefährliches Heroin. Die deutsche Polizei wird sich über so eindeutige Spuren freuen!"

,,Sie sind ein Teufel!" hauchte Claire und taumelte dem Sessel zu.

Püttely, der sein Werk inzwischen vollendet hatte, wandte sich ihr zu. ,,Sie haben den Krieg begonnen, Madame. So jedenfalls hat es mir Mills versichert. Und damit Sie sehen, welchen Sinn das alles hat, lassen Sie sich folgendes erklären: In Zimmer 7 auf dieser Etage hat ein gewisser Dr. Bertrand ein Zimmer gemietet. Dr. Bertrand selbst ist zwar noch nicht da, aber ein Bote hat für ihn bereits einen Koffer gebracht, der auch schon in Nr. 7 steht. In diesem Koffer befindet sich noch eine ganze Anzahl solcher hübschen Tüten mit dem kostbaren Inhalt. Und nun, Madame Lamatin oder – wenn Ihnen das lieber ist – Mrs. Burton, kommt der Knalleffekt: Der Portier unten, jener freundliche, gutgenährte Gentleman, ist bereits darüber informiert, daß Dr. Bertrand und Madame Lamatin gute Freunde sind." Püttelys Stimme nahm an Schärfe zu: ,,Sollten Sie sich bis 12 Uhr 30 nicht dazu entschlossen haben, mit mir nach England zurückzukehren, erhält die Polizei einen telefonischen Hinweis, daß in diesem Hotel eine gewisse Madame Lamatin mit einem falschen Paß Rauschgifthandel betreibt ..."

Claire Burton saß verkrampft und zusammengesunken in dem Sessel und starrte auf ihre verschlungenen Hände. ,,Was geschieht", fragte sie leise, ,,wenn ich mit nach England zurückkomme?" Püttely zuckte mit den Schultern. ,,Ich nehme an, daß das von Ihrem eigenen guten Willen abhängt."

,,Wie haben Sie mich überhaupt gefunden?"

„Das war dank Ihrer gütigen Mithilfe", er grinste dabei voller Hohn, „gar nicht so schwer." Sie sah auf. Verständnislos sah sie ihren Widersacher an. „Mit meiner Hilfe?"

„Es war ein Fehler, sich die Basler Fasnacht vor den Kameralinsen von Bildreportern anzusehen. Und ein zweiter Fehler war es, einem Uhrmacher eine Nachsendeadresse zu geben."

Sie nickte!

Sie nickte lange; es sah mechanisch aus, und es lagen Resignation und Aufgabe in dieser Bewegung. „Also, fahren wir nach England zurück", flüsterte sie.

Und Püttely sagte: „Dann lassen Sie uns jetzt eine Menge notwendiger Kleinigkeiten besprechen."

Pünktlich auf die Minute genau um 20 Uhr 30 landete die *Swissair*-Maschine, von Zürich kommend, in München-Riem. Perry Clifton richtete es so ein, daß er als letzter den Omnibus, der die Fluggäste vom Flugzeug zum Flughafengebäude brachte, bestieg. Das hatte den Vorteil, daß er als erster wieder aussteigen konnte und somit zu denen gehörte, die als erste zur Paß- und Zollkontrolle kamen. In den Gängen und Hallen herrschte reger Betrieb.

Wo man hinsah, leuchtete einem die blauweiße Olympia-Spirale entgegen. Die Olympiade präsentierte sich, als sei sie schon Gegenwart und nicht erst Zukunft. Der sogenannte Olympia-Dackel „Waldi", Maskottchen der künftigen Wettkämpfe und gleichzeitig Lieblingsvierbeiner der Münchner, beherrschte Schaufenster und Schaukästen in allen Größen und Ausführungen.

Als Perry Clifton auf die Reihe der wartenden Taxen zuschritt, wurde er urplötzlich an Julie Young erinnert. Der vorderste, jetzt abfahrende Wagen trug auf seinem Nummernschild viermal die Vier.

Der Fahrer des Taxis, in das er einstieg, mußte so um die

Sechzig sein. Er steckte in einer abgewetzten Lederjacke. Zwischen seinen Zähnen klemmte eine kalte Tabakspfeife, die er in diesem Augenblick in die Tasche seiner Jacke schob.

„Guten Abend, wohin der Herr?"

„Guten Abend", erwiderte Perry und ließ sich neben dem Fahrer nieder. „Ich möchte gern zum *Hotel am Hofgarten*."

„Hm, Wurzerstraße!" Mit einem klopfenden Geräusch sprang der Dieselmotor an.

Es war 20 Uhr 45.

„Wie lange werden wir bis zum Hotel brauchen?"

„Wenn wir gut durchkommen, zwanzig Minuten, meine ich. Aber um diese Zeit kommt man meist gut durch!" Der Fahrer deutete auf den Koffer, den Perry Clifton auf den Knien hielt. „Soviel Platz im Wagen."

„Eine alte Angewohnheit von mir. Sie meinen also, daß wir vor 21 Uhr 30 im Hotel sind!?"

„Leicht", brummte der Mann in der Lederjacke. „Lässig! Da könnten S' leicht zwischendurch noch a Brotzeit mach'n!"

„Bitte?"

„Ich meine, da könnten Sie zwischendurch noch etwas essen gehen! Kommen Sie aus England?"

„Stimmt! Sie haben ein gutes Ohr. Aus London!"

„Ja mei, aus London kimmt der! Brrr ..."

„Was gefällt Ihnen nicht an London?"

„Der Nebel!" kam es wie aus der Pistole geschossen. „Es muß doch grauslig sein, ewig einen Nebel zu haben!"

„Wer hat Ihnen denn erzählt, daß in London ewig Nebel ist?"

„Erzählt? Gelesen hab' ich's! In Krimis und so weiter! Stimmt das vielleicht nicht?"

„Nein. Ich glaube, daß Sie nicht die richtigen Krimis gelesen haben. Natürlich gibt es bei uns Tage und auch Nächte, wo man den Nebel in Scheiben schneiden kann. Aber das ist weder die Regel, noch beschränkt sich das auf London. Das finden

Sie in anderen Städten, die an großen Flüssen oder am Meer liegen, auch."

„Hm." Es schien, als müsse der Taxifahrer erst über diese Worte nachdenken. Er machte noch zweimal „hm" und schloß das Thema Nebel mit der Feststellung ab: „Also, bei starkem Nebel ist bei mir der Ofen aus! Da lass' ich meinen Karren in der Garage ..."

„Ist das *Hotel am Hofgarten* ein großes Hotel?"

„Groß? Na, ein großes Hotel ist das nicht. Aber es liegt sehr günstig, weil es genau im Zentrum ist. Und ruhig ist es, weil es ein Gartenhaus ist!"

„Gartenhaus?" Perry Clifton konnte sich unter diesem Begriff im Zusammenhang mit einem Hotel nichts vorstellen.

„Na, weil es nicht direkt an einer Verkehrsstraße liegt, sondern nach hinten raus, heißt man es Gartenhaus!"

„Aha ..."

Trotz einer Stockung am Max-Weber-Platz erreichten sie das Hotel kurz nach 21 Uhr 10. „Da durch den Torbogen müssen S' gehen!" erklärte der Fahrer, tippte sich an den nicht vorhandenen Mützenschirm und schob sich die kalte Stummelpfeife wieder zwischen die Lippen.

Perry Clifton durchquerte die Toreinfahrt. Über einen kleinen Vorplatz, der mit fünf Pkw vollgestellt war, ging es zum erleuchteten Hoteleingang. Der Fahrer hatte recht: Obwohl er sich mitten in einer Großstadt befand, glaubte er sich in eine Oase der Stille versetzt. Wie gefiltert drangen die Geräusche der anbrechenden Nacht hierher. Aus irgendeinem geöffneten Fenster wehte Radiomusik in den Hof.

Die Rezeption befand sich nur wenige Meter hinter der Tür. Sie war klein und schmal, ebenso wie der Gang, der zu einer Treppe und zu den übrigen ebenerdigen Räumen führte. Es gab weder ein topfpflanzengeschmücktes Foyer noch eine mit Aquarien ausgestattete Hotelhalle. Alles war klein, eng, jedoch irgendwie zweckmäßig eingepaßt.

Ein älterer, wohlbeleibter, Gemütlichkeit ausstrahlender Herr füllte die winzige Rezeption.

Er telefonierte. ,,Nein, wir sind voll belegt!" sagte er zu einem Anrufer, während er Clifton mit der Linken, um Geduld bittend, zuwinkte. Er schien Nachtportier, Empfangschef und ,,Telefonistin" in einer Person zu sein.

,,Mein Name ist Clifton. Ich hatte von Basel aus ein Zimmer bestellt ..."

,,Herr Clifton, Moment, Sie haben." Wieder der suchende Zeigefinger. ,,Sie haben Nummer 9 im ersten Stock. Zimmer mit Dusche!" Er angelte den Schlüssel vom Haken und wollte Perry Clifton nach oben begleiten, als das Telefon schon wieder zu schnurren begann.

,,Ein verrückter Tag heute. Hier, wenn Sie schon in Ihr Zimmer gehen wollen. Die Anmeldung können Sie ja später noch ausfüllen ... Ja, *Hotel am Hofgarten ...*"

Perry Clifton nickte und ging nach oben.

Er würde die Anmeldung später ausfüllen und dabei gleich nach Claire Lamatin fragen ...

Doch es sollte anders kommen.

Es klopfte!

,,Herein!"

Der Portier, eine Spur außer Atem, hielt ihm einen Brief entgegen. ,,Entschuldigen Sie bitte, Herr Clifton. Aber über der Telefoniererei habe ich ganz Ihren Brief vergessen."

Perry glaubte sich verhört zu haben. ,,Für mich? Sind Sie sicher?" Träumte er? Wie lange war es her, daß man ihm schon einmal einen Brief übergeben hatte? Durch die offenstehende Tür drangen aus dem Erdgeschoß Rufe herauf. ,,Da hören Sie es", seufzte der Portier, ,,noch keine Minute bin ich weg." Er hatte es eilig. An der Tür drehte er sich um. ,,Frau Lamatin hat mir ausdrücklich gesagt, daß der Brief für Sie sei. Es steht ja auch Ihr Name darauf!"

Die Tür fiel ins Schloß.

Es stand wirklich sein Name auf dem Umschlag. „Für Perry Clifton!" Und die Hand, die das geschrieben hatte, war zweifellos eine weibliche gewesen.

War das das Ende des Falles Claire Burton? Oder war es nur eine böse Zwischenstation?

Wie konnte Claire Burton wissen, daß er hierherkommen würde? Daß er hinter ihr her war? Eigentlich gab es dafür nur eine einzige Antwort: Ehrmann! Ehrmann mußte sie informiert haben. Oder gab es noch eine andere Möglichkeit? Natürlich ... Er riß den Umschlag auf und las:

Mister Clifton, ich weiß, daß Sie mich ebenso suchen wie die anderen. Die anderen waren schneller, aber nicht schnell genug. Sie glaubten mich schon zu haben, doch bin ich ihnen noch einmal entwischt. Aber ich brauche dringend Hilfe. Ich habe Angst. Würden Sie mir helfen? Ich werde Ihnen dafür alles sagen.

Ich warte morgen ab 12 Uhr in der Hotel-Pension Leismann in Wien auf Sie. Vernichten Sie diesen Brief sofort.

Claire Lamatin

München, am 26. März.

Perry Clifton ließ sich auf das Bett fallen und las den Brief noch ein zweites und drittes Mal. Und er spürte etwas wie Enttäuschung und Zorn. Und Ärger. Wenn er auch nicht daran zweifelte, daß diese Zeilen von Claire Burton stammten, so mißtraute er doch dem, was sie ausdrückten. Hotel-Pension Leismann in Wien ... Warum ausgerechnet Wien? Sie sprach kein oder fast kein Deutsch. Warum sollte sie sich dann ausgerechnet Österreich aussuchen? Er steckte den Brief ein und verließ das Zimmer.

Der Portier telefonierte schon wieder, doch als er Clifton kommen sah, schob er ihm den Block mit den Anmeldeformularen entgegen und machte die Gebärde des Schreibens.

Clifton war mit dem Ausfüllen des Formulars fertig, als auch der Portier sein Gespräch beendet hatte.

„Wann", fragte er, „hat Ihnen Madame Lamatin diesen Brief gegeben?"

„Heute mittag."

„Wissen Sie noch die ungefähre Uhrzeit?"

„Es war nach 13 Uhr. Und sie hatte es sehr eilig." Der Portier runzelte die Stirn, seine rauhe Stimme drückte Mißtrauen aus. „Warum sehen Sie mich so an? Ist irgendwas nicht in Ordnung?"

Perry Clifton sah den kleinen rundlichen Mann offen an.

„Sie kommen täglich mit vielen Menschen zusammen, Sie sind also ein Mann mit Erfahrung, deshalb möchte ich ehrlich mit Ihnen sprechen. Vielleicht können Sie mir helfen. Ich bin nach Deutschland, nach München gekommen, um hier Frau Lamatin zu treffen, oder besser gesagt: aufzuspüren. Sie ist in einen großen Versicherungsbetrug verwickelt. Es ist mir rätselhaft, wie sie *mir* einen Brief schreiben konnte. Ich bin ihr noch nie begegnet, und sie hätte meinen Namen eigentlich gar nicht kennen dürfen." Der Portier hatte mit steigendem Interesse zugehört. Jetzt nickte er und senkte seine Stimme: „Heute ist es wie verrückt. Sie sind der dritte, der sich nach ihr erkundigt. Die anderen Tage war nichts. Sie lebte ganz zurückgezogen. Nur auf Post hat sie täglich gewartet. Aber heute sind Sachen passiert, also ich sag' Ihnen ..." Er winkte ab mit einer Gebärde der Verständnislosigkeit. „Sachen ..."

„Sie sagten eben, daß sich außer mir noch zwei andere nach ihr erkundigt hätten?"

„Ja. Zuerst dieser Dr. Bertrand. Der hatte sich telefonisch gestern ein Zimmer bestellt. Er wußte, daß Frau Lamatin bei uns wohnte, und er wollte, daß ich für heute mittag gelbe Rosen besorgen sollte. Aber dann ließ er anrufen und mitteilen, daß er um 12 Uhr bei uns mit einem Dr. Tonin verabredet sei, und wir möchten diesem Dr. Tonin ausrichten, daß er, Bertrand, später käme. Dr. Tonin möge schon auf das von ihm bestellte Zimmer gehen und die Verträge vorbereiten."

„War Frau Lamatin zu diesem Zeitpunkt im Hotel?"

„Sie verließ es nie vor dem frühen Nachmittag."

„Und – kam dieser Dr. Tonin?"

Der Portier nickte. „Bevor ich ihm den Schlüssel für das bestellte Zimmer aushändigte, ließ ich mir seinen Paß zeigen. Da stand drin, daß er Doktor Albert Tonin aus Genf sei ... Ja, und der erkundigte sich ebenfalls nach Frau Lamatin. Angeblich kannten sie sich alle drei."

„Er ging also hoch in Bertrands Zimmer ..."

„Ja. Ich hatte ihn schon längst vergessen, als plötzlich Frau Lamatin mit ihrem Gepäck auftauchte und die Rechnung verlangte. Sie war blaß und aufgeregt. Und sie gab mir diesen Brief für Sie."

„Hatte sie viel Gepäck?"

„Eine Tasche und einen großen Koffer!"

„Sie mußten ihr wahrscheinlich ein Taxi bestellen."

„Ein Taxi?" Der Portier sah plötzlich betroffen drein. „Ein Taxi ... jetzt, wo Sie mich danach fragen, komisch ... nein, ich habe ihr kein Taxi bestellt ... Sie ist zu Fuß weggegangen!"

„Und während der ganzen Zeit war Dr. Tonin in dem Zimmer, das Sie für Dr. Bertrand reserviert hatten."

„Ja das heißt, ich nehme es an ... Vielleicht zwei oder drei Minuten, nachdem Frau Lamatin das Haus verlassen hatte, erschien auch Dr. Tonin. Er sagte, daß es ihm zu lange dauere. Er ginge jetzt essen und käme in einer halben Stunde wieder."

„War er ebenfalls aufgeregt?"

„Aufgeregt?" Der Portier dachte über diese Frage nach und schüttelte dann den Kopf. „Aufgeregt nicht. Er hatte es nur furchtbar eilig ..."

Perry Clifton lächelte wissend. „Und es hat sich weder der Dr. Bertrand noch der Dr. Tonin wieder sehen lassen. Stimmt's?"

Sein Gegenüber sah ihn erstaunt an. ,,Stimmt! Kurze Zeit später wurde von Dr. Tonin angerufen und das Zimmer abbestellt. Er sagte, daß Bertrand mit ihm nach Genf fliegen müsse. Sollten uns Kosten entstehen, dann sollten wir das seinem Büro in Rechnung stellen. Und dann hat er aufgelegt."

,,Ohne zu sagen, um welches Büro es sich handelt!"

Der Portier lächelte überrascht: ,,Sie sind ein Hellseher!"

,,Ich bin Detektiv. Da gehört eine Prise Hellseherei zum Beruf. Können Sie mir diesen Dr. Tonin beschreiben?"

,,Hm ... Ich würde ihn auf Mitte Dreißig schätzen, vielleicht eins achtzig groß und dunkelblond. Er trug einen Trenchcoat. Ja, und er sprach deutsch wie ein Franzose."

In diesem Augenblick näherten sich vom Hof her laute Stimmen, die Tür öffnete sich, und zwei heiterbeschwipste Männer schoben sich herein. Dem Alter und der Ähnlichkeit nach zu schließen, mußte es sich um Vater und Sohn handeln. Perry Clifton trat etwas zurück, und der Portier reichte ihnen die Schlüssel. Ein freundlicher Wortwechsel schloß sich an. Anscheinend handelte es sich um Stammgäste.

Clifton nutzte die Zeit und schrieb eine Telefonnummer auf einen Zettel. Als sich die beiden entfernten, zog der Portier mit den Worten ,,Da fällt mir etwas ein!" eine Schublade auf, suchte kurz darin und hielt dann dem Detektiv eine hellgraue Karte entgegen. ,,Die hat dieser Dr. Tonin im Zimmer 7 vergessen!" Und Perry Clifton las:

,,Claire Lamatin, München, *Hotel am Hofgarten*."

Er drehte die Karte um. Es war die typische Geschäftsinformation, aus der zu ersehen war, daß Ludwig Ehrmann in Basel fast alle Uhrenfabrikate führte und daß er über eine der modernsten Reparaturwerkstätten verfügte.

Das war es also.

Er reichte dem Mann hinter dem Tresen die Karte zusammen mit seinem Zettel: ,,Bitte ..." Und der Portier sagte mit gerunzelter Stirn: ,,Wissen Sie, der Name Ehrmann kommt mir bekannt vor, aber ich kann mich nicht erinnern, wo ich ihn unterbringen soll."

„Ehrmann war der Absender eines kleinen Päckchens, das an Frau Lamatin gerichtet war und in dem er ihr eine reparierte Uhr nachgeschickt hat. Und der Mann, der sich bei Ihnen als Dr. Tonin vorgestellt hat, ist ein Gauner internationalen Formats."

„Aha", sagte der Hotelportier. Nachdem er diesen Brocken hinuntergeschluckt hatte, fügte er hinzu (seine Stimme klang eine Spur rauher): „Dann bin ich ja froh, daß er weg ist." Und er wollte wissen: „Was ist das für eine Zahl, die Sie mir aufgeschrieben haben?"

„Das ist eine Telefonnummer in London. Wenn Sie mir diese Verbindung bitte herstellen könnten. Und dann wäre ich Ihnen dankbar, wenn Sie sich nach einer Flugverbindung München–Wien morgen früh erkundigen würden ... Übrigens, ich erwarte noch ein Gespräch aus London."

„Ist gut", sagte der Portier, legte sich den Zettel zurecht und griff nach dem Telefonhörer ...

21 Uhr 40.

„Hier ist die Nummer, die Sie mir gegeben haben. Es hat sich noch niemand gemeldet!"

Perry Clifton hörte jetzt selbst das Rufzeichen.

Da endlich, atemlos, gehetzt: „Hallo?" Es war nicht die Stimme von James Pieter Burton.

„Hier spricht Clifton!"

Pause. Nur heftiges Atmen in der Leitung. „Kann ich Mister Burton sprechen, Henry?"

„Er ist nicht da!" stieß Henry Overgaty hervor.

„Er hat versucht, mich heute in Basel zu erreichen!"

„Davon weiß ich nichts!"

„Wohin ist er gegangen oder gefahren, Henry? Oder reagieren Sie lieber auf den Namen Archie Genter?"

Es knackte. Clifton schlug rasch hintereinander zweimal

auf die Gabel. Nichts. Henry Overgaty in London hatte aufgelegt.

„Hallo, Herr Clifton, ist die Verbindung zusammengebrochen?“ Das war der Portier.

„Nein“, antwortete Perry nachdenklich. „Ich glaube, daß es weniger an der Verbindung als vielmehr an meinem Gesprächspartner lag.“

„Dann werde ich mich jetzt um die Flugverbindung kümmern.“

22 Uhr.

Noch immer hatte sich Scott Skiffer nicht gemeldet. Eine halbe Stunde wollte Perry Clifton noch warten. Fünf Minuten später klingelte das Telefon. Er glaubte, es sei der Portier mit den Flugverbindungen, doch er irrte.

„Herr Clifton, Scotland Yard ist in der Leitung!“

„Danke. Hallo?“

Knacken, Rauschen, Zwitschern, Pfeifen, wieder Knacken, dann Stille. Und mitten hinein Skiffers Stimme. Laut und nah: „Hallo?“

„Guten Abend, Scotty!“

„Der Teufel soll dich holen mit deinem guten Abend“, polterte Skiffer. „Seit einer halben Stunde versuche ich dich in deinem Hotel zu erreichen. Es war nie durchzukommen – sagt unsere Zentrale!“

Perry Clifton fühlte, wie es ihm guttat, die Stimme seines Freundes zu hören. „Das ist mir heute auch schon passiert!“ gab er zurück.

„Wenn du auf heute nachmittag anspielst, dann bin ich entschuldigt. Es war Peter Borlowskys Wille, daß ich ihn im Krankenhaus besuchte. Er fühlte seine letzte Stunde gekommen.“ Für einen Augenblick war Clifton ernsthaft erschrocken, doch Skiffers Tonfall nach zu schließen, schien es dem Priemkauer aus Polen schon wieder besserzugehen. Ernst dagegen klang Scottys Stimme, als er sich nach Perrys Fall erkundigte. Das, was ihm Clifton nun an Fakten aufzählte, machte ihn sprachlos.

„Als Oberzeile oder Überschrift zu meinem Zwischenbericht", begann Perry Clifton, „müßte stehen: ‚Fast perfekter Versicherungsschwindel!' Es gab nie einen echten Unfall, nie einen Selbstmord und auch keinen Mord. Es handelt sich erwiesenermaßen um einen Versicherungsschwindel, bei dem 200 000 Pfund erbeutet wurden."

„Von Burton und seiner Schwägerin!"

„Richtig. Wahrscheinlich hängt Patrick Mills noch als dritter Teilhaber in dem Geschäft. Ich schätze, daß der angebliche Krach im Büro nur zur Vorbereitung gehörte."

„Ist Mrs. Burton in München?" wollte Scott Skiffer wissen.

„Nicht mehr. Aber laß mich zuerst erzählen, wie *ich* mir den Fall vorstelle und welche Konsequenzen *ich* vorschlage. Burton, seine Schwägerin und Mills planen den Betrug und führen ihn aus. Alles klappt wie vorbereitet – bis auf eines: Die Versicherung glaubt nicht an einen Unfall. Sie nimmt Selbstmord an und zahlt nur die Hälfte. Das ändert natürlich nichts daran, daß Claire Burton verschwinden muß. Sicher hatten sich die drei auf irgendein Land in Südamerika oder ein anderes in Übersee geeinigt. Sie teilten also, und Claire verschwand. Doch dann, eines Tages, entdeckte Mills oder Burton sie als Zuschauerin bei einem Faschingsumzug. Es muß Burton wie ein Schlag getroffen haben, denn *ihre* Entdeckung mußte zwangsläufig auch *seinen* Ruin zur Folge haben. Es sollte ein raffinierter Schachzug von ihm sein, mich auf ihre Spur zu setzen und drei Ganoven wiederum auf meine. Ich sollte die drei zu Claire Burton führen."

„Warum denn, in drei Teufels Namen, hat sich Burton überhaupt an dich gewandt? Warum hat er nicht einen dieser miesen Hinterhaus-Detektive engagiert?" wollte Skiffer wissen.

Clifton hatte auch dafür eine Erklärung: „Aus Angst, von

diesem später mal erpreßt zu werden. Nun, jedenfalls ist es den drei Gaunern gelungen, Claire Burton vor mir aufzuspüren."

„Verdammt!" rief Skiffer in den Apparat, und besorgt fügte er hinzu: „Rechnest du für sie mit dem Schlimmsten?"

„Burton wird ein solches Risiko nicht eingehen. Da wären zu viele Mitwisser im Spiel. Ich nehme an, daß er versuchen wird, sie nach England bringen zu lassen."

„Wozu?"

„Entweder um sie gegen ihren Willen zu verstecken oder – (das fiel ihm in dieser Sekunde ein) um sie zu einer Gesichtsoperation zu überreden."

„Und wie paßt dieser Butler Overgaty, dein sogenannter Freund Archie Genter, in die Ereignisse?"

Perry Clifton nickte. „Das ist eine Frage, die ich mir selbst immer wieder gestellt habe. Die mögliche Antwort ist abenteuerlich: Overgaty ist ein Mann von Mills. Das hieße, daß Mills doppeltes Spiel triebe."

„Das hieße aber auch, daß Mills bei Burton noch mehr Dreck am Stecken vermutet und Overgaty das für ihn herausfinden soll."

„Das wäre eine Lösung."

Scott Skiffer war plötzlich ziemlich erregt. „Du sagtest eben, es sei den Gaunern gelungen, Claire Burton vor dir aufzuspüren, und du sagtest vorher, sie sei nicht mehr in München. Zusammengerechnet ergäbe das, daß sie sich bereits in der Hand von Burtons Leuten befände."

„Möglich", erwiderte Clifton. „Hör zu, ich will dir einen Brief vorlesen, den sie mir geschrieben hat."

Scott Skiffer reagierte, als habe er sich verhört: „Die ... die *dir* einen Brief ... Ich meine, woher ..." Perry Clifton unterbrach: „Laß mich zuerst vorlesen!" Und er tat es.

„Aber Perry", schnaubte Scott Skiffer aufgebracht. „Das ist doch ein plumpes Ablenkungsmanöver. Du wirst doch auf einen so billigen Trick nicht hereinfallen."

„Natürlich kann es nur ein Ablenkungsmanöver sein. Trotzdem: etwas spricht dagegen!" Und Perry Clifton berichtete von dem, was ihm der Portier über Claire Lamatin erzählt hatte. Er schloß mit den Worten: „Ich muß so und so den morgigen Tag abwarten. Ist es ein Ablenkungsmanöver, dann befindet sich unsere Lady bestimmt bereits wieder in England."

„Aber warum sollte man dich dann noch nach Wien locken?" fragte Skiffer.

„Um Zeit zu gewinnen, Scotty!"

„Zeit wofür?"

„Wüßte ich das, säße ich wahrscheinlich jetzt nicht mehr hier. Ich habe vor, das Hotel in Wien anzurufen. Ist sie dort, fliege ich hin, ist sie nicht dort, fliege ich ebenfalls – nämlich nach London zurück. Wo kann ich dich morgen früh erreichen?"

„Ab 8 Uhr bin ich im Yard. Wie war das mit den Konsequenzen, die du noch vorschlagen wolltest?"

„Du rufst jetzt Edward Hamilton von der *Partland* an. Warte, ich gebe dir seine Privatnummer."

„Um diese Zeit?" Skiffer schien Bedenken zu haben.

„Er wird sich freuen", versicherte Clifton. „Erzähl ihm, was du von mir weißt, und fordere ihn auf, morgen früh offiziell Strafanzeige gegen Burton und seine Schwägerin zu erstatten. Und laß auch Overgaty und Mills überwachen!"

„Okay! Hoffentlich freut sich Mister Hamilton wirklich über meinen Anruf."

„Sicher!" sagte Clifton und gab ihm die Nummer des Versicherungsmannes durch. Anschließend berichtete er Skiffer noch im Zeitraffer von Colette, dem Uhrmacher Ehrmann und dessen Geschäftskarte, von der er glaubte, Püttely alias Dr. Tonin habe sie absichtlich liegenlassen.

Als sie das Gespräch beendeten, hatten sie genau 30 Minuten lang telefoniert. Daß Perry Clifton, als er Skiffer aufforderte, Edward Hamilton anzurufen, eine grobe Unterlassungssünde unterlaufen war, sollte sich bald herausstellen.

Erst Telefonläuten, dann der Portier: „Herr Clifton, ich habe inzwischen mit der Flughafenauskunft telefoniert. Sie könnten morgen um 9 Uhr 50 mit der AUA nach Wien fliegen. Soll ich für Sie einen Platz reservieren lassen?"

Einen Augenblick lang zögerte Perry Clifton. Noch war es nicht sicher, ob er überhaupt fliegen würde. Doch dann sagte er sich, daß er den Platz immer noch annullieren konnte. „Ja, bitte. Und dann hätte ich noch einen Wunsch: Versuchen Sie doch über die Auskunft, die Telefonnummer der Hotel-Pension Leismann in Wien zu erfahren."

„Ist gut. Soll ich Sie dann auch mit dieser Nummer verbinden?"

„Bitte!"

Während Perry Clifton in München auf die Vermittlung des Gesprächs nach Wien wartete, wartete in der Collingham Road im Londoner Stadtteil Kensington ein Mann auf bestimmte Ereignisse. Er trug schwarze Lederkleidung und auf dem Kopf einen Sturzhelm. Ein Mundschutz und eine breite, klobige Motorradbrille machten sein Gesicht unkenntlich und gaben der ganzen Erscheinung ein bedrohliches Aussehen.

Der Mann stand im Schatten zweier parkender Autos und beobachtete eines der gegenüberliegenden Häuser. Genauer: ein Appartementhaus. Noch genauer: den Eingang B 12. Er wartete seit einer halben Stunde.

Da, plötzlich kam Bewegung in ihn. Er duckte sich zusammen. In der Wohnung gegenüber waren die Lichter ausgegangen. Wenig später öffnete sich die Tür, und vier Personen traten heraus. Rasch gingen sie auf den vor dem Haus stehenden Bentley zu. Vier Türen wurden geöffnet und geschlossen. Der Motor sprang an, und Licht flammte auf. Kaum hörbar setzte sich das teure Gefährt in Bewegung. Zwanzig Minuten später bog es in die A 20 Richtung Dover ein. Zweihundert, manchmal dreihundert Meter hinter ihm folgte der Mann in Leder, Sturzhelm und Brille. Weit nach vorn gebeugt saß er auf seinem schweren Motorrad und ließ keinen Blick von den Rücklichtern des vor ihm fahrenden Bentley.

Perry Clifton, in Gedanken weit weg, schrak zusammen, als das Läutwerk des Telefons zu rasseln begann. Es war 23 Uhr vorbei. „Ja, bitte?"

„Es tut mir leid, daß es so lange gedauert hat, aber in Wien hatte sich niemand gemeldet. Jetzt ist der Nachtportier dran. Ihren Flug habe ich buchen lassen!"

„Vielen Dank!"

„Hallo, hier ist Hotel-Pension Leismann!" drang es plötzlich müde in Cliftons Ohr.

„Hier spricht Clifton aus München. Es tut mir leid, daß ich Sie noch so spät störe."

„Aber bitte, das macht gar nichts!" erwiderte der Mann am anderen Drahtende. „Dafür bin ich ja ... ja ... ja ... da!" Er hatte zwischendurch gegähnt.

„Ich bin morgen bei Ihnen mit einer Dame verabredet. Sie wußte jedoch noch nicht, ob sie es rechtzeitig nach Wien schaffen würde. Können Sie mir vielleicht sagen, ob Frau Lamatin schon eingetroffen ist?"

„Ich bin der Nachtportier, bitte sehr, ich mache erst ab zehne Dienst. Momenterl bitte, ich schau' ins Buch, ob Frau ... wie soll die Dame heißen?"

„Lamatin!"

Eine Weile lang hörte Perry Clifton nichts. Dann setzte Gemurmel ein. Der Portier in Wien las zweifellos Namen herunter.

„Da haben wir sie. Lamatin. Ist heute abend eingetroffen. Möchte nicht mehr gestört und um 10 Uhr geweckt werden. Soll ich für die Dame eine Mitteilung schreiben, bitte schön?"

„Nein danke, das ist nicht nötig. Ich treffe sie dann morgen ohnehin. Vielen Dank und gute Nacht!“

Clifton legte auf. Vieles ging ihm in diesem Augenblick durch den Kopf. Er würde also in ... er sah auf die Uhr ... etwa zehn Stunden Claire Burton gegenüberstehen.

Oder?

Es war wie verhext, aber mit einem Mal gingen ihm Scott Skiffers Worte vom „plumpen Ablenkungsmanöver“ nicht mehr aus dem Kopf. Lag es daran, daß er weder Triumph noch Aufregung verspürte? Ja, es interessierte ihn nicht einmal mehr, was aus Püttely, Forster und McButton geworden war. Sollten sie ihn seinetwegen weiter verfolgen.

Er stellte seinen Wecker auf 7 Uhr, duschte und kroch ins Bett.

Hätte er etwas von dem Bentley und dem Motorradfahrer gewußt, wäre er sicher nicht so schnell eingeschlafen. So schlief er in der Gewißheit ein, daß für ihn der bevorstehende Montag so oder so das Ende des „Falles Burton“ bringen würde ...

Gauner, Tricks und Überraschungen

Montag, 27. März.

Um 8 Uhr 30 traf Perry Clifton auf dem Flughafen in München-Riem ein. Er holte sich am Schalter der *Austria Airlines* sein Flugticket nach Wien und begab sich anschließend zum Büro der BEA, wo er den Weiterflug von Wien um 14 Uhr 45 nach London buchte. Wenn alles gutginge, würde er um 16 Uhr 55 in Heathrow landen. Vom Büro der BEA aus wandte er sich dem Postamt zu, wo er ein Gespräch nach London anmeldete.

Diesmal war Scott Skiffer sofort in der Leitung.

,,Ich bin's, Perry! Hör zu, Scotty ..."

Doch bevor er weitersprechen konnte, fiel ihm Skiffer ins Wort: ,,Jetzt hörst *du* mir erst mal zu: Bis 1 Uhr heute nacht habe ich versucht, diesen Versicherungsonkel Hamilton zu erreichen. Umsonst! Vorhin habe ich bei der *Partland* angerufen, und da wurde mir gesagt, daß man Mister Hamilton zwischen elf und zwölf erwarte. Er sei übers Wochenende verreist gewesen! Vorher kann ich nichts unternehmen – offiziell!"

,,Und was tust du wirklich?"

,,Zu Mills' Wohnung in Kensington habe ich Bill Cramer beordert, und Dave Baxley stand in der Bull Street."

,,Stand?"

,,Ja, Burton hat um 8 Uhr sein Haus verlassen und ist in sein Büro in der Harrington Street gefahren."

,,Und Mills?"

,,Befindet sich noch in seiner Wohnung."

,,Ist das sicher?"

,,Cramer hat sich als angeblicher Abonnentenwerber an seiner Haustür betätigt. Als er sich nicht abweisen lassen wollte, drohte ihn Mills wegen Belästigung anzuzeigen. Und wie steht's bei dir?"

,,Ich fliege um 9 Uhr 50 nach Wien. Nach Auskunft des Nachtportiers in dem Wiener Hotel wohnt Claire Lamatin seit gestern abend dort."

,,Verrückt!" rief Skiffer. ,,Wenn Claire Burton in Wien ist, lasse ich mich zum Zoll versetzen und fang' dort von unten an. Wann kann ich dich in London erwarten?"

,,Mein Flugzeug landet in jedem Fall um 16 Uhr 55 in Heathrow."

,,Okay, na wenigstens etwas. Soll ich Julie Bescheid sagen, damit sie dich abholt?"

,,Hm, aber nicht so auffällig. Vielleicht ruft auch Dicki bei ihr an. Der braucht ja einen Chauffeur, um nach Heathrow zu kommen."

„Stimmt, du wolltest ihm ein Telegramm schicken. Hast du schon?"

„Nach unserem Gespräch. Ich muß ihm auch noch was Vorolympisches kaufen. Du machst dir keine Vorstellung, was es da so alles gibt."

„Wird kaum schlimmer sein als das, wofür die englische Krone herhalten muß. Solltest du auf den bösen Gedanken kommen, mir einen Maßkrug mit eingebauter Spieluhr mitbringen zu wollen, dann ..."

„Ich hatte nicht die Absicht. Du kriegst einen ‚Waldi'!"

„Was ist das?"

„Laß dich überraschen ..." Clifton verschwieg, daß er, während er vor dem Hotel auf ein Taxi wartete, in einem kleinen, eigentlich noch gar nicht geöffneten (*sie* schloß die Ladentür von außen auf) Geschäft namens *Et cetera* bereits etwas für Scott Skiffer erstanden hatte. Es handelte sich um eine großformatige „Königl. Bayerische Glückwunschurkunde", mit der Scott Skiffer zum „Ober-Bayern" ernannt war und die von „Ludwig II." unterschrieben wurde. Sie würde prächtig in Scottys Urkundensammlung passen. „Laß mich Schluß machen, Detektiv! Ich glaube nicht, daß Burton meine Gespräche mit dir bezahlen wird."

„Du hast ja die *Partland*", tröstete Skiffer. „Die wird sich über deinen Erfolg freuen und sich darum reißen, dir deine Spesen zu ersetzen."

„Bis es so weit ist, brauchen wir Geständnisse. Und die werden nicht so ohne weiteres zu bekommen sein. Wenn Claire Burton nicht oder nicht mehr in Wien ist, sind wir vorläufig auf Zeugenaussagen angewiesen."

„Wir fangen in diesem Fall bei dem Dienstmädchen in Basel an, wie heißt sie doch gleich?"

„Sie heißt Colette Salier und ist kein Dienst-, sondern ein

Zimmermädchen“, korrigierte Clifton und fuhr fort: „Dazu kämen noch das Gedächtnisgenie Sutter und die Frau des Uhrmachers Ehrmann. Vielleicht fiele dann auch noch der Kakteenzüchter in Duncan Hill um. Du hast recht, Scotty. Genaugenommen haben wir doch eine Menge Trümpfe in der Hand. Also, in diesem Sinne! Und denk dran: Um 16 Uhr 55 lande ich!“

„Ich will sehen, ob ich zur Begrüßung ein paar pensionierte Musiker auftreiben kann. Bis heute nachmittag, Perry!“

Es klickte.

Perry zahlte das Gespräch und ging drei Schalter weiter, wo Telegrammformulare auslagen. Er schrieb:

An
Dicki Miller
Starplace Nr. 14
London/England
Ankomme heute Heathrow 16.55. Hoffe auf freundlichen Empfang. Perry Clifton

Dann machte er sich auf, um die diversen Geschäfte, in denen es Mitbringsel zu kaufen gab, einer genauen Inspektion zu unterziehen. Für Julie würde er erst im Duty-free-shop* des Wiener Flughafens einkaufen. Und zwar ein Flakon mit ihrem (sündhaft teuren) französischen Lieblingsparfüm.

Um 10 Uhr 45 war die Maschine der *Austria Airlines* ohne Verspätung auf dem Wiener Flughafen Schwechat gelandet. Es war ein wunderschöner Flug gewesen. Der Himmel, klar und wolkenlos, hatte eine ungetrübte und imponierende Sicht nach unten gestattet. Und eine Stunde lang war für Perry Clifton Mister Burtons betrügerisches Unternehmen in weite

* *Geschäfte auf internationalen Flughäfen, in denen der transitreisende Fluggast Waren zollfrei einkaufen kann.*

Ferne gerückt. Um so deutlicher wurde er jetzt wieder daran erinnert. Denn in diesem Augenblick hielt das Taxi vor der Hotel-Pension Leismann.

Im Halbdunkel des sogenannten Empfangs saßen zwei Damen. Perry Clifton wies sich aus und sagte, daß er von Madame Lamatin erwartet würde.

Sie sahen sich an, sie sahen ihn an, nickten, und die ältere der beiden sagte liebenswürdig: „Bitte sehr, der Herr, Madame haben Zimmer 24. Die gnä' Frau hat uns wissen lassen, daß S' Besuch erwartet."

Ein Blick zur Uhr: 11 Uhr 8.

Er klopfte. Eine weibliche Stimme rief: „Herein."

Die Frau stand am Fenster und sah ihm entgegen. Sie war zierlich, und sie trug ein schlichtes blaues Kleid mit einer Schürze darüber. Über einem Stuhl hing ein Mantel, auf dem Tisch lag eine Handtasche.

Sie musterte ihn mit einer Mischung aus Unruhe und Neugier. Und sie sah Claire Burton sowenig ähnlich wie eine Heuschrecke einem Ameisenbären, ein Bleistift einer Kneifzange, der Stefansdom dem Tower oder der Tag der Nacht. Clifton schloß die Tür leise hinter sich. Er war kein bißchen enttäuscht.

Sie strich sich eine blonde Haarsträhne aus der Stirn. Röte stieg in ihre blassen Wangen, und ihre Stimme klang unsicher, als sie sich erkundigte: „Sie sind der Engländer, der Herr Clifton?"

„Ja, der bin ich ..."

Sie schob sich vom Fenster ab und wandte sich dem Tisch zu. Zögernd griff sie nach ihrer Handtasche. „Dann kann ich ja gehen ..." Und leise, fast furchtsam: „War es nun ein Jux, oder war es keiner?"

Perry Clifton nahm behutsam den Mantel vom Stuhl und legte ihn ebenso behutsam auf das Bett. Er setzte sich und deutete freundlich auf den kleinen Sessel, der neben dem

Fenster stand. ,,Bitte setzen Sie sich, und erzählen Sie mir, wer Sie sind, wie Sie heißen und wie Sie hierherkommen.“

Die Röte hatte sich verzogen, geisterblaß sah die Frau plötzlich wieder aus, und ihre Lippen bebten. ,,Ich hab’s ja geahnt, daß das mit dem Jux nicht stimmt. Wer gibt schon für einen Jux so viel Geld aus ...“

,,Wenn Sie mir alles sagen, haben Sie nichts zu befürchten. Ich verspreche es Ihnen.“

Da begann sie zu allmählich erzählen. Zuerst stockend, von trockenen Schluchzern unterbrochen, dann immer flüssiger. Sie berichtete von dem Augenblick an, als ein kleiner rothaariger Engländer das Café am Ende der Autobahn betreten hatte ...

,,Ich bin für niemanden zu sprechen!“ hatte er seiner Sekretärin eingeschärft. ,,Für niemand!!“

James Pieter Burton, Grundstücksmakler und Mozartliebhaber, ging unruhig in seinem Büro auf und ab. Manchmal ließ er sich in seinen Schreibtischsessel fallen und starrte den Telefonapparat an, über den man ihn von außen direkt erreichen konnte. Es war der linksstehende. Der zweite Apparat diente dem Empfang der Gespräche, die ihm seine Sekretärin, Miß Langton, hereingab.

Zweimal hatte er Mills schon angerufen, doch der wußte jedesmal ebenfalls noch nichts Neues. Püttely habe sich nicht gemeldet ... Dazu kam, daß ihn das spurlose Verschwinden seines Butlers beunruhigte. Und je länger er warten mußte, um so mehr verwirrten sich seine Gedanken. Immer wieder erinnerte er sich an Cliftons Besuch und an das Mißtrauen gegenüber Henry Overgaty. Jetzt war Overgaty fort, und Mills ...

Das Telefon!

Die Quarzuhr aus geschliffenem Messing auf dem Schreibtisch zeigte 11 Uhr 40 an.

Der linke Apparat läutete. Es mußte Mills sein!

Es war Mills. Seine Stimme jedoch klang verändert. Heiser! Sie hatte einen Unterton, der nach Panik klang.

,,Ich bin's. Bist du allein?" fragte diese Stimme. Burton ahnte sofort, daß etwas geschehen sein mußte. Und er spürte sich von einer unsichtbaren Hand gepackt und geschüttelt.

,,Was ist los? Hat Püttely angerufen?"

,,Nein. Wynham hat eben angerufen!"

Burton holte pfeifend Luft. ,,Wynham von der Versicherung?"

Das Schütteln in ihm wurde heftiger.

,,Ja, James, du mußt auf der Stelle verschwinden. Hamilton, der Mann, den Clifton besucht hat, ist auf dem Weg zu Scotland Yard, um Anzeige gegen dich zu erstatten."

,,Aber ich kann doch nicht einfach weglaufen ... verschwinden. Wie stellst du dir das vor?" stöhnte Burton voller Entsetzen. ,,Und du? Was willst du tun?"

,,Von mir ist nicht die Rede gewesen. Noch nicht!" setzte er rasch hinzu. ,,Aber ich werde Vorbereitungen treffen. Ich habe keine Lust, ein paar Jahre im Gefängnis zu verbringen."

,,Gefängnis?" Burton brachte das Wort kaum über die Lippen.

,,Glaubst du vielleicht, sie zahlen uns einen Urlaub auf den Seychellen? Verdammt, James, du hast diesen Clifton unterschätzt. Es war eine idiotische Idee, ausgerechnet ihn auf Claire anzusetzen."

,,Du warst damit einverstanden ... Und die Leute, die du engagiert hast, haben die keine Fehler gemacht?" keifte Burton heiser. ,,Reihenweise Fehler! Wozu Clifton nach Wien locken, wozu?"

,,Vielleicht hilft dir die Zeit, die wir dadurch gewinnen." Und beschwörend rief er ins Telefon: ,,Es hat doch keinen Sinn, wenn wir uns jetzt gegenseitig Vorwürfe machen ... Für die Fehler sind wir beide gemeinsam verantwortlich. Aber jetzt müssen wir handeln. Auf der Stelle!" Und als handle es sich dabei um eine plötzliche Eingebung, fragte Patrick Mills: „Was ist mit Overgaty?"

„Overgaty? Weißt nicht *du*, was mit Overgaty ist?"

„Ich? Woher soll ich das wissen?"

Burton rammte den bronzenen Brieföffner voller Wucht in das Holz seiner Schreibtischplatte. „Und alles haben wir dieser Kanaille zu verdanken", zischte er. Bei jedem Wort wuchtete er das stilettähnliche Instrument erneut ins Holz, in herumliegende Schriftstücke und Aktenhefter. Es war fast, als habe er den Verstand verloren. Plötzlich schlug seine Stimme um. Ganz leise und mit einem faunischen Grinsen um die Lippen flüsterte er: „Aber ich werde es aus ihr herausholen. Sie wird mir sagen, wo sie es versteckt hat. Sie wird! Sie wird!!"

„Keine Unbesonnenheit, James. Du mußt damit rechnen, daß man dich schon überwacht. Laß die Sache nur in Püttelys Händen ... Ich würde mir an deiner Stelle für die nächsten Wochen erst einmal einen Unterschlupf suchen. Wie wär's denn mit der alten Mühle bei Alton, die wir gekauft haben und die du noch nicht losgeworden bist. Niemand kennt dich dort ... Du kannst sagen, du seist der neue Besitzer ... Hörst du, James ... hörst du mich ..."

James Pieter Burton hörte schon lange nicht mehr. Er hielt den Hörer weit von sich gestreckt ... „Er will mich zur Seite schaffen! Ich soll verschwinden!" redete eine innere Stimme auf ihn ein. „Patrick Mills möchte mich aus dem Verkehr ziehen und alles für sich behalten. Henry Overgaty war also *sein* Mann ... Aber ich werde ihnen zuvorkommen!"

Mit einem Mal begann Burtons Verstand wieder normal zu arbeiten. Hart, präzise, konsequent: War Hamilton auf dem Weg zur Polizei, würde man ihn jetzt sicher noch nicht überwachen. Doch er mußte sich sputen! Er war bereit, in den Tausch einzuwilligen: Haus und Firma gegen 200 000 Pfund.

Big Ben schlug 12 Uhr.

Dave Baxley saß in seinem Ford und beobachtete das Haus, in dem Burton seine Büroetage hatte. Das tat er nun schon seit Stunden. Und immer wieder hatte er Mühe, sich bei den vor und hinter ihm einparkenden Wagen genügend Startplatz zu verschaffen. Burton selbst war mit seinem cremefarbenen Mercedes in der Tiefgarage verschwunden.

Zwei Minuten nach 12 Uhr.

Ein kleiner, ziemlich ramponierter Lieferwagen schob sich hinter Baxleys Ford, und der Polizist registrierte eine leichte Erschütterung. Im Rückspiegel sah er den Fahrer des Lieferwagens, einen hageren Mann mit Sonnenbrille auf der Nase und einer leeren Zigarrenspitze im Mundwinkel, entschuldigend gestikulieren. Daß er dabei auch seine Zähne zeigte, deutete mehr auf Humor und Zufriedenheit hin als auf Schreck. Aus den neuerlichen Handbewegungen glaubte Baxley erkennen zu können, daß der Hagere den Rückwärtsgang eingelegt hatte.

Er sah den Lieferwagen zurückrollen und wandte sein Augenmerk wieder dem Bürohaus zu. Erst als er hinter sich das blecherne Geräusch der zuschlagenden Tür hörte, sah er noch einmal in den Rückspiegel. Gerade noch rechtzeitig, denn der Lieferwagen war höchstens zehn Zentimeter zurückgesetzt worden. Viel zu wenig, um Dave Baxley ein schnelles Ausscheren zu ermöglichen. Er sprang aus dem Wagen und eilte zu dem an der Rückfront seines Zwerglasters hantierenden Fahrer hin.

„Bitte setzen Sie Ihren Wagen noch einen Meter zurück, Mister!“ forderte er den Hageren auf. Der lächelte ihn an: „Aber, aber, wer wird denn gleich! Bin in drei Minuten wieder zurück. Schaffe nur die Blümchen dort drüben in die Apotheke!“ Dabei entnahm er einem Metallkorb einen Strauß Rosen und hielt ihn Baxley unter die Nase. Doch Detektiv Baxley war in diesem Augenblick nicht zu Scherzen aufgelegt. Die Wartezeit und das ständige Hinundherfahren hatten seine Nerven strapaziert. „Setzen Sie Ihren Rolls-Royce zurück, Blumenfreund, aber ein bißchen fix!!" fauchte er. Der Lieferwagenfahrer wollte Dave gerade freundschaftlich vor die Brust stupsen (es schien sich bei ihm um einen ausgesprochenen Menschenfreund zu handeln), als ihm Baxley unauffällig seinen Ausweis unter die Nase hielt. „Darf ich bitten! Und das sollten Sie für sich behalten!"

Sechzig Sekunden später befanden sich zwischen den beiden Stoßstangen neunzig Zentimeter Luft. Dave Baxley war zufrieden und nahm seinen Beobachterposten im eigenen Fahrzeug wieder ein. Ahnungslos, daß er vor einem leeren Nest wartete. Der Zufall hatte es gewollt, daß James Pieter Burton seinen Wagen genau in dem Augenblick aus der Tiefgarage und aus dem Sichtbereich des Yardbeamten chauffierte, als dieser auf dem Weg zu seinem „blumigen" Widersacher war.

Sie waren zu dritt in dem Raum.

John Aston saß mit steinernem Gesicht in seinem schwarzlackierten Schaukelstuhl und schaukelte. Mike Forster hockte auf der Fensterbank und sah hinaus, während Roger Püttely den Korbstuhl blockierte und Zeitung las. Er hatte sich einen ganzen Stapel davon mitgebracht. Hin und wieder stemmte John Aston seine mächtige Gestalt aus dem Schaukelstuhl hoch und machte einen Rundgang durch die Räume, blieb bei dem einen und anderen Kaktus stehen und musterte sie mit Blicken, als hieße es Abschied zu nehmen. Gewissenhaft prüfte er die Temperaturen und Feuchtigkeitswerte und – setzte sich wieder in seinen Schaukelstuhl.

14 Uhr.

Sie waren zu dritt, taten verschiedene Dinge und dachten insgeheim doch alle an das gleiche.

John Aston hielt mitten im Schaukeln inne. Feindselig starrte er den immer noch ungerührt lesenden Püttely an.

„Hören Sie ..."

Püttely senkte sofort die Zeitung. Sah über sie hinweg auf den alten Leuchtturmwärter. „Was ist?"

„Ich glaube nicht, daß ich das lange mitmache!"

„Ach ..." Kein Hohn, keine Drohung, nur eben zur Kenntnis genommen.

„Ich bin für solche Sachen nicht mehr jung genug!"

Püttely verzog sein Gesicht. Traurig klang seine Stimme – jedenfalls vorerst: „Das hätten Sie sich früher überlegen sollen, alter Mann!"

„Man tut oft Dinge, obwohl man weiß, daß es Fehler sind."

„Eben. Und für solche Fehler muß man dann zahlen. Bitter, alter Mann, aber nicht zu ändern."

Mike Forster war aufgesprungen. „Mein Großvater heißt John Aston und nicht ‚alter Mann'!" Seine Augen sprühten vor Zorn.

Püttely schüttelte nur den Kopf. „Wozu dieser Eifer, Mike. ‚Alter Mann' ist doch kein Schimpfwort – oder?"

„Wie du es sagst, hört es sich aber so an."

Irgendwo klopfte es. Püttely erhob sich augenblicklich. Zynisch stellte er fest: „Das Vöglein scharrt, vielleicht will es singen!"

Er verließ das Zimmer. Mike Forster sprang auf, stürmte zu John Aston hin, packte dessen mächtige Schultern und schüttelte ihn: „Großvater, glaub mir, es gibt nur diese einzige Lösung!"

Der ehemalige Leuchtturmwärter nickte. Schwerfällig und hoffnungslos. Und er sagte einen Satz, mit dem Mike Forster im Augenblick nichts anfangen konnte: „Hinterm Haus waren heute morgen fremde Spuren ..."

Als Püttely ins Zimmer zurückkehrte, saß Mike Forster wieder auf der Bank und starrte zum Fenster hinaus.

„Was war?" wollte John Aston wissen.

„Nichts!" antwortete Püttely und zuckte mißmutig mit den

Schultern. Mike erhob sich und fragte: „Wie wird es Jack McButton gehen?“

Püttely sah hastig auf seine Uhr: „Wenn er nicht irgendwo zum Schlafen angehalten hat, könnte er bald die deutsch-schweizerische Grenze erreichen!“ Und erstaunt: „Wo willst du hin?“

Forster, der den Reißverschluß seiner Windjacke hochzog, erwiderte: „Ich fahr' nach Folkestone, ein paar Zeitungen holen!“

„Fahren? Hast du ein Fahrrad?“

„Ich leih' mir Mrs. Silverstones Moped aus. Brauchst du was, Großvater?“

John Aston schüttelte stumm den Kopf.

James Pieter Burton fuhr schnell, aber beherrscht. Er riskierte nichts und überholte nur dort, wo es gefahrlos möglich war.

Hinter Dartford hatte er ihn das erste Mal gesehen, bei Chatham zum zweiten Mal. Doch als er ihn auf der Höhe von Faversham zum dritten Mal hinter sich entdeckte, durchfuhr es ihn glühend heiß. War das schon die Polizei? Aber warum machte er dann keine Anstalten, ihn zu überholen und zu stoppen?

Burton fuhr langsamer. Der Abstand verringerte sich nicht. Also hatte auch der Mann auf dem Motorrad seine Geschwindigkeit gedrosselt. Es mußte eine 500er Maschine sein, die der ledergekleidete Mann mit dem Sturzhelm und der klobigen Brille fuhr. Vielleicht sogar eine 750er.

Nein, sagte Burton laut zu sich selbst, Polizei ist das nicht. Aber wer sollte mich dann verfolgen? Verfolgt er mich denn wirklich? Ich muß es wissen!

Zwei Meilen vor Canterbury betätigte er den Blinker, verlangsamte, fuhr scharf links und bog zu einem Parkplatz ab. Der Motorradfahrer hatte ihn mit unverminderter Geschwindigkeit überholt.

James Pieter Burton wischte sich den Angstschweiß von der Stirn.

Fünf Minuten später setzte er die Fahrt fort. Und immer wieder ertappte er sich dabei, daß er im Rückspiegel nach dem Mann auf dem Motorrad Ausschau hielt.

Es war 14 Uhr 30, als er die A 20 verließ und das Schild *Duncan Hill 1 Meile* passierte.

Sie hörten das Motorengeräusch zur gleichen Zeit.

Während John Aston ungerührt weiterschaukelte, sprang Püttely auf und eilte zum Fenster. Das Geräusch verstummte, eine Autotür klappte, und Püttely rief beunruhigt: ,,Verdammt, alter Mann, wer ist das?"

Aston war neben Püttely getreten. ,,Das ist Mister Burton, der Obergangster!"

Es klopfte an der Außentür. Aston öffnete.

James Pieter Burton trat ein, musterte Püttely, dessen wirklichen Namen nur die Eingeweihtesten kannten, und fragte: ,,Mister Püttely??"

,,Ja, Mister Burton. Ich dachte, Sie wollten erst kommen, wenn ich rufe? Sie hat noch nicht gesungen!"

,,Es ist etwas dazwischengekommen!" wich Burton barsch aus. ,,Ist sie drin?"

,,Ja!" nickte Püttely. ,,Wollen Sie mit ihr sprechen?"

,,Ich will!" nickte Burton und folgte Püttely in den Vorraum zurück, während sich Aston wieder in seinen Schaukelstuhl fallen ließ. Püttely hob den Schrank zur Seite, schob den Riegel zurück und ließ Burton eintreten. Der Immobilienmakler zog die Tür hinter sich zu.

Die Frau in dem grauen, leichtverschmutzten Tweedkostüm hatte sich langsam erhoben. Sie sah Burton ohne die geringste Spur von Furcht entgegen. Ja, es war sogar etwas im Blick ihrer dunklen Augen, das nach Triumph und Schadenfreude aussah.

,,Hallo, Claire, lange nicht gesehen. Tut mir leid, daß ich nicht zu deinem Empfang kommen konnte. Ich war auswärts."

,,Ich habe dich nicht vermißt!"

,,Wo ist das Geld, Claire!"

Sie schwieg. Lächelte nur.

,,Wo ist das Geld!" Er trat auf sie zu. ,,Ich brauche es. Die Polizei ist hinter mir her, ich muß verschwinden." Seine Stimme senkte sich zum Flüstern: ,,Teile mit mir. Du hunderttausend, ich hunderttausend! Wir gehen nach Mexiko ..."

In Claire Burtons Augen war grenzenlose Verachtung getreten, und aus ihrer Stimme war erkennbar, welchen Abscheu sie vor ihrem Schwager empfand: ,,Dein Bruder hatte recht, als er dich eine hinterhältige, schmierige Krämerseele genannt hat."

Nichts erinnerte mehr an den jovialen, immerzu freundlichen Immobilienmakler James Pieter Burton. Sein Gesicht war haßverzerrt, und seine Stimme kreischte: ,,Sag mir, wo du es versteckt hast, sonst ..." Er hob die Hand. Claire Burton, geborene Lamatin, wich keinen Schritt zurück.

,,Sonst? Hör zu, James Burton, was ich dir zu sagen habe! Ich habe meinem Bruder alles geschrieben. Die ganze Wahrheit. Daß du meinen Geschäftsanteil, der mir nach Ronalds Tod zustand, verspielt und verspekuliert hast. Daß du mich schikaniert hast, wann immer es dir paßte. Ich wollte mich mit ihm in München treffen ... Ich habe ihm auch geschrieben, wo er zu suchen habe, falls mir etwas zustieße. Dein Teufel Püttely hat ganze Arbeit geleistet. Ja, ich wollte in Deutschland nicht wegen einer Rauschgiftaffäre ins Gefängnis gehen ... Solche Untersuchungen, besonders gegen Unschuldige, können lange dauern ... Aber ich wollte in erster Linie nicht, daß mein Bruder in so was verwickelt würde. Und was das Geld anbetrifft, James Burton, das wirst du nie in deinem Leben zu Gesicht kriegen ..."

,,Das werden wir sehen ... das werden wir sehen ...", keuchte Burton und taumelte zur Tür. Er hämmerte dagegen, und Püttely öffnete. Seine Stimme war kalt, seine Stimme war drohend: „Stimmt das, was Sie eben sagten?“

Burton öffnete sich den Hemdkragen, ging zur Haustür, hatte die Hand schon auf der Klinke, als er von Püttely an der Schulter herumgerissen wurde. „Stimmt es, daß die Polizei schon hinter Ihnen her ist?“

„Ja“, nickte Burton. „Aber sie weiß nicht, daß ich hier bin ... Ich brauche frische Luft ...“

Er öffnete die Tür und prallte zurück. „Der Motorradfahrer!“ stammelte er und wich voller Entsetzen in Astons Wohnraum zurück. „Der Motorradfahrer ...“ Auch Roger Püttely starrte den Eintretenden wie eine Erscheinung an.

Die schwarze Lederkleidung, der Sturzhelm und die abnorm große Brille verliehen dem Motorradfahrer etwas Gespenstisches.

„Wer sind Sie?“ fragte er.

„Wer sind *Sie*?“ kam es dumpf unter dem Mundschutz zurück. Püttely war kein Freund von ungeklärten Situationen. Mit einem blitzschnellen Griff riß er dem Ledermann die Brille herunter. Er sah in ein ihm fremdes Gesicht, dafür keifte Burton: „Overgaty ... Henry Overgaty, oh, ich hab's gewußt! Er ist ein Spitzel von Mills. Mein eigener Butler hat mich die ganze Zeit ...“

„Ruhe!!“ brüllte Roger Püttely in diesem Moment. Und alle hörten sie es: das näher kommende Geräusch von mindestens zwei Autos. Püttely, der Mann, der unter dem Namen Brian Turner von den Staatsanwaltschaften in vier Ländern gesucht wurde, hetzte zur Tür. Er sah die beiden Polizeifahrzeuge. Noch zweihundert Meter etwa waren sie entfernt. Er riß die Tür des Mercedes-Sportwagens auf, klemmte sich hinter das Steuer und suchte nach dem Zündschlüssel. Dann stieß er einen lästerlichen Fluch aus. Burton hatte den Schlüssel abgezogen ... Doch er irrte. In der Tür stand der Motorradfahrer.

Ein höhnisches Grinsen lag auf seinen zerfurchten Zügen, als er Püttely mit Burtons Autoschlüsseln zuwinkte.

Und da waren sie auch schon heran.

Zu sechst stürmten sie auf Püttely und das Haus zu. Auf jenes Haus, das in einem Zug grob, pittoresk, skurril, verwinkelt und lustig aussah, wie es so dastand. Hingebaut, dazugebaut, draufgebaut und angebaut. Im Hintergrund aber verharrte Mike Forster, der den zweiten Wagen als letzter verlassen hatte. Auch er sah das Haus. Und zum allerersten Mal kam es ihm vor, als ob es das schönste Haus sei, das er je gesehen hatte ...

16 Uhr 55: Flughafen Heathrow.

Dicki Miller, fiebernd vor Aufregung, kam sich ungeheuer wichtig vor. Am liebsten hätte er jedem, der hier ging, stand, wartete, hastete, winkte und saß, gesagt, daß er, Dicki Miller, heute ein Telegramm aus München bekommen habe und daß er jetzt seinen Freund Perry Clifton abhole.

Die Landung der BEA-Maschine aus Wien wurde gemeldet.

„Hoffentlich ist er dabei", sagte Julie Young und sah sich in der Ankunftshalle um. „Ich möchte nur wissen, wo Mister Skiffer bleibt."

„Er wird irgendeinen Fall haben!" meinte Dicki, gewichtig dreinschauend. Er hatte nichts mehr gegen Julie, im Gegenteil, er fand sie prima (um ehrlich zu sein, „gemein" prima), aber er wäre natürlich am liebsten allein zu Perry Cliftons Empfang gegangen. Doch dann schämte er sich plötzlich. Erinnerte sich daran, daß Julie Young gar nicht mitgewollt hatte. Daß er sie nachgerade dazu hatte überreden müssen ...

„Da kommt er!" rief sie. Tatsächlich, da kam Perry.

Dicki drückte die Brust raus, winkte, wie man einem alten, heimkehrenden Freund entgegenwinkt, und strahlte über das ganze sommersprossige Gesicht. Auch Perry Clifton strahlte.

Wenn er auch für Dickis Begriffe eine Spur zu weit nach links strahlte, aber das konnte auch am Lichteinfall liegen, tröstete er sich.

Kaum hatte Perry Clifton zwei Händedrücke verteilt (einen kräftigen und einen langen), als es aus dem Lautsprecher hallte: „Mister Perry Clifton, soeben aus Wien gelandet, wird zum Informationsschalter gebeten ... Mister Perry Clifton, wird zum Informationsschalter gebeten!“

„Bitte wartet hier auf mich, das ist bestimmt Scotty!“

Es war Scott Skiffer. Er rief aus dem Yard an und entschuldigte sich, daß er mit seinen Musikern nicht rechtzeitig genug zur Stelle gewesen sei, aber die „Aktion Burton“ halte ihn in Atem. Und dann erfuhr Perry Clifton, daß man in Duncan Hill Püttely, Forster, James Pieter Burton und dessen Schwägerin Claire verhaftet habe. John Aston sei mit einem Herzanfall ins Krankenhaus nach Dover gebracht worden. Im Augenblick sei man dabei, Patrick Mills festzunehmen. Als sich Perry wieder Julie und Dicki näherte, sah er letzteren schon von weitem heftig gestikulieren.

„Um was geht's denn?“ wollte er wissen.

„Um den Rahmen für die Wiedersehensfeier!“ sagte Julie lachend. „Als ich Dicki das *Glensworth* vorschlug, meinte er, daß es Ihnen unangenehm sein könnte, die Geschenke in aller Öffentlichkeit auszupacken.“

Nun mußte auch Perry Clifton lachen. „Womit er natürlich recht hat!“

„Also, dann stelle ich meine Wohnung zur Verfügung. Sie hat den Vorteil, daß sie fast am Weg liegt!“

„Und gemütlich ist!“ ergänzte Dicki.

„Was war denn mit Mister Skiffer – oder war er es nicht?“ erkundigte sich Julie Young.

„Ja, es war Scotty. Bis auf zwei Leute hat man die ganze betrügerische Sippschaft vorhin in Duncan Hill verhaftet. Einschließlich des ‚geheimnisvollen Gesichts‘ ...“

Die Tafelrunde

Sonnabend, 1. April.

„Ich lade Sie zur Siegesfeier ein. Bringen Sie Ihre besten Freunde mit!" hatte Edward Hamilton gesagt und hinzugefügt: „Wir wollen ein wenig über das Geschäftliche und sehr viel über den ‚Fall' sprechen. Mein Chef, Sir Howard, ist ganz wild darauf, Einzelheiten zu erfahren."

Und nun saßen sie um den riesigen Tisch in Hamiltons riesigem Wohnsalon, in dem alles, bis auf ihn selbst, riesig war.

Rechts neben Perry Clifton saß Julie Young, links von ihm Dicki Miller, der eine elterliche Ausnahmegenehmigung für die Einladung erhalten hatte. (Der Großvater: „Laßt ihn doch mal an der ‚Versicherung' riechen, vielleicht läßt er dann das blöde Detektivspielen sein. Ein Versicherungskaufmann in der Familie hilft, das Kleingedruckte zu verstehen!") Neben Dicki fühlte sich Scott Skiffer wohl, diesem gegenüber saß Mister Poolman, der Direktor für die Sektion West, in dessen Bereich der „Fall Burton" fiel. Neben Poolman thronte (1 Meter 99) Sir Howard Halbridge, Präsident der *Partland*. Wenn er zu lachen anhub, begannen die Glassachen zu klirren. Diese seine Eigenart verband ihn mit dem nächsten Gast: Johannes Gaitner! Ja, die *Partland* hatte es sich (nach Empfehlung Cliftons) nicht nehmen lassen, den Exkommissar nebst „Ofenrohr" Theres einzuladen. Letztere, die kein Wort Englisch verstand, jedoch so tat, als wolle sie sich keine Silbe entgehen lassen, saß neben Mister Hamilton und dessen (einen Kopf größerer) Frau Rita. Den Reigen dieser elfköpfigen Gesellschaft beschloß ein kleiner Mann: Henry Overgaty. Burtons ehemaliger Butler, der zwar nicht Auto fahren konnte, dafür jedoch um so besser den Umgang mit einem Motorrad verstand.

Mit den launigen Worten „Geben wir uns dem Vergnügen des Nichtstuns hin, und lassen wir unsere Mägen für uns arbeiten!" eröffnete Edward Hamilton das von einem chinesischen Koch zubereitete Festessen, das nun von zwei Leihkellnern (ebenfalls Chinesen) aufgetragen wurde.

Während das Servieren der fernöstlichen Leckerbissen von Dicki Miller mit Neugier und Interesse beobachtet wurde, verursachte der Anblick von Krabben, Krebsen, Morcheln und schlickrigen Glasnudeln bei Theres Schauder über Schauder. Und statt die chinesische Aufforderung „Ching to chia tsang!" (Bitte, essen Sie, soviel Sie können) zu befolgen, klammerte sie sich an ihrem Weinglas fest. Die baldige Folge davon war ein winziger Schwips. Und wie immer, wenn sie einen winzigen Schwips hatte, begann ihr rechtes Augenlid zu zucken. Dicki Miller, der ihr schräg gegenüber saß, bemerkte das. Und da er meinte, dieses freundliche Augenzwinkern gelte ihm, begann er ebenso freundlich zurückzublinzeln. Getreu der Devise seines Großvaters, die da lautete: Spuckt dir einer in die Suppe, dann spuck zurück!

Endlich kam man zum Mokka (Dicki erhielt auf Wunsch Kakoffee), und Sir Howard forderte Clifton auf, seine Neugier nicht weiter zu strapazieren.

Perry Clifton nickte und begann:

„Zunächst möchte ich feststellen, daß an der raschen Aufklärung des Falles viele und vieles mitgewirkt haben. Zum vielen zähle ich Burtons Dummheit, die Sache nicht selbst in die Hand genommen zu haben, und eine Menge Glück. Zu den vielen rechne ich, außer Scotland Yard", er nickte zu Scott Skiffer hin, „in erster Linie Kommissar Gaitner, Frau Theres (die bei Nennung ihres Namens vor Schreck einen Schluckauf bekam), den Portier Sutter und das Zimmermädchen Colette Salier."

„Die in den nächsten Tagen von uns tausend Pfund erhalten wird!" warf Edward Hamilton ein; Mr. Poolman nickte dau eifrig.

„Die Geschichte der Firma Burton ist schnell erzählt", fuhr

Perry Clifton fort. „Der wirkliche Kopf und geschäftlich erfolgreiche Teil war der 1969 verunglückte Bruder Ronald. Nach seinem Tod ging es mit der Firma ständig bergab. James Burton ließ sich zu immer gewagteren Spekulationen überreden und verwirtschaftete auch den Teil der Firma, der eigentlich Claire Burton, Ronalds Frau, zustand. Als Mills, der nach Ronalds Tod in die Firma eingetreten war, eines Tages mit dem Versicherungsbetrug vorfühlte, schien für Claire Burton der Zeitpunkt ihrer persönlichen Rache an ihrem Schwager James gekommen zu sein. Sie sagte deshalb ebenso rasch wie Burton ihre Bereitschaft zu. Mills nahm die Sache in die Hand. Wenn wir auch noch nicht wissen, wie er an Püttely herankam ..."

„Stimmt es, daß der so ein großer Fisch ist?" unterbrach Poolman. Und Scott Skiffer antwortete anstelle von Clifton: „Er wird wegen Handels mit gefälschten Papieren, besonders Aktien, ebenso gesucht wie wegen Scheckbetrügereien, Vertrieb von Falschgeld und Erpressung. Sein wirklicher Name lautet Brian Turner. Allein in seinem Anzug fanden wir eingenäht vier verschiedene Pässe!"

„Da kann es einem ja direkt nachträglich noch angst werden", meinte Rita Hamilton.

Perry Clifton berichtete weiter: „Jack McButton dagegen kannte Mills von früher her. McButton wollte ihm die Brieftasche stehlen, und er hatte ihn dabei erwischt. Er verzichtete auf eine Anzeige, und da er die eigentliche Harmlosigkeit McButtons erkannte, ließ er ihn hin und wieder für sich ‚arbeiten'."

„Unverständlich ist mir, wie dieser Leuchtturmwärter und sein Enkel in so was reingeraten konnten", meinte Hamilton kopfschüttelnd.

„Ja, das ist eine ganz böse Sache. Eine Verkettung von gemeinen Zufällen. Mike Forster ist ein überdurchschnittlich begabter Kunstschlosser. Er kam aus Dover, um hier in London mehr Geld zu verdienen. Er bezog bei einer betagten Tante in Blackheath ein schönes Zimmer. Während einer harmlosen Whiskyreise durch Soho trifft er auf Jack McButton, der ihn zum Besuch einer verbotenen Spielhölle überredet. Es kommt, wie es kommen mußte: Forster verspielt nicht nur alles Geld, das er mit sich führt, sondern unterschreibt darüber hinaus noch einen Wechsel über sage und schreibe 650 Pfund. Die Teufelsmühle dreht sich schnell und schneller. Um das notwendige Geld zu verdienen, läßt sich Mike Forster von McButton breitschlagen, gemeinsam mit diesem kleine Päckchen auszutragen."

„Rauschgift!" erläuterte Skiffer.

„Doch ausgerechnet – oder auch glücklicherweise – an gerade dem Tag, an dem man die beiden festnimmt, sind sie sauber. Das heißt, sie haben absolut nichts bei sich. Trotzdem werden Forsters Arbeitsplatz und sein Zimmer in Blackheath intensiv durchsucht. Man findet nichts und muß die beiden wieder freilassen. Doch Forster ist seinen Arbeitsplatz los! Das und die Tatsache, daß man ihn wegen der 650 Pfund unter Druck setzt, bringen ihn in eine ziemlich verzweifelte Situation. In dieser fast ausweglosen Lage taucht Patrick Mills auf. Er ist nicht nur auf der Suche nach Helfern und ‚Zeugen', er ist auch auf der Suche nach einem brauchbaren Platz für das ‚Unglück'. Man kann nur ahnen, was sich in Forster abgespielt hat. Fest steht jedenfalls, daß sie nach Duncan Hill gefahren sind, daß John Aston, um seinem Enkel zu helfen, später den Zeugen gespielt und auch Claire Burton bei sich aufgenommen hat.

Fest steht ferner, daß Mike Forster recht bald einsah, daß die Kreise, in die er geraten war, und der Weg, auf dem er entlangging, geradewegs in einen Abgrund führten. Er schrieb seinem Großvater von Basel aus einen langen Brief, in dem er diesem vorschlug, zur Polizei zu gehen und alles aufzudecken. Er war es auch, der am Montag die Polizei aus Folkestone holte."

Perry Clifton legte eine kleine Pause ein und trank seinen inzwischen kalt gewordenen Mokka aus.

„Wie geht es dem alten Aston eigentlich?" wollte Hamilton wissen.

„Gut." Clifton nickte. „Ich habe gestern nachmittag mit dem Krankenhaus telefoniert."

„Und wer versorgt nun seine Kakteen?"

„Im Augenblick seine Nachbarin, Mrs. Silverstone."

„War Aston nun wirklich Zeuge des Wagenabsturzes?" wollte Poolman wissen.

„Ja. Er, Claire Burton und Patrick Mills waren zum Zeitpunkt der Aktion in Duncan Hill ... Der weitere Verlauf ging ja dann auch wie geplant über die Bühne. Der einzige, wenn auch schwerwiegende Irrtum für Burton & Co. war die Weigerung der Versicherung, die Unfallklausel anzuerkennen. Statt der vierhunderttausend standen plötzlich nur zweihunderttausend zur Verfügung ...

An dem Tag, an dem die Versicherung den Scheck überreichen ließ, hatte James Pieter Burton seinen Angestellten freigegeben. Schon während der Scheckübergabe warteten im Nebenzimmer Claire Burton und Patrick Mills. Um teilen zu können, brauchte man Bargeld. Zu dritt – Claire, mit Schleier und Sonnenbrille als trauernde Witwe verkleidet, Patrick Mills und Burton – fuhren sie zur *Western City Bank*, wo sich Burton zweihunderttausend Pfund auszahlen ließ. Von dort aus ging es nach Kensington in Mills' Wohnung, wo sie sich ans Teilen machten. Und hier kam Claires große Rachestunde. Sie mischte Burton und Mills ein äußerst wirksames Schlafmittel in den Sekt der Siegesfeier. Als die beiden erwachten, befand sich Claire Burton samt den zweihunderttausend Pfund bereits in der Schweiz. James Pieter Burton allerdings vermutete sie in Südamerika ..."

„Und weiß man schon, warum sie sich nicht weiter abgesetzt hat?" fragte Sir Howard.

„Nein. Ich vermute, daß es mit dem Bruder zusammenhängt.“

„Oder sie wollte in der Nähe ihrer eigentlichen Heimat Frankreich bleiben“, meinte Skiffer. „Über diesen Punkt verweigert sie nach wie vor jede Aussage.“

„Nun“, freute sich Sir Howard, „ich jedenfalls bin glücklich darüber, daß sie die zweihunderttausend so gut in der Schweiz angelegt hat. Fast sieht es danach aus, als habe sie nie die Absicht gehabt, sich dieses Geldes zu bedienen ...“

„Es war eine perfekte Rache, die sie genommen hat“, verkündete Henry Overgatys schnarrende Stimme breit und Wort für Wort betonend. Und es klang Zufriedenheit aus dieser Stimme. Alle Augen wandten sich dem kleinen Mann mit den scharfen, markanten Zügen in dem faltigen Gesicht zu.

„Ja, Mister Overgaty“, forderte Clifton ihn auf, „erzählen Sie bitte, wie Sie in diese Geschichte geraten sind.“

„Da gibt es nicht viel zu erzählen. Eigentlich müßte ich ja dankbar sein, daß mich Mister Burton nach dem Tod seines Bruders weiterbeschäftigt hat, aber ich glaube, er tat es nur, weil er befürchtete, meine Entlassung könnte seinem Ruf schaden ...“ Er holte pfeifend Luft. „Zwei Tage, nachdem die Versicherung an Mister Burton das Geld ausbezahlt hatte, klingelte spätabends das Telefon. Da Mister Burton, wie am Vortage auch, nur mit der Whiskyflasche herumlief, nahm ich den Hörer ab und meldete mich. Ich sagte: ‚Hallo!‘ Manchmal meldete ich mich auch mit der Telefonnummer oder mit den Worten ‚Hier bei Burton!‘. Doch an diesem Abend sagte ich nur: ‚Hallo!‘ Und eine weibliche, weit entfernte Stimme fragte: ‚Bist du es, James Burton?‘ Ich sagte, daß ich Mister Burton holen wolle, und legte den Hörer neben den Apparat. Ja, und dann bin ich zu Mister Burton gegangen und habe ihm gesagt, daß eine Lady am Telefon sei. Er hat mich angebrüllt, daß er für niemand zu sprechen sei. Nicht einmal für die Königin ... Ich ging also zurück und sagte ins Telefon: ‚Mylady, Mister

Burton ist im Augenblick nicht zu sprechen‘, worauf die Lady lachte und auflegte!“

„Wußten Sie gleich, daß es die Stimme Claire Burtons war?“ fragte Hamilton und mußte sich einen langen, nachdenklichen Blick gefallen lassen.

„Tote reden in der Regel nicht, Sir. Deshalb dauerte es eine ganze Weile, bis ich mich selbst dazu überwunden hatte zu glauben, daß Misses Burton nicht tot sein konnte. Und von diesem Augenblick an“, er machte zwei entschuldigende Verbeugungen zu Skiffer und Clifton hin, „betätigte ich mich als Detektiv. Ich wollte wissen, was war ... Deshalb auch mein Interesse an Ihnen, Mister Clifton. Ich vermutete in meiner Einfalt in Ihnen eine Art von Komplizen von Mister und Misses Burton. Ich verfolgte Mister Burton, sooft es möglich war, und ich setzte auch Mister Mills, den ich noch nie ausstehen konnte, auf die Liste derer, die zu beobachten waren. Ich war dabei, als er und die anderen Gentlemen Missis Burton nach Duncan Hill brachten, und ich belauschte an der Rückseite des Hauses von Mister Aston ein Gespräch zwischen Mills und Mrs. Burton ...“

„Und er verständigte am Montag, von Dover aus, Scotland Yard und die Polizei von Folkestone!“ warf Skiffer ein.

„Ja“, nickte Henry Overgaty, „in Folkestone kam ich allerdigs ein bißchen spät, da Mister Forster bereits anwesend war ...“

„Und was ist mit diesem Mister McButton?“ erkundigte sich Mister Poolman.

„Der hat die Sache in Wien arrangiert und ist dann sofort wieder umgekehrt. Sein Auftrag lautete, den Fiat auf einem bestimmten Parkplatz in Zürich abzustellen, eine Telefonnummer anzurufen und das Abstellen bekanntzugeben. Dann sollte er nach London zurückkehren. All das hat er getan!“ Perry Clifton sagte es mit einem Lächeln, denn die Erinnerung spielte ihm noch einmal McButtons ‚Kampf‘ mit Theres vor

Augen. Und Scott Skiffer erklärte mit Bedauern: ,,McButton ist der einzige, der noch frei herumläuft, so komisch das auch klingen mag. Aber jemanden zu beobachten oder ein ahnungsloses Mädchen (Wien) zu einem angeblichen Jux zu überreden ist nicht strafbar. Und bei der Autogeschichte in Duncan Hill war er ebensowenig dabei wie bei der Entführung Claire Burtons. Ja, nicht einmal das Führen und Vorzeigen gefälschter Dokumente können wir ihm anlasten. Sie sehen, er kommt noch besser weg als ihr" – Skiffer wandte sich den drei Versicherungsmännern zu – ,,Charles Wynham."

,,Erinnern Sie mich nicht an den", fauchte Poolman. ,,Geht hin und trägt diesem Gauner Mills die Akte ins Haus. Nur weil er hoffte, durch ihn billiger zu einem Grundstück zu kommen ..."

,,Woher kannte Wynham Mills eigentlich?" fragte Scott Skiffer.

,,Wie er mir sagte, aus der Zeit seines Außendienstes."

,,Vielleicht sollten Sie in diesem Fall Gnade vor Recht ergehen lassen", schlug Perry Clifton vor. ,,Mit Absicht geschädigt hat er ja die *Partland* nicht. Ich finde eine fristlose Entlassung nach so vielen Dienstjahren sehr hart. Wäre es mit Außendienst nicht auch getan?"

,,Außendienst?" brummte Poolman.

,,Außendienst?" nuschelte Hamilton und schielte Sir Howard an.

,,Außendienst?" überlegte nun auch dieser. ,, Schlage vor, daß wir die Sache am Montag besprechen ..." Poolman und Hamilton nickten, und dann fiel dem kleinen, dicken, runden Edward Hamilton noch etwas ein: ,,Sagen Sie, Mister Clifton, gestern am Telefon erwähnten Sie, daß Sie bereits nach Ihrem ersten Gespräch mit Herrn Gaitner gewußt hätten, daß Burton Sie belogen habe. Was hat Ihnen die Gewißheit eigentlich gegeben?"

,,Die Fotos, Mister Hamilton. Als Burton mir die Schnappschüsse gab, die Claire vor dem Sportwagen zeigen, tat er es mit der Bemerkung, daß diese Bilder noch von seinem Bruder gemacht worden seien. Ronald Burton war 1969 abgestürzt. Herr Gaitner dagegen versicherte mir glaubhaft, daß es sich bei dem Maserati um ein Modell von 1970 handelte. Mit anderen Worten: Ronald Burton konnte diese Aufnahmen gar nicht geschossen haben ...“

Die für einen Augenblick einsetzende Stille wurde von einem leisen Zischen unterbrochen, und zehn Augenpaare wandten sich in Richtung des Geräuschs. Es kam aus Dicki Millers Mund.

Mit geschlossenen Augen begann er langsam zur Seite zu rutschen.

Perry Clifton nahm ihn, unterstützt von Julie Young, behutsam auf die Arme und trug ihn vorsichtig hinaus ins Nebenzimmer, wo Hamiltons riesige Ottomane stand.

Ja, Dickis Großvater hatte schon recht, wenn er Dicki gegenüber immer behauptete: „Nichts kann einschläfernder sein als das endlose Gerede kluger Leute ...“

Noch mehr Abenteuer mit Perry Clifton:

Wolfgang Ecke

Der silberne Buddha

Ein berüchtigtes Verbrechertrio plant einen großen Coup. Die drei Komplizen haben es auf den goldenen Buddha abgesehen, das wertvollste Ausstellungsstück des Hartford-Hauses. Am Morgen nach dem Einbruch ist jedoch nur der silberne Buddha verschwunden. Meisterdetektiv Perry Clifton hat gleich zwei Rätsel auf einmal zu lösen: Warum haben die Diebe nicht den goldenen Buddha gestohlen? Und wieso sind sie zweimal in das Gebäude eingedrungen ...